Maja Overbeck
Es könnte stürmisch werden

Über mich:
Wie schön, dass du mein Buch liest.

Ich bin Maja, Münchnerin mit großer Liebe zu Hamburg, glücklich verheiratet und Mutter eines nun schon erwachsenen Sohns. Neben dem Schreiben und meiner Familie liebe ich Yoga, meine Freunde, Gin Tonic, den Englischen Garten, Schnee und das Meer.

Schöne Sprache hat mich schon immer begeistert. Und irgendwie habe ich auch immer schon geschrieben. Bis zu meinem ersten Buch hat es allerdings über vierzig Jahre gedauert. Es heißt *I love Teens,* ist im Piper Verlag erschienen und ein sehr persönlicher Elternratgeber über die Pubertät.

Inzwischen schreibe ich leidenschaftlich gern Liebesromane. Ich erzähle Geschichten über moderne Frauen und das, was sie bewegt: Traum- und Albtraummänner, Freundschaft und Leidenschaft, Betrug und Vertrauen, Erwartungen und Enttäuschungen und natürlich – vor allem! – die ganz große Liebe :))

Viel Spaß mit Jana und Hek,
alles Liebe und bis bald!

Maja

Maja Overbeck

ES KÖNNTE *stürmisch* WERDEN

Roman

Impressum

Copyright © 2020 Maja Overbeck – alle Rechte vorbehalten
c/o AutorenServices.de
Birkenallee 24
36037 Fulda

info@majaoverbeck.de | www.majaoverbeck.de

Lektorat: Dorothea Kenneweg | lektorat-fuer-autoren.de
Korrektorat: SKS Heinen | sks-heinen.de
Satz: Stefanie Scheurich | stefaniescheurich.de/buchsatz
Covergestaltung: Laura Newman | design.lauranewman.de
Verwendete Grafiken/Fotos: freepik.com

Herstellung und Verlag:
BoD – Books on Demand, Norderstedt

Bibliografische Information der Deutschen Nationalbibliothek: Die Deutsche Nationalbibliothek verzeichnet diese Publikation in der Deutschen Nationalbibliografie; detaillierte bibliografische Daten sind im Internet über dnb.dnb.de abrufbar.

ISBN: 9783751972451

Für meine Familie

KAPITEL 1

Jana

Der Nieselregen empfing Jana, kaum dass die Rolltreppe den Untergrund verließ. Eine feuchte Umarmung zur Begrüßung, angenehm erfrischend auf ihrer müden Stirn. Im Nu klebte die dünne Serviette des Matjesbrötchens an ihrer Hand. Romantischer hatte sie sich ihre Ankunft vorgestellt, denkwürdiger irgendwie. Es roch, wie es an Bahnhöfen im Regen eben riecht. Janas Augen suchten nach Erinnerungen. Sie fanden nichts und alles. Die graue Himmelssuppe, die dreckige Fassade des Kontorhauses gegenüber, die alte Turmuhr, das bemühte Glasdach über den Fahrradstellplätzen und, natürlich, cremefarbene Taxis. Zurück in Deutschland. Auf dem Hamburger Bahnhofsvorplatz.

Sie stolperte über die letzte Stufe nach oben und begann im Laufschritt den Anweisungen von Frau Google zu folgen, vorbei an ein paar Imbissbuden und Handyshops, über riesige Kreuzungen, ohne den geringsten Anflug von Orientierung. Erst als sie in die Zielstraße einbog, drosselte sie ihr Tempo. Schon von Weitem sah sie den kräftig blauen und doch dezenten Baldachin vor dem Eingang der schneeweißen Fassade. In dieser Nebenstraße, auf der Gebäuderückseite, empfing sie das *Hotel Atlantic* weit weniger pompös, als sie es sich in einer Mischung aus Erinnerung und Fantasie ausgemalt hatte.

Wie ein Relikt aus vergangenen Zeiten bewachte der rabenartige Portier den von blauen Kordeln an Messingpfeilern eingerahmten Hoteleingang. Sein wenig einladender Blick, den er von unter seinem Zylinder strikt auf die Straße gerichtet hielt, erinnerte Jana an den eines New Yorker Doorman. Als ein Taxi vorfuhr, sprang er hinter einer Säule hervor und öffnete einen riesigen schwarzen Regenschirm. Jana nutzte den Moment, um unbemerkt die Teppichstufen hinaufzuhuschen und sich samt ihrem Rollkoffer durch die erstaunlich enge Holzdrehtür zu zwängen.

Das rote Licht blinkte hämisch und verwehrte ihr den Eintritt. Jana stöhnte, ließ den Koffer los und versuchte erneut, die Karte mit viel Gefühl durch den Schlitz zu ziehen. *Nope.* Wollte ihr das Schicksal einen Wink geben? Nach dem Motto: *Noch kannst du umdrehen?* Sollte sie ihre Entscheidung überdenken? Quatsch! Sie verscheuchte die hochtrabenden Gedanken. Im Moment wollte sie einfach nur in dieses Hotelzimmer, unter die Dusche und die müden Beine ausstrecken. Sie versuchte es ein letztes Mal und endlich: grünes Licht. Jana bugsierte die verklemmten Rollen ihres Koffers über den gemusterten Plüschteppich. Die Tür fiel ins Schloss. Unter dem fahlen Licht des Kronleuchters blieb sie stehen und schlüpfte aus den Sneakers. Es war kein Zimmer, das Simon ihr da gebucht hatte, es war ein Statement. Unschlüssig sah Jana sich um. Ihr Plan, sich aufs Bett zu schmeißen und ihre Ankunft in Hamburg mit Sekt aus der Minibar und dem Fischbrötchen, das sie am Bahnhof erstanden hatte, ordentlich zu zelebrieren, verflüchtigte sich spontan. Matjes inmitten dunkelblauer Samtkissen mit Goldlogo erschien ihr so unpassend wie ihre ganze Person in dieser ehrwürdig hanseatischen Suite. Auf Zehenspitzen tappte sie schließlich zum Fenster. Durch die akkurat gefalteten Nylongardinen war nichts zu erkennen. Sie zögerte. Eine ungewohnte Scheu hielt sie davon ab, die museumsreife Inszenierung des Zimmers auch nur anzutasten. Dieses

Hotel machte komische Sachen mit ihr. Oder war es diese ganze Reise? *Sei nicht albern!* Sie holte tief Luft, dann zog sie mit extra energischem Ruck am Vorhang, der sofort elegant zur Seite surrte.

Draußen war es finster, doch das große Schwarz, in dem sich das rote Licht des Fernsehturms wie ein Laserschwert spiegelte, ließ Janas Herz schneller schlagen. *Hello Alster, long time no see.* Sie lief zurück in die Zimmermitte, ließ ihren Mantel über die Arme auf den Boden rutschen und einfach an Ort und Stelle liegen, wie um das Revier zu markieren. Das verschwitzte T-Shirt und der Rest ihrer Reisegarderobe folgten. Im Bad drehte sie die Dusche an, stellte sich unter den prasselnden Regen und ließ den Kopf in den Nacken fallen. Angekommen.

Kurze Zeit später schlappte sie dampfend in weißen Frotteepantoffeln zurück. Die strenge Stille des Raums, nur wenig aufgelockert von den herumliegenden Klamotten, ließ sie unter dem flauschigen Handtuch sofort wieder frösteln. Genau genommen zitterte sie schon, seit sie den Flug auf Simons Drängen hin gebucht hatte. *Für die Unterschrift kommst du persönlich! Dann kannst du dir gleich ein paar Wohnungen ansehen.* Sie legte die Hand ans linke Augenlid. Es hatte wieder zu zucken begonnen, eine lästige Begleiterscheinung ihrer surrenden Gedanken. Seit vier Wochen zitterte und zuckte und surrte sie jetzt schon. Sie sollte sich dringend ausruhen, um wenigstens morgen fit zu sein. Doch das überdimensionale Bett wirkte kein bisschen einladend, trotz der königlichen Kissenansammlung. In der Lobby hatten ein paar Menschen gesessen, eine Bar gab es bestimmt auch.

Der Koffer wippte, als sie ihn aufs Bett warf. Dankbar fischte sie die Jogginghose heraus, die sie im letzten Moment auf den Berg diverser Outfits für den morgigen Antrittsbesuch gestopft hatte. Auf einen Tee in die Hotelbar, ein bisschen Leute gucken, ankommen, runterkommen. Ein guter Plan.

Der Fahrstuhl glitt lautlos ins Erdgeschoss. Jana spürte die Nässe ihrer ungeföhnten Haare auf der Kopfhaut. Sie sah auf ihre Uhr. 15.30 Uhr war es in Brooklyn. Während sie die Uhr vorsichtig um fünf Stunden vorstellte, fragte sie sich wie so oft im letzten Jahr, warum sie Micks Geschenk überhaupt weiter trug. Das klobige Ding hatte nie zu ihr gepasst – womöglich so wenig wie der Mann, der sie ihr zum ersten Jahrestag geschenkt hatte. *Mach es nicht schlechter, als es war!* Er hatte beleidigt reagiert, als sie die Uhr mit dem außergewöhnlich türkisblauen Zifferblatt – angeblich der Farbe ihrer Augen – bei ihrem Auszug aus dem Apartment an der Upper West demonstrativ auf seinem Nachttisch hinterlassen hatte. *Was soll das, Jana? Don't do this! Sie gehört dir. Behalte sie bitte, to remind you of the good times.* Große Worte. Micks Spezialgebiet. Sogar dieses Mal hatten sie noch gewirkt. Jana trug die Uhr weiter und ließ sich von ihr ermahnen: kein Rosenkrieg, Ava zuliebe. Wie sich herausstellte, hatte sie dringend so eine Gedächtnisstütze gebraucht, quasi ununterbrochen, während des ganzen, beschissenen letzten Jahres. Doch damit war jetzt Schluss. Sobald sie zurück in New York war, würde sie Mick seine Rolex zurückgegeben. Sie brauchte kein Appeasement-Gadget mehr. Und die Erinnerungen sollte er sich in die langen Haare schmieren, sie würde sie endlich loswerden. Zehntausend Kilometer Distanz sollten dafür wohl genügen.

Das Lidflattern verstärkte sich. Beim Gedanken an Mick schoss ihr sofort Ava in den Sinn. Jana griff nach dem Handy in der Hosentasche. Während sich die Fahrstuhltür öffnete und sie in die Lobby trat, tippte sie eine Nachricht an ihre Tochter, die sie auf Geschäftsreise bei einem Kunden in Boston wähnte.

Hey mein Schatz, alles gut?
Hier alle bestens! Big Kiss Mum

Jana ahnte, dass auch literweise Pfefferminztee ihr schlechtes Gewissen nicht besänftigen konnte. In ein paar Wochen würden sie beide das Leben, das sie kannten, hinter sich lassen und ganz neu anfangen. Und wenn Ava davon erfahren würde, war aus einem verrückten Plan längst eine Tatsache geworden. Noch eine ganze Weile würde Jana mit den Folgen ihrer Entscheidung leben müssen, Ava nicht nach ihrer Meinung gefragt zu haben. Doch sie tat das alles nicht für sich, sondern für ihre Tochter. Daran musste sie sich nur immer wieder erinnern.

*

Mit einem Seufzer ließ sich Jana auf einen Barhocker plumpsen, der mehr einem eleganten Sessel auf hohen Beinen glich. Sie platzierte ihr Handy auf dem Mahagonitresen und sah sich um. Ein herrenloser Trenchcoat auf dem Stuhl neben ihrem, ein leeres Glas, sonst saß sie hier oben allein. Der Innenarchitekt hatte alles gegeben, um aus der Hotelbar ein Schmuckstück hanseatischer Gediegenheit zu machen. Roter Teppich auf dunklem Parkett, holzgetäfelte Wände mit quadratischen Aussparungen, in denen stimmungsvoll beleuchtete Devotionalien den Eindruck erweckten, man befände sich auf einem edlen Kreuzfahrtschiff. Ein filigranes Holzsegelboot, eine goldene Weltkugel, ein Strauß weißer Porzellanblumen, eine glänzende Schiffsglocke. Pianomusik mischte sich mit dem Raunen der wenigen Gäste, die steif in den mit dunkelblauem Samt bezogenen Lehnsesseln an flachen Tischchen saßen. Jana bemerkte die Blicke, die ihr zugeworfen wurden. Lag es daran, dass sie die einzige Frau war, oder daran, dass sie bei der Auswahl ihres Outfits eher eine gemütliche Hotelbar vor Augen gehabt hatte. Hier waren ihre ausgeleierte Jogginghose und die silbernen Birkenstocks definitiv deplatziert. Doch sie war müde, und es brauchte dieser Tage auch mehr, um sie aus der Fassung zu bringen, als unpassende Klamotten. Langsam drehte sie sich weg von der Schiffskulisse, hin zum Barkeeper. Apropos unpassend. Der Hipsterbart dieses Zweimetermanns passte auch nicht unbedingt zu seinem hochgeschlossenen Kellnerjackett mit Goldknöpfen.

»Einen Pfefferminztee bitte!« Sie strahlte ihn an.

Er grinste zurück. »Moin! Tut mir leid, aber warme Getränke gibt's nur am Nachmittag.«

»Aber da drüben steht doch dieser wunderschöne Samowar.« Jana zeigte in Richtung Lobby.

Der Barkeeper schüttelte den Kopf. »Der ist leider nur zum *High Tea* in Gebrauch. Aber –«, er nickte zum verspiegelten Flaschenregal hinter sich, »vielleicht kann ich Sie ja zu etwas Spannenderem überreden!«

Jana schlug die Hände vors Gesicht.

»Tut mir wirklich leid«, hörte sie ihn sagen.

Sie blinzelte durch die gespreizten Finger. »Ist kein Problem. Aber wenn du mich weiter siezt, muss ich zurück auf mein Zimmer verschwinden. Jana. Okay?«

»Geht klar. Tobi. Willkommen im Atlantic, Jana!« Er griff nach einem Longdrinkglas. Unter seinem Jackettärmel schlängelte sich ein tätowierter Tigerschwanz hervor. »Also, was darf ich dir zaubern?«

»Oh nein, danke!« Jana schüttelte den Kopf. »Das ist keine gute Idee. Alkohol macht mich wach. Und wach bleiben ist schlecht. Ich muss unbedingt schlafen, am besten bald.« Sie schnappte sich die lederne Getränkekarte und blätterte zu den Non-Alkoholika. Acht Euro für ein stilles Wasser? New Yorker Preise hier, puh.

Tobi beugte sich zu ihr. »Okay, Jana. Wenn du hier kurz die Stellung hältst, hol ich dir deinen Tee aus der Küche.« Schon kam er um die Bar herum. »Aber dafür musst du mir erzählen, warum du so dringend schon schlafen gehen willst.«

Jana sah ihm nach, als er – erstaunlich geschmeidig für seine Statur – in Richtung Lobby eilte. Sie entspannte sich ein bisschen. Was für ein Ort, um in Hamburg anzukommen! Obwohl sie hier geboren war, kannte sie das *Atlantic* und seine Geschichten bisher nur von außen. Ob Udo Lindenberg hier immer noch residierte? Typisch Simon, sie in so einer Luxusherberge einzubuchen. Er hatte schon immer gerne übertrieben, es anderen gerne *übertrieben* gut gehen lassen. Sie tippte in ihr Handy.

Bin gut im Hotel angekommen.
Danke, du Verrückter.
Freu mich auf morgen.

Sofort brummte es in ihrer Hand.

Und ich mich erst. 10 Uhr an der
Rezeption? Erhol dich gut!

Jana grinste. Nicht viele Männer verschickten Emojis. Sie antwortete mit Daumen und Sternenaugen. Sie konnte es kaum erwarten, Simon wiederzusehen.

Tobi kehrte mit einer bauchigen Porzellankanne zurück. »Einmal frischer Minztee, bitte sehr.« Mit einer kleinen Verbeugung platzierte er das Silbertablett vor ihr. »Lass ihn noch ein bisschen ziehen.« Er verschwand, um sich ein paar neuen Gästen zu widmen.

»Wow, danke«, rief Jana ihm hinterher. Sie öffnete den Deckel, steckte ihre Nase in den Dampf und schnupperte.

Dann fischte sie eins der grünen Blätter aus dem heißen Wasser und kaute darauf herum. Während der frische Geschmack sie angenehm aufweckte, beobachtete sie das Bargeschehen im Spiegel hinter den Alkoholika. Nach Rockstar sah hier niemand aus, auch nicht nach einem in die Jahre gekommenen. Jana schmunzelte und schlürfte an ihrem Tee. Luxuriös, das *Atlantic,* aber etwas sehr gediegen für ihren Geschmack. Doch sie würde in nächster Zeit bestimmt Gelegenheit bekommen, mit Simon über den Kiez zu ziehen, Hamburgs coolere Ecken zu entdecken und sich daran zu erinnern, wie sie sich gemeinsam an den Türstehern der angesagtesten Clubs New Yorks vorbeigemogelt hatten.

Zwanzig Jahre war es her, dass sie sich gesucht und gefunden hatten, zwei Hamburger in New York – beste Freunde, Kollegen, Seelenverwandte. Dabei hätten sie unterschiedlicher nicht sein können: Sie, nur mit dem Abitur in der Tasche und keinem Plan außer dem, möglichst weit weg von zu Hause in der Stadt ihrer Träume irgendwie ein Leben zu beginnen. Er, der schon damals jeden Schritt seines Lebens smart durchdachte, Student an der Columbia Businessschool mit dem Top-Job bereits in Aussicht. Nur durch seine Unterstützung hatte sie es von den Gelegenheitsjobs in Bars an den Empfang der Werbeagentur, für die er später arbeitete, und von dort in deren Personalabteilung geschafft.

Als sie ihn vor vier Wochen angerufen hatte, knüpften sie an, wo sie aufgehört hatten, quatschten zweieinhalb Stunden am Stück, als wären nicht zehn Jahre, sondern ein paar Tage vergangen, seit er nach Hamburg zurückgekehrt war. Und jetzt saß sie schon hier, bereit, ihr Leben in den USA aufzugeben, für einen Neuanfang in Simons Firma und in der Heimat, die sich nie so angefühlt hatte. Morgen früh würde sie ihre Unterschrift unter den Vertrag setzen, den sie im Flieger an die zehn Mal durchgelesen hatte vor lauter Nervosität – wie um sich selbst zu überzeugen, dass sie die richtige Entscheidung traf. Sie würde abhauen. Ihr Leben hinter sich lassen. Genau wie vor zwanzig Jahren – nur dieses Mal in die andere Richtung.

Das Augenzucken setzte wieder ein, und zur Beruhigung nahm Jana noch einen großen Schluck Pfefferminztee.

Etwas rumpelte hinter ihr. Jana drehte den Kopf. Im Reflex zog sie die Tasse zur Seite. Das Teewasser spritzte, der Barhocker schwankte gefährlich, als ein Typ im Anzug direkt auf sie zugefallen kam. Er krallte sich an ihrer Schulter fest.

»He!« Jana sprang auf.

»Ups! Tschuldigung.« Der Typ berappelte sich und riss die Hände hoch.

Jana deutete auf ihre durchnässte Brust. »Geht's noch?« Sie hob den Blick und sah in ein verschmitztes Lächeln. Dieser Lackaffe fand es lustig, sie fast vom Barhocker zu werfen und ihr Sweatshirt zu ruinieren?

»Ich habe Sie nass gemacht«, gluckste er hinter vorgehaltener Hand.

»Ach, wirklich?« Sie funkelte ihn wütend an.

»Tut mir echt leid.« Er versenkte die Hände in seinen Hosentaschen und zog die Schultern hoch. Sein Lausbubengrinsen wirkte nicht, als wenn ihm irgendwas leidtäte. Täuschte sie sich, oder schwankte er immer noch? Sie schielte an die getäfelte Decke.

Der Typ lehnte immer noch viel zu dicht neben ihr an der Bar. »Wirklich. Tut. Mir. Echt. Leid.«

Er roch nach Alkohol, Tabak und einem dezenten Männerduft. Jana atmete tiefer ein und sah ihm kurz in die Augen. Lange Wimpern auf halbmast. Eindeutig, total besoffen. Und ziemlich attraktiv. Sie sah sich suchend nach Tobi um. Der Mann neben ihr drehte sich ebenfalls demonstrativ in

Richtung Bar und nutzte den Spiegel für das nächste Lächeln. Es fiel Jana schwer, es nicht zu erwidern.

»Ist schon okay«, knurrte sie.

Endlich kam Tobi herbeigeeilt, wedelte mit einer weißen Stoffserviette. »Brauchst du Wasser?«, fragte er.

Jana schüttelte den Kopf. »Nee, danke, nass bin ich schon!«

»Was machst du, Mann? Hek, ehrlich, reiß dich mal zusammen!« Tobi schüttelte den Kopf, während er ihr die Serviette reichte.

Er kannte den Typen? *Hek?* Was war das für ein Name? Beide beobachteten jetzt, wie sie ihre Brust trockentupfte. Jana hob die Augenbrauen. »Interessant?«

»Tschuldigung!«, sagten die Herren gleichzeitig.

»Ich habe ihren Tee verschüttet.« Hek verzog das Gesicht zu einer Grimasse und hob die Hände. »Ich glaube, sie ist sauer auf mich.«

»Du könntest ihr einen neuen holen«, sagte Tobi. »Oder besser: Gib ihr einen meiner Drinks aus.«

»Ich glaube nicht, dass sie Lust hat, *irgendetwas* mit mir zu trinken.«

»Du könntest sie einfach fragen.«

»Sie redet nicht mit mir.«

»Hast du es schon versucht?«

»Nein«, unterbrach Jana den Dialog.

Vier Augen sahen sie an.

»Würdest du einen Drink als Entschuldigung akzeptieren?«, fragte Hek mit blitzenden Augen, deren Farbe Jana an einen britischen Sportwagen erinnerte, und machte dazu ein so hinreißend verzweifeltes Gesicht, dass sie doch lachen musste.

»Mein Pullover ist durchnässt. Schon vergessen?«

»Zieh ihn doch aus!«, murmelte er in sein Glas.

Vielleicht war es die wohlige Wärme, die sie spürte, seit er sie angerempelt hatte, vielleicht, dass ihr Auge zu zucken aufgehört hatte. Vielleicht die Ahnung, dass sie sowieso keinen Schlaf finden würde, oder vielleicht auch nur der plötzliche Wunsch, den ersten Abend ihres neuen Lebens nicht mit Pfefferminztee und frühem Zubettgehen enden zu lassen. Was auch immer sie dazu bewegte – mit einem Ruck zog Jana ihr Sweatshirt über den Kopf. Tobi und Hek starrten auf ihr Tanktop, als wäre sie splitternackt. Jana zuckte mit den Schultern und freute sich diebisch. Heks freie Hand schoss mit gespreizten Fingern nach vorne. »Tobi, *zwei* Gin Tonic bitte! Du trinkst doch Gin, oder?« Sein Blick wanderte zurück zu ihren Augen, dann tiefer.

Jana räusperte sich. »Könntest du wenigstens versuchen, zu ignorieren, dass ich hier im Unterhemd sitze.«

»Sorry.« Er hob den Kopf und wandte ihn grinsend zur Seite.

»Was ist?«, fragte sie.

»Tut mir leid.« Er biss sich auf die Faust.

»Waas?« Wider Willen musste sie mitlachen.

»Es war –«, dieses Lächeln ließ sie noch das Atmen vergessen, »eine ganz gute Idee, dir das Wasser überzuschütten.«

Jana bemühte sich um einen strengen Gesichtsausdruck. »Vorsicht! Und heißer Tee war das.«

Er grinste noch frecher. »Ja, genau. Heiß.«

Jana boxte ihn an den Arm.

Spielerisch wehrte er sie ab. »Du hast gefragt!«

Tobi servierte die Drinks – »Bitte schön die Herrschaften!« – und verschwand sofort wieder.

Hek stieß sich von der Bar ab, zog den Hocker mit dem Trenchcoat näher zu ihr und warf den Mantel elegant über die Lehne des nächsten. Er reichte ihr eins der Gläser und setzte sich. »Auf den nassen Pullover.«

Jana rollte mit den Augen, während sie ihr Glas an seins stieß und trank. Und weil ihre Knie sich berührten und er ihr schon wieder intensiv in die Augen sah, nahm sie gleich einen zweiten Schluck.

Der Drink brannte in Janas Kehle und gluckerte in ihrem leeren Magen. Ewig war es her, dass sie Gin Tonic getrunken hatte. Alkohol und Bars passten generell gerade nicht in ihr Leben – schon gar nicht in Kombination mit attraktiven, charmant betrunkenen Fremden. Doch sie konnte nicht leugnen, dass sie begann, den süßbitteren Geschmack auf den Lippen und die gute Laune, die sich mit jedem Schluck weiter in ihr ausbreitete, zu genießen. Hek beobachtete sie mit schimmernden Augen, die dem Begriff Schlafzimmerblick alle Ehre machten, und nur dem Gin war es zu verdanken, dass Jana ihre wichtigsten Vorsätze für den Moment beiseiteschob. Sie erwiderte sein Lächeln und fuhr sich durch die Haare. Das Gummi löste sich nicht ganz so sexy, wie sie es sich vorgestellt hatte. Statt ihre blonde Mähne lässig über die nackten Schultern zu schütteln, musste sie zuerst den Drink abstellen und die verknoteten Haare mit beiden Händen entwirren. Sie war eben etwas aus der Übung.

Das mit dem Lackaffen stimmte übrigens nicht, im Gegenteil. Bei näherem Hinsehen wirkten seine schmalen Anzughosen sogar eher verwegen, und mit dem schwarzen T-Shirt unterm Jackett und dem nachlässig um den Hals geschlungenen Pullover hätte er wohl auch Kate Moss gefallen. Nur seine kantigen Wangen leuchteten etwas zu gesund für deren Geschmack.

»Darf ich raten, du bist nicht von hier?«, unterbrach er ihre Gedanken.

Jana lächelte. »Würde ich sonst am Freitagabend in einer Hotelbar abhängen?«

Er tat beleidigt. »Also, ich mache das ganz gerne. Man begegnet so interessanten Menschen.« Er musterte sie über den Rand seines Glases.

Jana griff suchend nach ihrem Getränk, das sie eben erst abgestellt hatte. Verdammt, ihr letzter Flirt war Jahrzehnte her – und das sollte eigentlich auch so bleiben!

»Also? Du bist doch hier Gast, oder?«

»Hm.« Sie nickte.

»Kommt da noch was?«

Sie lachte, zuckte mit den Schultern. Was im Himmel verschlug ihr so die Sprache?

»Das heißt keine Hamburgerin?«

»Nein. Doch.« Gott, sie stotterte!

»Wie jetzt?« Er gab nicht auf.

Sie holte Luft. »Gebürtig ja. Aber ich lebe schon seit Langem in New York.«

»Wow! Und du besuchst deine Familie?«

Sie schüttelte energisch den Kopf. »Die wissen nicht mal, dass ich hier bin«, murmelte sie.

»Du machst mich aber wirklich neugierig!« Er hob die Hände. »Löst du das Rätsel noch auf, oder lässt du mich weiter schmoren?«

Sie lachte. Er sah aus wie ein Fragezeichen. Ein Fragezeichen mit Rockstarlächeln.

»Ich werde – bald hierher ziehen.« Da war es. Zum ersten Mal hatte sie es ausgesprochen. Die Worte hingen fremd in der Luft.

Hek schien es nicht zu bemerken. Aufgeregt fasste er sie am Arm. »Ach komm, du verlässt New York? Für Hamburg? Nichts gegen diese Stadt, ich liebe sie, aber warum –?«

»Ein guter Job?« Sie hatte schnell geantwortet, vielleicht ein bisschen zu schnell. Für eine Sekunde suchten seine Augen in ihren, als spürte er, dass dies nicht die ganze Wahrheit war. Doch als sie nichts weiter sagte, riss er sich los.

»Und was ist das für'n Traumjob, wenn ich fragen darf?«

»Du fragst ganz schön viel!«

»Echt? Tut mir leid, ich will dir nicht zu nahe treten.« Er sah ehrlich besorgt aus. »Es interessiert mich einfach.«

»Schon okay. Es ist nur für mich selbst noch so –«, sie schluckte, »neu«, sagte sie schließlich und dachte *überwälti-*

gend. Doch das ging diesen Fremden nun wirklich nichts an. »Lass uns mal von dir reden! Was machst du hier am Freitagabend – allein?«, fragte sie.

Hek nickte in Richtung Tobi. »Einen Drink mit einem Freund nehmen.«

»Das war aber mehr als nur einer«, platzte sie heraus.

Er zuckte mit den Schultern.

»Kommt da noch was?« Sie grinste provozierend.

Zum ersten Mal verfinsterte sich sein Gesicht. »Nein.«

»Okay. Das ist eindeutig.« Jäh löste sich Jana von seinen faszinierenden Augen. Sollte er sich doch mit sich selbst beschäftigen, wenn er ihre einzige Frage so harsch abwies. Sie stierte auf das glänzende Mahagoni der Bar, während ihre Wangen wahrscheinlich ähnlich rot glühten.

»Tut mir leid, ich wollte nicht unfreundlich sein.« Seine Finger berührten ihre Hand. »Es gab Ärger mit der Familie. Genauer gesagt, mit meinem Vater.« Er traktierte die Gurke zwischen den Eiswürfeln mit dem Plastikrührstab. »Ich arbeite in seiner Firma. Es ist – ziemlich mühsam.« Er grinste gequält.

Jana nickte.

»Richtig scheiße ist es«, murmelte er. Dann sprang er auf und griff nach seinem Glas. »Genug davon! Am Ende bringst du mich noch dazu, dir mein Herz auszuschütten.«

»Und wäre das so schlimm?«

»Oh ja!« Er seufzte lächelnd. »Wer will denn die Zeit mit so einer wunderschönen Frau mit Jammern verschwenden?« Das Gute-Laune-Lächeln war zurück auf seinem Gesicht und strafte jeden Lügen, der behauptet hätte, dass für einen Moment Schwermut darüber gehuscht war. »Cheers. Auf diesen Abend an Tobis Bar!« Er trank, ohne den Blick von ihr zu nehmen. Dann knallte er das leere Glas auf den Tresen und drehte den Kopf abrupt zur Seite. »Puh.«

»Was ist jetzt wieder?«, fragte Jana.

Nur seine Augen kehrten zurück. »Du bist wirklich –«
Sein Gesicht verzog sich zu einer verzweifelten Grimasse.

»Was denn?«

»Etwas sehr Besonderes.«

Jana rollte mit den Augen.

»Doch. Das bist du.« Er sagte es, als müsste er sie von etwas Wichtigem überzeugen. »Und ich bin wirklich sehr betrunken – falls es dir noch nicht aufgefallen ist.«

»Ich hatte so eine Ahnung«, sagte Jana grinsend.

»So schlimm?« Mit zerknirschtem Gesicht fuhr er sich durch die Haare. »Fürs Protokoll: Ich trinke sonst nicht. Na ja, selten. Und normalerweise stolpere ich auch keinen Frauen in den Tee.«

»Soso.«

»Doch wirklich. Eine absolute Ausnahme. Ehrenwort!« Er lehnte sich über die Bar. »Tobi!«

Jana musterte ihn von der Seite. Er bemerkte es und zwinkerte ihr zu. Ihre Wangen begannen wieder zu glühen. Gut, dass Tobi dem ungeduldigen Winken folgte.

»Hek, mein Freund. Was kann ich für dich tun?«

Über die Bar hinweg legte Hek seinen Arm um ihn und zog ihn in ihre Richtung. »Das ist Tobi, bester Barkeeper und bester Freund!« Er küsste Tobi auf den rasierten Kopf, während er seine andere Hand auf Janas legte. »Tobi, das ist –«

»Jana«, antwortete Tobi.

»Verstehe.« Hek grinste. »Du warst natürlich schneller. Umso besser, dann glaubt sie dir vielleicht. Sag ehrlich: Trinke ich?«

Tobi begann, ein Glas zu polieren.

»Los, mach schon«, Hek rüttelte an seiner Schulter.

»Scheint dir wichtig zu sein.«

»Sehr wichtig.«

»Also gut.« Tobi wandte sich zu Jana, deren ganze Aufmerksamkeit in ihre Hand geflossen war, an der sich Hek wahrscheinlich verbrennen würde, wenn er seine noch länger darauf liegen ließ.

»Nein, tut er nicht«, sagte Tobi. »Nicht so zumindest.« Er sah in Heks Richtung, als er weitersprach. »Aber er hatte heute einen ziemlichen Scheißtag. Mit einem Scheißmeeting –«

Hek hielt ihm demonstrativ sein leeres Glas unter die Nase. »Warum machst du uns nicht noch zwei!«

»Bist du sicher?« Für einen Moment sah Tobi ungewöhnlich ernst drein.

Jana blickte von einem zum anderen. Sie meinte, ein winziges Kopfschütteln von Hek in Tobis Richtung wahrzunehmen, doch schon waren seine Augen wieder bei ihr und hüllten sie in eine Wohlfühlwolke.

»Alles klar.« Tobi widmete sich dem Gin.

Hek sprang plötzlich auf. »Oh shit, sag mal, hatte ich mich eigentlich vorgestellt? Ich bin Hek«, sagte er und hielt ihr förmlich die Hand entgegen.

Als Jana ihre hineinlegte, hob er sie an seine Lippen und deutete einen Handkuss an. »Sehr erfreut!« Seine Augen blitzten.

Jana spürte, wie ihr Lächeln einhakte. Sie wehrte sich noch nicht einmal dagegen. War das ihr Ernst? Dümmliches Anhimmeln? Sein Atem kitzelte auf ihrer Hand. Sie räusperte sich. »Hek? Nie gehört den Namen! What the –?«

»Ich weiß", er schüttelte den Kopf. »Bitte sag es nicht! Hek ist einfach nur besser als Hektor. Du weißt schon, trojanischer Krieg und so. Ein Tick meiner Mutter. Sie steht auf griechische Sagen.«

»Du siehst nicht besonders griechisch aus.«

»Ach, komm«, er präsentierte ihr sein Profil. »Erkennst du nicht die Philosophennase?«

Er sah eher aus wie einem britischen Modemagazin entsprungen. Markantes Kinn, unrasiert, strähnige braune

Haare und ein Lächeln – herrje, schon wieder! Als schaltete man alle Lampen gleichzeitig ein, dazu die Waschmaschine im Schleudergang und den Ofen auf Grillstufe. Kein Wunder, dass – Bäm! – die Sicherung durchbrannte, regelrecht explodierte. Jana hatte gedacht, sie wäre für alle Ewigkeit allergisch gegen Lausbubencharme bei erwachsenen Männern. War sie auch. Punkt. Sie drehte sich weg.

»Hab ich dich verärgert?«

Er konnte nichts dafür. Sie lächelte gequält die Flaschen an. »Nee, alles gut.«

»Also, was ist das für'n Job, für den du New York verlässt?«

»Ich werde Personalchefin. Für ein Start-up, das wie verrückt wächst.«

»Wow. Klingt beeindruckend. Aber – entschuldige die Frage, so was kann man nicht auch in New York machen?«

»Doch, könnte man.« Sie seufzte. Schlagartig war er zurück, der Druck auf der Brust, schwer wie ein Korsett aus Beton. »Und ich weiß auch nicht, ob es richtig ist, herzukommen.«

Er sah sie mit ruhigem Blick an. »Das weiß man nie, wenn man eine große Entscheidung fällt. Aber wenn du es nicht tust, wirst du es auch nicht herausfinden.«

Wie weich seine Augen waren, wenn er das Flirten vergaß. Man musste achtgeben, nicht darin zu versinken.

»Und hey, Hamburg ist cool. Außerdem machst du nicht den Eindruck, als ob du Kontaktschwierigkeiten hättest.«

Okay. Er lächelte wieder und sie grinste müde. »Ich hab eine Tochter. Ava. Sie ist fünfzehn. Sie weiß noch nicht, dass sie in vier Wochen nach Europa auswandern wird.«

»Wow.« Er riss die Augen auf. »Okay. Langsam verstehe ich.«

»Zweimal Gin Tonic, Alsterstyle.« Das randvolle Glas schwappte über. Dankbar für die Unterbrechung griff Jana danach und sah sich suchend nach Tobi um. Doch der schnitt bereits am anderen Ende der Bar Zitronen.

»So, das war's!« Sie verzwirbelte ihre Haare zum Dutt. »Schluss mit der Fragerei!«

»Auf dich, Jana«, sagte Hek, »und auf mutige Entscheidungen.« Er nahm einen Schluck, dann sprang er plötzlich auf. »Komm, wir gehen eine Zigarette rauchen!«

Jana schüttelte den Kopf. »Ich rauche nicht.«

»Ich auch nicht.« Er grinste.

»Was zum –?« Sie hob die Hände.

»Es ist total mild draußen. Und da ist die Alster, weißt du.«

»Nein, echt?«

Er ignorierte ihren Sarkasmus. »Komm«, sagte er und nahm ihre Hand.

Jana seufzte. »Na gut.« Ein bisschen frische Luft würde ihr guttun.

»Warte mal!« Sein Blick wanderte auf ihr Trägertop, während er den Pullover von seinen Schultern löste und behutsam um ihre legte. »Hier. Tut mir leid, da hätte ich wirklich schon früher dran denken können.« Jana spürte seine warmen Hände, als er die Ärmel über ihrem Ausschnitt verknotete, und vergaß zu atmen.

Er räusperte sich. »Wollen wir?«

Sie nickte viel zu heftig. Der zweite Drink tat seine Wirkung. Wie in Trance ließ sie sich aus der Bar und durch die Lobby zum Ausgang dirigieren. Die Hand an ihrem Rücken ließ sie dabei ein wenig schwanken, doch vielleicht waren es auch ihre eigenen Beine.

Sie hielt auch die Luft an, als Hek wie selbstverständlich zu ihr in das winzige Abteil der hölzernen Drehtür trat. Er streckte den Arm über ihre Schulter, um zu schieben, und der Moment war vorbei, bevor sie darüber nachdenken konnte. Jana machte einen großen Schritt auf den royal-blauen Teppich und sprang, ohne sich umzusehen, die Stufen zum Gehsteig hinunter. Sie atmete tief in die Frühlingsluft. Von wegen mild, Hamburg war deutlich frischer als New York im März.

»Zieh ihn doch über!« Er musste bemerkt haben, dass sie fröstelte.

Zögerlich nahm sie den weichen Pullover von der Schulter, steckte ihre Hände in die Ärmel und schob dann schnell den Kopf durch den Ausschnitt, um nicht aus Versehen zu lange in seinem Duft zu verweilen.

»Bereit?«

Sie nickte, auch wenn sie nicht sicher war, für was eigentlich. Als sie losliefen, rutschte die Jogginghose. Und zum ersten Mal heute bereute Jana dieses verdammt bequeme Ding. Sie hatte es dank des ganzen Geplänkels über ihr Oberteil glatt vergessen. Doch jetzt, wo Hek in der ganzen Lässigkeit seines Anzugs neben ihr lief, wünschte sie sich dringend zurück auf ihren Barhocker. Als er seine Hand auf ihre Schulter legte, zuckte sie zusammen. Fragend sah er sie von der Seite an. Und während sie noch fieberhaft überlegte, wie sie ihm unauffällig signalisieren konnte, dass sie zwar überrascht war, aber auf jeden Fall positiv, verschwand das warme Pulsieren schon wieder.

Das rote Ampelmännchen leuchtete ohne Sinn über die ausgestorbene Straße vor dem klaffenden Schwarz der nächtlichen Alster. Unvermittelt griff Hek sich ihre Hand, und noch bevor Janas Gedanken wieder zu rattern begannen, zog er sie über die Fahrbahn und weiter über den finsteren Weg am Wasser entlang. »Los! Laufen macht den Kopf frei.« Er ließ sie los, gab richtig Gas, rannte ein ganzes Stück vorweg und drehte auch nicht um, als sie ihn in der Dunkelheit kaum noch erkennen konnte.

»What the – du spinnst doch!«, keuchte Jana, aber sie lief

ihm hinterher durch die feuchte Luft, einfach weiter, vorbei an den fahlen Leuchtbuchstaben des *Ruderclub an der Alster* und weiter am unheimlichen Gewirr der Trauerweiden entlang.

Endlich ließ er sich bis zu ihr zurückfallen, passte sich ihrem Tempo an, und sie liefen nebeneinander, japsend, schnaufend, Jana zumindest, bis sie die Nase voll hatte, im wahrsten Sinne. Sie stoppte abrupt. »Du hast sie doch nicht alle«, rief sie ihm hustend hinterher, schüttelte den Kopf und fühlte sich großartig.

»Wieso?« Er kam zurück.

»Wir wollten rauchen, nicht rennen – ich hab fünfzehn Stunden Reise hinter mir!«

»Und ich dachte, dir muss ein bisschen warm werden.«

Wellen klatschten leise ans Ufer. Er war wieder dicht neben ihr, eine dunkle Gestalt in der mondlosen Nacht. Jana hörte ihn atmen, spürte seine pochende Hitze.

»Kalt ist mir echt nicht«, erwiderte sie, immer noch außer Atem.

»Schade«, sagte er leise.

Schon während sie es tat, wusste sie, dass es verrückt war. Doch war nicht dieser ganze Abend irre, total crazy? Sie folgte einfach ihrem Gefühl. Seine Lippen waren warm und rau und weich zugleich. Sie überraschte ihn, verlor den Mut und wich zurück. Dann waren seine Hände an ihrem Gesicht, jeden einzelnen seiner warmen Finger spürte sie, als er ihr die Haare zurückstrich. Sie schloss die Augen, ließ sich fallen, nichts als glückseligen Nebel im Kopf, ohne einen einzigen Gedanken, ob das hier eine gute Idee war.

Er küsste sie sanfter, als sie es erwartet hatte, vorsichtiger. Gleich löste er sich wieder, sah ihr in die Augen, und sie konnte seinen Blick nicht deuten, wusste nur, dass sie mehr von ihm wollte, als gut für sie war, viel mehr, von seinem Geschmack, seinem Geruch nach warmer Männlichkeit.

Der nächste Kuss war nicht mehr vorsichtig. Jana vergaß, wo sie stand und welcher Tag es war und was morgen sein würde. Ein einziger Gedanke schaffte es in ihren Kopf: War sie je so geküsst worden?

Er war es, der es beendete. Seine Lippen wanderten zu ihrem Ohr, flüsterten etwas. Sie spürte nur das Brennen an ihrem Hals und die kühle Hitze, die sein Atem ihren Nacken hinunterschickte.

»Was sagst du?«, fragte sie aus einer Versenkung geholt, in der ihr Zimmer, das nur eine Straße entfernt lag, eine Rolle gespielt hatte.

»Wir sollten zurückgehen«, wiederholte er.

»Ja«, antwortete sie. »Gut.«

Die trockene Hotelluft schlug ihnen entgegen. Er lief vor ihr aus seinem Abteil der Drehtür, mit langen Schritten. In der Lobby berührte sie ihn am Arm. »Hek! Ich komm gleich nach!«

Er nickte, ohne sie anzusehen.

Im Gehen sah sie Tobi mit einer Gruppe junger Frauen beschäftigt, die mehrere Tische zusammengeschoben hatten. Als Hek an ihm vorbeilief, hob er den Kopf und runzelte die Stirn.

Janas Lippen brannten, ihr Körper bebte. Sie musste über sich selbst schmunzeln. *Dein Ernst?,* fragte sie stumm ihr Spiegelbild und antwortete sich selbst mit einem verschmitzten Schulterzucken. Sie trocknete die Hände, strich sich über die Oberarme, genoss die weiche Wolle auf ihrem bebenden Körper, atmete tiefer und bildete sich ein, ihn zu erschnuppern. Dann trat sie den Rückweg an. Sie wusste nicht, was gleich passieren würde, nur, dass sie bereit war, in die Ungewissheit dieser Nacht zu rasen, die erste ihres neuen Lebens.

Alle trugen das gleiche bedruckte T-Shirt in Schweinchenrosa. *Monikas Last Gang.* Junggesellinnenabschied. Ihr Schnattern füllte angenehm den sonst gähnend leeren Raum. An der Bar war in den beiden randvollen Gläsern das Eis geschmolzen, die Gurke erschlafft. Jana zog die Pulloverärmel über die Hände und hielt sich fest. So entschieden, wie die Birkenstocks es hergaben, lief sie zurück an die Bar. Die Hocker standen genauso dicht beieinander, wie sie verlassen worden waren. Der Trenchcoat war verschwunden. Neben den Gläsern wellte sich ein Kreditkartenbeleg. Jana rückte die Stühle zurück an ihren Platz. Sie setzte sich, stand wieder auf, setzte sich wieder. Fahrig checkte sie ihre Nachrichten. Ava hatte geschrieben, wünschte ihr eine gute Nacht. Sie begann zu antworten, vertippte sich, hielt inne, sah in die Richtung, aus der sie gekommen war. War er auch –? Die Frauenrunde hatte Tobi in ein Gespräch verwickelt. Jana überlegte zu flüchten. Doch die Junggesellinnentische standen im Weg.

»Tobi?« Ihre Stimme klang zu laut.

Er sah auf. »Bin gleich bei dir.«

»Wo ist er?« Es war ihr egal, was die Mädels dachten.

Tobi hob die Hand – *gleich!*

Sie griff nach einem der Gläser, nahm einen Schluck und noch einen. Die lasche Süße klebte ihr die Zunge an den Gaumen. Sie stand wieder, als Tobi sich losriss. »Ist er weg?«, fragte sie mit fester Stimme.

Er nickte. »Yep«, und wich ihrem Blick aus.

Jana hob ihr Glas. »Kannst du das auf die Hotelrechnung setzen?«

»Ist schon bezahlt.«

»Ah.« Dafür war also Zeit gewesen? Und wenn sie nicht so lange vor dem Spiegel verharrt hätte?

»Ja, dann –« Der Gin Tonic schwappte über, als Jana das Glas auf die Bar knallte. Sie versuchte einzuatmen. Ihre

Brust schmerzte, als hätte ein Kickboxer sie erwischt. »Bye dann!« Sie lächelte, als sie an Tobi vorbeilief, den Blick starr geradeaus. Die rosa Shirts gackerten an ihrem rechten Ohr. Sie drehte sich nicht mehr um, als Tobi ihr eine gute Nacht hinterherrief.

KAPITEL 2

Hek

»Hektor!«

Die Art, wie sie seinen Namen aussprach, hätte in jede griechische Tragödie gepasst. Hartes *K*, gehauchtes *O*, gefolgt von einem übertrieben gerollten R. Sie stand direkt hinter der Tür. Der Kimono war ihr von der Schulter gerutscht. Bestimmt nicht zufällig wurde der glänzende Stoff nur von ihrer üppigen Brust am Hinuntergleiten gehindert. Eine ihrer Locken hatte sich in ihren langen Wimpern verfangen. Oder war sie dorthin platziert worden, um zurückgestrichen zu werden?

Suzanna sah ihn mit aufgerissenen Augen an. »Geht's eigentlich noch? Hektor?«

Die Worte grollten ihm entgegen in ihrer neuen Lieblingsstimmlage, der weinerlich-strengen Suzanna. Die vollen Lippen schimmerten rosa, womöglich hatte sie für diesen Auftritt Lipgloss aufgelegt. Energisch und lasziv zugleich streichelte sie schließlich selbst die dunkle Strähne aus dem Gesicht, zurück zu den anderen, die – ob morgendlich ungebürstet oder der Stimmung entsprechend toupiert – um ihr herzförmiges Gesicht wilderten.

»Guten Morgen«, sagte Hek, und er wunderte sich. All das schlechte Gewissen, das ihn die Nacht nicht hatte schlafen lassen und das auch das frühmorgendliche Joggen nicht hatte wegschwitzen können, verflüchtigte sich gerade. Zurück blieb ein hohles Gefühl, eine gähnende Leere, die er nicht zum ersten Mal spürte.

»Lässt du mich mal rein?« Er trat neben sie, ohne sie zu berühren, und schloss die Tür hinter sich.

Wie ein Schraubstock legte sich Suzannas weiche Hand um sein Handgelenk. »Wo verdammt noch mal warst du?«

»Laufen.« Er sah sie nicht an.

Sie ließ ihn abrupt los, als hätte sie sich verbrannt. »Arschloch! Das meine ich nicht«, zischte sie. »Ich bin umgekommen vor Sorge.«

Das dramatische Jaulen ihrer Stimme verstärkte das Hämmern in seinem Kopf. »Du hast fest geschlafen, als ich kam.« *So groß kann deine Sorge nicht gewesen sein.*

»Ich hab dir Nachrichten geschickt. Wie kannst du es wagen, keine einzige zu beantworten?«

Sie standen sich gegenüber, kaum einen Meter voneinander entfernt. Fast musste er lachen über ihren Aufzug. Diese Mischung aus Femme fatale und Furie. Doch er beherrschte sich, es würde alles nur noch schlimmer machen. Wann war Suzanna der Humor abhandengekommen? Ihre ehemals ausgeprägte Fähigkeit, selbst am lautesten über ihr *polnisches Temperament* zu lachen? Er wusste es nicht. Und es war ihm ebenso schleierhaft, was sie mit dieser Szene hier bezweckte. Wollte sie ihn zur Schnecke machen oder verführen oder beides? Schon seit einer ganzen Weile hatte er aufgegeben, die Stimmungen seiner Freundin noch verstehen zu wollen, und im Moment wollte er einfach nur ins Bad. Doch sie würde ihn nicht lassen, nicht, bis sie ihr Ziel erreicht hatte. Gut, wenn er auch verlernt hatte, das zu erahnen, eins wirkte immer: totale Kapitulation. Er seufzte und erwiderte ihren feurigen Blick mit einem demütigen Lächeln.

»Ich habe sie doch beantwortet«, sagte er sanft. *So wie ich sie immer beantworte, jede einzelne deiner eine Million Messages.* »Bis der Akku leer war. Entschuldige bitte.« Das war noch nicht einmal gelogen. Trotzdem fühlte er sich schlecht, als er es sagte – doch das hatte wenig mit nicht beantworteten Nachrichten zu tun. Scheiße, hatte er nicht schon genug Probleme? Gratulation, seit ein paar Stunden war eins hinzugekommen, und was für eins.

Finde den Fehler, so hatte sie plötzlich auf seinem Barhocker gesessen, als er von den Toiletten zurückkam. Genau dort, wo er gerade noch allein in Selbstmitleid zerflossen war wie das Eis in seinem Gin Tonic. Zuerst fielen ihm ihre Latschen auf, nicht gerade der attraktivste Schuh, selbst wenn darin so zarte Füße wie diese steckten. Dann kam die Trainingshose, dann blieb er hängen an ihrem verdammt knackigen … und dann war er über den Tisch gestolpert, der blonden Fata Morgana mit den frechen Augen direkt in die Arme. Jana. Wow –! Aber nichts war passiert, rein gar nichts. Ein kurzer Flirt an der Bar, nicht einmal mehr ein nettes Gespräch, das ihm gutgetan hatte in seinem mies gelaunten Zustand. Ein Kuss. Intensiv. Aber er hatte ihn beendet, alles beendet, bevor es richtig losgegangen war, bevor … Was genau war also das Problem? Was beunruhigte ihn so? Hek versuchte vehement, das Bild zu verscheuchen, das ihn seit gestern verfolgte. Ihre zerzausten Haare, ihr zarter Körper in seinem Pullover und ihr Lächeln, als sie sich kurz entschuldigte, so echt und so verdammt verführerisch. Es gelang ihm nicht. Auch der Kloß, der ihm seit gestern das Atmen erschwerte, ließ sich nicht runterschlucken. Und natürlich wusste er, warum. Ja, er hatte sich nichts zuschulden kommen lassen, er hatte absolut richtig gehandelt. Das Problem war nur, dass er sich wünschte, er hätte es nicht getan.

»Es ist schlimm für mich, Darling, wenn ich nicht weiß, wo du bist.«

Der Funken Genugtuung in Suzannas Blick übertrumpfte ihre Worte. Er sollte sie aufrütteln, ihr klarmachen, dass ihre dauernden Spielchen alles kaputt machten. Aber er wollte einfach nur seine Ruhe. Also würde er sie weiter besänftigen. Flüchtig strich er über ihre makellose Haut.

»Du siehst schön aus«, sagte er.

Das war eine Lüge. Er wusste nicht mehr, wann ihre natürliche Wildheit dieser aufgesetzten Erotik zum Opfer gefallen war. Doch seine Taktik funktionierte. Tatsächlich schmiegte sie ihre Wange in seine Hand und schenkte ihm ihren melancholischen Selfieblick. »Wir haben uns wirklich Sorgen gemacht.«

»Wir?« Er zog die Hand zurück.

»Alma und ich.«

»Was hat meine Mutter damit zu tun?«

»Sie hat mich angerufen, weil sie dich nicht erreichen konnte. Sie wollte mit dir über Fritz sprechen.« Suzanna zupfte den Kimono zurecht, verschränkte ihre Arme und schob ihm die zusammengequetschten Brüste entgegen. »Bist du wieder ausgerastet?«

Hek schnaubte. »Er ist schon wieder unangekündigt im Meeting aufgetaucht.«

»Und?« Sie kontrollierte ihren dunkelroten Nagellack. »Warum bist du nur so empfindlich? Es ist *seine* Firma. Es ist ihm wichtig, seine Ideen einzubringen. Wo ist das Problem?«

»Ich bin Geschäftsführer.«

»Ja, siehst du, und das ist doch die Hauptsache.« Sie kraulte seine verschwitzten Haare.

Hek zuckte zurück und widerstand dem Wunsch, ihre Hand wegzuschieben. »Er zweifelt meine Entscheidungen an. Jede einzelne. Vor meinen Mitarbeitern.«

Sie tätschelte seine Wange. »Sei nicht so empfindlich, Darling. Ihr müsst euch halt erst aneinander gewöhnen. Und du bist sein Sohn. Was ist so schlimm daran, auf seinen Vater zu hören? Auf jeden Fall habe ich für morgen Abend einen Tisch reserviert. Dann können wir in Ruhe über alles reden.«

»Du hast was?«

»Ich habe im *Wegener* reserviert. Fritz war begeistert von der Idee. Er mag es nicht, wenn du so ausflippst, das weißt du doch.«

Hek atmete scharf ein. Er hatte das Bedürfnis, laut zu schreien. Stattdessen sagte er kalt: »Du sollst dich nicht einmischen, Suza.«

Sie trat dicht vor ihn und sah zu ihm auf. »Aber sicher tu ich das. Für dich. Für uns.« Sie drängte sich an ihn. Ihr süßliches Parfüm stieg ihm in die Nase. Der Duft, der ihn scharfgemacht hatte wie einen räudigen Hund, als sie sich kennengelernt hatten. Sie drückte ihm ihre kräftigen feuchten Lippen auf den Mund. Sein Magen rebellierte. Er dachte an Janas neugierig funkelnde Augen, an den Moment, als er realisierte, dass sie ihn küssen würde. Überraschend kühl hatte sie sich angefühlt. Schüchtern irgendwie. Aber verdammt, dieser vorsichtige Teenagerkuss kam mit Nebenwirkung. Keine Ahnung, was da abging, er wollte es auch lieber undefiniert lassen. Aber er *hatte* Jana geküsst, alles andere als vorsichtig. Und er *war* kurz davor gewesen, einen Fehler zu machen. Viel zu hart am Wind, mitten rein in die Powerzone, bereit, volles Risiko zu gehen – einen Kuss lang zumindest.

Suzanna legte seine rechte Hand auf ihre Brust und begann damit, Kreise zu ziehen. Seine linke platzierte sie auf ihrem vollen Po.

»Suza, bitte!« Ruckartig befreite er sich. »Ich bin total verschwitzt.«

»Komm schon, Darling«, seufzte sie. »Dieses blöde Joggen neuerdings macht mich bald wirklich eifersüchtig.« Sie öffnete ihren Kimono und schmiegte sich an ihn. Er schob sie heftiger von sich, als er es wollte. »Lass das bitte!«

Suzanna kniff die Augen zusammen und verknotete ihren

Gürtel. Das verführerische Lächeln war aus ihrem Gesicht verschwunden wie der Filter von einem ihrer Instagrambilder. »Du willst nicht?« Sie zuckte mit den Schultern. »Dann fick dich doch selbst, Hektor!«

* * *

Sie hatte ihnen die Vorspeise im *Landhaus Wegener* serviert, dem Lieblingslokal seines Vaters. Sein Vater Fritz hatte sie bereits lange vor ihm bemerkt. Nicht nur weil er aufgrund seiner regelmäßigen Besuche in dem Traditionslokal von jeder Bedienung dort mit Namen und ein paar persönlichen Worten begrüßt wurde, nein, vor allem, weil Fritz Bekensen von schönen Frauen angezogen wurde wie die Motte vom Licht. Als Suzanna ihnen also das Jakobsmuscheltatar servierte, fasste Fritz sie am Handgelenk, zog sie lächelnd zu sich und flüsterte ihr hörbar ins Ohr: »Schöne Suzanna, könnten Sie für mich wohl eine extra Portion Saiblingskaviar organisieren?«

Normalerweise gab sich Hektor intensiv beschäftigt, wenn sein Vater den alten Charmeur raushängen ließ, scrollte in seinen E-Mails, beantwortete eine Nachricht oder verließ sogar den Raum, bis die Luft wieder rein und die Dame verschwunden war. Er konnte das Getue nicht ertragen, ganz im Gegensatz zu seiner Mutter Alma, die den Testosteronschüben ihres Ehemanns mit der Gelassenheit einer Frau begegnete, die aus Erfahrung wusste, dass es sich hierbei um harmloses Geplänkel handelte. Umso besser, wenn Fritz sein übermäßiges Bedürfnis nach Bewunderung bei jungen Frauen stillen konnte, es trug zur beiderseitigen Zufriedenheit bei. Außerdem, da hatte sie recht, zeigte die Erfahrung, dass seine Turteleien ausschließlich platonischer Natur waren. Für alles andere war Hektors Vater viel zu strikt in seinen Grundsätzen, seine preußische Natur viel zu diszipliniert, als dass er sich so einen Fauxpas erlaubt hätte. Er genoss es einfach, seinen Reichtum, seinen Einfluss und sein für sein Alter außergewöhnlich gutes Aussehen gebührlich zu zelebrieren.

Eigentlich hätte sich Hek in dieser Situation den Aktienkursen gewidmet. Nur der Zufall wollte es, dass sein Akku gerade leer war, und so wurde er diesmal wohl oder übel zum Beobachter der peinlichen Avancen seines Vaters.

»Suzanna. Ein wunderschöner Name. Sie sind Polin?«

Suzanna nickte. »Ja, ich bin in Polen geboren, aber seit ich sechzehn bin, lebe ich in Deutschland.«

»Das kann ja noch nicht sehr lange sein – und dafür sprechen Sie ja herausragend Deutsch! Wo kommen Sie her?«

»Aus Warschau.«

Ihre Stimme hatte einen rauchigen Unterton, und jedes Mal, wenn sie etwas sagte, prickelte eine kleine Gänsehaut zwischen Heks Schulterblättern. Sein Vater verwickelte Suzanna weiter in einen anstrengenden Small Talk, bei dem er ihr, den Mund voll Kaviar, seine Kenntnisse ihres Heimatlandes präsentierte. Ausführliche Details der Sehenswürdigkeiten Warschaus, die zu erwartende politische Entwicklung und, natürlich, seine überaus erfolgreichen Geschäfte in diesem Land. Hek bewunderte Suzanna für ihre Freundlichkeit, sie schien nicht im Geringsten belästigt oder gar gelangweilt, beantwortete bereitwillig Fritz' Fragen, lachte über seine Kalauer und klimperte mit den langen Wimpern, wenn er ihr Komplimente machte. Dabei bezog sie immer wieder Alma ins Gespräch ein, das machte sie Hek sofort sympathisch. Gelegentlich richtete sie das Wort auch an ihn. Dann verdichtete sich das Kribbeln an seinem Rücken, und er bemühte sich, ihr mit seinen Antworten zu gefallen. Wenn sie mit den weichen Bewegungen einer Raubkatze zwischen den Tischen hin- und herlief, verfolgte er sie mit wachsendem Begehren. Suzanna war eine der schönsten Frauen, die er je gesehen hatte, da war er sich sicher, und das wollte etwas heißen, denn an attraktiven Frauen mangelte es ihm nicht. Doch die kühlen Hamburgerinnen langweilten ihn zunehmend, und wenn Suzanna ihn aus riesigen dunklen Augen ansah, die vollen Lippen leicht geöffnet, verursachte das ein gänzlich unpassendes Ziehen zwischen seinen Beinen.

Nach der Kokos-Crème-brûlée und dem Grappa aufs Haus lief Hek zur Garderobe, um die Mäntel zu holen. Plötzlich stand Suzanna vor ihm. »Hallo.«

»Oh, hi! Ich muss mich entschuldigen. Mein Vater –«, Hek hob die Hände, »er redet ziemlich viel. Tut mir leid, wenn er dich von der Arbeit abgehalten hat.«

»Nein, nein. Es hat mir Spaß gemacht«, sagte sie lächelnd. Dabei flirteten ihre Augen so unmissverständlich, dass er in seinem Mantel zu schwitzen begann.

»Er ist wirklich nett – ein echter Charmeur.«

Hek lachte. »Ja, das ist er.«

»Und du?« Sie machte einen Schritt auf ihn zu. »Was bist du für ein Typ?«

Heks Hals wurde trocken. Er würde sich dieses Parfüm merken. Süß und herb zugleich. So wie sie. Sie kam noch näher, stellte sich auf die Zehenspitzen und flüsterte in sein Ohr: »Ich würde es sehr gerne herausfinden.« Ihr heiß gerollter Atem brannte bis in seinen Nacken. Bevor er antworten konnte, drehte sie sich um und lief zurück in den Speiseraum. Dabei streifte ihre Hand im Gehen wie zufällig seinen Schritt. Hek erstarrte. Er fühlte sich wie ein verwirrter Idiot. Wie high stolperte er aus dem Lokal, angefixt von dieser Suzanna, die er unbedingt wiedersehen wollte.

Zwei Wochen später luden Heks Eltern zum alljährlichen Adventstrunk in ihre Villa in Harvestehude ein. Nicht einmal während seiner Jahre im Ausland hatte Hek diesen lästigen Pflichttermin umgehen können. Jahr für Jahr bestand seine Mutter auf seine Anwesenheit, und ihr zuliebe fügte er sich, spielte die Scharade der guten Gesellschaft Hamburgs mit. Mit unter dem Dauerlächeln zusammengebissenen Zähnen ertrug er die notorisch enttäuschten Sticheleien seines Vaters ebenso wie die Lobeshymnen seiner Mutter. Wäre es nicht so anstrengend gewesen, man hätte sich amüsieren können über den Battle, den sich die Eltern seit Jahrzehnten vor ihren Gästen über Charakter und Werdegang ihres einzigen Sohns lieferten. Einzig in der Enttäuschung darüber, dass er mit seinen sechsunddreißig noch nicht die richtige Frau gefunden und sie noch nicht zu Großeltern gemacht hatte, waren sie sich einig.

Der Abend folgte stets dem gleichen Ablauf. In den ersten Stunden setzten sich die blau beblazerten alten Herren mit ihren perlenbehängten Ehefrauen beim Geplänkel an Champagner in der großzügigen Lobby so gut es ging in Szene. Die Gespräche waren Hek in etwa so angenehm wie ein Zahnarztbesuch, die Zeit zog sich wie Kaugummi. Besser wurde es erst zu später Stunde. Nach ausreichend Punsch und Rotwein zog man in den blauen Salon um, und hier erwartete Hek mit Blick auf die nächtlich beleuchtete Alster den aus seiner Sicht einzig spannenden Teil der Veranstaltung: In den zerschlissenen Samtsofas wurden Wahrheiten ausgesprochen, die niemand hören wollte. Politisch unkorrekte Ansichten tauchten im dichten Zigarrenqualm auf wie russische U-Boote. Ehefrauen, die in ihrem eigentlichen Leben wohl eher dem Alkohol abgeneigt waren, erwachten urplötzlich aus ihrem knöchernen Verharren und tickten aus. Es war ein Spektakel, das jedes Jahr zur Folge hatte, dass ein paar Namen von der Gästeliste gestrichen und im Folgenden durch neue ergänzt wurden.

Seit einiger Zeit hatte es sich Fritz außerdem zur Aufgabe gemacht, seiner Wunschrolle als Mäzen talentierter junger

Menschen – vornehmlich weiblicher – mehr gerecht zu werden. Gerne setzte er neuerdings junge Frauen auf die Gästeliste, Studentinnen der Kunstakademie oder der Musikhochschule, denen er die Chance geben wollte, vielversprechende Kontakte zu knüpfen. Auf diese Weise präsentierte er seinen Gästen einen kulturell aufgeladenen Abend, inklusive inhaltlich und optisch verjüngter Gespräche. Eine Win-win-Situation für alle.

Als Hek in diesem Jahr mit der üblich schlechten Laune und zwei Drinks im Blut seinen Mantel einer Mitarbeiterin des Cateringservice übergab, stand plötzlich Suzanna vor ihm wie ein dunkelhaariger Weihnachtsengel. Ihr tief ausgeschnittenes Oberteil ließ keinen Zweifel daran, dass sie nicht zum Personal gehörte. Als sie ihn bemerkte, zupfte sie den schwarzen Samt zurecht, schleuderte ihm einen ihrer Killerblicke ins Gesicht und platzierte einen sinnlichen Begrüßungskuss sehr nah an seinen Mund. »Oh, hallo!«

Energie schoss durch Heks müden Körper. »Was machst du denn hier?«, fragte er, während er überlegte, welcher kulturellen Tätigkeit sie wohl nachging.

Suzanna lächelte und ihre langen Wimpern flatterten wie die Flügel eines exotischen Schmetterlings. »Dein Vater war so freundlich, mich einzuladen.«

»Ach ja?« Heks Laune wurde schlagartig in ungeahnte Höhen katapultiert. »Da hatte er ja ausnahmsweise mal eine gute Idee.« Er machte eine kleine Verbeugung. »Eine sehr gute sogar.«

Suzanna legte den Kopf schief. »Höre ich da leichte Kritik?«

Hek lachte aufgedreht. »Nein, ich kann mich nicht beschweren.« Er legte seine Hand an Suzannas nackte Schulter. »Wollen wir?«

Gemeinsam betraten sie die Lobby. Es dauerte kaum Sekunden, bis die weiblichen Gäste entdeckten, dass Almas

Traum nach all den Jahren in Erfüllung gegangen war: Ihr Sohn kam in Begleitung. Unverhohlen musterten sie Suzanna von oben bis unten, warfen Alma anerkennende Blicke zu und begannen so laut zu tuscheln, dass es bis unter die fünf Meter hohe Stuckdecke raunte. Suzanna blieb das Gehabe natürlich nicht verborgen. Doch sie spielte ihre unfreiwillige Rolle mit offensichtlicher Freude. Sie wich nicht von Heks Seite, ließ sich von ihm mit Champagner und Kaviarhäppchen verwöhnen. Je länger der Abend andauerte, desto öfter legte sie ihren Kopf an seine Schulter und schenkte ihm schmachtende Blicke, die mit jedem Glas eindeutiger wurden. Irgendwann spät, als die Stimmung im Salon auf dem Höhepunkt war, zog sie Hek kichernd hinaus in die leere Lobby und weiter durch den gerafften Brokatvorhang in der Farbe des Hamburger Himmels in die Gästetoilette. Auf dem hellblauen Plüschteppich kniend blies sie ihm einen und löschte damit alle schlechten Erinnerungen, die er jemals an diese Veranstaltung gehabt hatte, aus seinem Gedächtnis.

Wie ein Hurrikan brauste Suzanna an diesem Abend in Heks Leben – und sie blieb. Sie fegte all die Liebschaften und Affären der letzten Jahre aus seiner Wohnung und seiner Adressliste. Denn darauf bestand sie, dass er alle Frauenkontakte vor ihren Augen aus seinem Handy entfernte. Hek lachte darüber, sah es als weiteres Zeichen ihrer Exzentrik, die ihn jeden Tag mehr faszinierte, und tat ihr den Gefallen. Suzannas explosive Wildheit hatte ihn in einen fiebrigen Rausch versetzt. Er begehrte sie, wie er noch keine Frau begehrt hatte, und nicht nur das, ihre überbordende Energie sprang auf ihn über wie ein Buschbrand. Er fühlte sich, als hätte er die vergangenen sechsunddreißig Jahre in einem Korsett preußischer Erziehung verbracht. Als sie nach nur drei Monaten nach einer besonders wilden Nacht den Wunsch äußerte, bei ihm einzuziehen, regte sich trotzdem Widerstand in ihm. Er suchte den Rat seiner Mutter, instinktiv, wie eigentlich immer, wenn es um wirklich Entscheidendes in seinem Leben ging. Und wie so oft fand Alma die richtigen Worte. »Du bist es einfach nicht gewohnt, in festen Händen zu sein«, sagte sie lächelnd. »Aber sie tut dir so gut.« Und weil sie ihn lesen konnte wie eine zuckende Kompassnadel, setzte sie hinzu, dass Zusammenziehen ja nicht gleich Heiraten bedeute. Womöglich hatte sie recht. Er hatte immer geglaubt, sein Freiheitsdrang machte ihn beziehungsunfähig. Doch vielleicht musste tatsächlich nur die richtige Frau daherkommen, um ihn zu ändern. Wenige Tage später zog Suzanna mit Sack und Pack und unzähligen Paar Schuhen bei ihm ein.

Zu Heks Überraschung sollte Alma zunächst recht behalten: Er genoss die Zweisamkeit, die ihm wie der Beginn einer neuen aufregenden Lebensphase erschien. Es gefiel ihm, Suzanna nicht nur in seinem Bett, sondern in seinem Alltag zu haben. Mehr noch, er verspürte den dringenden Wunsch, alles mit ihr zu teilen, ein Gefühl, das ihm bisher völlig fremd gewesen war. Er war der Typ, der seine Leidenschaften gern trennte: Frauen auf der einen, das Meer und seine Jungs auf der anderen Seite. Als er Suzanna deshalb eines Tages fragte, ob sie ein Wochenende mit ihm in seinem Camper an der See verbringen würde, legte er ihr damit quasi sein Herz zu Füßen.

Sie reagierte mit einem ihrer explosiven Lachanfälle. *Darling, was? An die See? Im Wohnwagen schlafen – entschuldige, VW-Bus? Oh bitte, wie alt sind wir? Und das musst du doch wissen, Frauen hassen Wind.* Angesichts seiner Enttäuschung schlug sie vor, das Ganze in ein Luxushotel auf Sylt zu verlegen. Saunalandschaft, Salzwasserpool und geschützter Meerblick aus dem Spa – *so macht man Nordsee, Darling!*

Er lehnte ab, genauso wie ihren Versuch, ihn zu verführen, um die Stimmung zu heben.

Auch an seinen Freunden zeigte Suzanna kein Interesse. An seiner Familie dagegen umso mehr. Tatsächlich verbrachte Hektor, seit er mit ihr zusammen war, so viel Zeit mit seinen Eltern wie noch nie. Sie wurde nicht müde zu betonen, wie sehr sie Fritz und Alma *liebte*. Und es sah wirklich so aus, als sei das keine ihrer üblichen Übertreibungen. Den alten Fritz hatte sie von Anfang an um den Finger gewickelt. Sie sonnte sich in seiner Aufmerksamkeit, die von väterlich so weit entfernt war wie Fritz vom Rentnerdasein. Doch auch Alma gegenüber zeigte Suzanna echtes Interesse. Die beiden Frauen wirkten inzwischen fast wie Freundinnen, von denen Suza sonst keine hatte. Selbst auf Heks Verhältnis zu seinem Vater, das seit seiner Pubertät kaum den Namen verdiente, wirkte Suzannas Einfluss. In ihrer Anwesenheit war Fritz' Angewohnheit, seinen Sohn ununterbrochen zu kritisieren, wenn nicht abhandengekommen, so doch deutlich gemildert. Schließlich bot er Hek sogar den Geschäftsführerposten der *Bekensen GmbH* an. *Es sei an der Zeit, an die nächste Generation zu übergeben, und er, Fritz, könne es dank des positiven Einflusses seiner Schwiegertochter in spe wagen, in die zweite Reihe zu treten.*

Mehr konnte Hek nicht erwarten, nicht von seinem Vater. Er schluckte seine Zweifel hinunter und richtete den Blick nach vorn. Vielleicht war Suzanna trotz allem die ideale Frau für ihn. Gegensätze zogen sich eben an. So abgedroschen diese Erkenntnis war, so ewig gültig wohl auch. Außerdem hatte er große Pläne für das Verpackungsunternehmen, das sein Großvater aufgebaut und sein Vater zu europaweitem Erfolg geführt hatte. Immerhin dafür schien Suzanna sich zu interessieren. Endlich würden seine Visionen eines verantwortungsvollen Players im Verpackungsmarkt der Zukunft Form annehmen – so dachte Hek, verließ das Konkurrenzunternehmen, bei dem er tätig war, und nahm seine Bestellung zum Geschäftsführer glücklich an.

Ein halbes Jahr später fühlte er sich weiter von Visionen entfernt denn je – ob nun beruflich oder in Beziehungsdingen. Trotzdem fragte er sich, ob er nur verblendet oder einfach irgendwo falsch abgebogen war. Denn in den Augen seiner Freundin und seiner Familie war ganz offensichtlich er, und nur er, derjenige, der einer Bekensen-Bilderbuchfamilie im Weg stand.

KAPITEL 3

Jana

Jana erwachte mit eiskalten Füßen und dem Gefühl zu ersticken. Sie grub sich aus den hundert Kilo Kissen, schnappte nach Luft und robbte sich zum Zimmertelefon, das auf dem Nachttisch schrillte.

»Guten Morgen Frau Paulsen, Ihr Weckruf.«

Ach ja, die Eingebung von gestern Nacht, die Verantwortung für ihr pünktliches Erscheinen zum Frühstück mit Simon zu delegieren. Sie selbst drückte allzu gerne mal im Halbschlaf auf die Schlummertaste, umso dankbarer war sie für den Weckruf im *Atlantic Hotel.* Und er funktionierte.

»Hm.« Für mehr Freundlichkeit dröhnte ihr Kopf zu sehr, von der Nacht im Samtdschungel dieses Betts und vom Jetlag. Sie fröstelte und tastete nach der Decke, vergeblich. Wahrscheinlich aus dem Bett gestrampelt, das tat sie öfter in wilden Träumen, an die sie sich morgens nicht erinnern konnte. Heute gab es Erinnerungen, *Jesus,* ziemlich wilde – doch mit Träumen hatten die nichts zu tun. Einen ganzen Film voller Erinnerungen schickte ihr das erwachende Gedächtnis gerade vorbei, einen Morgengruß des Hauses sozusagen. Herzlichen Dank auch, hätte das nicht Zeit bis nach dem Frühstück gehabt?

Jana setzte sich auf. Ihre Arme und Beine pulsierten seltsam, voller Energie, als gehörten sie nicht zu dem vernebelten Kopf, als hätte sie ein Sixpack Red Bull getrunken und nicht zwei Gin-Absacker. Sie ließ sich zurückfallen, beide

Arme von sich gestreckt und schloss die Augen. An ihrer Lippe erknabberte sie ein Stück zerfetzte Haut. Sanft fuhr sie mit dem Mittelfinger darüber. *Willkommen in Hamburg.* Aufregender hätte ihre Rückkehr kaum verlaufen können! Was für ein Abend – nur das Happy End ließ zu wünschen übrig. Gut, dass keine Zeit zum Träumen blieb!

Zwanzig Minuten später stand Jana in der Lobby. Die langen Haare durchnässten das Jackett. Sie hatte sich für das Outfit entschieden, das am besten mit ihrem zukünftigen Titel korrespondierte, *Head of HR Europe.* Zumindest vom Gefühl her traf es die Sache ziemlich gut – fremd und verkleidet. Sie knotete sich einen Dutt und sah sich um. Noch keine Spur von Simon. Dankbar für ein paar Augenblicke ließ sie sich in einen der Sessel fallen. Sie war noch nicht bereit für das erste Zusammentreffen mit ihrem zukünftigen Chef, der vor verdammt langer Zeit ihr bester Freund gewesen war. Bevor er New York verlassen hatte und sie geblieben war. Bevor sie sich aus den Augen verloren hatten, allen Erwartungen und Vorsätzen zum Trotz, einfach so, wie man Menschen halt verliert, nur weil einen plötzlich ein paar Tausend Kilometer vom Alltag des anderen trennen.

Eigentlich gab es keinen Grund, aufgeregt zu sein. Simon kannte sie in so ziemlich jeder Lebenssituation. Außerdem hatte sie die Jahre mit ihm als die guten im Gedächtnis. Ob es an Simon lag oder einfach an der Zeit damals, mit ihm war sie jedenfalls die entspannteste Version ihrer selbst gewesen. Na ja, außer in Bezug auf Männer. Schon vor Mick hatte er ihre Fehltritte kommen und gehen sehen, kommentarlos. Auch als sie Mick kennenlernte, blieb Simon an ihrer Seite und ertrug ihre Groupie-Phase mit echter freundschaftlicher Fassung. Und er war es auch, der sie mit Wehen ins Krankenhaus fuhr, als Ava meinte, drei Wochen zu früh auf die Welt kommen zu wollen, und Mick wie immer irgendwo im Studio festhing.

Doch all das war ewig her. Mit sporadischen Whatsapps hatten sie einander über die Fakten auf dem Laufenden gehalten. Simon hatte geheiratet und war schon wieder geschieden, keine Kinder. Seltsam eigentlich, denn er war in Janas Augen prädestiniert für Familie, ein Frauenversteher, einfühlsam, witzig und zuverlässig. Wie es ihm wirklich ging, davon hatte sie keinen blassen Schimmer.

Vor sechs Wochen hatte sie die Anzeige entdeckt, als sie nach einem schlimmen Streit mit Mick durch deutsche Stellenangebote surfte. Es war ihre neue Art, sich abzulenken, Job-Beschreibungen in Berlin, Frankfurt, Hamburg beschäftigten ihre Fantasie, um ihrer Seele zumindest in Gedanken ein Hintertürchen zu öffnen. An diesem Tag stach ihr eine ganze Latte von Anzeigen sofort ins Auge: *HoliWays* inserierte im großen Stil. Jana kannte diesen Namen. Es war das Reise-Start-up, das Simon mit ein paar Techies gegründet hatte. *Wir sind eines der am schnellsten wachsenden Touristikunternehmen weltweit.* Wow. Sie wusste wirklich nichts mehr von seinem Leben! Neben an die hundert anderen Mitarbeitern suchte *HoliWays* eine Personalchefin für das Headquarter in Hamburg. Instinktiv griff Jana nach ihrem Handy und durchsuchte ihre Kontakte. Sie fand seine Nummer sofort.

»Jana? Bist du das?« Er klang vor allem überrascht, was auch sonst.

Sie brachte nichts als Stottern heraus. Nach Sekunden unterbrach Simon sie und fragte unverblümt nach dem Grund ihres plötzlichen Anrufs. Er hatte sich nicht verändert. Er hasste Small Talk.

»Ich will diesen Personaljob«, platzte Jana heraus.

Sie hörte ihn atmen.

»Auf eurer Website, die *HR-Leitung Europa*«, ergänzte sie und war sich sicher, dass er ihr Herz klopfen hören konnte.

Simon schwieg, also plapperte sie weiter. »Falls die Anzeige noch aktuell ist. Ich meine, ich weiß natürlich nicht, ob ich dafür infrage komme, aber vielleicht schon, ich dachte es zumindest. Sag mal, passt es eigentlich gerade? Oh Mist, es muss mitten in der Nacht sein, tut mir leid, soll ich morgen noch mal anrufen?«

»Du kannst ihn haben. Wenn du es ernst meinst.«

Er meinte es ernst, das wusste sie, denn Simon meinte alles ernst, was er sagte.

»Ja, ich will.« Jana antwortete, ohne zu zögern, und ohne die geringste Ahnung, wer ihr die Worte in den Mund legte.

Als sie aufgelegt hatte, kam es ihr vor, als hätte das kürzeste Bewerbungsgespräch aller Zeiten nur in ihrer Fantasie stattgefunden. Und irgendwie fühlte es sich heute, vier Wochen danach, noch genauso an.

»Frau Paulsen?« Eine nasale Stimme schleuderte sie aus ihrem Gedankenkarussel. Direkt vor ihr stand der Concierge.

»Guten Morgen! Ich hoffe, Sie hatten eine angenehme Nacht, Frau Paulsen. Es wurde etwas bei uns abgegeben für Sie.« Er hielt ihr einen Umschlag entgegen.

»Von wem …?«

Der Concierge wedelte ungeduldig mit dem Brief unter ihrer Nase. »Das ist mir nicht bekannt.«

»Sind Sie sicher, dass er für mich ist?«, fragte Jana und bemerkte im gleichen Augenblick, wie lächerlich ihre Frage war.

»Natürlich bin ich das. Er steckte in Ihrem Fach.«

»Na dann.«

Der Umschlag trug keinen Namen, nur das geprägte Hotellogo mit der von zwei Frauen getragenen Weltkugel. Vorsichtig riss Jana ihn auf, tastete nach dem Briefbogen und zog stattdessen einen kleinen gefalteten Zettel heraus. *Von einem Kellnerblock,* dachte sie, dann schoss ihr das Blut in den Kopf.

»War sonst alles in Ordnung bei Ihnen, Frau Paulsen?«

Die Stimme klang wie sehr weit weg. Jana nickte, ohne den Blick von den Zeilen in großer Handschrift zu nehmen. Das dünne Papier zitterte in ihrer Hand.

Es tut mir leid! Du bist wundervoll. H

Zwei Arme legten sich von hinten um sie. Jana sprang auf. Die Nachricht segelte auf den Holzboden. Sie bückte sich, doch er war schneller.

»Ein Liebesbrief?« Er zwinkerte und breitete einen Arm aus, mit dem anderen hielt er lässig die Lederjacke über der Schulter.

»Simon!« Hastig stopfte Jana das Papier in die Tasche ihres Jacketts und schmiss beide Arme um seinen Hals. Er roch, wie er aussah, topfit und dynamisch.

Sie löste sich von ihm und lachte. »Du bist hier.«

»Nein, du«, sagte er. »Wie schön!«

Wie sehr er sich verändert hatte. Sein hellblaues Hemd straffte sich faltenlos über seiner Brust. Dazu trug er eine Jeans, die Mann wirklich tragen können musste. Skandinavisch, pechschwarz und superslim. Sie stand ihm ausgezeichnet. Jana überspielte ihre Überraschung mit gleich noch einer Umarmung. Nicht, dass er damals schlecht ausgesehen hätte, nur eher – unauffällig. Stets ein paar Kilo zu viel, ein paar gemütliche Polster über der Jeans, die auch weite T-Shirts nicht verdecken konnten. Er aß gern und kochte wie ein Gott, und das durfte man sehen, und auch, dass er mehr der beste Freund für Abende auf der Couch war als der Partner fürs After-Work-Fitness. Das Muskelpaket, an das sie sich jetzt schmiegte, fühlte sich so hart wie konsequent an, und spontan vermisste Jana den vertraut freundlichen Bauch. Simon warf die Lederjacke über die Sessellehne, dann drückte er sie mit beiden Armen an sich, als wollte er sie nicht mehr loslassen.

Jana schnappte nach Luft. »Hallo Muskeln, was habt ihr mit meinem Freund Simon gemacht?«, murmelte sie in seine Brust.

Er lachte und löste seinen Griff. Sein Gesicht war schmal geworden. Das Lächeln grub ein paar Fältchen in seine Wangen. Doch das Alter stand ihm. Er sah weniger harmlos aus als noch vor zehn Jahren, strotzte vor Gesundheit, als käme er gerade von einem Segeltörn. Nur die braunen Augen blickten immer noch treu wie ein Neufundländer in ihre.

»Wow. Was siehst du gut aus!«, platzte Jana heraus.

Er lachte. »Ich nehm das mal als Kompliment. Danke gleichfalls! Blendend übrigens, in deinem Fall. Unverändert.«

Es entstand eine Gesprächspause. Jana dachte an den einen Abend. Wieso zum Teufel gerade an den? So, wie Simon sie ansah, befürchtet sie, dass er den gleichen Gedanken hatte. Herrje, man konnte doch an so vieles denken, an Sonntagnachmittage im Central Park, Konzerte in den schrägsten Clubs der Lower East Side, Brunch in Harlem oder daran, wie Simon fast zur Hebamme wurde. Wieso mussten sie beide an den einzigen Abend denken, von dem sie sich einig waren, ihn nie wieder erwähnen zu wollen?

»Bist du gut angekommen?«, fragte Simon endlich. Der Moment war überstanden.

»Ja, bestens. Danke für das total übertriebene Zimmer.«

»Ein bisschen Überzeugungsarbeit musste sein. Ich hoffe, du hast dich wohlgefühlt. Hattest du einen schönen Abend gestern?«

»Hm.« Jana stopfte ihre Hände in die zu engen Taschen ihrer Jeans und fühlte sich gleich noch verkrampfter. Sie wechselte in die Jackettasche und spürte das Papier.

»Jana?« Simon legte beide Hände auf ihre Schultern. »Alles in Ordnung?«

»Oh ja, sicher«, sie lächelte, so breit es ging, »nur der Jet-lag. Wenn ich meinen Schlaf nicht bekomme – erinnerst du dich?« Sie rollte übertrieben mit den Augen.

Er lachte. »Natürlich. Mindestens acht Stunden, besser zehn.«

»Ja, genau.« Das Kichern schrillte zu laut durch die Lobby.

»Und hilft Essen auch immer noch?«

Sie nickte heftig.

»Dann los!«

Erst jetzt fiel Jana die Messenger-Bag auf, die quer über seinen Rücken baumelte, mit unübersehbarem *HoliWays*-Logo bedruckt. Sie musste grinsen. Simon ging steil auf die vierzig zu, doch er sah von Kopf bis Fuß aus wie einer dieser jungen Start-up-Gründer.

Sie betraten den Frühstückssalon des Hotels. Licht flutete durch die großen Fenster, die allesamt zur Alsterpromenade zeigten.

»Guten Morgen!« Ein Kellner ganz in Weiß trat zu ihnen.

»Guten –« Jana schnappte nach Luft. »Morgen!« Wieso bitte hatte der immer noch Schicht?

Tobi nickte schmunzelnd. »Für zwei?«

»Bitte«, sagte Simon. »Und gerne am Fenster. Die Dame ist zum ersten Mal in Hamburg.«

»Na dann herzlich willkommen!« Tobis Grinsen reichte bis unter die Ohren.

»Ich –«, begann Jana, doch Tobi lief bereits in Richtung eines freien Tischs am Fenster. Er zog einen der mit gestreifter Seide bezogenen Stühle zurück. »Genießen Sie den Ausblick!«, sagte er, rückte ihr den Stuhl unterm Hintern zurecht und verschwand.

Mit glühenden Wangen rutschte Jana noch ein Stück weiter unter die schneeweiße Tischdecke. Sie verdrehte die Augen. »Oh Mann, Simon. Wie peinlich! Ich hab ihm gestern Abend erzählt, wo ich herkomme.«

»Echt?« Simon lachte laut. »Sorry, ich hätte wissen müssen, dass du in den zwölf Stunden Bekanntschaften machst.« *Und was für welche!*

»Was soll's. Hat doch funktioniert.« Er schüttelte seine Stoffserviette auf.

»Toll.«

»Etwa nicht?«

»Doch.« Jana lächelte gequält. Wie sollte er ahnen, was Tobis Anblick in ihr auslöste. Fröstelndes Nachbeben, trotz der Sonnenstrahlen im Gesicht. Draußen überquerte eine Menschentraube gerade die Straße zum Alsterufer. Die Erinnerung flatterte durch ihren Körper. *Es ist grün,* hatte sie an seinen Lippen gemurmelt und er: *Na und.* Es war der letzte Kuss gewesen. Danach war er anders geworden. Freundlich, doch mit gebührender Distanz. Warum kam ihr diese Erkenntnis erst jetzt? Weil sie gestern viel zu sehr damit beschäftigt gewesen war, den Wächter ihrer guten Vorsätze – ihrer nicht verhandelbaren Vorsätze – zu beschwichtigen. Hätte sie gleich ein bisschen aufmerksamer beobachtet, hätte sie sich zumindest den lächerlichen Überraschungskuss ersparen können! Sie griff in ihre Jackentasche. *Und was soll das hier? Mr. H?* Wütend schloss sie ihre Faust um das dünne Papier. »Der Platz ist perfekt!« Sie legte den Kopf schief und sah Simon in die Augen. »Ich freu mich so, dich zu sehen!«

Er lächelte sein warmes Simon-Lächeln. Er war noch der Gleiche. »Und ich erst. Ich kann's ehrlich gesagt noch nicht ganz fassen. Niemals hätte ich mir erträumt –« Er beugte sich in ihre Richtung. »Du wusstest es, oder? Wenn ich mir jemanden gemalt hätte für diesen Job, dann dich, Jana Paulsen.« Für einen Moment fixierte er sie, und sein Lächeln verschwand. »Was ist passiert?«

Da war sie, die Frage, vor der sie Schiss hatte. In jedem ihrer Skype-Gespräche war sie ihr ausgewichen, hatte signalisiert, dass es Wichtigeres zu besprechen gab. Und Simon hatte instinktiv verstanden oder einfach akzeptiert, dass der Bildschirm nicht der richtige Ort war, um zu erfahren, was Jana so Hals über Kopf nach Deutschland trieb. Doch sie schuldete ihm eine Erklärung.

»Mir ist einfach nach Veränderung«, versuchte sie es.

Simon zuckte nicht einmal. »Komm schon, Jana. Was ist mit *nie mehr zurück nach Deutschland?*«

»Man wird älter und ändert seine Meinung.«

Tobi war zurück, um ihre Bestellung aufzunehmen.

»Kaffee schwarz bitte. Zweimal«, sagte Simon. »Oder hat sich daran auch etwas geändert? Geschäumte Milch neuerdings?«

Jana schüttelte den Kopf. »Nee. Nachtschwarz, bitte.« Sie scheute sich immer noch, Tobi ins Gesicht zu sehen.

»Und dazu? Darf ich? *Kein Schnickschnack, nur zwei Croissants mit roter Marmelade …?*« Simon grinste erwartungsvoll.

Jana wurde warm im Herz. Sie nickte. »Ganz genau!«

Tobi war schon ein Stück entfernt, da rief sie ihm hinterher: »Und einen Pfefferminztee, bitte.«

Er drehte sich um und diesmal hielt sie seinem Blick stand. »Ist klar. Sehr gerne!« Er grinste.

»Das ist neu«, sagte Simon.

Jana tat entrüstet. »Du hast es vergessen!«

»Niemals. Am Abend, ja. Aber nicht zum Frühstück.«

»Okay, du hast recht.« Sie lachten gemeinsam.

Simon griff nach seiner Tasche »Wollen wir den geschäftlichen Teil lieber gleich erledigen?« Ohne ihre Antwort abzuwarten, beförderte er einen Stapel Papier zutage.

»Es gab andere Frauen.« Sie sagte es emotionslos.

Simon sah auf. In seinem Blick lag nichts als Verständnis. Er nickte stumm.

»Ich weiß, was du denkst. Du hast mich gewarnt.«

Er legte das Papier zur Seite und berührte sanft ihre Hand. »Ich wünschte, ich hätte mich getäuscht.«

»Es war – wir waren gut miteinander.« Sie atmete tief ein. »Ich dachte wirklich, er würde irgendwann aufhören damit.«

»Hat er nicht?«

»Hat er nie.«

»Aber wieso –?«

»Wieso ich mit ihm zusammengeblieben bin?« Sie lachte bitter. »Keine Ahnung. Ich hab ihn geliebt. Wir hatten eine gute Zeit. Wir haben eine Tochter.«

Simons Finger schlossen sich warm um ihre. In ihrer Brust zog sich etwas zusammen. Sie konnte nicht schlucken, wollte über den Tisch in seine Arme kriechen. Schon damals hatte er diese Wirkung auf sie gehabt. Aber das war lange her. Sie räusperte sich. Er war jetzt ihr Chef.

»Ich bin so froh, dass ich hier bin«, flüsterte sie.

»Und ich erst!«

Sie spürte das Wasser in ihren Augen. Rasch griff sie nach ihrer Serviette. »Kannst du bitte aufhören?«

»Womit denn?«

»Mich so anzusehen!«

»Okay, okay.« Er hob die Hände.

»Scheiße, hab ich dich vermisst«, krächzte sie, bemüht, die Tränen wegzudrücken.

Es war absolut indiskutabel, wie sie sich aufführte. Nach über zehn Jahren gab er ihr, ohne zu zögern, einen Job in seiner Firma, einen besonders wichtigen, wie er selbst gesagt hatte, obwohl er keine Ahnung hatte, ob sie dafür geeignet war. Und sie? Ließ ihn zum Dank Rätsel raten und präsentierte ihm als Erstes eine Heulattacke. *Reiß dich zusammen!* Sie wischte die Serviette über den Mund und tupfte dabei wie zufällig über ihre Augenwinkel. Dann richtete sie sich energisch auf.

»Also, es ist so: Ich bin letztes Jahr mit Ava ausgezogen.«
Sie holte tief Luft. »Weil er angefangen hatte, sie mit nach
Hause zu bringen.« Simons warme Augen wichen keinen
Zentimeter von ihren. Konnte er nicht einfach auf die Als-
ter gucken? »Es war vorbei. Endgültig. Ich hatte eine tolle
Wohnung in Williamsburg gefunden. Mick war darüber –«,
sie räusperte sich, »erleichtert.«

Tobi brachte das Frühstück, doch Jana ließ sich nicht mehr
unterbrechen. Sie würde die Geschichte jetzt loswerden.

»Ich wollte keinen Streit, vor allem nicht um Ava. Deshalb
hab ich vorgeschlagen, dass sie jedes zweite Wochenende
bei ihm verbringen kann. Ava wollte es auch. Und wie sie
es wollte, sie liebt ihren Vater so. Aber er –« Janas Kehle zog
sich wieder zusammen. Sie nahm ein paar Schluck Kaffee,
während Simon einfach still sitzen blieb, bis sie bereit war,
den Rest zu erzählen: Wie Mick die Verabredungen mit seiner Tochter vergaß. Wie Ava sie aus seinem Apartment anrief, bemüht zu verbergen, dass sie die Nacht dort wieder
allein verbracht hatte. Wie sie bettelte, wenn Jana ihr ver-
bieten wollte, Zeit bei ihm zu verbringen. Wie er schließlich begonnen hatte, die Partys bei sich zu Hause zu feiern,
während Ava allein in ihrem Zimmer Musik hörte.

Simon sah ihr nicht länger in die Augen, sondern pickte
ausdruckslos in seinem Rührei. Jana wünschte sich, er würde etwas sagen, irgendetwas, aber er blieb stumm.

»Weißt du, was er gesagt hat, als ich ihm von unserem
Telefonat erzählt habe?«, fuhr sie schließlich fort. »Super
vorsichtig war ich, damit er nicht annimmt, dass ich einfach
mit seinem Kind abhauen will.« Sie stopfte sich die letzte
Hälfte Croissant in den Mund. »*Good move,* hat er gesagt.
That's a good move.« Jana suchte nach einem Taschentuch in
ihrer Jackentasche, doch da war nur der zerknüllte Zettel.
Sie zog die Nase hoch und versuchte zu lächeln. »So, jetzt
weißt du alles.«

Simon nickte. Jana ahnte, wie viel Selbstbeherrschung sein Schweigen ihn kostete. Schließlich sagte er: »Gut, dass du hier bist.«

»Danke, dass du mir den Job gibst. Meinst du, ich krieg das hin?«

Er nahm ihre Hand. »Machst du Witze? Lag es an der Verbindung, oder wie konnte dir entgehen, dass du genau die bist, die wir suchen?«

Hinter ihren Augen begann es schon wieder zu brennen.

»Okay«, sagte sie schnell, »wo muss ich unterschreiben?«

Er reichte ihr den Stapel Papier über die Teller. Sie blätterte zur letzten Seite. »Hast du einen Stift?«

»Du musst es nicht sofort tun, Jana. Komm einfach später bei mir vorbei. Du fliegst doch erst morgen.«

»Ich hab noch die Wohnungsbesichtigungen.«

Er nickte. »Das wird nicht einfach. Der Hamburger Wohnungsmarkt ist ein Desaster.«

»Schlimmer als in New York kann es nicht werden.« Sie lachte. »Oder doch?«

»Wir finden was für dich«, sagte er und machte dabei ein ungewohnt skeptisches Gesicht.

»Notfalls gäbe es noch Plan B.« Jana seufzte. »Der eigentlich keiner ist.«

Simon hob fragend die Augenbrauen.

»Immerhin habe ich Familie in der Nähe.«

»Du meinst – deine Schwester? Habt ihr Kontakt?«

Jana warf theatralisch die Hände vors Gesicht und summte *Spiel mir das Lied vom Tod.* »Morgen sehen wir uns. Zum ersten Mal seit dem Tod meines Vaters.«

»Wow. Zeit wird's.«

»Lust hab ich keine.«

»Jana!« Simon schüttelte lachend den Kopf.

»Ist aber so, ich mach mir in die Hose vor Aufregung.«

»Hör auf.«

»Du kennst meine Schwester Anne nicht. Also, wo soll ich unterschreiben?«

Er seufzte. »Unüberlegt wie eh und je.« Dann kramte er in seiner Tasche. »Hier«, zwinkernd überreichte er ihr einen royalblauen Kugelschreiber mit *HoliWays*-Logo. »Ein Willkommensgeschenk!«

Jana blätterte flüchtig durch die Seiten. Auf der vorletzten sprang ihr das zukünftige Gehalt ins Gesicht. Schnell blätterte sie weiter. Sie wollte Simon nicht zeigen, dass ihr die Zahl Kopfschmerzen bereitete. Er hatte sich ihr zuliebe schon weit aus dem Fenster gelehnt. Trotzdem war ihr zukünftiger Verdienst lächerlich. Ihr Freelancerdasein war lukrativer gewesen. New Yorks Werbeagenturen ließen sich Mitarbeitercoachings mehr kosten, als dieses angeblich so rasant wachsende Start-up bereit war, für eine Personalchefin auszugeben. Aber sie wollte diesen Job. Sie würden sich eben einschränken müssen.

Als könnte er ihre Gedanken lesen, sagte Simon: »Bist du wirklich okay damit?«

Sie nickte.

»Für den Anfang kann ich dir einfach nicht mehr zahlen. Es würde den allgemeinen Rahmen sprengen. Aber wenn wir die nächste Finanzierungsrunde durchkriegen, dann werden alle Gehälter ordentlich angehoben. Ich versprech's dir!«

»Weiß ich doch. Mach dir keinen Kopf!« Jana ließ die Mine ein paar Mal springen. Dann setzte sie übertrieben schwungvoll ihre Unterschrift unter den Vertrag. Mit breitem Grinsen überspielte sie das plötzlich dringende Bedürfnis, sich zu übergeben. Es war entschieden.

Simon breitete die Arme aus. »Willkommen! Was sagt Ava eigentlich zu eurem Umzug?«

»Sie weiß es noch nicht.«

* * *

Jana reckte den Hals und versuchte, einen Blick auf die Maklerin zu erhaschen. Es war eine der Situationen, in denen sie dankbar war, ein bisschen größer zu sein als der Durchschnitt. In der kackbraun gestrichenen Küche tummelten sich die Wohnungsinteressenten, als gäbe es Freibier im Kühlschrank. Die Frau spielte mit unbeteiligter Miene an ihrem Handy und hob den Blick nur, um hin und wieder eins der Formulare zu übergeben, die sich auf dem Campingtisch vor ihr stapelten. Jana ließ die Herrscherin über die Selbstauskünfte einstweilen links liegen und warf sich ins Gefecht, um den Rest der Wohnung zu begutachten. Der düstere Flur war die nächste Herausforderung. Ein bemerkenswerter Querschnitt der Bevölkerung drängte sich auf diesen zwei Quadratmetern im nie gehörten Hamburg-Stellingen – je nach Stand der Besichtigung in unterschiedliche Richtungen. »Entschuldigung, dürfte ich bitte …!« Man blieb höflich. Trotzdem hing die Genervtheit aller Beteiligten schwer wie altes Fett in der ohnehin stickigen Luft.

Jana erreichte das schlauchförmige Wohnzimmer mit dem als Terrasse ausgeschriebenen Mikrobalkon zum Hinterhof. Es war vollgestellt mit sperrmüllreifen Möbeln, also bestand immerhin die Hoffnung, dass sich hier mit Entrümpeln und heller Wandfarbe ein gewisser Raumeffekt erzielen ließ. Jana kämpfte sich weiter. Die beiden Schlafzimmer lagen laut Anzeige nach Süden, ein Detail, das angesichts der Nähe der gegenüberliegenden Fassade keine große Rolle spielte. Ein anderes schon: Keiner der beiden Räume besaß eine Wand länger als eins achtzig. Den Vormieter schien dies nicht weiter gestört zu haben, er hatte beide Räume offensichtlich als Abstellkammern genutzt. Jana warf noch einen flüchtigen Blick ins Bad, dessen Toilette ein Bahnhofsklo wie eine Wellnessoase wirken ließ, dann machte sie sich auf den Rückweg. Der Geruch in der Küche passte zu den dreckigen Pfannen, Töpfen und Tellern, die sich in der Spüle stapelten. Jana ignorierte auch dies, immerhin, sie hatte sich zum Tisch der Maklerin vorgearbeitet.

»Hallo, guten Tag! Ich bin Jana Paulsen.«

Das Formular landete kommentarlos in ihrer ausgestreckten Hand. »Bei Interesse ausfüllen, Verdienstbestätigung vom Arbeitgeber beilegen.«

»Ich hätte ein paar Fragen.« Jana lächelte, so süß sie konnte.

»Hm?« Die Frau wischte weiter Facebook-Posts nach oben.

»Wie sieht es mit Renovierungen aus?«

Für den Bruchteil einer Sekunde nahm die Maklerin den Blick vom Display, gerade lang genug, um Jana von oben bis unten zu mustern.

»Die Wohnung wird vermietet, wie sie ist. Steht in der Anzeige.«

»Ja, sicher, das habe ich natürlich gelesen«, beeilte sich Jana zu versichern. »Ich dachte nur, weil der Zustand ja teilweise etwas –« Die Maklerin sah sie an, als wagte Jana ein Penthouse am Central Park zu kritisieren. »Aber gestrichen wird doch …?«

»Es gibt genügend Interessenten.« Energisch griff die Maklerin nach den Papieren.

Im Reflex schnappte Janas Hand zu und für eine Sekunde rangelten sie um die Selbstauskunft. Jana gewann. Sie zog die Mundwinkel noch ein bisschen weiter auseinander und bemühte sich vergeblich um Augenkontakt. »Danke. Ich seh mich dann noch ein bisschen um.«

Die Frau nickte, ohne aufzusehen.

Jana drängte aus der Küche zurück ins Wohnzimmer. Erschöpft lehnte sie sich in eine kleine freie Ecke neben der Schrankwand in Eiche rustikal. Der Kloß in ihrem Magen hatte sich über die letzten Stunden zu einem Betonklotz verdichtet. Tausendsiebenhundert Euro kalt für ein Drecksloch. Es war schlimmer als in New York. Dies war ihre fünfte Wohnung heute. Die ersten beiden, kaum besser, hatte sie noch hoch erhobenen Hauptes verlassen, in der dritten war sie sofort nach ihrem Ehemann gefragt worden. Der Vermieter stellte sich ein verheiratetes und langfristig kinderloses Paar vor. Die vierte hatte über einer chemischen Reinigung gelegen, beißender Geruch war inklusive, eine Küche allerdings nicht. Dies hier war die letzte Wohnung auf ihrer Liste. Morgen Abend würde sie nach New York fliegen und erst in vier Wochen zurückkehren, mit Sack und Pack, endgültig. Ava würde nach Springbreak kommen, kaum weitere vier Wochen später. So der Plan. Panik breitete sich in ihr aus. Sie ließ den Blick über die anderen Paare schweifen, die leise tuschelnd überlegten, wie man die Bruchbude bewohnbar machen konnte.

»Will noch jemand Unterlagen loswerden?« Das maskenhafte Gesicht der Maklerin erschien neben Jana in der Tür. »Ich sperre gleich zu. Ende der Veranstaltung.« Diesmal sah sie Jana direkt in die Augen.

Jana atmete tief ein, dann drückte sie der Frau die Papiere in die Hand. »Danke, nein. Schönen Tag noch!«

Im Treppenhaus roch es nach fettigem Essen. Jana rannte die knarzenden Holzstufen hinunter und raus auf die Straße. Sie schlüpfte in ihren Mantel, den sie in der Hitze der Wohnung ausgezogen hatte, sah nach oben in den grauen Himmel und atmete durch. Doch auch frische Luft konnte das Chaos in ihrem Kopf nicht beruhigen. Vielleicht war das alles doch ein Fehler. Zu plötzlich, zu überstürzt. Wie sollten Ava und sie diesen Neustart bewältigen, wenn es am Wichtigsten mangelte? Hamburg hatte keine Wohnung für sie.

Spontan wählte sie Simons Nummer.

»Jana – gut, dass du dich meldest!«

»Simon. Es wird nichts. Ich weiß nicht, was ich machen soll, es gibt nur renovierungsbedürftige Löcher, oder sie sind married-no-kids-only. Morgen muss ich zurück, und ich kann doch nicht ohne Wohnung –«

»Ich hab noch eine Idee.«

»Was meinst du?«

»Ein Bekannter von mir vermietet eine Mansarde. Im Generalsviertel, beste Gegend.«

»Du bist süß.« Jana lachte bitter. »Aber *beste Gegend* kann ich mir gerade nicht leisten.«

»Tausend Euro.«

Jana schüttelte den Kopf und begann in Richtung U-Bahn-Station zu laufen. »Das gibt's nicht, Simon.«

»Er hat es gesagt.«

»Und wo ist der Haken?«

»Ich sag's dir ehrlich, keine Ahnung! Aber ich habe gerade mit ihm gesprochen. Er sagt, das Ding ist klein und nicht renoviert, aber mit ein bisschen Fantasie könnte man was draus machen.«

Jana seufzte. »Alles klar, echt lieb von dir. Aber meine Fantasie ist heute schon überstrapaziert worden.«

»Versteh ich gut. Musst es dir eben ansehen. Oder bist du schon bei Plan B?« Er lachte.

Jana war nicht zum Lachen zumute. *Plan B?* Sie dachte an das Telefonat, das sie vor ein paar Tagen mit ihrer Schwester geführt hatte. Keine fünf Minuten hatte es gedauert. Und die Nachricht, dass sie plante, zurück nach Hamburg zu ziehen, hatte Anne nichts weiter als ein »*Ach, wirklich?*« entlockt. Jana schluckte. »Nein. Es gibt keinen Plan B. Wann kann ich die Wohnung ansehen?«

KAPITEL 4

Hek

Suzanna, Alma und Fritz warteten mit Champagnergläsern in den Händen an der Bar, als Hektor das *Landhaus Wegener* betrat. Suzanna stand zwischen seinen Eltern und wirkte von Weitem wie ein jüngerer Klon seiner Mutter. Nicht zum ersten Mal fiel Hek auf, dass seine Freundin ein Chamäleon war. Genau wie Alma trug sie heute ein schlichtes, dunkelblaues Etuikleid, dazu Perlenohrringe und hautfarbene Strümpfe. Fritz' Hand lag auf ihrer nackten Schulter, denn anders als Alma hatte Suzanna auf eine Strickjacke verzichtet. Nur ihr übertriebenes Make-up verriet, dass sie eigentlich nicht unbedingt vom Typ *schlichte Eleganz* war. Vor der bis zu den Brauenbögen gezogenen Bemalung in Rosa klapperten die pechschwarzen Wimpern, mit viel Geduld angeklebt, das wusste Hektor inzwischen. Während sie mit Fritz sprach, streichelte Suzanna lasziv über den dicken Zopf, zu dem sie ihre Haare geflochten hatte, als wäre er eine Katze. Als Hektor sich dem Grüppchen näherte, sah sie auf und warf ihm einen vorwurfsvollen Blick zu, bevor sie sich wieder seinem Vater widmete. »Er kann einfach nicht pünktlich sein.«

Das Lächeln, mit dem Fritz ihres erwiderte, erstarb, als Hektor die drei erreichte. »Wie schön, dass du es einrichten konntest.«

»Ich hatte Termine«, sagte Hektor. Er war sich der Provokation bewusst, die dies an einem Samstag bedeutete.

Sein Vater würdigte ihn keines Blickes, sondern winkte den Kellnern. »Wir wären dann so weit.«

Es kamen gleich zwei. »Sehr gerne, Herr Bekensen.«

Sein Vater ließ den Damen den Vortritt. Als sie den Platz, am Fenster mit dem Blick in den Garten erreichten, an dem sie normalerweise zu sitzen pflegten, blieb Fritz ruckartig stehen. »Was ist mit meinem Tisch?«, polterte er, ohne sich um die Gäste zu scheren, die allesamt erstaunt von ihrer Suppe aufsahen.

»Ja, was ist mit Herrn Bekensens Tisch?« Der ältere der beiden Kellner gab die Frage an seinen jüngeren Kollegen weiter.

»Tut mir sehr leid«, stammelte der, »es war etwas kurzfristig diesmal. Die junge Frau Bekensen meinte, es sei ausnahmsweise in Ordnung, wenn Sie im Wintergarten ...« Er zeigte in Suzannas Richtung, die inzwischen genau wie Alma zurückgetippelt kam.

»Das ist es nicht«, unterbrach Fritz. »Und Sie sollten das wissen!«

»Fritz, bitte«, Alma nahm seine Hand. »Es ist doch nicht wichtig heute.«

»Doch. Es ist immer wichtig.«

Hektor zückte sein Handy und beantwortete eine E-Mail.

»Es tut mir so leid, Fritz.« Suzanna klang, als wäre jemand verstorben.

Die Frauen tätschelten seinem Vater die Arme, wie um einen aggressiven Köter zu beruhigen.

»Also gut«, Fritz lächelte großspurig, und Hektor hätte wetten können, dass seine Freundin den Ausschlag für diesen Stimmungsumschlag gab. Schon legte sein Vater seinen Arm um ihre Taille. »Sie sehen, Sie haben die schönen Frauen auf Ihrer Seite!«

Sie bewegten sich weiter in Richtung des *Wintergartens*, wie der Bereich in einem billigen Plastikzelt genannt wurde, den sein Vater – eigentlich zu Recht – als geschmacklos und dem hohen Anspruch des *Wegener* unwürdig empfand. Suzanna nahm wie selbstverständlich neben Fritz Platz, Alma ihm gegenüber. Die Kellner rückten den Damen die Stühle zurecht, die Karten wurden gereicht.

»Alma?«

Auf Befehl kramte Heks Mutter in ihrer Handtasche und beförderte Fritz' Lesebrille zutage. Er setzte sie auf die Nase, überflog kurz das Tagesmenü und ließ die Karte mit demonstrativ dumpfem Knall zusammenklappen. Schon eilte ein Kellner herbei.

»Viermal Menü, bitte.«

»Eine gute Wahl, Herr Bekensen.«

»Für mich bitte die Gnocchi und einen gemischten Salat«, sagte Hektor.

Sein Vater hob den Blick über die randlose Brille, Alma nahm im selben Moment seine Hand.

»Mein Sohn hat Extrawünsche – wie immer.« Fritz lachte laut, während das ältere Paar vom Nebentisch interessiert zu ihnen herübersah.

»Ach, Junge, iss doch lieber auch was Richtiges.« Alma streichelte über seine Hand. Diese Familie konnte nur mit Tätscheleien länger als fünf Minuten beieinandersitzen.

»Von mir aus.« Hek schloss die Karte und ließ sich in seinen Stuhl zurückfallen. Er war nicht hier, um zu streiten. Es würde trotzdem schwierig werden, seiner Mutter die Situation in der Firma vorzuenthalten.

»Na also!«, knurrte Fritz und verabschiedete den Kellner mit einem Nicken. Er wandte sich Suzanna zu, die dichter als nötig neben ihm saß, und versorgte sie mit dem jungenhaften Blitzen in den Augen, von denen viele behaupteten, Hek habe es geerbt. »Meine Liebe, wie geht es dir?«

Sie schenkte ihm ihren schönsten melancholischen Augenaufschlag. »Es geht schon, danke, ein bisschen viel Arbeit.«

Hektor horchte auf.

»Oh je, schöne Frauen sollten nicht zu viel arbeiten«, erwiderte Fritz.

Hek stierte auf seine Hände. Mit dieser Einstellung hatte Fritz Suzanna bereits davon überzeugt, ihren Kellnerjob zu kündigen.

»Ich modele jetzt«, sagte Suzanna stolz.

Ihre Mutter hatte alles versucht, um ihrer schönen Tochter zu einer großen Karriere zu verhelfen, wiederholte Castings bei Heidi Klum inklusive. Doch so sehr sie ihrer Tochter eingeredet hatte, sie sei nur eine Diät vom ganz großen Durchbruch entfernt, Suzanna aß nun einmal gern. *Mein Arsch hat mir die Topmodelkarriere versaut,* pflegte sie zu scherzen – als lockere Selbstironie noch zu ihren Eigenschaften gehörte. Vor zwei Wochen hatte sie Aufnahmen bei einer Agentur gemacht, die Jobs für Versicherungen und Kaufhauskataloge vermittelte. Hek hatte sich mit ihr gefreut. Ihre Formulierung ließ ihn allerdings befürchten, dass auch dieser Job nicht von langer Dauer sein würde.

Inzwischen saß Suzanna seinem Vater fast auf dem Schoß und hing an seinen Lippen – so wie immer, wenn er in ihrer Nähe war. Es brachte Hek auf die Palme. Insbesondere, weil er wusste, wie sehr Alma Suzanna in ihr großes Herz geschlossen hatte. Unterm Tisch trat er leicht gegen ihre Wade. Es war mehr ein sanftes Schubsen, doch Suzanna fuhr wie von der Tarantel gestochen hoch.

»Au, was machst du?« Immerhin, sie hatte aufgehört, seinen Vater anzuschmachten, und funkelte jetzt Hek böse an.

»Nichts. Sorry.« Er zuckte mit den Schultern, grinste zufrieden und warf ihr einen routinierten Luftkuss zu. Dann winkte er dem Kellner.

»Ich würde gerne Wein bestellen.«

»Aber sicher, Herr Bekensen. Einen schönen Grauburgunder vielleicht?«

»Klingt gut.«

»Und wie viele Gläser darf ich bringen?« Der Kellner sah von einem zum anderen.

Fritz schüttelte den Kopf. »Nur mein Sohn trinkt mittags.«

Auch Alma schüttelte den Kopf, obwohl Hek wusste, wie gerne sie einen Schluck Weißwein trank.

»Und die junge Dame?«

Mit einem Blick zur Seite schüttelte Suzanna den Kopf.

Hektor fixierte seine Freundin. »Du musst dich ihm nicht anpassen!«

»Ich möchte aber keinen Wein!«, zischte sie.

»Gut. Dann eben ein Fläschchen für mich.« Hek nickte dem Kellner ermunternd zu.

Am Tisch breitete sich angestrengtes Schweigen aus. Hek begann demonstrativ, Nachrichten zu checken. Wieder war es Alma, die eingriff. »Wir überlegen, ob wir das Haus streichen lassen«, sagte sie. »Aber das hieße, dass wir ein Gerüst bekommen, für mindesten zwei Wochen, sagt der Maler.« Sie warf ein Lächeln in die Runde. »Deswegen sind wir nicht sicher. Was, wenn es schönes Wetter gibt? Manchmal scheint ja im Frühling mehr die Sonne als –«

»Niemand interessiert sich hier für deinen Anstrich!«

Alma zuckte unter Fritz' Worten zusammen.

Hektor spürte den vertrauten Druck unter dem Rippenbogen. »Warum lässt du sie nicht wenigstens ausreden?«, sagte er und starrte auf seine Finger.

»Erzähl du mir nicht, dass du dich für diese Malerarbeiten interessierst. Niemand interessiert sich dafür«, bellte Fritz in seine Richtung.

Hek spürte die kalte Hand auf seinem Unterarm. »Dein Vater hat ja recht«, sagte Alma in der eindringlich monotonen Stimmlage, die er seit seiner Kindheit kannte. »Wir sind aus anderen Gründen hier. Suzanna«, sie suchte über den Tisch nach Bestätigung, »macht sich genauso Sorgen wie ich. Bitte sprecht über die Sache.« Sie warf erst Hek, dann seinem Vater ein ermunterndes Lächeln zu. Sein Leben lang hatte sie dieses Lächeln schon drauf. Hektor kannte seine Mutter überhaupt nur lächelnd. Wahrscheinlich war es ihre größte Stärke, Konflikte einfach wegzulächeln, um die Scheiß-Harmonie dieser Familie aufrechtzuerhalten.

»Ich bin Almas Meinung«, mischte sich Suzanna ein. »Ihr müsst endlich miteinander reden!«

»Danke, Suzanna.« Alma warf ihr einen Blick zu, als hätte sie Mutter Theresa vor sich. »Danke für deine Einfühlsamkeit.« Dann drehte sie sich zur Seite. Bevor Hek etwas sagen konnte, fuhr sie in strengerem Ton fort. »Ich denke, du solltest dich bei deinem Vater entschuldigen, Hektor.«

Er schnappte nach Luft. Ihr Lächeln war auffordernd, und sie nickte ihm zu wie einem störrischen Dreijährigen. »Ich wüsste nicht«, die Wut verschlug ihm beinahe die Sprache, »wofür ich mich entschuldigen sollte.« Er klang wie ein stammelnder Schüler.

Sein Vater hob die Hand, und alle drei sahen ihn an. »Er muss sich nicht entschuldigen«, sagte er ungeduldig in Richtung seiner Frau. Dann fixierte er Hektor. »Es ist in Ordnung, wenn er ein bisschen spielen will. Ich sehe ja regelmäßig nach dem Rechten.«

Hektor spürte das Blut in seinem Kopf pochen. Er hatte genug. »Du hältst meine Zukunftsvision für Spielerei?«, brüllte er.

»Pssst«, zischte Suzanna. »Die Leute gucken schon. Schrei deinen Vater nicht so an!«

»Halt dich raus!« Wütend griff Hektor nach seinem Glas und leerte es.

»Ja, genau, nimm noch einen Schluck, damit wir noch sachlicher diskutieren können«, sagte Fritz.

Hektor knallte das Glas auf den Tisch. Wie er diesen überheblichen Ton hasste. Doch er würde seinem Vater nur die Oberhand geben, wenn er sich weiter davon provozieren ließ. Er atmete tief ein. Dann sah er Fritz zum ersten Mal direkt in die Augen. »Warum hast du mich zum Geschäftsführer gemacht?«, fragte er ruhig.

Alma nahm seine Hand. »Nicht, Hektor, darum geht es doch gar nicht.«

Hek schüttelte sie ab. »Doch«, sagte er. »Genau darum geht es. Ich weiß, wohin ich diese Firma führen möchte, und du«, er fixierte seinen Vater, »weißt es auch. Du kanntest meine Pläne von Anfang an. Also warum …?«

Fritz lachte. Sein polterndes, selbstzufriedenes Lachen, das es einem schwer machte, ruhig zu bleiben. »Ist das dein Ernst, Sohn? Du glaubst wirklich, ich würde mit ansehen, wie du das, was ich aufgebaut habe, aufs Spiel setzt? Nur weil Plastik gerade nicht im Trend liegt?« Er lachte noch lauter als vorher, und Hektors ganzer Körper versteifte sich.

»Hast du wirklich geglaubt, ich habe dich deiner großen Pläne wegen bestellt? Wegen dieser spinösen Ideen? So naiv kannst nicht einmal du sein!«

»Fritz!« Almas Gesicht war vor Anspannung verzerrt. »Bitte hör auf!«

»Nein, er muss das mal hören, Alma. Sonst wird er noch übermütig! Nur weil er ein paar Jahre im Ausland gearbeitet hat, denkt er, er kann die Welt verändern. Du weißt doch gar nicht, was es heißt, eine Firma zu führen, Sohn. Du hast Verantwortung. Kennst du das Wort überhaupt?« Er nahm in Seelenruhe einen Schluck Wasser. Dann verzog er den Mund erneut. »Was denkst du, wie sähe es aus, wenn ich meinen Sohn nicht in die Geschäftsführung nehmen würde? Was würden die Leute sagen, wenn sie wüssten, dass er ein Träumer ist? Aber ich sage dir, du wirst diese Stelle ausfüllen wie ein Bekensen, dafür sorge ich.«

»Die Investitionen sind bereits zugesagt. Und du weißt das. Die Start-ups rechnen damit, dass der Inkubator noch in diesem Jahr entsteht. Es ist reine Formsache, dass es im nächsten Meeting vom Aufsichtsrat abgesegnet wird.«

»Der *Inkubator*«, Fritz lachte in Richtung Suzanna. »Klingt, als würden wir Bakterien züchten. Haha.«

Unter Hektors Wut mischte sich Verzweiflung. Sein Vater war womöglich einfach nicht mehr in der Lage zu verstehen, worum es ging. »Ich erkläre dir alles gerne noch einmal in Ruhe«, sagte er ehrlich bemüht. »Für die Entwicklung von Plastikalternativen haben wir junge Unternehmer ausgewählt, die wir unterstützen, sowohl finanziell als auch mit unserem Know-how. Außerdem werden sie direkt bei uns im Unternehmen sitzen, damit wir eng zusammenarbeiten können und sie sich gegenseitig befruchten. Dieses Modell nennt man *Inkubator*. Ich bin wahnsinnig glücklich über die fünf Start-ups, die wir gewinnen konnten.«

»Gewinnen? Meine Kohle wollen sie.« Fritz grinste in die Runde, um sich zumindest die Zustimmung von weiblicher Seite zu sichern.

Hek atmete ein. »Die Zusammenarbeit wird *Bekensen Verpackungen* zum Vorreiter in Materialien der Zukunft machen. Und wenn du schon von Verantwortung sprichst. Ich sehe es als meine Verantwortung an, in die Entwicklung von Verpackungen zu investieren, die unsere Welt nicht weiter zu einer riesigen Müllhalde machen.«

»Ich habe beschlossen, mein Veto einzulegen.«

Hektor erstarrte. »Das kannst du nicht tun«, presste er hervor, bemüht, seine Wut unter Kontrolle zu halten.

Fritz lachte. »Ach ja? Du musst noch viel lernen, mein lieber Hektor.«

Hek sprang auf. Er hatte genug, er kochte vor Wut, und wenn er noch eine Sekunde an diesem Tisch sitzen blieb mit dem Blick auf die selbst zufriedene Ignoranz seines Vaters, würde er Dinge sagen, die er seiner Mutter ersparen wollte. Er sah zu Suzanna. »Wir gehen.«

Unentwegt streichelte sie über ihren Zopf. »Darling!« Mehr brachte sie nicht heraus.

Hektor drehte sich weg vom Tisch. Seine Mutter griff nach seinem Arm. »Bitte, Hektor, hör deinem Vater doch zu.«

Er befreite sich, dann beugte er sich zu ihr hinunter, berührte sanft ihre Hände, die sich an der weißen Stoffserviette festkrallten. »Tut mir leid, Mama!« Er küsste sie auf den Scheitel und warf einen letzten Blick zu seinem Vater, der sich gerade genüsslich das letzte Stück seiner Perlhuhnbrust in den Mund schob. »Ich gehe davon aus, dass das hier auf dich geht!«

Aus dem Augenwinkel sah Hek, wie Suzanna sich doch erhob. Es war ihm egal. Er eilte hinaus, ohne auf sie zu warten.

KAPITEL 5

Jana

Jana hatte am Hauptbahnhof die U-Bahn genommen.

Lauf ein Stück am Isebekkanal entlang, hatte Simon ihr geraten, *dann wirst du dich für die Wohnung entscheiden, bevor du sie überhaupt gesehen hast.* Wie recht er hatte! Sie würde noch zu spät kommen, so oft blieb sie stehen, um die Schönheit dieses Stadtteils zu bewundern, um einen besonders außergewöhnlichen Eingang an einem der weißen Jugendstilhäuser oder einen verwunschenen Balkon zu betrachten. Hamburg tat wirklich alles, um ihr Herz zurückzuerobern. Hier und da trugen die kahlen Bäume schon grüne Knospen, und sie reckten sich der seltenen Sonne entgegen, die gerade heute beschlossen hatte, sich am hellblauen Himmel zu zeigen. Jana ließ sich treiben, bog ab vom Kanal in eine der hübschen kleinen Straßen. Väter rannten Laufrädern hinterher, Mütter schoben Doppelkinderwagen. Eimsbüttel war ein fruchtbarer Stadtteil, und der Eindruck, dass in den edlen Patrizierhäusern viele Familien und nicht nur wohlhabende Yuppies lebten, machte ihn Jana gleich noch sympathischer. Wie um ihre Gedanken zu bestätigen, tauchten am Straßenrand kleine Boutiquen auf, zwei von dreien mit hippen Kinderklamotten im Schaufenster. Vor den Cafés saßen auch Familien, die Erwachsenen reckten in Decken gekuschelt ihre Nasen in die Sonne, während die Kinder den breiten Gehweg mit Kreide bemalten. Jana lief weiter, schaltete doch Google ein, weil die Zeit knapp wurde.

10.30 Uhr hatte Simon für sie verabredet, sie wollte pünktlich sein. Noch mehr Cafés und wirklich überall sprießendes Grün. Sie verstand, warum dieser Stadtteil zu den beliebtesten Hamburgs zählte, und sie bemühte sich, ihre Fantasie im Zaum zu halten. Je näher sie der Zieladresse kam, desto intensiver wurde das aufgeregte Kribbeln, das sie schon von ihrem ersten Besichtigungstag kannte. Schon begann sie die Häuser zu zählen, anhand der Hausnummer Schätzungen anzustellen, wie weit es noch war, zu überlegen, ob vielleicht tatsächlich eins dieser Schmuckstücke – nein. Die Erinnerung an die frustrierenden Besichtigungen und das enttäuschte Magensacken, wenn die Interessentenmassen in das hässliche Siebziger-Wohnblock-Entlein zwischen weißen Traumfassaden strömten, schob sich schützend vor zu viel Begeisterung. Die Straße machte einen scharfen Knick. Plötzlich wurden die Häuser kleiner – und noch hübscher. Fast wie im *Village* sah es hier aus, schmale Reihenhäuser, dicht aneinandergeklebt, nicht in *Red Bricks* wie ihre Brüder in New York, sondern in Hamburger Pastelltönen, die ganze Straße hinunter. Janas Laune sank. Es musste sich um ein Missverständnis handeln, hier gab es weit und breit kein Mehrfamilienhaus. Simon hatte nicht richtig zugehört.

Und dann stand sie vor der 53. Wie ein charmanter Außenseiter klebte das blaue Eckhaus am Ende einer Gruppe besonders eleganter Stadtvillen. Die weißen Klappläden hingen schief in den Angeln, hier und da blätterte Farbe von der Fassade, und im kleinen Vorgarten wucherten die Büsche, verschont vom strengen Schnitt ihrer Nachbarn. Nicht, dass all das nachlässig gewirkt hätte, eher einladend, zumindest weniger einschüchternd. Jana trat an das schmiedeeiserne Gartentor, und ihre Hoffnung sank in sich zusammen wie ein Kartenhaus. *Ich suche eine Wohnung, Simon, eine bezahlbare kleine Wohnung, das hier ist ein Haus!* Jana bemühte sich, ihr klopfendes Herz zu bändigen. Sollte sie gleich umdrehen? Andererseits war sie wirklich neugierig, wie so eine Villa von innen aussah. Womöglich hatte Simon auch die Adresse verwechselt, zumindest das würde sie klären. Am Gartentor war keine Klingel zu finden. Jana drückte vorsichtig die Klinke hinunter. Das Tor ließ sich öffnen. Direkt vor dem Eingang erwarteten die üppigen Knospen einer Magnolie die erste Frühlingswärme. Jana legte sich ein paar Worte zurecht, für den Fall, dass die Eigentümer ihr Eindringen missbilligten. Langsam stieg sie die drei Stufen zur Haustür hinauf. Aus dem gekippten Fenster neben der Tür klangen Stimmen, die einer Frau, scharf, laut, und die eines Mannes. Jana konnte nicht verstehen, was sie sagten, aber es klang, als stritten sie. Statt zu lauschen, drückte sie auf den unteren der namenlosen und ungewöhnlich modernen Klingelknöpfe. Die Stimmen verstummten, dann hörte sie Schritte, und die Haustür wurde mit Schwung aufgezogen.

Zuallererst stach ihr der Pullover ins Auge, weich und lässig um den Hals geschlungen. Dann das Lächeln. Bubenhaft blitzende Augen. Als er sie erkannte, sackte das markante Kinn nach unten. Er sagte nichts, starrte nur, und Jana starrte zurück. Ihr fiel der andere Pulli ein, den sie in ihren Koffer gestopft hatte. Sie errötete bei dem Gedanken an ihren Entschluss, das Andenken an ihren denkwürdigen ersten Abend in Hamburg zu behalten.

»Ist doch niemand gekommen?« Schritte klackerten, jemand schob sich neben Hek in die Türöffnung. Ein dunkler Botticelli-Engel. Das überirdisch schöne Wesen drapierte die Haare über eine Schulter und lächelte wie fürs Foto. »Guten Morgen?« Ihre Stimme hatte diesen kehligen Sound, auf den Männer abfahren wie auf rote Spitzenunterwäsche. Es klang wie eine Frage nicht wie ein Gruß.

»Guten Morgen«, antwortete Jana. Später dachte sie sich,

dass sie gern Heks Gesicht beobachtet hätte, genau in diesem Moment. Doch sie war damit beschäftigt, ihr eigenes unter Kontrolle zu halten und ihren Verstand anzuflehen, er möge ihr helfen, aus dieser Situation herauszukommen – ohne größere Peinlichkeit und so schnell wie möglich.

»Sie wollen den Dachboden ansehen, oder?«, sagte die Frau. »Ich sag es Ihnen gleich, er ist unbewohnbar. Auch wenn Hektor«, sie rollte das R, während sie ihm mit dem Zeigefinger über seine Wange strich, »das anders sieht. Allein der ganze Sperrmüll da oben.«

Es hat sich sowieso gerade erledigt. Jana zog die Lippen zu den Ohren. »Ach so, dann liegt bestimmt ein Missverständnis vor. Tut mir leid, mein Freund, also *ein* Freund, Simon, er sagte mir –«

»Nein, es stimmt.« Hek räusperte sich. »Simon hat mich angerufen. Dann bist du seine …«

Jana konnte sein Gehirn rattern sehen.

Sie nickte wie in Zeitlupe. »… neue Mitarbeiterin. Jana.«

Hek stimmte in ihr Nicken ein. »Ja. Er sprach von einer Freundin, die dringend eine Wohnung sucht.« Die Worte kamen so langsam aus seinem Mund, als unterzöge er jedes einzelne einer sorgfältigen Qualitätsprüfung. »Ich hatte mal erwähnt, dass wir die Mansarde vermieten wollen. Irgendwann.« Langsam streckte er den Arm nach vorne. »Hektor.« Er lächelte, doch das Blitzen war einem unruhigen Flackern gewichen.

Für eine Sekunde zögerte Jana, dann legte sie ihre Hand in seine. Bei ihrer Berührung zuckte er zusammen. Schnell zog sie den Arm zurück. Wenn es so war, wie es aussah, dann gehörte dieses Traumhaus ihm, und er lebte darin Eimsbüttel-like mit Frau und wer weiß wie vielen Kindern. *Mach, dass du wegkommst!*

»Suzanna.« Zischend schob sich die Frau in den Vordergrund. Ihr Seidenkleid floss über ihren kurvigen Körper wie grüne Schokolade. Dazu trug sie Sandalen aus Samt in exakt der gleichen Farbe. Ernsthaft? Samt und Seide zum Sonntagsfrühstück? Jana schwankte schon vom Hinsehen, und es kostete sie ziemliche Anstrengung, nicht auf die hochhackigen Schuhe dieser Suzanna zu starren oder auf ihre malerisch ondulierten Locken über dem üppigen Dekolleté oder auf die vielen Ringe an ihren langen Fingern. Ihre Jeans fühlte sich plötzlich zerfetzter an, als sie war.

»Jana. Wie gesagt. Freut mich«, stotterte sie. Herrje, warum wünschte sie dem Traumpaar nicht einfach einen schönen Sonntag und bestellte sich im nächsten pittoresken Café Tee mit Rum? Stattdessen schenkte sie dieser Suzanna mit doppeltscharfem S ihr gewinnendstes Lächeln.

Suzannas Handgriff war so schlaff wie ihr Selfieblick. »Was ist denn jetzt, wollen Sie kurz gucken? Wir haben nämlich nicht viel Zeit.« Sie musterte Jana von oben bis unten.

Ihr habt doch den Termin vorgeschlagen! Was war das hier? Versteckte Kamera? »Dann sollten wir uns beeilen!«, sagten Janas Lippen wie von selbst lächelnd. »Wenn ich denn reinkommen darf.«

»Aber klar, bitte entschuldige. Immer rein in die gute Stube.« Mit hölzernem Armschlenker trat Hek zur Seite.

Schräger konnte es kaum werden. Immerhin, er blieb beim Du, sonst wäre Jana wohl in Lachen ausgebrochen. Überhaupt begann seine Unsicherheit sie zu amüsieren. Sie trat über die Schwelle und beschloss, die Sache einstweilen mit Humor zu nehmen.

Hektor zog die Haustür zu. Der Flur verströmte eine warme Atmosphäre. Ungeniert sah Jana sich um. Grau getünchte Wände, ein großer runder Spiegel, eine Bank mit kuscheligem Fell. Es roch nach frischer Farbe. Das Haus war offensichtlich gerade von innen renoviert und neu eingerichtet worden. Hell und einladend wirkte es – ganz im Gegensatz zu seinen Bewohnern, die erneut in Schweigen verfallen waren. Neugierig betrachtete Jana die Holztreppe, die direkt vor einer im Grau der Wände lasierten Tür endete. Seit wann war sie so schüchtern? Viel spannender war es doch zu sehen, wie er wohnte und was passierte, wenn sie Interesse heuchelte. Genau. Sie würde ihn ein bisschen ins Schwitzen bringen. Er hatte es verdient! »Also?«, fragend sah sie zwischen den beiden hin und her. Dann warf sie Hek ein herausforderndes Lächeln in sein verzweifeltes Gesicht.

»Hektor?«, die Frau, Suzanna, schien nicht weniger ungeduldig.

»Ja dann …« Hek räusperte sich. »Hier geht's lang.« Mit ein wenig Abstand folgte ihm Jana die Treppe hinauf. Hinter ihr klackerten Suzannas Absätze.

Er zog einen altmodischen Schlüssel aus der Tasche, steckte ihn ins Schloss. Während er an dem runden Türgriff ruckelte, drehte er sich zu ihr um. »Das Haus hat meiner Großmutter gehört. Sie ist vor einem halben Jahr gestorben und hat es mir vererbt. Ich habe bisher nur das Nötigste renoviert.« *Ich, nicht wir.*

»Hier oben hat jahrelang ihre Pflegerin gewohnt. Es ist alles noch unverändert. Und ziemlich eng, ich weiß wirklich nicht, ob …« Er sprach nicht weiter, weil ihre Blicke sich verfangen hatten. Für einen Moment stand die Welt still. Dann sprang die Tür auf und Hek trat ein. »Nicht wundern …!«

Während Jana ihm folgte, den Blick von seinen zerzausten Haaren auf den Raum vor ihr lenkte, rasten ihre Gedanken nun doch durcheinander. *Ein Bekannter.* Wieso kannten sich Simon und Hek? Und wieso dieser Abend, dieser Kuss, wenn er doch …? Nur für sein plötzliches Verschwinden hatte sie jetzt die Erklärung. Sie drängelte sich gerade an ihr vorbei in die Mansarde. »Wie Sie sehen, kann man kann es eigentlich nicht als *Wohnung* bezeichnen.« Suzanna rümpfte die Nase.

Als Jana nun selbst einen Blick wagte, wünschte sie sich, sie wäre ihrem ersten Gefühl gefolgt und hätte das Weite gesucht, bevor ihre verdammte Neugier sie die Treppen hoch getrieben hatte. Sie hatte einen staubigen Dachboden erwartet, den sie nach ein paar unangenehmen Minuten für Hek auf Nimmerwiedersehen verlassen würde. Und ja, es roch ein bisschen muffig, aber nicht modrig, sondern nur zu warm, als wäre lange nicht gelüftet worden. Kein Wunder, denn durch die Dachfenster flutete die Sonne herein. Und das, was ihre Strahlen an alten Holzbalken vorbei wie Theaterscheinwerfer in Szene setzten, ließ Janas Herz schneller schlagen. Der überschaubare Raum – Eingang, Wohnzimmer und Küche in einem – war tatsächlich ziemlich vollgestellt mit altem Kram. Doch während Hek eins der Fenster aufriss, begann Jana zu befürchten, dass sie nicht ihn, sondern sich selbst in eine verzwickte Lage gebracht hatte: Dieser *Dachboden* mit all seinem *Sperrmüll* war wundervoll!

Die Sonne brannte auf ihrem Arm. Es war wirklich heiß. Sie trat ein Stück zur Seite und wäre fast mit dem Kopf an die Dachschräge gestoßen.

»Im Sommer ist es hier oben bestimmt unerträglich«, sagte Suzanna, als hätte sie ihre Gedanken gelesen.

Jana versuchte, die Situation zu verstehen. Hek hyperventilierte, okay, doch warum wollte die ahnungslose Suzanna sie nicht hier haben? Aus irgendeinem Grund gefiel es Jana, sie ein bisschen zu ärgern. Sie lächelte süffisant. »Ach, wir sind das gewohnt, meine Tochter und ich. New York ist im Sommer ein Backofen.«

»Sie haben eine Tochter?« Diese Information schien Suzanna zu erleichtern. »Dann ist es hier ja viel zu eng für Sie.«

Jana ignorierte ihre Worte. Mit leuchtenden Augen lief sie im Zimmer hin und her. Die Pflegerin hatte es bunt gemocht – genau wie sie. Die Tapete hätte die Vintage-Läden in Little Italy in Verzückung versetzt: rankende Moosröschen in Pink und kräftigem Grün auf leicht vergilbten Grund, garantiert original Fünfzigerjahre. Und die alten Möbel – eine türkis gestrichene Kommode, ein Nierentisch, ein etwas ramponiertes, aber durchaus funktionsfähiges Palisandersideboard – vielleicht auf den ersten Blick verstaubt und oll, doch Jana sah sich schon putzen, ausmisten und die schönsten Teile mit ihren eigenen Möbeln zu einem charmanten Ganzen verbinden. Wie in Trance tappte sie hinter Hek her, dessen Anspannung sie förmlich fühlen konnte. Starr geradeaus blickend, als trüge er Scheuklappen, führte er sie in das winzige Bad und schließlich ins Schlafzimmer. Sie beide bemühten sich um Sicherheitsabstand, was in dieser Enge zu einem schlecht choreografierten Tanz umeinander führte.

»Das Schlafzimmer.« Er stierte aus dem Giebelfenster. Jana wagte es, neben ihn zu treten. »Es ist wirklich hübsch«, sagte sie und ärgerte sich über das Krächzen in ihrer Stimme. Er machte einen Schritt zur Seite und überließ ihr die Aussicht.

»Wie gesagt, nur *ein* Schlafzimmer«, wiederholte er von der Tür aus.

»Ja, das ist ein Problem.« Sie wandte sich um. In diesem Zimmer wuchsen violette Lilien an der Wand. Ava wäre begeistert.

»Also, das war's«, sagte er geschäftig und lief davon. Jana atmete aus. Sie warf einen letzten Blick aus dem Fenster, dann folgte sie ihm zurück ins Wohnzimmer.

»Und, genug gesehen?« Suzanna hob ihre beeindruckenden Wimpern vom Handy. »Wohl nicht ganz das, was Sie suchen, oder?« Ihr Lächeln war diesmal entspannter. Sie war überzeugt, dass der *Sperrmüll* seine Wirkung getan hatte, und stakste bereits in Richtung der Tür. Jana starrte abwesend auf ihren runden Seidenhintern. Ihre Gedanken waren anderweitig beschäftigt. Was hielt sie noch hier? Es fehlte ein Schlafzimmer. Manche Dinge konnte man eben nicht haben. Sie ließ ihren Blick ein letztes Mal schweifen, bewunderte die alten flaschengrünen Kacheln hinter den weiß getünchten Küchenmöbeln. Plötzlich stutzte sie. »Was ist das?« Sie zeigte auf die Leiter, die sie gerade entdeckt hatte. »Eine Galerie?«

Hek folgte ihrem Blick zu dem über der Küche unter den Dachbalken eingezogenen Holzboden. »Du meinst da oben? Da lagern alte Kisten.«

Doch Jana war schon auf der Leiter und kletterte los. Von der obersten Sprosse drehte sie sich um und grinste breit in Heks entgeistertes Gesicht unter ihr. »Ein zweites Schlafzimmer!« Auf allen vieren krabbelte sie zwischen den Kisten hindurch, bis unter die runde Dachluke, durch die Hamburgs Himmel hereinsah. Es war perfekt.

»Was soll die Wohnung eigentlich kosten?« Sie war zurück im Rosenzimmer. Hek antwortete nicht gleich. Er schien für den Moment vergessen zu haben, dass ihre Augen Tabuzone waren. Suzanna schritt alarmiert zurück ins Zimmer.

Hek riss sich los. »Keine Ahnung, neunhundert Euro? Wir sind immerhin *beste Gegend!*«

War das Panik in seinen Augen? Was war nur los mit ihm? Jana lächelte, sie zwinkerte sogar. *Entspann dich, es war nur ein Kuss! Wir kriegen das hin.* Natürlich würden sie das. Sie waren erwachsene Menschen. Jana brauchte dringend eine Wohnung, und diese Mansarde schickte der Himmel. *Sorry, Hek,* sie musste Prioritäten setzen.

»Ich würde mich gerne noch einen Moment umsehen«, sagte sie. »Ginge das?«

»Sicher.« Hek schien aufzugeben.

»Wieso das denn?«, blaffte Suzanna. »Wir haben wirklich keine Zeit mehr.«

»Ich könnte auch gerne alleine – ich möchte Sie nicht aufhalten.«

»Okay.«

Suzanna sah ihn entgeistert an. »Aber …« Hek legte den Arm um sie und schob sie zur Tür. »Bis gleich, Jana.«

»Wir gehen davon aus, dass Sie alles so lassen, wie es ist«, rief Suzanna über ihre Schulter.

Jana nickte. »Natürlich. Ich komme in ein paar Minuten nach.« Die Tür knarzte, dann fiel sie ins Schloss.

In der Stille raste plötzlich alles durcheinander, Hek und seine Suzanna, die anderen Wohnungen, Williamsburg, der neue Job, Simon, Mick, Ava und wieder Hek, immer wieder Hek. Jana stand mitten im Raum, schloss für einen Moment die Augen und atmete aus. *It's gonna be okay.*

*

Die Klingel schrillte. Fast gleichzeitig öffnete sich die Tür. Er hatte den Pullover abgelegt. Nur im T-Shirt wirkte er noch jungenhafter.

»Jana, da bist du!« Er hielt sich an einem überdimensionalen Kaffeebecher fest.

»Ja. Da bin ich.« Es klang nicht annähernd so locker, wie sie es sich vorgenommen hatte. Und wieso begannen ihre Knie plötzlich zu zittern?

»Möchtest du vielleicht kurz reinkommen?« Seine Augen sendeten schwer zu entschlüsselnde Botschaften.

»Nein, danke.« *Nein. Danke!* In ihrem Kopf begann das Karussell seine nächste Runde. *Nur ein Kuss … los jetzt, sag, dass du die Wohnung nehmen möchtest!* Doch sie konnte sich nicht durchringen, nicht während ihr der Kaffeeduft in die Nase stieg, verschmolzen mit einem anderen, an den sie sich zu gut erinnerte. Wo zum Teufel war eigentlich Suzanna, wenn man sie brauchte?

»Kann ich später anrufen?«, presste sie schließlich hervor.

»Ich würde es mir gerne durch den Kopf gehen lassen. Hättest du«, sie schluckte, »vielleicht eine Telefonnummer für mich?«

»Sicher. Warte kurz.«

Lächelnd kehrte er mit einer Visitenkarte zurück.

Hektor Bekensen
Geschäftsführung
Bekensen Verpackungen GmbH

»Danke«, sagte sie, ohne den Blick vom Papier zu nehmen, und drehte sich weg.

Er öffnete ihr die Haustür. »Bis dann, Jana!«

»Bis dann!« Während sie die Treppen hinunterrannte, sah sie sich doch noch einmal um – und stolperte prompt.

»Pass auf dich auf, Jana!«

»Ja. Klar!« Sie hatte sich gefangen und konnte gar nicht schnell genug wegkommen.

KAPITEL 6

Hek

»Sie ist alleinerziehend. Wer weiß, ob sie überhaupt Geld verdient. Also, wenn sie ernsthaft in diese Rumpelkammer einziehen will, dann hat sie ein Geldthema. Auf jeden Fall!«

Hek gab Vollgas, um die gelbe Ampel zu schaffen.

»Spinnst du?« Suzanna kreischte hysterisch. Er spürte ihren vorwurfsvollen Blick. »Ich hasse es, wie du fährst!«

»Sorry.« Er gab weiter Gas, sodass der Bus röhrte. Es half ihm, Suzannas Wortschwall auszublenden.

»Ich dachte, wir waren uns einig, dass wir in Ruhe überlegen, was wir mit dem Dachboden machen. Und wenn du unbedingt vermieten willst, dann suchen wir jemanden, der passt.«

In Heks Solarplexus regte sich Widerstand. »Und was bitte te *passt dir* an dieser Mieterin nicht?«

»Hab ich doch gerade gesagt.«

»Versteh ich aber nicht. Sie ist eine Freundin von Simon. Sie braucht dringend eine Unterkunft. Wir wollen vermieten. Klingt aus meiner Sicht, als sparten wir uns einfach nur Stress.« Hek traute seinen Ohren kaum, was er da verzapfte, nur weil Suzannas Genörgel ihm wieder mal den letzten Nerv raubte. *Kein Stress?* Guter Witz!

»Sie will mit Kind einziehen. Was hat sie gesagt? Fünfzehn ist ihre Tochter? Fünfzehnjährige machen Lärm, hören Musik, feiern Partys. Und wie wollen die da oben bitte zu zweit hausen?«

81

»Können wir es nicht einfach der Mieterin überlassen, das zu beurteilen? Sie machte mir auch nicht den Eindruck, als wenn sie irgendwo *haust!* Ich würde heute gerne mal einen Abend ohne Diskussionen verbringen. Kriegen wir das hin?« Er lächelte nach rechts.

Suzanna holte Luft, doch dann nickte sie. Hek streichelte ihr über den Oberschenkel. »Es wird schon«, sagte er und war sich nicht sicher, ob er seine Freundin oder sich selbst beruhigen wollte.

Er wollte nicht, dass Jana bei ihnen einzog. Das fehlte ihm noch. Wo sein Hirn seit zwei Stunden schon wieder Amok lief. Stand sie plötzlich vor seiner Tür! Machte die ersten Fortschritte, sie zu vergessen, mit ihrem Lächeln in der Sekunde zunichte. Scheiße, sie war noch hübscher als in seiner Erinnerung. Das freche Grinsen nicht mehr ganz so provozierend wie nach zwei Gin Tonic, aber immer noch mit der süßen Zahnlücke zwischen den Schneidezähnen. Hätte er das geahnt, als Simon ihn anrief. *Ich suche dringend eine Wohnung für eine Freundin. Hast du nicht neulich erzählt, dass du deine Mansarde vermieten willst?* Scheiße ja, wollte er, am liebsten sofort. Bloß nicht noch mehr Renovierungsstress. Noch mehr Diskussionen mit Suzanna, die seit dem Tag, an dem das Testament seiner Großmutter eröffnet wurde, dem Größenwahnsinn verfallen war. Anstatt sich zu freuen, dass sie zusammen in dieses Traumhaus ziehen würden, nörgelte sie pausenlos – über das, was umgebaut wurde, genauso ausgiebig wie über das, was aus Kostengründen erst einmal so bleiben musste. Vom Renovieren hatte er die Nase erst mal gestrichen voll, und außerdem war die Kasse leer. Es wäre wirklich angenehm, wenn über die Vermietung der Mansarde ein bisschen Geld reinkäme. Nur musste unter allen potenziellen Mietern gerade Jana daherkommen? Doch absagen konnte er ihr auch nicht. Unmöglich. Das würde er nicht übers Herz bringen. Er musste einfach hoffen, dass sie es nicht ernsthaft in Erwägung ziehen würde. Unter seinem Dach? Himmel.

»Lass uns doch bitte warten.« Suzanna hing ihm schon wieder am Arm.

»Worauf?« Er wurde jetzt wirklich wütend. Konnte sie nicht einfach mal Ruhe geben? Hatte sie das nicht gestern noch vorgehabt? Nach dem unsäglichen Essen mit seinen Eltern hatte sie überraschend kleinlaut eingeräumt, dass sie sich zu oft einmischte. Einträchtig wie selten hatten sie beschlossen, sich heute einen schönen Abend zu zweit zu machen. Und auch wenn Suzanna einen dieser Schickimicki-Läden dafür auserkoren hatte, das neue *Ocean's Seven* am Alsterfleet, er hatte sich wirklich darauf gefreut.

»Vielleicht brauchen wir den Platz ja auch selbst irgendwann«, säuselte sie gerade.

»Wie meinst du das?« Hek schaltete das Radio ein.

Kaum dass die Musik ertönte, streckte Suzanna ihre Finger aus und drehte sie leiser. Verärgert sah er nach rechts. Sie fuhr sich mit den Händen über ihre geglätteten Haare, die ihr Gesicht heute wie ein Plastikvorhang einrahmten. »Kannst du dir das nicht denken?«

»Nein?«

Sie rutschte wieder in seine Richtung und schmiegte sich über die Mittelkonsole hinweg an ihn. »Na ja, wenn die Kinder kommen, könnte man oben das Au-pair unterbringen. Der Dachboden ist doch wie gemacht für Personal.«

Hek drehte das Radio lauter, dann zwang er sich zu einem Lächeln. »Meinst du nicht, es ist etwas zu früh für diese Gedanken?«

»Ich plane eben gerne.« Sie zupfte an seinen Haaren über dem Ohr. »Du musst zum Friseur.«

Er beschloss, ihre Andeutungen zu ignorieren. Sie überforderten ihn. »Ich möchte vermieten, so schnell wie möglich«, sagte er nur.

»Als ob die paar Euro eine Rolle spielten!« Suzanna pustete in sein Ohr.

Er zuckte zur Seite. »Ja, tun sie«, sagte er und klopfte sich innerlich auf die Schulter für seinen stoischen Ton. Cool bleiben. Jana würde sich dagegen entscheiden. Noch heute würde sie sich melden und ihm absagen. Sie hatte ja jetzt seine Nummer.

Zwei blonde Frauen mit lackierten Kartontüten über der einen und teuren Handtaschen über der anderen Schulter tippelten über die Straße. Hek trat auf die Bremse. Mit einem Ruck kam der VW-Bus zum Stehen. Die beiden schüttelten den Kopf und meckerten stumm. Er hob die Hände und lächelte unter der Verdunklung durch die Scheibe. »Ihr lauft mir einfach vor's Auto!«

Eine der beiden erwiderte sein Lächeln von der Mitte der Straße aus. Von hinten hupte es. Neben ihm seufzte Suzanna.

»Was ist schon wieder?«, fragte er genervt.

»Es ist so peinlich! Ich hasse den Bus.«

Er krallte seine Hände ums Lenkrad. »Ich weiß«, sagte er ruhig.

»Warum kannst du nicht einen normalen Wagen kaufen?«

»Ich brauche keinen anderen.«

»Aber es ist schlimm mit diesem Ding in der Stadt.«

»Deshalb wollte ich das Fahrrad nehmen – oder gleich zu Fuß zum Italiener um die Ecke gehen.«

Suzanna kräuselte die Nase. »Wir wollten es uns doch besonders schön machen! Und ich möchte dir diese Tasche zeigen. Du hast gesagt, du siehst sie dir zumindest im Fenster an.« *Kleinkind-Drängeln.* Hek registrierte die veränderte Färbung ihrer Stimme.

»Taschen sind ein Investment, und diese wird im Netz

schon doppelt so teuer angeboten. Mark sagt, er kann mich auf der Liste nach oben schieben … Hektor?« Sie riss ihn aus seinen Gedanken. »Hörst du mir zu?«

Hek nickte mehrfach und legte seine Hand an ihren Oberschenkel. »Ja, sicher.« Er seufzte. »Wir sehen uns das Ding an. Wenn wir nun schon mal hier sind. Wer ist Mark?«

»Der Geschäftsführer.«

Sie passierten die Taschenboutique. »Darling, lässt du mich schon raus? Du weißt doch, schön, aber unbequem.« Sie deutete auf ihre silbernen High Heels und drückte ihm einen feuchten Kuss auf die Wange. »Bis gleich. Du wirst begeistert sein.« Sie stakste aus dem Wagen wie eine rundliche Babygiraffe, schmiss die Tür zu und drückte einen Luftkuss ans Fenster.

Hek drehte das Radio hoch. Während er in Richtung Parkhaus fuhr, brachte ein alter Song von Mando Diao die Boxen in den Holzausbauten zum Scheppern, *Losing My Mind* …

KAPITEL 7

Jana

Die Möwen sammelten sich wie Spatzen auf den Feldern. Jana hatte immer angenommen, sie seien Einzelgänger. Dafür lagen die Schafe mit matschigen Bäuchen allein herum. Jana fuhr fünfzig, obwohl achtzig Stundenkilometer erlaubt waren. Sie hatte es nicht eilig, ans Ziel zu kommen. Die romantische Ordnung Schleswig-Holsteins beruhigte ihre angespannten Nerven. An den Bäumen entlang der Straße tanzten Narzissen sauber angelegt Ringelreihen. Die Höfe, wie hingewürfelt in die eintönige Landschaft, sahen alle gleich aus, Schlumpfmütze aus Reed auf dem Dach, Trampolin vor der Tür, blau-weiß gestreifte Bettwäsche mit Leuchttürmen bedruckt auf der Leine. Ob Annes wohl genauso aussah? Auch der Himmel war herrlich unaufgeregt in seinem Grau, eine endlos fade Suppe, genau richtig, um runterzukommen und den Kopf zu leeren vor der nächsten Aufregung des Tages.

Hek und Suzanna. Suzanna und Hek. Was sollte sie davon halten? Es ging sie nichts an und eben doch, denn immerhin stand zur Diskussion, bei den beiden unters Dach zu ziehen, und dafür sollte sie ihre Gefühle tunlichst sortiert kriegen. Also gut.

Erstens: So wenig es ihr gefiel, Hek hatte blöderweise immer noch diese Wirkung auf ihre Atemfrequenz. Doch das würde sie in den Griff kriegen, wenn sie demnächst quasi hautnah an seinem Leben teilhätte, denn zweitens: Hek hatte eine Freundin. Oder Frau? Auch wenn es nichts zur Sache tat, sie sollte es herausfinden. Drittens: Diese Frau war unsympathisch. Wie kam so ein cooler Typ wie Hek an so eine arrogante Zicke? Viertens: Die Blümchentapete war der Wahnsinn. Fünftens: Sie brauchte diese Wohnung. Im Grunde konnte sie ihre Überlegungen abkürzen, die Fünf stach den Rest. *Die nächste rechts, dann haben Sie Ihr Ziel erreicht.* Perfektes Timing.

Anne hatte sich ihren Bauernhoftraum tatsächlich In-the-fucking-middle-of-nowhere erfüllt. Als Jana der Google-Anweisung folgte und in den schmalen Schotterweg abbog, schoss ihr ein unangenehmes *Sechstens* in den Kopf. Was, wenn Hek sich gegen sie entschied? Diese Suzanna hatte keinen Zweifel daran gelassen, dass sie die Wohnung lieber nicht vermieten wollte, und auch Hek war nicht gerade die Freundlichkeit eines interessierten Vermieters selbst gewesen. Der Weg, der Jana schnurgerade in die Felder hineingeführt hatte, endete viel zu schnell auf einem runden Platz. Ja, Sechstens war ein Problem, doch im Moment konnte sie sich nicht mehr damit befassen.

Jana parkte den schnittigen Carsharing-MINI neben dem blauen Lieferwagen. Er musste Annes Mann gehören, Sören. Wenn sie sich recht erinnerte, war ihr Schwager Schreiner und Innenarchitekt. Sie sah auf die Uhr. Anne und sie in Zukunft kaum zwei Stunden Autofahrt voneinander entfernt. War das ein Anfang? Sie würde es gleich herausfinden. Sorgsam verstaute Jana das Handy in ihrer Handtasche, spähte durch die Windschutzscheibe, atmete ein paar Mal ein und aus. Schließlich gab sie sich einen Ruck und stieg aus. Die Hand noch an der Fahrertür sah sie sich um. Das war es also, Annes Haus am Meer ohne Meer. Es wirkte klobig, ein Bollwerk gegen Wind und Wetter, mit Sprossenfensterchen, die sich um eine nicht weniger puppenhafte Tür gruppierten. In der Stille des düsteren Nachmittags strahlte es nichtsdestotrotz etwas Einladendes aus. Neben dem Schotter blühten die Tulpen in den Beeten und versprühten in bunten Farben Frühlingscharme. Jemand kam um die Ecke getippelt, Hühner, gleich mehrere, schwarz, weiß, braun, freundlich gackernd. In diesem Augenblick öffnete sich die Tür.

»Ihr habt Hühner«, sagte Jana.

»Ja klar, wieso?« Anne stand im Bogen der Haustür, größer und kräftiger, als Jana sie in Erinnerung hatte. In ihrem hochgeschlossenen Leinenkleid, mit den stämmigen Beinen und den kreisrund leuchtenden Wangen wirkte sie wie die Hauptfigur einer Wagneroper, die gleich zur Arie ansetzt. Die strohblonden Haare, wohl das Einzige, was die beiden Schwestern gemeinsam hatten, trug sie zum strengen Zopf gebändigt.

»Moin, Jana.« Der kühle Gouvernantenton. »Das ist ja mal 'ne Überraschung! Hast es also gefunden.« Annes musternder Blick ohne den geringsten Anflug eines Lächelns rüttelte an Janas gutem Willen. *Ich weiß, Jahre zu spät. Soll ich lieber gleich wieder abhauen? Nein, so leicht verscheuchst du mich nicht!* Jana packte extra viel Freude in ihr Lächeln. »Ja klar. Immer geradeaus.« Sie stand noch neben dem schwarzen MINI, den Anne gleich als Nächstes scannte, check, eine weitere schlechte Erwartung bestätigt. *Gab's keinen Polo?,* sagte ihr Blick.

»Carsharing«, sagte Jana. Da, sie fing schon wieder an, sich zu rechtfertigen! Das System funktionierte, seit sie geboren waren. Ein Blick in Annes selbstzufriedenes Gesicht genügte, und Jana begann, sich darum zu bemühen, die Erwartungen ihrer älteren Schwester zu erfüllen. Sie konnte sich nicht erinnern, dass Anne sich umgekehrt jemals um sie bemüht hätte. Auch jetzt rührte sie sich nicht von der Stelle. Keinen einzigen Schritt würde sie tun, um die Schwester willkommen zu heißen, die es seit dem Tod ihres Vaters vor zehn Jahren nicht geschafft hatte, ihre *Familie* zu besuchen.

Doch Jana hatte einen Plan. Und der begann nicht mit verbitterten Erinnerungen, sondern mit einer Umarmung. Sie kroch zurück in den Wagen und schnappte sich den üppigen Strauß vom Beifahrersitz. Ranunkeln, ihre Lieblingsblumen. *Na dann!* Sie schmiss die Autotür zu. Während sie zum Haus lief, stellte sie sich vor, die unsichtbare Mauer von Annes Ablehnung zu durchschreiten. Anne streckte die Hand aus und griff nach den Blumen. »Danke«, sagte sie, ohne hinzusehen, und ließ den Arm gleich wieder sinken, sodass die pinkfarbenen Blüten den Boden putzten.

»Komm rein. Ich hab gebacken.«

»Wie schön. Wäre aber nicht nötig gewesen!«

»Hat auch nichts mit dir zu tun.«

Jana schluckte, lächelte stoisch und legte ihre Hand auf Annes breite Schulter. »Ich freu mich.«

Anne versteifte sich. Jana ließ es gut sein. Nordfriesen waren eben schnoddriger als Amerikaner, so schnell würde sie sich nicht unterkriegen lassen. »Kuchen ist wirklich toll«, wiederholte sie, während sie selbstbewusst an Anne vorbei ins Haus trat.

Sie stand gleich in einem großzügigen Wohnzimmer. Trotz des bedeckten Wetters strömte viel Licht durch die kleinen Fenster. Überhaupt konnte Jana angesichts der unerwartet warmen Atmosphäre gleich tiefer atmen. »Wow, es ist wunderschön!«, sagte sie und lächelte zu Anne hinüber, die gerade die Tür schloss.

Als ihre Schwester ihr in einem ihrer unerfreulichen Kurztelefonate berichtet hatte, dass sie aufs Land ziehen, einen Bauernhof erwerben und dafür die Wohnung ihres Vaters in Hamburg verkaufen wollte, hatte Jana sofort zugestimmt. Sie hatte keinen Bezug zu dem Apartment in Wellingsbüttel, in das der Vater nach dem Tod ihrer Mutter mit den beiden Mädchen gezogen war, und das Jana kaum ein Jahr später Hals über Kopf in Richtung New York verlassen hatte. Es war ihre Form der Trauerbewältigung. Ihr wunderbarer Vater hatte sie unterstützt und ihr dabei geholfen, sich selbst zu verstehen. Anne dagegen hatte ihr diese Flucht nie verziehen, bis heute nicht, und sie hatte auch nicht verstanden, dass ihre Schwester angesichts dieses Wohnungsverkaufs kaum mit der Wimper zuckte. Jana interessierte sich nicht für die Sachen ihres Vaters. Ihre Erinnerung brauchte keine Räume, keine alten Bücher, und Fotos gab es genug von den Besuchen ihres Vaters in New York. Denn er war begeistert und regelmäßig zu ihr gekommen, im Gegensatz zu Anne. Jana hatte schließlich die Hälfte der Summe aus dem Verkauf erhalten, und das kleine Polster auf ihrem Konto gab ihr ein sicheres Gefühl.

Neugierig sah sie sich um. Sie hatte eine gewisse Vorstellung von nordfriesischen Bauernhöfen. Eine von winterlicher Dunkelheit, feuchter Luft und Schafsgestank. In diesem großzügigen Raum lag nichts von alledem. Es fiel Jana schwer, die pragmatische Anne mit diesem einladenden Ensemble aus hellem Holz, Stoffen in sanften Meeresfarben und sparsam platzierten Möbeln in Verbindung zu bringen. Es musste Sörens Werk sein. Zu Janas Linken brummte ein Backofen, und es roch herrlich warm nach Kuchen. Überhaupt war die Küche das Meisterstück. Die Arbeitsplatte war aus verwurmtem Holz gefertigt, ebenso wie der massive Esstisch, der mit blauem Keramikgeschirr gedeckt war. Vor der gefliesten Wand hingen unzählige Töpfe und Pfannen an gusseisernen Stangen. Noch so ein Unterschied zwischen ihnen. Anne hatte sich schon als Kind so hartnäckig gern in der Küche aufgehalten, dass ihre Mutter mehr besorgt als begeistert darüber war. Jana dagegen überließ das Kochen bis heute lieber denjenigen, die etwas davon verstanden.

Hinter ihnen flog die Tür auf. Ein Ball rollte herein, gefolgt von einem felligen Riesen und einem Blondschopf im HSV-Trikot. Verschwitzt und völlig außer Atem bremsten beide abrupt vor ihnen und der Hund bellte ein paar Mal so laut, dass Jana zusammenzuckte.

»Boie, still!«, rief der Junge.

Der Hund kläffte weiter und sprang auf Jana zu, die lachend seinen weichen Bärenkopf streichelte. »Ja hallo, du bist also Boie!«

»Was gibt's zu essen?«

Das musste Lasse sein, Annes Sohn. Er war etwas jünger als Ava, um die zwölf. Seine Stollen knarzten auf dem Holz, als er schnurstracks zum Ofen lief und die Tür öffnete. »Der is fertig.«

»Hey, mal langsam!« Anne lief ihm hinterher und fuhr ihm durch die dichten Haare. Wie weich ihre Stimme klingen konnte! »Begrüßt du erst einmal unseren Überraschungsgast? Und dann stell den Kuchen bitte für alle auf den Tisch.«

Lasse wirbelte herum. Er hatte Jana glatt übersehen. Jetzt grinste er breit und schnappte sich ein Küchentuch. Er nahm den dampfenden Gugelhupf aus dem Ofen und stellte ihn, wie er war, auf den Tisch. Erst dann kam er zurückgelaufen. »Hallo Tante Jana!« Metall blitzte an seinen Zähnen, genau wie bei Ava vor drei Jahren.

»Jana reicht auch«, sie lachte. »Yo, du bist aber gewachsen. Das letzte Mal –«, sie unterbrach sich, »oh je, ich klinge doch wie eine Tante. Alles klar bei dir, Lasse?«

»Hm«, er nickte, während er geschickt den Kuchen aus der Form stürzte.

Abgesehen von seinem bezaubernden Lächeln war Lasse das männliche Abbild seiner Mutter. Stämmige Beine, kompakter Körper, rundes Gesicht, in dem die Wangen wie zwei überreife Pfirsiche mit dem Paulsen-Blond seiner Haare um die Wette leuchteten.

»Spielst du im Verein?«, fragte Jana.

»Ja.« Lasse sah erfreut auf.

»Mittelstürmer?«, riet sie.

»Ja«, er nickte eifrig. »Hab schon sechs Tore gemacht in dieser Saison. Der Trainer stellt mich jedes Mal auf.«

»Das klingt super. Und du bist HSV-Fan?«

»Ja, klar!« Lasse schnitt ein riesiges Stück Kuchen ab und stopfte es sich in den Mund.

Anne entzog ihm die Kuchenplatte und zeigte mit dem Finger auf den Esstisch. Jana ging davon aus, dass sie beide gemeint waren, und setzte sich neben Lasse.

»Und, wie läuft die Saison bisher?« Sie hatte keine Ahnung von Fußball, doch sie hätte auch ein Fachgespräch über Dinosaurier geführt, um die angespannte Leere zu füllen. Während Lasse in Fahrt kam und Jana ihn mit gezielten Schüssen am Laufen hielt, fragte sie sich, wo eigentlich Sören war. Und lebte nicht auch Sörens Sohn aus seiner ersten Beziehung hier? Von unter dem Tisch stieg plötzlich feuchter Hundegeruch auf. Boie ließ sich mitten auf ihren Füßen nieder. Sie nahm ihre Hand unter den Tisch und kraulte ihm das dicke Fell.

»Und, schmeckt's dir denn?« Die ersten Worte, die Anne seit gut zehn Minuten an sie richtete. Der Vorwurf war nicht zu überhören.

Jana versteifte sich. »Sehr lecker. Und es ist wunderschön bei euch. Toll, was ihr aus dem Haus gemacht habt.« Ihr Blick fiel auf die Ranunkeln, die lieblos auf der Küchenarbeitsfläche abgelegt worden waren.

Anne lächelte zufrieden. »War viel Arbeit. Du hättest sehen sollen, wie der Hof vorher aussah. Die Eigentümer hatten alles völlig verfallen lassen. Wir haben nach und nach renoviert. Zwei Jahre lang.«

»Toll. Man sieht, dass dein Mann ein echtes Händchen hat. Wo ist er überhaupt?«

»Mama und Papa sind getrennt«, sagte Lasse mit vollem Mund. »Johan und Papa wohnen jetzt dahinter.« Er zeigte auf eine Holzwand, die neben der nach oben geschwungenen Steintreppe quer durchs Zimmer verlief. Jana hatte sich schon über die seltsame Raumaufteilung gewundert, aber nicht weiter darüber nachgedacht. Sie starrte Anne an.

»Wieso? Ich meine – wirklich?« Sie wusste nicht, was sie sagen sollte. »Seit wann?«

Anne schob die Krümel auf der Kuchenplatte zusammen. »Vor drei Monaten hat Sören die Wand eingezogen. Noch Kuchen? Lasse, hol mal den Kaffee.«

»Und wie geht's dir damit?«

»Gut, wieso?« Annes Stimme verriet keine Regung. »Alles bestens. Genug Platz haben wir ja.«

Jana nickte verwirrt. So wenig sie mit ihrer Schwester zu tun hatte, aus irgendeinem Grund nahm die Nachricht sie mit. »Wieso hast du nichts gesagt?«

»Wieso sollte ich?«

»Na ja, ich bin deine Schwester.«

»Ach ja, klar.« Anne stierte auf ihre Hände und verzog weiterhin keine Miene. Sie hatte Jana seit ihrer Ankunft kein einziges Mal in die Augen gesehen. »Hätte es dich interessiert?«, fragte sie kalt.

»Natürlich interessiert es mich, wie es dir geht.«

»Klar, deshalb telefonieren wir einmal im Jahr.«

Janas Brust zog sich zusammen. »Es liegt nicht nur an mir.« Sie spürte die kalte Mauer zwischen ihnen, dicker, unüberwindbarer denn je. »Ich hatte übrigens auch Probleme, wie du weißt«, brach es aus ihr heraus. »Die Trennung von Mick war schwierig. Ist es noch.«

»Ah«, sagte Anne trocken. »Das wundert mich nicht.«

Jana schnappte nach Luft. »Als ob du das beurteilen könntest.« Es brannte hinter ihren Augen. Aber diese Genugtuung würde sie ihrer Schwester nicht verschaffen.

Anne hob die Hände. »Stimmt, Jana. Ich konnte noch nie beurteilen, was in deinem Kopf vorgeht. *Dein* Leben, ich weiß. Und das hier ist eben *meins.*«

Sie starrten sich an. Endlich in die Augen. Wenn auch nur für einen winzigen Moment.

Jana schluckte. »Ich muss los. Der Flieger geht um sieben. Ich darf ihn nicht verpassen.«

Anne erhob sich sofort. »Komm, Lasse, wir begleiten deine Tante zu ihrem schicken Auto.«

*

Der Tacho zeigte hundertzwanzig. Die dreckigen Äcker rasten an Jana vorbei. Am liebsten hätte sie das Pedal bis auf Anschlag durchgetreten. Und Musik wäre gut, richtige Musik, nicht das Gedudel irgendeines Radiosenders vom Land.

Sie musste geistig umnachtet gewesen sein, als sie – wenn auch nur für einen kurzen euphorischen Moment – von Veränderung geträumt hatte, von Versöhnung, von einem Neuanfang auch mit Anne. Das traurige Ergebnis nach gerade mal einer Stunde Wiedersehen, ein kühler Händedruck ohne Augenkontakt, ließ ihre Fantasie wie den blumigen Auswuchs eines Drogentrips erscheinen – nur dass sie keine Drogen nahm.

Was die sonstigen Herausforderungen dieses Wochenendes anging, sollte sie sich dringend ihrer wichtigsten Baustelle zuwenden – und der einzigen Lösungsoption. Jana nahm den Fuß vom Gas, trat in die Bremse. Im letzten Moment zog sie das Lenkrad herum, um dem Parkplatzschild zu folgen.

Ihre freie Hand hielt sich am Lenkrad fest, während sie die Klingeltöne zählte. *Eins, zwei, drei, vier –*

»Hallo?«

»Hek?« Es fühlte sich seltsam an, seinen Namen auszusprechen.

»Ja?«

»Jana hier.«

»Oh, hallo.«

Los, sag noch irgendwas! Jana drehte das Handy zur Seite, damit er ihren Atem nicht hören konnte.

»Also, ich rufe an, weil – wenn die Wohnung noch zu haben ist, würde ich sie gerne nehmen. Sie ist ein bisschen klein, okay, aber es wird schon gehen, wir brauchen nicht viel Platz, haben wir auch in Brooklyn nicht, und die Mansarde ist wirklich schön, vor allem diese Tapete, ich glaube, Ava, das ist meine Tochter, wird durchdrehen, wenn sie sie sieht, und ich finde sie auch ganz wundervoll –« *Genug!* Jana hielt die Luft an, während ihr Herz fast zersprang vor Aufregung.

»Ja, gut, dann … Okay.« Heks Stimme klang ein wenig heiser, doch in ihrer Vorstellung lächelte er.

KAPITEL 8

Hek

Die *Bekensen Verpackungen GmbH* residierte seit ihrer Gründung 1889 auf einer Elbinsel im Hamburger Hafen. Anstelle eines Dienstwagens hatte sich Hek für ein pechschwarzes Fixie entschieden, als er letztes Jahr die Führung des Familienunternehmens übernommen hatte. Seitdem war kein Tag vergangen, an dem er den Weg ins Büro nicht mit dem ganglosen Rad zurückgelegt hätte, die Anzughose in die Socken gestopft, quer durch den Berufsverkehr und in rauschartiger Begeisterung, ob bei Sonne, Sturm oder Schneematsch. Inzwischen machte sein Tempo Fahrradkurieren Konkurrenz. Kaum zwanzig Minuten brauchte er noch für die Strecke, bei vollem Risiko. Er genoss die Konzentration, die sein Fahrstil ihm abverlangte, an nichts denken, nur dem Instinkt und der Reaktionsfähigkeit des Körpers vertrauen, Freiheit pur.

Zwei Produktionsleiter im blauen Kittel gafften, während er dem Fahrrad vor dem Eingang die Kette anlegte.

»Moin die Herren!« Er nickte lächelnd. Wahrscheinlich hätte er weniger Aufmerksamkeit erregt, wenn er im Ferrari vorgefahren wäre.

Der Wechsel ins Familienunternehmen war Hek schwergefallen. Die meisten Mitarbeiter hatte sein Vater eingestellt, als er in seinem Alter war. Genau wie Fritz waren sie an Umwelttechnologien, neuen Produktionsprozessen und nachhaltigen Materialien ungefähr so interessiert wie an indischer Teppichweberei. Die Folge war, dass die *Bekensen GmbH* durch ihre Stammkunden zwar die Position in Europa halten konnte, doch der Versuch, international Fuß zu fassen, war bisher gescheitert. Und auch in den heimischen Märkten wurde es langsam eng, setzten doch immer mehr Unternehmen auf Nachhaltigkeit und erwarteten sich von ihrem Verpackungslieferanten zumindest Vorschläge in dieser Richtung. Nur war Bekensen senior bisher blind auf diesem Auge. Hektors größtes Ziel war es, dies zu ändern. Er hatte die notwendigen Investitionen für die *B-Innovative GmbH,* das von ihm geplante Tochterunternehmen, in dem neue Ideen jenseits der starren Unternehmensstrukturen entwickelt werden sollten, zur Bedingung für seinen Einstieg gemacht. Fritz hatte damals nicht allzu großes Interesse gezeigt, doch er hatte ausdrücklich zugestimmt – wenn auch nur mündlich. Seit Samstag befürchtete Hek, dass sein Vater ihn getäuscht und womöglich nie vorgehabt hatte, seinen Weg zu unterstützten.

Im Treppenhaus, das eigentlich nur im Falle von Feueralarm genutzt werden sollte, herrschte wie immer angenehme Kühle. Hek nahm je zwei Stufen gleichzeitig. Im zweiten Stock eilte er über den grauen Veloursteppich und schloss die Tür zu seinem Büro – etwas, das er seinen Kollegen gerade mühsam abgewöhnte. Er warf seinen Trenchcoat über den altmodischen Garderobenständer, riss die Fenster auf, um den muffigen Geruch des alten Gemäuers zu vertreiben, und ließ sich in seinen Bürosessel fallen. So schnell konnte man gar nicht durch Hamburg rasen, wie es nötig gewesen wäre, um den Kopf vom Nachhall des vergangenen Wochenendes zu befreien.

Er hatte die Nacht auf der Couch verbracht, all den guten Vorsätzen zum Trotz. Suzanna konnte einfach nicht aufhören zu diskutieren. Kaum dass sie im Restaurant gesessen hatten, machte sie weiter, wo sie aufgehört hatte mit ihrer Tirade gegen *diese Frau,* wie sie Jana hartnäckig bezeichnete, und all den Stress des Vermietens an sich. Als dann auch noch Jana anrief und Suzanna mit anhören musste, dass ihre Überredungskünste offensichtlich ins Leere liefen, war sie explodiert. Bis zum Dessert und ins Auto schaffte es Hek, sich zu kontrollieren, dann war seine Wut umso heftiger aus ihm herausgeplatzt. *Verdammt, es ist mein Haus, und ich habe entschieden, die Mansarde zu vermieten. Kannst du das einfach akzeptieren? Ganz ehrlich, ich habe gerade größere Sorgen, als dass dir die Nase unserer Mieterin nicht passt!*

Es hätte ihm klar sein müssen, dass sie seinen Ausbruch persönlich nahm – er war schließlich persönlich gemeint. Ihre Reaktion ließ seine Worte allerdings geradezu liebevoll erscheinen. Suzanna spuckte ihm ihre übelsten polnischen Schimpfworte ins Gesicht. Dann rauschte sie heulend ins Schlafzimmer, schmiss die Tür zu, dass die alten Wände wackelten, und drehte den Schlüssel um. Insgeheim froh darüber, endlich seine Ruhe zu haben, hatte sich Hektor auf dem Sofa eingerichtet – und die ganze Nacht vergrübelt.

Turnt es dich eigentlich besonders an, wenn du mich spüren lässt, dass ich nichts zu sagen habe? Warum zählt meine Meinung für dich überhaupt nichts, du Arschloch?

Suzannas aggressiver Wahnsinn. Und trotzdem, völlig daneben lag sie in der Sache nicht. Warum empfand er ihre Einwände als Einmischung in sein Leben? War etwas dran an ihrem Vorwurf, dass ihre Meinung ihm inzwischen egal war? Er musste an seiner Beziehung arbeiten, dringend, denn wenn auch noch Jana bei ihm einziehen würde … Allein der Gedanke daran, so irreal er war, jagte ihm den Schweiß auf die Stirn.

Es klopfte.

»Ja?«

Selmas Stupsnase erschien im Türspalt. »Da bist du! Alles okay bei dir?« Sie musterte ihn mit besorgtem Blick.

»Moin Selma. Ehrlich gesagt, es ging schon besser.« Er lächelte. Selma zu sehen, freute ihn jeden Morgen. Ein Segen, dass er sie hatte überzeugen können, mit ihm zu *Bekensen Verpackungen* zu wechseln. Für sie war es genauso herausfordernd wie für ihn unter den neuen Kollegen, die sich als Assistentin des Chefs nicht unbedingt feuerrot gefärbte Haare, T-Shirts mit feministischen Sprüchen und eine freche Kiez-Schnauze vorgestellt hatten. Doch Selma war die Beste. Und sie half Hek jeden Tag, inmitten dieses verstaubten Haufens nicht die gute Laune zu verlieren.

»Der Empfang hat angerufen. Deine Mutter ist auf dem Weg nach oben«, sagte sie.

»Nee, oder?«

»Tut mir leid, ich konnte nichts machen.« Sie hob die Hände.

»Alles gut. Nicht deine Schuld.« Hek seufzte. »Die hat mir gerade noch gefehlt.«

»Ich kann sie abwimmeln.«

Hektor schüttelte müde den Kopf.

»Möchtest du noch kurz allein sein?« Selma nahm die Hand an den Türgriff.

Guten Morgen! Guten Morgen. Guten Morgen! Auf dem Gang ertönte bereits Almas höflicher Singsang.

Hek zog eine Grimasse.

»Um zehn kommt dein erster Termin. Ich könnte dich früher rausrufen?«

Er zwinkerte. »Lass gut sein, ich schaff das schon.«

Selma hob den Daumen und verzog sich an ihren Schreibtisch.

»Einen schönen guten Morgen, Frau Ostermann! Ist mein Sohn zu sprechen?« Seine Mutter gab gerne vor, sich an die Etikette zu halten.

»Guten Morgen Mama, hier bin ich doch!«, rief Hek durch die sperrangelweit offene Tür und sprang auf.

Der akkurat geföhnte grau-blonde Haarhelm wippte über den Perlenohrringen, als Alma hereintippelte. Hek half ihr aus dem Kaschmirmantel und küsste sie. Sie wirkte zerbrechlicher als sonst. Mit flackernden Augen blieb sie mitten im Raum stehen.

»Setz dich doch, Mama«, sagte Hektor und legte ihr liebevoll den Arm um die Schulter. »Möchtest du Kaffee?«

»Gerne. Wir hatten keine besonders gute Nacht.« Der Vorwurf in ihrer Stimme war nicht zu überhören, und gleich gärte das schlechte Gewissen in Hektors Bauch. Sanft schob er Alma auf das Besuchersofa und lief los, um den Kaffee zu holen.

»Macht das nicht deine Sekretärin?«, rief sie ihm hinterher.

In der Tür drehte er sich um. »Mama, sie ist meine *Assistentin*. Und sie hat Wichtigeres zu tun, als Kaffee zu kochen.« Es klang genervter, als es sollte.

Als er mit den beiden Milchkaffees zurückkam, saß Alma exakt in der gleichen Position, die Beine sauber verschränkt, ein erwartungsvolles Lächeln auf den brüchigen Lippen. Hek rückte sich einen Stuhl neben sie und reichte ihr einen Kaffee.

»Früher gab es Untertassen«, sagte sie, während sie den Becher und seinen Inhalt musterte, als wäre es ein Glas Schnaps. »Und Gebäck.«

»Niemand braucht Billigkekse, Mama.«

Sie schüttelte senil den Kopf.

»Was kann ich denn für dich tun, Mama? Geht's dir gut?«

»Ich hatte wieder Herzrasen.«

Heks Magen zog sich zusammen. Er suchte Almas Blick. »Du sollst mich doch anrufen, wenn das passiert.«

Ungeduldig winkte Alma ab. »Ist ja wieder alles in Ordnung.«

Hektor seufzte. »Du musst zum Arzt damit.«

»So ein Quatsch. Da hol ich mir nur was.« Alma schüttelte vehement den Kopf. Sie rückte nach vorne bis an die Kante des Sofas, richtete sich auf und legte die Hände in den dunkelblauen Schoß. »Ich bitte dich wirklich, dich mit deinem Vater zu vertragen.«

Hektor atmete aus. »Mama!«

Alma griff nach seiner Hand. »Es fällt ihm nur ein bisschen schwer, loszulassen.«

»Er könnte mir einfach vertrauen«, murmelte Hek.

»Aber er vertraut dir doch. Hätte er dich sonst in diese Position befördert, Hektor?« Ihre Stimme war glasklar. »Aber was ist mit dir? Du musst ihm auch vertrauen. Er hat nun einmal die größere Erfahrung.«

Hek fiel es schwer, ihrem Blick, in dem Zuneigung und Strenge sich die Waage hielten, standzuhalten.

Für einen Moment herrschte Schweigen. Almas Hand lag noch auf seiner. Schließlich zwang er sich, sie anzusehen.

»Vielleicht wäre es besser, wenn ich in meine alte Firma zurückgehe«, sagte er.

Sie schüttelte den Kopf. »Dummer Junge! Er will dich unbedingt hier haben.«

»Ja«, Hektor lachte bitter. »Damit die Leute nicht reden. Das wäre doch ein PR-Albtraum, der Sohn vom alten Bekensen flüchtet zurück zur Konkurrenz.«

»Und dazu wirst du es auch nicht kommen lassen.«

Hek wusste nicht, ob sie bewusst die Hand auf ihr Herz legte. Er sprang auf und trat ans Fenster. Auf dem Hof rangierten die Lkws mit den himmelblauen Planen, auf dem das Firmenlogo prangte, so überdimensional wie das Ego seines Vaters.

»Außerdem meint er es nicht so«, sagte Alma. Hektor wusste, dass sie glaubte, was sie da sagte.

»Oh doch, genau so.« Er lief zurück zu ihr. »Oder hast du es etwa nicht gehört?«

»Aber du kennst ihn doch. Er provoziert gerne, er braucht das.« Sie lachte wie ein kleines Mädchen und hob die Hände. »Er hat doch nur noch mich, den ganzen Tag, und ich lass mich nicht provozieren.«

Es klopfte.

»Ja?«

Selma steckte ihren Kopf herein. »Tut mir leid, aber dein Termin ist da.«

Hektor hob die Augenbrauen.

»Firma Petersen. Wegen der neuen Auflagen.« Sie nickte ein paar Mal, wie um zu bestätigen, dass es sich nicht um eine Fake-Unterbrechung handelte.

Hektor sah auf sein Handy. »Tatsächlich, schon zehn. Gib mir fünf Minuten, Selma!«

Sie nickte und schloss die Tür.

»Tut mir leid, Mama, ich muss.« Er nahm ihren Mantel von der Garderobe.

Alma rührte sich nicht vom Fleck. Der Blick ihrer hellblauen Augen durchbohrte ihn. »Ihr werdet euch arrangieren, versprich es mir.«

»Es liegt nicht an –«

Energisch hob sie die Hand. »Ich verlass mich auf dich, Hektor.« Erstaunlich leichtfüßig erhob sie sich, trat zu ihm und ließ sich in den Mantel helfen. Sie wurde immer kleiner, doch ihre Augen funkelten wie eh und je. »Bist du denn nicht stolz darauf, diese Firma zu führen?«

Hektor seufzte. »Nein, Mama. Bin ich nicht. Ich möchte es. Gerne sogar. Aber nicht um jeden Preis.«

»Gib ihm ein bisschen Zeit.«

»Mama, seit sechs Monaten suche ich nach geeigneten Unternehmen, in die wir investieren können. Und nach Partnern. Er hätte von Anfang an sagen können, dass er das Projekt nicht will.«

»Die Zahlen sind zu schlecht.«

Hektor schnaubte wütend. »Siehst du, genau das ist es. Es stimmt einfach nicht, was er dir erzählt. Wir wachsen. Nur etwas unter den absurden Planungen meines Vorgängers. Die Welt verändert sich, die Unternehmen suchen nach alternativen, umweltverträglichen Verpackungen. Und wir verlieren Kunden, weil wir die nicht zu bieten haben. Wir haben es einfach verpasst, uns für die Zukunft zu rüsten.«

»Ach, Junge, ich versteh doch nichts davon.« Plötzlich war sie wieder ganz die ältere Dame.

Er drehte sie an den Schultern. »Doch, Mama, das tust du. Schau mal!« In zwei großen Schritten sprang er zu seinem Wandregal, und schnappte sich eins der Material-Modelle, die er dort ausstellte. »Fühl mal«, er insistierte, bis sie es anfasste. »Was denkst du, ist das?«

»Plastikfolie?«

Er grinste. »Nein! Das ist eine neue Faser aus Algen. Genauso strapazierfähig wie Plastik, aber biologisch abbaubar, und du könntest sie sogar essen.«

Im Hinausgehen warf sie ihm ein Lächeln zu, in dem er zum ersten Mal ein wenig Anerkennung entdeckte. »Du bist wirklich überzeugt davon, nicht wahr?«

»Ja. Das bin ich. Es ist die Zukunft.«

Selma deutete auf die geschlossene Tür des Konferenzraums.

»Bin gleich da.« Er begleitete seine Mutter zum Fahrstuhl und stieg mit ihr ein. »Weißt du, Mama, ich will, dass meine Kinder auf einem Planeten aufwachsen können, der noch lebenswert ist.«

Alma, die sich die Haare vor der verspiegelten Wand zurechtlegte, hielt inne. Ein großes, verklärtes Lächeln erleuchtete ihr Gesicht. »Oh Hektor, heißt das …?«

Er verdrehte die Augen. »Nein, Mama. Das heißt gar nichts. Ich meinte das ganz generell.«

Die Mundwinkel fielen enttäuscht nach unten. »Du weißt, dass Suzanna bereit ist?«

Er seufzte und war froh, dass sich die Fahrstuhltür öffnete. »Keine Ahnung, ist sie das?«, sagte er und legte seiner Mutter die Hand auffordernd an den Rücken.

Sie rührte sich nicht. »Und warum tust du mir dann nicht den Gefallen?«

Der Fahrstuhl schloss sich wieder. Im letzten Moment sprang Hektor nach vorne. Mit lautem Scheppern prallte das Metall gegen seine Schultern. Er stöhnte. »Ist das dein Ernst? Willst du, dass ich heirate und Kinder bekomme, um dir einen Gefallen zu tun?«

Mit erhobenem Kopf tippelte Alma an ihm vorbei und blieb gleich wieder stehen. Sie nahm seine Hand. »Ich will, dass du glücklich bist. Und du bist doch glücklich mit Suzanna!«

Hektor löste sich von ihr. »Keine Ahnung«, murmelte er.

Wenn sie wollte, konnte sie sehr gut hören. »Wie meinst du das?«

»Wir streiten ziemlich viel.«

Alma lachte. »Das tun Ehepaare. Dein Vater und ich auch.«

»Ich weiß. Vielleicht möchte ich, dass es bei mir anders wird.« Er machte einen Schritt in Richtung Ausgang. »Ich muss wirklich zurück.«

»Über was streitet ihr denn?«

Hektor blickte auf den Glaskasten, in dem der Portier die Post sortierte. »Über alles Mögliche. Sie mag meine Freunde nicht, sie hasst den Bus, sie ist eifersüchtig.« *Und noch hundert andere Sachen.*

»Hat sie Grund dazu?«

Das Blut begann in seinen Adern zu kribbeln, als er an den Kuss dachte. »Nein«, sagte er. Dann umarmte er Alma. »Ich muss los. Könnten Sie meiner Mutter ein Taxi rufen, bitte!«

KAPITEL 9

Hek

Fünf Wochen später

Hek läutete an der Haustür. *Paulsen* stand in Handschrift auf einem Stück Tapeband, das quer über dem Edelstahl des Klingelkastens klebte. Prompt hörte er Suzannas Nörgeln im Ohr, die ihn kaum eine Sekunde vergessen ließ, wie unzufrieden sie mit der Situation war: *Kann sie sich nicht einmal ein gedrucktes Schild leisten?*

Hek blendete es aus. Irgendwann würde sie sich daran gewöhnen – und er hoffentlich auch. Der Austausch zwischen Jana und ihm hatte sich auf das Nötigste beschränkt – Funktionsweise des Boilers, Zeiten der Müllabfuhr, Schlüsselübergabe. Per E-Mail waren sie im Neue-Sachlichkeits-Modus angekommen. Bei den wenigen Malen jedoch, die sie sich seit Janas Einzug begegnet waren, hatte das Unausgesprochene zwischen ihnen gehangen wie aufgestaute Sommerhitze. Hek hatte das dringende Bedürfnis, die Luft zu klären.

Als Suzanna vorhin das Haus verlassen hatte, war sie auf Jana getroffen. Hek hatte der Begrüßung der beiden gelauscht. Suzannas verstocktes *Hallo* signalisierte Desinteresse pur, geradezu beachtlich, wie man in ein einziges Wort so viel Botschaft legen konnte. Janas Antwort kam freundlich, und Hek sah sie in Gedanken die Treppe hinaufhüpfen, viel zu gut gelaunt, um sich von den Macken ihrer neuen Vermieterin den Tag vermiesen zu lassen.

Langsam stieg er die ersten Stufen hinauf, bemüht, sein klopfendes Herz unter Kontrolle zu bringen. Er zuckte zusammen, als sich die Mansardentür mit knarzenden Angeln öffnete.

»Oh hallo.« Überrascht sah sie ihn auf halber Treppe stehen. »Warst du das?«

»Ja. Du weißt doch, keine Klingel hier oben.« Er nahm die letzten Stufen mit einem Satz. Dann stand er vor ihr, außer Atem. Wo waren die Worte, die er sich zurechtgelegt hatte? Er räusperte sich. »Kann ich kurz mit dir sprechen?«

»Ja, klar.« Sie gab der alten Tür einen Schubs. »Komm rein.«

Er zögerte. Offensichtlich amüsiert lächelte sie ihn an. Die Spitze ihrer Zunge lugte durch die Zahnlücke. Sie war barfuß, in Jeans und T-Shirt, und ihre offenen Haare leuchteten im Licht der Emaille-Lampe, die über der Tür hing wie eh und je.

Hek ärgerte sich darüber, wie schwer es ihm fiel, Janas Blick standzuhalten. Sie machte eine einladende Geste. Als er sich nicht rührte, lief sie einfach los. »Ich wollte gerade Tee kochen. Willst du auch einen?«

Er trat über die Schwelle, schloss die Tür und blieb gleich wieder stehen. Schon beruhigte sich sein Atem etwas. Er musste einfach diese Nähe vermeiden. »Ja, warum nicht.«

Mutig sah er sich um. Kaum eine Woche nach Janas Einzug war die Mansarde nicht wiederzuerkennen. Die altmodische Tapete, die schäbigen Möbel, die alten Lampen – all das sah plötzlich nicht mehr aus wie ein Haufen lagernder Sperrmüll, sondern wie bewusst platzierte Details einer lebendigen Einrichtung.

»Wow. Es ist toll geworden.«

Der Wasserkessel auf dem Herd brummte. »Entschuldige, was meinst du?« Sie kam wieder näher.

»Es wird richtig schön hier.«

»Findest du? Danke. Ich hab doch zu viel Kram aus Amerika mitgebracht.« Sie lachte ihr glucksendes Lachen mit Gute-Laune-Virus. »Guck, die sind noch voll davon.« Sie zeigte auf die Umzugskisten, die sie an der einzig geraden Wand gestapelt hatte. »Aber es wird. Drei Wochen to go, bis Ava kommt.«

Ein ohrenbetäubendes Pfeifen erklang. Jana sprang zum Herd. »Ist der cool?« Sie hielt den schrillenden Kessel hoch. »Den hab ich im Schrank gefunden. Keine Sorge, ich hab ihn geschrubbt. Sag mal, willst du dich nicht setzen?« Sie deutete auf das riesige Ecksofa unter der Dachschräge. »Das ist auch im Container gekommen. Es passt perfekt, oder?«

Hek nickte. Das Sofa wirkte wirklich einladend, überdimensionale, gestapelte Matratzen mit einem Berg Kissen drauf – ein bisschen zu einladend …

Unschlüssig tappte er in Janas Richtung, die einen Küchenschrank nach dem anderen öffnete. »Sorry, ich bin noch total unorganisiert. Keine Ahnung, wo ich den Tee verstaut habe. Ah –« Sie schüttelte eine Schachtel. Dann las sie den Aufdruck laut vor: »*Ease your mind.* Gut, oder?« Sie grinste ihn an.

»Sehr gut.«

Sie goss den Tee auf. Als sie ihm den Becher reichte, fuhr sie sich durch die Haare. Für einen Moment mischte sich der Geruch von frisch gepellter Mandarine unter den minzigen Dampf. Er erinnerte sich an diesen Duft.

»Also?« Wieder zeigte sie auf das Sofa.

»Also –«, er blieb stehen, wo er war, »ich wollte mich entschuldigen. Für neulich abends.« Er wagte einen Blick in ihre Augen. Keine besondere Reaktion. Sie sah ihn einfach offen an, aus diesem klaren Türkis, in das er schon wieder zu versinken drohte. Wusste sie überhaupt, wovon er sprach? Er riss sich los. »Ich war betrunken. Und wütend auf meinen Vater.« Sein Atem hatte keinen Platz in seiner Brust.

»Ach, *der* Abend.« Sie ließ den Teebeutel in ihrem Becher kreisen, endlos. Es machte ihn verrückt, dass er keinen Schimmer hatte, was sie dachte.

»Ja, genau. Es wäre toll, wenn du meine Entschuldigung annimmst, damit wir – gute Nachbarn sein können.«

Da, sie zog die Mundwinkel nach oben. »Ja, sicher.« Ihr Lächeln war echt. »Es war doch nur ein – melancholischer Moment. Mein erster Abend hier, der Gin Tonic, die Stimmung an der Alster … Soll ich deinen Teebeutel entsorgen?«

Okay, das reicht! »Ja, genau.« Er nickte viel zu heftig. Sie nahm ihm den Becher aus der Hand und lief damit zum Spülbecken. Es gefiel ihm nicht, wie sie reagierte, und noch weniger, was sie sagte. Sollte es, tat es aber nicht!

Sie kam zurück. »Wirklich. Ich hab es – schon vergessen.« Lachend zuckte sie mit den Schultern.

Ich nicht.

»Deinen Pullover hab ich noch.«

Ich hoffe, er riecht nach Mandarinen. »Ja, ich weiß. Könntest du ihn mir vielleicht jetzt gleich – ich meine, wenn es keine Umstände macht?«

»Klar, kein Problem, dann setz dich aber kurz!« Sie nickte mit dem Kopf in Richtung Esstisch – ein wunderschönes Stück aus massiver Eiche, das sie offensichtlich auch über den Ozean verschifft hatte. Mechanisch rückte Hek einen der Stühle zurecht und setzte sich.

»Ich hoffe, ich finde ihn gleich in meinem Chaos.« Im Gehen drehte Jana ihre Haare zum Dutt, dabei rutschte ihr T-Shirt hoch, sodass ein Stück ihres nackten Rückens zum Vorschein kam – über dem schmalen Hintern und den endlos langen Beinen. Hektor ertappte sich beim Starren, als sie schon längst im Schlafzimmer verschwunden war. Um sich abzulenken, ließ er den Blick wieder schweifen. Neben der Matratzenlandschaft lehnte eine große Schwarz-Weiß-Fotografie. Sie zeigte ein Mädchen, vielleicht sieben oder acht, umrahmt von drei grinsenden Männern. War das ihre Tochter? Zwei der Männer kamen Hek bekannt vor, wahrscheinlich täuschte er sich. Der dritte küsste das Mädchen auf den Kopf. Wahrscheinlich der Vater. Ein schlaksiger, attraktiver Riese mit Zopf und Bart. Was war mit ihm? War er womöglich der Grund, warum Jana New York verlassen hatte? *Es geht dich nichts an.*

Jana kehrte zurück. »Da ist er.«

»Danke.« Hektor ignorierte den Pullover, den sie ihm hinhielt. »Dann ist es also – vergessen?«

Sie sah ihm fest in die Augen. »Ja. Das ist es«, antwortete sie.

»Suzanna sollte nichts davon ... du weißt schon. Es würde sie nur unnötig beunruhigen.«

»Ist klar.«

Wieder hob sie den Pulli in seine Richtung, und diesmal griff er danach. Für einen kurzen Moment berührten sich ihre Finger. Beide zogen sie abrupt zurück und der Pullover landete auf dem Boden. Sie bückten sich gleichzeitig.

»Hier.« Zum ersten Mal spürte er einen Hauch von Unsicherheit in ihrer Stimme. Ruckartig richtete sie sich auf und verschränkte ihre Arme vor der Brust. »Also dann ...«

»Also dann. Auf gute Nachbarschaft.«

»Ja, genau.«

Irgendetwas hielt ihn fest.

»Bis dann«, sagte sie wieder.

»Bis bald!« Er drehte sich um. Als er die Treppe hinunterrannte, schloss sich oben die Tür.

KAPITEL 10

Jana

Welcome stand auf dem Fußabstreifer. Im Rausch ihrer Vorfreude hatte Jana beim Kauf vergessen, dass es vor der Mansarde keinen Treppenabsatz gab. Nun lag er ein wenig verloren im Eingang herum, doch Ava würde hoffentlich die Geste schätzen, genau wie die der *I-love-Hamburg*-Becher vom Kiosk an den Landungsbrücken, mit denen Jana den Willkommenstisch geschmückt hatte. Sie konnte es kaum erwarten. Je näher der Tag von Avas Ankunft in Hamburg gerückt war, desto schmerzlicher hatte sie ihre Tochter vermisst – und desto schlimmer war ihre Nervosität geworden. Kein Wunder, denn bei jedem der sehr einseitigen Telefonate, die sie täglich mit Ava führte, verstärkte sich ihr Eindruck, dass nur ihre Freude wuchs, während Ava keinen Hehl daraus machte, wie unglücklich sie mit der Entscheidung ihrer Mutter war.

Die letzten vierundzwanzig Stunden zogen sich in die Länge wie ein Langstreckenflug. Zu allem Überfluss hatte sich Jana freigenommen, um alles vorzubereiten, was seit Tagen bereits vorbereitet war. Avas Zimmer war das Highlight der Mansarde geworden, mit dem weiß lackierten Metallbett, zart lila Bettwäsche und einer Bananenstaude im Topf. Im Gegensatz zu ihr war Ava ein Fan von Zimmerpflanzen, und diese sah in Kombination mit der Lilientapete zugegebenermaßen ziemlich hip aus. Im Wohnzimmer hing an einer der wenigen geraden Wände das Foto vom

Superbowl. Ava liebte dieses Bild, auf dem sie mit dicken Kopfhörern zwischen Mick, Bruno Mars und dem Sänger der Red Hot Chili Peppers stand. Ihr kindliches Strahlen ließ erahnen, dass es sich um einen der aufregendsten Tage in ihrem Leben handelte. Warum Jana auf dem Bild fehlte, wusste nur sie. Sie hatte am Abend vorher bei Mick eindeutige Hinweise für eine Affäre entdeckt, und auch wenn Mick vehement geleugnet hatte, war Jana beim besten Willen nicht in Partystimmung gewesen, Superbowl hin oder her.

Jana wischte über das Display ihres Handys. Immer noch mehr als eine Stunde, bis sie endlich losfahren konnte, um rechtzeitig, aber nicht sinnlos früh am Flughafen zu sein.

Sie setzte sich auf die kleine graue Holzbank, die sie letzten Samstag bei ihrem ersten Besuch auf der *Flohschanze* erstanden hatte. In völliger Glückseligkeit war sie durch die Stände vor der alten Rindermarkthalle im Schanzenviertel gebummelt. Es war nicht Brooklyn, aber es war ein Flohmarkt, und zwar ein sehr charmanter. Jana brauchte Flohmärkte wie andere Frauen Modeboutiquen. In Brooklyn kannte sie viele Händler persönlich. Schon lange vor ihrem Umzug nach Williamsburg war sie mit Mick jeden Samstag über die Brücke zur *Brooklyn Flea* gepilgert. Anfangs zu zweit, später mit der kleinen Ava im Kinderwagen, waren sie zwischen den Ständen hin und her gebummelt, hatten gemeinsam gefeilscht und gejubelt, wenn sie ein besonders rares Vintage-Stück ergattert hatten. Jana seufzte. Es kam ihr vor, als sei das alles in einem anderen Leben gewesen.

Die Sonne blitzte durch das Dachfenster über ihr und malte Streifen auf den Dielenboden, genau wie an dem Tag, an dem sie hier zum ersten Mal gestanden hatte. So unwirklich sie sich manchmal fühlte, ihr neues Leben hatte besser begonnen als erwartet.

Wenn Ava kommt war das Ziel, auf das sie hingearbeitet hatte, denn darum ging es doch, ihrer Tochter eine schöne

Ankunft zu bereiten, sie mit einem Leben zu erwarten – und nicht mit Chaos nach überstürzter Flucht. Zufrieden sah sie sich in der Mansarde um. Ihr Bauchgefühl hatte sie nicht getäuscht. Dieser Dachboden hatte alles, was ein charmantes Zuhause brauchte – bis auf genügend Platz vielleicht. Aber sie hatte das Beste herausgeholt, nicht nur für Ava. Sie war froh, dass sie ein paar Möbel aus New York verschifft und nicht, wie ursprünglich geplant, Tabula rasa gemacht hatte. Die Wohnung war jetzt *ihrs,* und auf ihrer winzigen Galerie – mehr ein Storchennest direkt unter dem Himmel – schlief sie so gut wie schon seit Langem nicht mehr.

Neben der Renovierung hatte Jana vor allem gearbeitet. Sie wollte Simon beweisen, dass er ihr zu Recht vertraute, und sich selbst, dass sie die richtige Entscheidung getroffen hatte. Und langsam ließ auch hier der Druck nach. Sie sah nicht mehr in jeder kritischen Frage einen Angriff auf ihre Person und Simons spontane Entscheidung für sie. Wenn sie abends an ihrem großen Holztisch saß, dem ältesten ihrer Möbelstücke, ihr Laptop und einen Stapel Bewerbungsunterlagen vor sich, spürte sie wieder das leidenschaftliche Kribbeln, das ihr Beruf ihr schon früher beschert hatte.

Ihre Vermieter sah sie kaum, dafür hörte sie mehr von ihnen, als ihr lieb war. Ob sie nun wollte oder nicht – und sie wollte weiß Gott nicht –, wurde sie ständig Zeuge einer offensichtlich nicht gerade friedlichen Beziehung. Fast täglich drangen laute Diskussionen durch die alten Wände zu ihr nach oben, so laut, dass Jana sich schon Ohropax besorgt hatte. Sie bemühte sich, die Bilder zu verscheuchen, die der Soundtrack des Lebens unter ihr unwillkürlich in ihrem Kopf kreierte, und auch die Fragen. *Worüber streiten die beiden? Warum streiten sie überhaupt so viel und so heftig?* Und schließlich: *Küsst Hek deshalb fremd? Vielleicht sogar regelmä-*

ßig? An dieser Stelle brach Jana das Kopfkino jedes Mal ab. *Es geht dich nichts an!* Sie war froh, dass die Sache zwischen Hek und ihr geklärt war. Immerhin konnte sie sich seither dem Haus ohne nervöses Flattern im Bauch nähern. Überhaupt schien er nach einem anderen Rhythmus zu leben. Sie begegnete ihm schlicht gar nicht. Wenn, dann traf sie Suzanna, deren arrogante Art zwar gehörig nervte – aber mehr auch nicht.

Ja, sie war rundum froh über ihre Entscheidung. Die Wohnung würde Ava gefallen. Sie würden hier zusammen glücklich werden – und das hatten sie beide verdient.

*

Sie musste als Letzte das Flugzeug verlassen haben. Je länger es dauerte, je mehr Menschen aus dem Glasgang strömten, desto größer wurde Janas Unsicherheit. War Ava überhaupt eingestiegen? Sie kramte nach dem Handy in ihrer Jackentasche. Keine Nachricht von Mick. Natürlich. Was wäre so schwer daran, ihr kurz mitzuteilen, dass er ihre gemeinsame Tochter gut auf den Weg gebracht hatte?

Gerade, als sie beschloss, Micks Nummer zu wählen und ihm die Meinung zu sagen, kam die kleine Gestalt ihrer Tochter hinter zwei schwergewichtigen Ankömmlingen zum Vorschein. Sie versank fast in einem groß-karierten Mantel, den Jana nicht kannte. Avas Kopf klemmte in einem überdimensionalen Kopfhörer, die Hände hatte sie tief in den Manteltaschen vergraben. Das Kinn klebte ihr an der Brust, nur die dunklen Augen wanderten unruhig durch die Menge. Janas Herz machte einen Satz. Sie winkte, hüpfte, breitete die Arme aus. Keine Sekunde länger wollte sie warten. Jetzt hatte Ava sie entdeckt. Sie hob den Kopf und die Augenbrauen, nickte kurz. Noch ein paar Meter, endlich, Jana drängte den letzten Passagier zwischen ihnen zur Seite.

»Tschuldigung, darf ich?« Sie schloss die Arme um Ava, und die Tränen begannen zu laufen. »Endlich! Wo warst du denn? Oh Gott, ich hab dich so vermisst!« Sie drückte ihre Tochter an sich.

»Mum, please!« Ava befreite sich.

Jana lachte und küsste sie. »Willkommen, mein Schatz, herzlich willkommen in Hamburg! Wie war der Flug?«

Ava schob den Kopfhörer in den Nacken. »Sorry?«

Jana legte ihr die Hände an die Wangen. Sie war so wunderschön. Das Gesicht wie gemalt, auch wenn Ava hart daran arbeitete, von ihren geschwungenen Augenbrauen, der Nofretete-Nase und den vollen Lippen abzulenken. Erneut drückte Jana ihr einen Kuss auf die Wange. »Du wirst ab jetzt Deutsch sprechen müssen, mein Schatz.«

Ava rollte mit den Augen und schüttelte sie ab.

Jana ließ es grinsend geschehen. »Komm, wir holen dein Gepäck. Wie viel ist es denn?«

»Just one piece –«

»Ava?«

»Ja.« Ava seufzte. »Nur ein Koffer. Der zweite hätte extra gekostet.«

Jana atmete scharf ein. Mick hatte seiner Tochter noch nicht einmal erlaubt, all ihre Sachen einzupacken? *Beruhige dich!* Sie würden einfach neue kaufen. Er würde ihr nicht die Wiedersehensfreude verderben. Auf keinen Fall!

»Na dann los!« Sie legte ihren Arm über den ausgefransten Rucksack auf Avas Rücken und schob ihre Tochter aus der Menschenmenge.

Sie war schon wieder gewachsen. Wo sollte das noch enden? Mit ihren fünfzehn Jahren reichte ihr Ava schon bis zur Nase und Jana war mit ihren eins achtundsiebzig nicht gerade klein. War sie noch dünner geworden? Oder lag es an diesem überdimensionalen Mantel, in dem sie steckte wie eine Vogelscheuche? Avas Haare, zum dichten Dutt nach hinten verwurschtelt, leuchteten in hellem Rosa. Und damit nicht genug, über beiden Ohren schimmerte die helle Haut durch kurz rasierte Undercut-Seitenpartien. *Vier Wochen mit Mick.* Janas Magen verkrampfte sich, doch sie zwang sich, locker zu bleiben. Ava war hier. Und der Vater, der in seiner Tochter bestenfalls eine gute Bekannte sah, mit der man ab und zu Spaß haben konnte, ab heute einen Ozean weit entfernt.

*

Ava saß neben ihr mit zusammengepressten Lippen, die Arme dicht um sich verschränkt, als wollte sie sich an sich selbst festhalten. Sie tat keinen Mucks. Dafür redete Jana umso mehr, schließlich gab es viel zu erzählen. Hamburg zeigte sich von seiner besten Seite. Die Frühlingssonne schien aus milchig blauem Himmel und hatte den Leih-Golf so wohlig aufgewärmt, dass Ava die Scheibe heruntergefahren hatte. Ihre fransigen Haare flatterten im Wind. Sie reagierte nicht auf Janas Fremdenführerkommentare, doch das war Jana egal. Sie war einfach nur glücklich, dass ihre Tochter neben ihr saß. Sie waren hier, zusammen, es war real.

»Guck, das ist Eppendorf, die Schickimicki-Gegend, aber ist es nicht wunderschön, ich frage mich immer, ob diese schneeweißen Häuser ständig gestrichen werden. Hier ginge es nach Eimsbüttel, da wohnen wir, lustiger Name, oder? Du wirst sehen, es ist ein Traum … Wir fahren aber erst noch ein bisschen, sollst ja was sehen von Hamburg, wenn schon mal die Sonne scheint … Jetzt kommt die Schanze, das Viertel wird dir gefallen, ein bisschen East Village … Und hier, tataa, Sankt Pauli, unverkennbar. Sieht bei Tage ziemlich versifft aus. Wir gehen bald mal abends hin … Da vorne, guck, das sind schon die Landungsbrücken. Da in der Nähe arbeite ich. Hast du Hunger? Wir könnten kurz parken, uns ein Fischbrötchen holen und ein Stück an der Elbe laufen? Frische Luft wird dir guttun.«

»Mum! Ich bin total kaputt.«

»Okay, war ja nur 'ne Idee.«

Jana gab wieder Gas.

»Aber guck dir wenigstens die Elbe an. Oh shit!« Fast hätte sie die rote Ampel übersehen, nur weil sie sich immer wieder vergewissern musste, dass Ava wirklich neben ihr saß.

»Du bist echt müde, oder?« Sie strich ihrer Tochter über den Kopf und blieb in den verfilzten Haaren hängen.

»Autsch. Ey Mum –!«

»Oh nein, tut mir leid. Aber deine Frisur …«

»Was ist damit?«

»Du hast so schöne Haare!«

»Und? Was passt dir nicht? Sag es doch einfach.«

Jana schluckte und lächelte nach rechts. »Alles in Ordnung.«

Sie sah nach vorne und hielt einfach mal die Klappe. Sie hatte sich vorgenommen, dass nichts, rein gar nichts diesen wunderbaren Tag zerstören würde. Schon gar nicht ihre Vorstellung von Avas Äußerem. Ein andermal, in Ruhe. Außerdem brannten ihr ganz andere Dinge auf der Seele: *Wie war es bei deinem Dad? War er nüchtern? Waren Frauen da? Hat er sich um dich gekümmert, hast du gegessen?* Doch ihr war klar, dass jede einzelne dieser Fragen nur Distanz zwischen sie und Ava bringen würde. Also plapperte sie lieber weiter.

»Der neue Job ist ganz schön anstrengend. Und stell dir vor, mir fällt es auch total schwer, Deutsch zu sprechen. Aber Simon – du kennst ihn ja nicht, obwohl er dich quasi mit auf die Welt gebracht hat – ist einfach super. Er hilft mir, wo es geht. Du wirst ihn bald kennenlernen.«

Sie riskierte wieder einen Blick. Ava zeigte immer noch keine Regung. Jana hatte mal gehört, dass man Kindern von sich erzählen sollte, wenn man sie zum Reden bringen wollte. Klappte ja super.

Endlich passierten sie die Fruchtallee.

»Wir sind gleich da. Bis du aufgeregt?«

»Nope.«

Jana fuhr noch einen kleinen Umweg. »Einmal bitte rechts gucken: das Humboldt-Gymnasium. Ab Montag deine neue Schule.«

Ava tauchte aus ihrer Versenkung auf. »Dieser alte Kasten? Looks like an old shitty fire station.«

Jana seufzte. »Es ist eine gute Schule. Und sie ist nur ein paar Minuten mit dem Fahrrad entfernt. Das heißt länger schlafen, my dear.«

Ava zuckte mit den Schultern. »So what. In Brooklyn musste ich auch die Subway nehmen.«

»Mir hat die Schule richtig gut gefallen. Stell dir vor, sie sind auf Musik spezialisiert. Das gibt's nur ganz selten. Und die Leiterin ist supersympathisch. Sie unterstützt dich beim Deutschlernen. Das wird gut, du wirst sehen.« Sie wollte es selbst unbedingt glauben.

»Du musst es ja wissen, Mum.« Ava zog ihr Handy aus der Tasche, tippte etwas ins Display, schob den Kopfhörer auf die Ohren und sah wieder starr nach vorne.

Unsicherheit machte sich in Janas euphorisierter Brust breit. Spontan beschloss sie, lieber doch gleich ein paar Fragen loszuwerden.

»Hat dein Dad dich zum Flughafen gebracht?«

Ava reagierte nicht, wippte nur mit dem Kopf. Jana berührte sie sanft am Arm und schob den Kopfhörer zur Seite.

»Hat Mick dich nach JFK gefahren?«

Ava zog die Augenbrauen zusammen und schüttelte den Kopf.

Dieses Arschloch! Mick bestätigte, nein übertraf immer wieder ihre größten Sorgen. »Und – wie bist du dann hingekommen?«

»Im Taxi.« Ava sah sie von der Seite an. »Es war total okay Mum, wirklich.«

Jetzt starrte Jana geradeaus. »No, it's not«, murmelte sie. Es war nicht okay, wenn ein Vater seine Tochter, die auf einen anderen Kontinent zog, nicht zum Flughafen brachte. Alles war es, nur nicht *okay.*

»Mum, Achtung!« Ava gestikulierte wild nach vorne.

Jana stieg in die Bremse. Der Typ auf dem Fahrrad, den sie um ein Haar touchiert hätte, zeigte ihr den Mittelfinger. Na, bestens. Sie streckte die Arme durch, atmete. *Reiß dich zusammen.*

Neben ihr schüttelte Ava den Kopf. »Ey, was machst du denn? Fucking crazy!«

Für den Rest des Wegs saßen sie schweigend nebeneinander. Er hatte es wieder geschafft. Selbst über diese Entfernung war es ihm gelungen, ihnen diesen Moment zu verderben, der einfach nur schön sein sollte. *Verdammt, Mick!*

Erst als sie gemeinsam Avas Koffer die Treppe hinaufhievten, kam Janas Freude zurück und mit ihr wohlig kribbelnde Aufregung. Sie schloss die Mansardentür auf und trat über den Welcome-Teppich. »Komm schon!«, rief sie Ava zu, die in der Tür stehen geblieben war. »Ich hab Brownies gebacken.«

*

Bereits seit einer Viertelstunde plätscherte die Dusche. Warmes Wasser müsste längst aus sein, und Jana sah sich schon Hochwasserschäden reparieren, doch sie hielt still. Sie wollte Ava nicht drängen, wollte unbedingt, dass dieser

Morgen so *smooth* wie irgend möglich verlaufen würde. Avas erster Schultag in Hamburg. Jana war vor sechs aufgestanden, hatte ein besonders liebevolles Frühstück mit aufgebackenen Croissants zubereitet, dann ihre Tochter geweckt. Nur mit einem Klopfen, denn Ava hasste es, wenn man ohne Ankündigung ihr Zimmer betrat. Das *Bitte-nicht-stören-Schild* mit dem Totenkopf hatte sie als Erstes ausgepackt. Und gefühlt auch als Einziges. Ihre Klamotten wucherten noch aus ihrem Koffer, weil ihr gemeinsamer Schrank, der aus Platzmangel im Wohnzimmer stehen würde, noch in Kartons unter Avas Bett lagerte.

Jana klopfte doch, energisch sogar. »Ava, wenn du noch frühstücken willst, musst du dich beeilen!«

Das Plätschern endete abrupt.

»Ava?«

»Hab keinen Hunger.«

»Doch, komm, du musst was essen. Es gibt Croissants.«

»No thanks.«

»Kommst du trotzdem, bitte! Es ist gleich halb acht.«

Die Tür wurde aufgerissen, Dampf quoll Jana entgegen. Ava stand in bedruckter Unterwäsche vor ihr, tropfend mit dunkelrotem Gestrüpp auf dem Kopf. Neben ihr lag das Duschhandtuch auf dem Boden. »Ich muss noch kurz föhnen, okay?«

Als sie sich zum Spiegel drehte, sah Jana die Taube auf dem Schulterblatt, filigran flatternd, umrahmt von einem Heiligenschein rot flammender Haut. Sie schnappte nach Luft. »Was ist das?«

Der Föhn startete auf Höchststufe.

»Ava?«

»Was denn?«

Der heiße Luftstrahl verwirbelte Janas Haare. Sie wechselte die Seite, stellte sich dicht hinter Ava und deutete auf das Tattoo. »Das.«

Avas verklärtes Lächeln im beschlagenen Spiegel war Antwort genug. Jana schüttelte stumm den Kopf.

»Dad hat die Gleiche.« Beim Leuchten in Avas Augen zog sich Janas Herz zusammen. »Wir haben sie gemeinsam stechen lassen. An unserem letzten Abend. Schön, oder?«

»Das ist nicht sein Ernst.« Jana konnte sich nicht zurückhalten. »Man lässt seiner fünfzehnjährigen Tochter kein Tattoo stechen.« Ihre Stimme überschlug sich vor Wut, und sie rannte aus dem Bad.

»Ich wollte es«, rief Ava ihr hinterher.

»Ist klar.« Jana lief ins Wohnzimmer und schnappte sich ihr Handy. Sie wählte Micks Nummer. Das entfernte Tuten des Überseeanrufs ertönte, dann die Mailbox.

Hey Dear, this is Mick. Call you back later!

Sie schmiss das Handy ins Sofa. Fuck. *Fuck, fuck, fuck.* Während sie versuchte, ihre Tränen unter Kontrolle zu bringen, riss sie das Aufladekabel aus der Steckdose und packte das MacBook in ihre Bürotasche.

Ava tappte barfuß aus dem Badezimmer. »Ich finde es schön, Mum. Und es erinnert mich an ihn.« Sie sah so traurig aus. Jana nickte. »Okay. Beeilst du dich?«

Keine zehn Minuten später standen sie im Treppenhaus. Übertrieben eitel war ihre Tochter noch nicht, das musste man ihr lassen. Jana hatte sich insgeheim gewünscht, dass sie inzwischen ein wenig mehr Wert auf ihr Äußeres legen würde – ihr *weibliches* Äußeres. Denn so intensiv sich Ava mit Haaren, Piercings und – neuerdings – Tattoos beschäftigte, Schminke war in ihren Augen nur was für *Chicks.* Die zarten Anzeichen von Fraulichkeit an ihrem schmalen Körper versteckte sie konsequent unter Schlabber-T-Shirts, und sie trug ausschließlich dunkle Farben, Frühling hin oder her. Jana dachte an die Eimsbütteler *Chicks,* denen sie bei der Schulanmeldung begegnet war, an Markenhandtaschen auf der Hüfte, an rot geschminkte Schmollmünder und Wallehaare. Energisch verdrängte sie ihre Sorgen mit einem Lächeln. Es würde gut laufen. Warum sollte es nicht? Mit ausdrücklich positiver Schwingung wippte sie die Treppe hinunter.

»Wie sind die eigentlich?«, fragte Ava hinter ihr.

»Du meinst unsere Vermieter? Ganz nett.«

Als hätte jemand zugehört, öffnete sich die graue Tür und Hek trat heraus.

»Oh, moin, du musst Ava sein! Herzlich willkommen!« Er warf mit seinem Lächeln um sich. »Moin Jana. Sie ist also endlich da.«

»Hi.« Jana ärgerte sich über den Ameisenalarm in ihrer Brust. Sie drehte sich zu ihrer Tochter und hielt den Blick bei ihr. »Ja. Endlich.«

»Erster Schultag?«, fragte Hek.

Ava nickte mit finsterem Gesicht. »Hm.«

»Aufgeregt?«

»Hm«, sagten Ava und Jana gleichzeitig.

Sie lachten alle drei.

»Ich wünsch dir gutes Ankommen, Ava.« Er hob die Hand, als er vor ihnen hinauslief. »Tut mir leid, hab's total eilig. Bis bald, ich lass euch die Tür auf.« Sein Jackett flatterte auf, als er die Treppe hinuntersprang.

Jana starrte ihm hinterher.

»Wow. He's hot.«

»Ava!«

»Was?« Ava lief mit breitem Grinsen an ihr vorbei. »Ich seh doch, dass du ihn heiß findest.«

»Na ja, geht so. Ein bisschen zu viel Anzug, oder?«, sagte Jana beiläufig und blieb lieber hinter ihrer Tochter, denn ihre Wangen glühten.

»He's definitely cool«, sagte die und nickte zur Bestätigung mit vorgeschobener Oberlippe.

»Los, wir müssen.« Jana scheuchte sie aus dem Haus.

Ava schlurfte vor ihr zum Gartentor. Immerhin, ihre Begegnung mit Hek hatte die Stimmung entspannt. Fast hätte Jana darüber das Wichtigste vergessen: Avas Willkommensgeschenk. Die nagelneue, mintgrüne *Gazelle* parkte neben Janas rostigem Rennrad, unübersehbar, dank der Schleife, die Jana heute früh noch an den Lenker gebunden hatte. Als Ava daran vorbeilief, war Jana sich plötzlich nicht mehr sicher, ob es eine gute Idee gewesen war. Die Schleife und das ganze Fahrrad.

»Tataa, dein Willkommensgeschenk!«, rief sie mit nicht ganz überzeugter Stimme und legte eine Hand auf den braunen Ledersattel. Ava guckte wie damals, als Micks Mutter ihr das pinkfarbene Barbiehaus zu Weihnachten geschenkt hatte. Jana ermutigte sich selbst mit breitem Lächeln. Das Rad war ein Spontankauf gewesen. Alle Mädchen auf Avas neuer Schule fuhren *Gazelle*. Kerzengrade sitzend, ihre Handtaschen in einer zum Fahrradkorb umfunktionierten und mit Plastikblumen geschmückten Holzkiste vor sich. Zumindest auf die Blumen hatte Jana verzichtet.

Ava zupfte an der Schleife in der Farbe ihrer Haare. »Schön«, murmelte sie. »Danke.«

Jana atmete auf. Fast ein bisschen beschwingt löste sie das Schloss an ihrem eigenen Fahrrad. »Na dann, los!«

*

Die parkenden Autos boten guten Blickschutz. Zur Sicherheit duckte sich Jana noch ein bisschen. Nicht, dass Ava oder gar irgendwelche neuen Freunde sie am Ende entdeckten. Sie war früh dran, weil sie Ava auf keinen Fall verpassen wollte, die nicht damit rechnete, abgeholt zu werden, und es ganz sicher auch nicht wollte. Jana war keine Helikoptermutter und in New York hatte sie nicht viel mitgekriegt vom Schulleben ihrer Tochter. Heute hatte sie allerdings den ganzen Tag an nichts anderes denken können als daran, wie es Ava wohl erging. Schließlich hatte sie kurz entschlossen ihre Sachen gepackt und beschlossen, Ava abzuholen. Und hier stand sie nun, hinter einer Linde, spielte Detektivin und fühlte sich ziemlich deplatziert.

Schon im letzten Jahr in New York hatte sie sich dauernd Sorgen gemacht, seit aus der kleinen glücklichen Ava über Nacht eine melancholische Rebellin geworden war. In ihren Augen war dafür nicht einfach nur die Pubertät verantwortlich, sondern der fehlende Vater, die ständigen Zurückweisungen und der verständliche Wunsch, genau von diesem Menschen, der nicht mehr zur Verfügung stand, wahrgenommen zu werden. Nicht, dass Mick in Avas ersten vierzehn Jahren ein Mustervater gewesen wäre. Immer schon hatte er die meiste Zeit in seinem Studio verbracht, hatte zu viel getrunken und wahrscheinlich andere Frauen zur Inspiration für seine Songs gebraucht. Doch für Ava war alles heile Welt gewesen. Sie vergötterte ihren Vater, der ihr mit drei ihre erste Ukulele schenkte und in ihr die Liebe zur Musik geweckt hatte, bevor sie sprechen konnte. Erst, als Jana aufgehört hatte, seine Eskapaden hinzunehmen, als sie nicht mehr konnte, kurz vor einem Burn-out stand, weil sie keine Kraft mehr hatte, diese Beziehung noch länger zusammenzuhalten, als sie endlich losließ und Mick mitteilte, dass sie ausziehen würden, wurde Ava zum ersten Mal mit dem wahren Gesicht ihres Vaters konfrontiert. Er ließ es geschehen. Ohne auch nur den kleinen Finger zu rühren, er zuckte kaum, lebte einfach weiter, dann eben ohne sie. Es war verdammt hart für Jana, aber noch härter für Ava. Denn während Jana sich jahrelang auf diesen Moment vorbereitet hatte, hatte Ava in ihrer Traumwelt gelebt, mit dem coolen Rockstar-Vater, der eben immer irgendwie mit einem neuen Album beschäftigt war. Nun stand sie der nackten Wahrheit gegenüber, in der dieser Vater sie jedes Wochenende von Neuem spüren ließ, wie wenig seine pubertierende Tochter in sein Leben passte.

Der Schulgong läutete. Er klang wie damals. Unverändert. Wie die Tatort-Titelmelodie. Als wäre in Deutschland die Zeit stehen geblieben. Unwillkürlich musste Jana lächeln. Kein Wunder, dass Ava von der Ehrwürdigkeit des Humboldt-Gymnasiums wenig begeistert war. Ihre Schule in New York hatte mit diesem Ort ungefähr so viel gemeinsam wie ein Tesla mit einem Volkswagen.

Die doppelte Flügeltür spuckte Schüler aller Altersklassen aus, Kids mit bunten Schulranzen auf dem Rücken ebenso wie junge Erwachsene, die mehr wie Studenten wirkten. Sie kamen in Grüppchen, und da war auch Ava, inmitten von Mädchen in ihrem Alter. Jana wurde warm ums Herz, doch nur für einen kurzen Moment, denn schon am Fuße der Treppe war klar, dass Ava nichts mit den anderen zu tun hatte. Die Mädchen blieben stehen, packten Handys, Zigaretten und Lippenstifte aus, richteten sich gegenseitig die Haare, alberten mit ein paar Jungs herum, während Ava über den Schulhof in Richtung Fahrradständer schlurfte. Sie verabschiedete sich von niemandem, und niemand nahm Notiz von ihr. Bis auf die andere Straßenseite konnte Jana die wütende Furche sehen, die sich zwischen ihre Augenbrauen gegraben hatte. Als Ava den Rucksack in die Holzkiste feuerte, machte Jana sich bereit. Schließlich stieg sie in die Pedale und folgte ihr unbemerkt, bis die Schule ein ganzes Stück hinter ihnen lag. Dann rief sie laut nach ihrer Tochter.

Ava sah sich um, bremste abrupt und fuhr an die Seite. »Mum! Was machst du hier?« Die Falte zwischen den Augenbrauen erschien wieder.

»Dich abholen.« Jana bemühte sich, locker zu klingen, obwohl sie sich selbst das Gleiche fragte.

»Bin ich ein Kleinkind, oder was?«

Die Frage war sehr wohl berechtigt. Auch wenn Janas Gefühl am heutigen Tag durchaus vergleichbar war mit dem von Avas erstem Kindergartentag.

»Ich bin gerade vorbeigekommen, und da dachte ich –«

»Hast du nicht gesagt, du fährst mit der U-Bahn zur Arbeit? Und dass du gegen sechs nach Hause kommst?«

»Heute mach ich Homeoffice. Das geht auch. Super, oder?«

Ava erwiderte Janas begeistertes Lächeln mit Augenrollen und trat in ihre Pedale.

»Wie war's?«, rief Jana ihr hinterher. Sie versuchte, Avas Tempo zu halten, was nicht einfach war, denn Ava fuhr im wahrsten Sinne wie eine rasende Gazelle.

»Warte doch mal!«

Ava gab noch mehr Stoff.

»Ava, stopp!«

Es quietschte, als Jana in die Bremsen griff. Ava raste über die gelbe Ampel und davon. Fluchend sah Jana ihrer Tochter nach.

Ein paar Straßen weiter stand sie plötzlich am Straßenrand und stierte in ihr Handy.

»Was sollte das?« Jana bremste scharf.

»Ich brauche echt keinen Babysitter.« Ava sah nicht einmal auf. Hektisch wischte sie auf dem Display herum.

»Ich wollte nur nett sein.«

»Das nervt. Wie heißt unsere Straße?«

Jana grinste. »Und wie hättest du nach Hause gefunden?« Sie fuhren weiter. Diesmal nebeneinander.

»Glaubst du, es hat dich jemand gesehen?«

Jana schüttelte den Kopf. »Bestimmt nicht. Was war so scheiße?«, fragte sie, als sie die Räder vor dem Haus abschlossen.

»Alles.«

Ava war sofort in ihrem Zimmer verschwunden. Jana hatte versucht, ihre Sorgen zu verdrängen, mit Pfefferminztee, ein paar E-Mails und schließlich der Zubereitung von *Spaghetti all'Arrabbiata,* nach dem Originalrezept ihres gemeinsamen Lieblingsitalieners im *Village.* Sie hatte den Blick in die Bäume genossen und den alten Gasherd, der mit seinen flackernden Flammen fast ein bisschen Spaß am Kochen in ihr entfachte. Sie hatte ihren Holztisch mit den Keramikbowls und den Kerzenständern von der *Brooklyn Flea* gedeckt, und sie hatte eine Playlist ausgesucht. Sie hatte wirklich lange überlegt, welche Musik die Stimmung heben könnte. Ava war hypersensibel, was Musik anging, natürlich, das hatte sie von ihrem Vater. Nur bei dessen Songs war sie großzügig, konnte selbst Micks aktuellen, seelenlosen Produktionen mit dem am Computer gepimpten Gesang von Frauen, die nicht nach Stimme, sondern nach Aussehen gescoutet wurden, nur Positives abgewinnen. Jana konnte das Zeug nicht hören, ohne dass ihr die Galle hochkam. Jetzt musste etwas Unkompliziertes her, ganz ohne Erinnerungsvibes. Sie entschied sich für Jack Johnson, durchgenudelt, aber schön entspannend und für Ava neben ihrem Vater ein großes Vorbild. In Janas Augen sang ihre Tochter sogar besser als der ewige Surfer, interessanter, leidenschaftlicher oder vielleicht einfach nur mit weniger Marihuana im Blut.

Jana entfernte die Chilischoten aus der Soße. Eine blieb wie so oft verschwunden, das war schon Tradition. Wer draufbiss, musste später nicht abräumen als kleine Entschädigung.

Sie rief nach Ava. Erst nach dem dritten Mal kam sie angeschlichen, barfuß, die offenen Haare über den Schultern.

Sie war bleich und ihre Augen glänzten rötlich. Wortlos ließ sie sich auf den Stuhl sacken mit einem Gesicht, als laste der Untergang der Welt auf ihren Schultern.

Jana, die nicht wusste, wie sie auch nur eine Nudel herunterkriegen sollte, lud ihnen beiden die Teller randvoll, reichte Ava den frisch geriebenen Parmesan und schenkte sich selbst ein Glas Rotwein ein. »Guten Appetit!« Sie nahm einen Schluck. Der Wein schmeckte bitter. Sie stellte das Glas ab, holte Luft. »Willst du – reden?«

Ava stocherte in ihrer Pasta. »Ich geh da nicht mehr hin«, sagte sie, ohne aufzusehen.

Jana seufzte. »Es tut mir leid, dass dein erster Tag nicht gut war, aber es wird bestimmt jeden Tag ein bisschen besser.«

»I wanna go home«, murmelte Ava.

Janas Herz begann zu brennen wie die Chilis auf ihrer Zunge. Sie streichelte über Avas Hand. »Das hier ist jetzt unser *Zuhause*«, sagte sie kaum hörbar, vielleicht, weil sie sich selbst nicht recht glaubte.

Ava entzog ihr die Hand und schlug damit auf den Tisch, sodass der Rotwein schwappte. »No it's not! You don't even have your own room. Es ist scheiße! Please, Mum, können wir zurück? Bitte, es macht mir nichts aus, wenn Dad keine Zeit für mich hat.«

Die Tränen kullerten ihr über die Wangen. Jana sprang auf und schlang die Arme um sie. Sie spürte den Impuls mitzuweinen, und für einen Moment ließ sie es zu. Doch dann löste sie sich, um die Küchenrolle zu holen.

Sie schnäuzten sich gleichzeitig. Es entlockte selbst Ava ein verheultes Lächeln.

»Es ist schlimm, *die Neue* zu sein, oder?«

Ava nickte.

»Was die Wohnung angeht, irgendwann finden wir eine größere. Aber im Moment können wir uns das nicht leisten.« Jana sah Ava liebevoll, aber bestimmt in die Augen.

»Und ehrlich gesagt, finde ich, dass man es hier ganz gut aushalten kann.«

Ava senkte den Kopf. Schweigend konzentrierten sie sich auf das Aufdrehen der Spaghetti. Als sie fertig waren, stellte Jana die Teller ineinander. »Hilfst du mir?«

»Ich will Dad anrufen.«

Der übliche Stich in der Brust. Jana sah auf die Uhr. In New York war es Mittag. Sie seufzte. »Okay.«

Ava verschwand in ihrem Zimmer. Jana hörte ihre aufgekratzte Stimme. »Hey Dad!«

Sie stellte die Musik lauter. Kurz darauf kam Ava zurück in die Küche gestürmt. Kommentarlos begann sie, die Teller in die Spülmaschine zu räumen. Jana spülte die Töpfe. Hinter den Dächern ging die Sonne unter. Der Himmel brannte in dramatischem Siebziger-Orange. Jana öffnete beide Flügel des Fensters und ließ den Wind herein. *Ist es nicht schön, wir können das Fenster öffnen!* Doch sie sagte nichts. Ava wischte den Tisch beunruhigend gründlich ab.

»Und, was sagt Dad?«, fragte Jana schließlich.

»Er ruft zurück.«

»Ah.«

»Ich glaube, ich habe ihn geweckt.«

Jana nahm Ava den Lappen aus der Hand und warf ihn in die Spüle. »Wollen wir einen Film gucken?«

»Keine Ahnung.« Ava zuckte mit den Schultern. »Wir finden doch keinen, der uns beiden gefällt.«

»Okay.« Jana schüttelte den Kopf. »War nur 'ne Frage.« Sie lief zum Sofa und griff nach ihrem Buch. »Schade.«

Ava stand verloren im Raum, die Augenbrauen tief zusammengezogen. Schließlich kam sie zum Sofa geschlurft. Jana blätterte ziellos in ihrem Roman.

»Sorry, Mum. Die Wohnung ist echt okay.«

Jana nickte. »Musst dich nicht entschuldigen.« Sie klopfte neben sich.

Ava ließ sich in das weiche Polster fallen, schwang die Füße hoch und umarmte ihre Beine. »Sie mögen mich nicht.«

»Haben sie das gesagt?«

Ava schüttelte den Kopf. »Aber ich bemerke es. Sie sind anders.«

Jana spürte die Zweifel zurückkommen und das schlechte Gewissen. Doch wenn sie ihre Entscheidung ständig anzweifelte, machte sie es nur schlimmer, für sie beide. Sie stützte ihren Kopf auf Avas Knie und sah ihr in die verheulten Augen. »Weißt du, sie kennen dich noch nicht. Und du kennst sie nicht. Es dauert einfach nur ein paar Tage, vielleicht ein paar Wochen. Und plötzlich wird es anders, vielleicht sogar, ohne dass du es bemerkst, einfach von selbst. Ich versprech's dir!« Während sie den Netflix-Account öffnete, betete Jana, dass sie ihrer Tochter nichts Falsches versprach.

* * *

Ein stahlblauer Himmel unterstrich die unendliche Weite der Felder, deren karges Braun inzwischen von zart austreibendem Grün besänftigt wurde. Mit einem breiten Grinsen begrüßte Jana die Möwenschwärme. Ihre Laune hätte nicht besser sein können auf dieser Fahrt gen Norden, ganz ohne die Anspannung der ersten. Kein Wunder, denn diesmal war das Ziel nicht die problematische Familienzusammenführung, sondern schlicht und einfach das Meer. Seit ihrer Ankunft in Hamburg hatte Simon ihr von seiner großen Leidenschaft, dem Kitesurfen, vorgeschwärmt, so intensiv und so hartnäckig, dass Jana irgendwann Feuer gefangen und seinem Drängen, es unbedingt auszuprobieren, nachgegeben hatte. Und wenn es in ihrem Bauch heute doch ein bisschen rumorte, dann wegen der Aussicht auf ihre allererste Kitestunde, die Simon für sie organisiert hatte.

Ava hatte ihre ersten Schulwochen ohne größere Zwischenfälle überstanden. Es schien, als fügte sie sich ihrem Schicksal. Zwar erntete Jana auf ihre Nachfrage immer das gleiche Stirnrunzeln, doch gestern hatte sich Avas Antwort plötzlich von *scheiße* auf *ganz okay* gesteigert. Wahrscheinlich lag es auch daran, dass Jana nicht aufhören konnte zu lächeln an diesem wunderschönen Morgen.

Simon kommunizierte über den Rückspiegel mit Ava. Locker, vertraut, als würden sie sich seit Jahren kennen, und das taten sie ja eigentlich auch. Er hatte Ava begrüßt wie eine alte Bekannte und nicht einmal gezuckt angesichts ihres Outfits für den Ausflug an die See, unvermeidliche Doc Martens, blickdichte Strumpfhose und ein überdimensionales Grunge-Bandshirt. Jetzt erzählte er Storys von damals, machte gute Witze und stellte Fragen, die Teenager interessierten. Schon hatten die beiden ein gemeinsames Thema gefunden, Musik, zu Janas großer Überraschung. Simon und Musik? So konnten sich die Dinge ändern! Entspannt kramte sie nach dem Paket mit den geschmierten Broten, zog die Beine auf den Sitz und lehnte sich gegen die Scheibe.

»Willst du?« Sie drehte sich nach hinten und hielt Ava ein Sandwich unter die Nase.

Ava schüttelt den Kopf. »Wir haben doch gerade erst gefrühstückt.«

»Na und, Autofahren macht immer hungrig. Du, Simon?«

»Nein danke.« Er zwinkerte Ava im Spiegel zu.

Jana biss genüsslich in das frische Brot. »Sicher nicht? Probier wenigstens, meine Sandwiches sind legendär.«

Simon lachte. »Na dann! Unbedingt.« Er beugte sich ein wenig in ihre Richtung.

Mit beiden Händen schob Jana Simon das dick belegte Baguette in den Mund. Als er zubiss, quoll Mayonnaise heraus und lief über sein Kinn.

»Oh sorry!« Lachend tupfte Jana ihn mit ihrer Serviette ab. »Und?«

»Legendär!«

»Sag ich doch.«

Es fühlte sich an, als seien sie nie getrennt gewesen.

»Hey Ava, lass doch mal hören, was du so auf dem Handy hast!«

Avas Kopf erschien zwischen den Sitzen. »Echt jetzt?«

»Klar.« Simon hantierte am Navi. »Okay. Du kannst dich verbinden.«

Ava tippte auf ihrem Handy herum, dann ertönte die weinerliche Stimme ihres derzeitigen Lieblingsrappers.

»Cool. *XXX Tentacion*«, sagte Simon zum Rückspiegel und drehte die Lautstärke hoch. »Tragisches Schicksal.«

Ava nickte eifrig. »Ja, oder? Er war der Beste. Ein echtes Talent – says my Dad.«

»Schnallst du dich bitte an, Ava!«, sagte Jana. Warum musste Mick schon wieder mitfahren?

Ava rollte mit den Augen. »Nerv nicht, Mama!« Sie suchte Simons Blick.

Er drehte sich freundlich um. »Doch, Ava, Überraschung, bei mir im Auto herrscht Anschnallpflicht.«

Kommentarlos warf Ava sich zurück in den Sitz und ließ ihren Gurt einklicken.

»Wie geht's euch eigentlich in der Wohnung? Hast du Kontakt mit Hektor?«, fragte Simon.

Jana räusperte sich. »Nicht wirklich. Er ist viel unterwegs – glaube ich.«

»Mama findet ihn heiß.« Avas Kopf erschien wieder zwischen ihnen.

»Was redest du für einen Quatsch!« Jana sah aus dem Fenster.

»Ernsthaft?« Neugierig warf Simon zuerst einen Blick in den Rückspiegel, dann zu ihr. Jana betete, dass die plötzliche

Hitze in ihrem Nacken sich nicht auf ihre Gesichtsfarbe auswirkte.

»Natürlich nicht.« Energisch schüttelte sie den Kopf. »Aber die Wohnung ist super. Danke noch mal fürs Vermitteln.«

»Vielleicht treffen wir ihn ja heute.«

Jana verschluckte sich beinahe an ihrem Sandwich. »Wie meinst du das?«, röchelte sie.

»Ich kenne Hek doch vom Kiten. Am Wochenende ist er eigentlich immer in Sankt Peter.«

»Ah, okay.« Jana lächelte. Doch das angenehme Grummeln in ihrem Bauch verwandelt sich urplötzlich in ein Erdbeben. *Na, bestens!*

*

Simon parkte den Wagen neben den anderen mitten auf dem Strand.

»Da wären wir.«

Aufgeregt sprang Jana auf den Sand. So sehr sie sich bemüht hatte, in ihren Erinnerungen kam die Nordsee kaum vor. Schon während der Zufahrt durch die Dünen hatte ihr Herz jedoch begonnen, schneller zu schlagen, und sie war still geworden, angesichts der magischen Schönheit, die sich nach dem spießigen Feriendörfchen plötzlich vor ihnen auftat.

Der Wind verfing sich in ihren Haaren und wirbelte sie in wildem Tanz über ihren Kopf. Jana juchzte wie ein kleines Kind, zog die Kapuze über und hielt sich die Hand über die Augen, um sie vor der gleißenden Sonne zu schützen. Vor ihnen lag nichts als Himmel und Sand und etwas Glitzerndes in der Ferne, so unspektakulär wie überwältigend.

»Erinnerst du dich?«, fragte Simon, der neben sie getreten war.

Jana schüttelte den Kopf. »Nicht, wie schön sie ist.« Spontan warf sie die Arme um seinen Hals. »Danke!«

Er drückte sie an sich.

»Krass! Cooler als die Hamptons«, sagte Ava, die nun auch aus dem Wagen gestiegen war.

Sie lachten, und Jana löste sich aus Simons Armen. »Na, wenn das kein Kompliment ist!«

Er öffnete den Kofferraum. »Hilfst du mir?«, sagte er in Avas Richtung.

Ava riss die Augen auf, und Jana wartete auf ihren Protest. »Okay.« Sie stakste zum Kofferraum und streckte ihre dünnen Arme aus, um die riesige Kitetasche in Empfang zu nehmen.

Jana konnte sich ein Schmunzeln in Simons Richtung nicht verkneifen, doch der verzog keine Miene. »Jana?« Er reichte ihr ein Board.

»Komme!« Sie klemmte sich das Brett unter den Arm, während Simon eine zweite Tasche schulterte. Ziemlich materialintensiv, dieser Sport!

»Die Wassersportstation ist da vorne«, rief Simon und zeigte auf ein rotes Holzhaus, das in der Ferne auf dem Sand lag wie ein einsamer Krebs. Der Wind pfiff ihnen um die Ohren und erschwerte das Laufen. Jana hörte nicht auf, sich über ihre Tochter zu wundern. Immer wieder sah sie unauffällig neben sich, doch Ava, die sich dankbar Simons Beaniemütze ausgeliehen hatte, schien weiterhin ebenso guter Laune wie sie selbst.

Simon kam neben sie und stupste mit seinem Oberarm gegen ihren. »Und, hast du Lust?«

Jana verzog das Gesicht. »Ich weiß noch nicht.«

Er drehte sich um. »Ava, willst du's auch probieren?«

»Äh – nein«, rief Ava gegen den Wind an und machte ein Gesicht, als hätte man sie gefragt, ob sie Bungeespringen wolle.

Langsam näherten sie sich ihrem Ziel und dem Gewusel bunter Drachen über dem Wasser. Schon konnte man auch auf dem Strand die flatternden Segelhalbkreise abgelegter Kites erkennen. Zwischen ihnen liefen geschäftig die Besitzer herum, pumpten ihren Drachen auf, befestigten lange Schnüre oder führten ihn bereits lässig mit einer Hand an zwei langen Leinen über dem Kopf. Wenn eine Böe den Kite zum Flattern und sie selbst ein wenig in Bewegung brachte, zerrten sie ruckartig am Gabelbaum, wie um ein wildes Tier zu bändigen, ohne dabei ihr selbstbewusstes Lächeln zu verlieren.

Aus der Nähe waren die Kites größer, als Jana sie sich vorgestellt hatte. Auch der Wind blies hier nah am Wasser noch viel heftiger. Sie spürte das flaue Grummeln im Magen und war nicht sicher, ob ihre Vorfreude nicht in Angst umgeschlagen war. Abrupt blieb sie stehen, traute sich nicht weiter, und ihr Nacken versteifte sich vom In-den-Himmel-Starren. Was, wenn eins dieser Zelte auf sie herabstürzte? Besorgt sah sie sich um und stellte erleichtert fest, dass Ava bereits in Richtung des Holzhauses unterwegs war. Simon stand mit einer jungen Frau zusammen. Ihr leuchtend orangener Kite schwebte lässig über ihr. Simon winkte. »Jana, komm!«

Jana grinste verkrampft und deutete zum Haus »Ich seh noch schnell nach Ava!«

»Okay!«

Sie lief die Holzbrücke hinauf. Sanfte Loungemusik klang ihr entgegen. Die große Terrasse lag komplett im Windschatten, und die Sonne hatte das Holz angenehm erwärmt. Ava zog sich gerade einen gemütlichen Sitzsack zurecht und ließ sich hineinfallen. Sie grinste. »Chillig, oder? Was ist los, Mum? Du siehst ziemlich grün aus.«

Jana verzog das Gesicht. »Bist du okay hier?«

»Klar! *Mir* geht's bestens.«

»Kann ich wirklich gehen?«

»Äh, Mum? Hast du Schiss?«

Jana schielte. »Ein bisschen.«

Ava lachte und zog die Mütze vom Kopf. »Du kannst aber jetzt keinen Rückzieher mehr machen.«

Jana schluckte. »Ich weiß.«

»Bis später«, trällerte Ava vergnügt und setzte ihre Kopfhörer auf.

Jana fletschte die Zähne. »Bis später!«

Simon kam ihr auf der Holzrampe entgegen, neben sich die junge Frau im Neoprenanzug. Sie strahlte und streckte Jana ihre Hand entgegen. »Hey, du bist Jana, oder? Ich bin Annika, deine Kitelehrerin.«

Janas Übelkeit verschob sich in Richtung Brust. »Hallo Annika, freut mich«, sagte sie hölzern.

»Mich auch. Du willst also angreifen heute?«

Mehr als ein Nicken brachte Jana nicht zustande.

»Gute Entscheidung. Der Wind ist ein bisschen heftig, aber wir gehen sowieso erst mal nicht aufs Wasser.«

»Nicht?«

Annika lachte. Sie bemerkte offensichtlich, wie Jana sich entspannte.

»Nee, zuerst machen wir am Strand Theorie.«

»Ach so.« Jana atmete aus.

»Ich zeig dir, wie du den Kite auf- und abbaust, und wir üben ein bisschen Kitekontrolle.«

»Oh, okay.«

»Wollen wir?« Annika ließ ihr keine Zeit für Zweifel und lief los. Hilfesuchend sah sich Jana nach Simon um, doch der war schon in Richtung Wasser verschwunden. Es half nichts. Sie folgte Annika ins Haus.

In den hellen Holzräumen der Wassersportstation schwang die Lässigkeit so aufdringlich in der Luft, dass Jana am liebsten gleich Reißaus genommen hätte. Warum besorgte sie sich nicht einfach auch einen Sitzsack und verbrachte den Tag als Zuschauerin *chillig* mit ihrer Tochter? Mit wachsender Anspannung erwiderte sie jedes *Moin* der glücklichen Profis in auf die Hüfte gerollten Neoprenanzügen, deren lockeres Lächeln Jana nur in ihrem Gefühl bestärkte, dass sie hier die Einzige war, die keinen Schimmer hatte und sich vor lauter Respekt fast in die Hose pinkelte.

»Hey Leon!«, rief Annika einem Jungen zu, der so gerade mal volljährig aussah. »Hilfst du Jana mit dem Material, bitte. Sie hat heute ihre erste Stunde.«

»Klaro!«, Leon lächelte superfreundlich. »Was geht?«

Gar nix, ich bin zu alt für diesen Scheiß!

Er trug den Schritt seiner Boardshorts in den Knien, der Bund rutschte jeden Moment über seine schmalen Hüften. Barfuß tappte er vor ihr in einen der hintersten Räume, in dem auf kreuz und quer gespannten Wäscheleinen unzählige Neoprens, Trapezhosen und Helme hingen.

»Lass mal sehen –« Er mustert Jana von oben bis unten, dann hob er einen Anzug von der Leine, der nicht mal Ava gepasst hätte. »Small?«

»Äh, nichts gegen dein Augenmaß, Leon. Aber ich befürchte, der geht mir nicht mal bis zum Knie.«

Sie lachten und Leon verschwand tiefer im Materialchaos. Unschlüssig, ob sie ihm folgen sollte, bückte sich Jana und krabbelte unter ein paar Leinen hindurch. Als sie sich aufrichtete, stieß sie fast mit einem Kiter zusammen, der ihr mit seinem durchaus ansehnlichen nackten Kreuz den Durchgang versperrte. Reflexartig bückte sie sich erneut, um zur Seite auszuweichen. Wie ein nasser Sack legte sich etwas um ihre Schultern. Mist, sie war in einem der tropfenden Anzüge hängen geblieben. Sie schüttelte sich. Prompt begann die ganze Leine zu wippen. Weiter hinten fielen Schwimmwesten und Anzüge zu Boden. *Oh no!* »Leon?«

Über der Leine erschien ein Gesicht. »Jana? Ja, moin!«

Jana erstarrte. Blut schoss ihr in den Kopf. »Hek!« Sie richtete sich langsam auf und blieb dabei schon wieder hängen.

Sein Blick war so entgeistert, wie sie sich fühlte.

»Was machst du hier?«, sagten sie gleichzeitig und lachten verkrampft.

»Ich war auf dem Wasser.« Hek strich sich die nassen Haare aus dem Gesicht.

Jana ertappte sich, wie sie auf seinen Bizeps gaffte. »Und ich – bekomme einen Anzug. Aber irgendwie«, sie sah sich demonstrativ suchend um, »ist dieser Leon verschwunden!«

»Du kitest?«

Heftig schüttelt Jana den Kopf. »Nein. Doch. Mein erster Tag heute.«

»Wow. Dann magst du es hoffentlich stürmisch.« Seine Augen blitzten sogar in diesem gedämpften Licht. Er bückte sich und erschien auf ihrer Seite der Leine, kaum einen Meter entfernt von ihr. Draußen ratterte der Wind über die Holzwände.

»Also«, sie lachte wieder, »ich bin mit Simon hergekommen. Der jetzt aufs Wasser ist, während ich hier was lernen soll, keine Ahnung, ob das eine gute Idee ist, ich glaube nicht, außerdem scheitert es anscheinend schon am Material.« Oh bitte, konnte sie nicht einfach die Klappe halten? Aber dann hätte sie nur noch mehr auf Heks nackten Oberkörper gestarrt.

Er lächelte. Sein Anzug tropfte auf seine Füße. Der Geruch des feuchten Neoprens vermischte sich mit dem von salzig warmer Haut und Meer. Irgendwo schwirrten Stimmen, weit weg. Jana sah auf und direkt in seine Augen.

»Schön, dich hier zu treffen«, sagte er. »Dann werden wir also Kitekumpel.«

Sie bemühte sich, ihr Lächeln zu zügeln.

Hinter Hek öffnet sich der Neoprenvorhang und Leons

Lockenkopf kam zum Vorschein. Triumphierend hielt er einen trockenen Anzug über den Kopf.

»Medium mit extra langen Beinen«, sagte er und »Hi, was geht!« in Heks Richtung.

»Danke.« Sie verdrehte theatralisch die Augen. »Hab ich mich wohl zu früh gefreut.«

»Hey, du wirst es lieben«, sagte Hek.

»Jana?« Annikas Stimme scholl von draußen herein. »Leon? Seid ihr endlich fertig?«

»Sie ist gleich so weit«, antwortete Leon. »Da hinten kannst du dich umziehen.« Er deutete auf einen Vorhang in der hintersten Ecke des Raums. »Der Rest liegt auch schon da.«

Heks Finger streiften ihre Hand, als sie sich viel zu dicht an ihm vorbeischlängelte. »Viel Spaß!«, sagte er.

Sie schob die Haare hinters Ohr, das von seinem Atem kribbelte. »Danke, ich werde mir Mühe geben.« Sie warf ihm ein letztes Lächeln zu, dann kämpfte sie sich zur Kabine durch.

Annika wartete am Strand auf sie. In der Hand hielt sie einen knallroten Übungskite. »Alles klar?«

Jana nickte. »Hmm.«

»Kennst du Hek?«, fragte ihre Lehrerin, als könnte sie Gedanken lesen.

»Er ist mein Vermieter.«

»Ach, echt? Was für'n Zufall!«

»Allerdings.« Jana scannte den Strand. Er war nirgends zu sehen.

»Da vorne«, Annika zeigte in Richtung Wasser. »Der mit dem Schwarz-Grünen.«

Jana beobachtete, wie der Kiter, dessen Gesicht sie auf die Entfernung nicht erkennen konnte, sein Board ins seichte Wasser warf, lässig draufsprang und davonsauste. In Sekunden war er im Gewusel der Kites verschwunden. »Ist er gut?«, fragte sie.

Annika grinste. »Der Beste. Ich würde sagen, sogar besser als Simon. Aber psst.« Sie legte den Finger auf die Lippen, und sie lachten beide.

Annika stapfte voraus den Strand entlang, bis sie die überfüllte Kitezone hinter sich gelassen hatten. Bereits im Gehen begann sie mit ihren Erklärungen, sprach über Windrichtungen und -fenster, über Powerzonen und wichtige erste Regeln. Der Wind blies ihnen direkt ins Gesicht, sodass Jana oft nachfragen musste, weil sie nichts verstand. Kaum einen halben Kilometer vom Kitestrand entfernt war es plötzlich menschenleer. Janas Herz klopfte, als sie Annika unter deren Anleitung half, den kleinen Kite zu starten. Annika zeigte ihr, wie man Achten mit dem Drachen am Himmel fuhr. Dann war es so weit, sie übergab Jana die Lenkstange. Sofort spürte sie die Kraft des Windes an den Leinen. Die Sonne blendete. Sie kniff die Augen zusammen.

»Halte ihn ruhig auf zwölf Uhr«, hörte sie Annikas Stimme, während sie das leuchtende Rot über ihr nicht aus den Augen ließ.

»Ruhig atmen, Jana, konzentrier dich. Versuch, den Wind zu spüren.«

Janas Herz wollte nicht aufhören zu klopfen, die Gedanken rasten durcheinander. *Dann werden wir Kitekumpel.* Nur sah er sie nicht an wie ein Kumpel, ganz und gar nicht. Der Kite sackte nach unten. Jana zog ruckartig an der Leine. Der Drachen raste über ihren Kopf auf die andere Seite und krachte in den Sand.

»Sorry.« Schuldbewusst sah sie zu Annika.

»Kein Problem! Dafür üben wir ja mit dem kleinen. Startest du ihn wieder?«

Jana entwirrte die Leinen, wie sie es gelernt hatte, legte sie sauber nebeneinander auf den Sand. Dann hob sie den Kite über den Kopf und wartete auf Annikas Signal, um ihn loszulassen. In einem perfekten Halbkreis stieg er zum Himmel. Als Annika ihr den Drachen übergab, kam die Nervosität zurück. Sie legte den Kopf in den Nacken, bemühte sich, alles richtig zu machen.

»Entspann dich, Jana. Du musst deinen Kopf frei machen. Der Kite spürt, wenn du mit den Gedanken woanders bist.«

Janas Wangen begannen unter Annikas Blick zu brennen. Sie versuchte, mit dem Rot über ihr zu verschmelzen und mit ihrem Atem.

»Und wieder Achten ziehen, ganz sanfte Bewegungen, gut so, Jana, viel besser.«

KAPITEL 11

Hek

Er fiel noch mehr vom Wind ab, bewegte ruckartig die rechte Hand, kantete in die Welle. Er hob ab, flog, zog die Beine heran, streckte den Arm aus, bereit, die Hand zu wechseln. Das Timing stimmte nicht, er gewann zu wenig Höhe. Die Lenkstange schnalzte zur falschen Seite, das Board segelte durch die Luft, verdammt. Der Aufprall kam erwartet, hart wie Beton, nasses Feuer drang in seine Nase, dann umschloss ihn das gurgelnde Salzwasser. Zwischen den Leinen tauchte er auf und schlug mit der flachen Hand aufs Wasser. Schluss für heute!

Mit halbem Tempo fuhr er auf den Sand, sprang im knöcheltiefen Wasser vom Brett und landete den Kite.

»Hek! Alles klar?« Simon war dabei, sein Material abzubauen. Seinem Gesicht nach zu urteilen, war er erfolgreicher gewesen. »Was war das denn?«

Hek schüttelte den Kopf. »Keine Ahnung, nicht mein Tag heute.« Er löste die Leinen vom Trapez und fragte sich, was Simon hier machte. Anteilnahme war das Letzte, was man nach einem jämmerlichen Manöver brauchte. Simon sah das offensichtlich anders. Großzügig klopfte er ihm auf die Schulter. »Passiert mir auch, Alter. Ärger dich nicht. Gehen wir lieber was trinken.«

Hek reagierte nicht. Unauffällig ließ er den Blick schweifen. Sie waren fast die Letzten am Strand. Die Katamarane ruhten in Reih und Glied. Der Wind hatte sich gelegt. Auf seiner Haut spürte er die Kraft der Sonne, die sich dem langsam steigenden Nordseewasser näherte, das bereits die ersten Holzpfähle der Station umspülte. Es würde einer der ersten legendären Sonnenuntergänge der Saison werden. Hek war nicht nach romantischem Abendrot.

»Also, kommst du?«

»Geh schon vor! Ich pack noch in Ruhe ein.« Es gab eigentlich nichts mehr zu tun, doch Simon zeigte endlich Verständnis.

»Alles klar. Bis gleich.«

»Kann sein, dass ich auch direkt abhaue.«

Simon schüttelte energisch den Kopf. »Mach mal halblang, Alter. Du schmollst doch nicht etwa? Ich hol jetzt Bier, und wir treffen uns gleich an der Bar. Deine Mieterinnen sind übrigens auch dabei. Sie werden sich freuen.«

Eine Möwe sah ihm beim Aufrollen des Kites zu. Hek ließ sich Zeit und genoss den milden Wind. Er schob den Neoprenanzug auf die Hüfte. Der Frühling machte Platz für den Sommer, der den Böen ihre gnadenlose Kälte nahm. Seit ein paar Wochen stand die Bretterbude der Kiteschule, die jedes Jahr im Herbst ab- und im Frühling wieder aufgebaut wurde. Er atmete ein. Hier war sein Platz. Es gab keinen ehrlicheren Ort für ihn. Auf dem Wasser und vor dem Kite konnte man nichts verstecken, so frustrierend es manchmal war.

Einmal hatte sich Suzanna doch überreden lassen, mit herzukommen, an einem besonders schönen Sommertag. Doch selbst die sanfte Brise damals hatte den Hauch ihres Interesses sofort verblasen. Seine Versuche, sie zu überzeugen, bis zum Sonnenuntergang zu bleiben, waren an ihrer schlechten Laune abgeprallt. Der *graue* Sand, das *dreckige* Wasser, was sollte so toll daran sein? Schließlich waren sie bei *Gosch* eingekehrt. Riesengambas und Weißwein hatten die Gemüter besänftigt. Geschützt hinter Glas sahen sie doch noch die Sonne untergehen und lachten gemeinsam über die Touristen in ihren beigen Utility-Westen. Trotz des schönen Abschlusses war sie nie wieder mitgekommen.

Vom Holzdeck blies Stimmengewirr herüber, untermalt von sanften Beats. Ende der Nachdenklichkeit. Ein Bier konnte nicht schaden. Hek schälte sich aus dem Neopren und zog ein T-Shirt über. Als er die Holzrampe hinauflief, rüttelte der Wind an seinen klammen Boardshorts. Er überflog die Terrasse. Die Wassersportfans huldigten mit guter Laune dem orangenen Sonnenball. Janas strohblonder Kopf stach ihm aus der Menge entgegen. Er erinnerte sich, wie überraschend weich sich ihre vollen Haare anfühlten. Sie saßen zu dritt auf bunten Barhockern aus Metall, den Blick aufs Wasser gerichtet. Jana malte Bilder in die Luft. Er konnte ihr Lachen hören. Für einen Moment überlegte er umzudrehen, in den Bus und weg. Das Gefühl, das er nicht benennen wollte, lieber nicht weiter aufkommen lassen.

»Hek!« Simon winkte mit beiden Armen.

Zu spät. Hek tat überrascht, nickte kurz. *Da seid ihr ja!*

»Hi!« Er warf ein Lächeln in die Runde, blieb in der Mitte hängen. »Wie war dein erstes Mal?«

»Wahnsinn!« Jana strahlte. Die tief stehende Sonne spiegelte sich auf ihrem nackten Oberschenkel und ließ ihre Augen dunkler wirken als sonst. Die Fransen ihres Häkeltops wippten im Rhythmus der Chill-Out-Drums. Simon saß dicht neben ihr.

»Was war bei dir heute los?« Annika unterbrach seine Gedanken.

»Katastrophe. Ging gar nicht.« Er zuckte mit den Schultern.

»Ach je.« Annika nahm seine Hand. »Komm, trink was und entspann dich.« Sie rutschte zur Seite.

Simon sprang auf. »Ich hol Bier.«

»Guckst du mal, was Ava macht, bitte?« Jana strich ihm über den Arm.

»Klar.«

Hek zog sich einen freien Hocker heran. »Dir hat es also gefallen?«, fragte er über Annika hinweg.

Jana nickte heftig, dann schmiegte sie ihren Kopf an Annikas Schulter. »Ich hatte die beste Lehrerin. Danke noch mal!«

»Sehr gerne.« Annika fischte nach ihren Schlappen. »Ich muss leider zurück ins Büro.« Sie sprang auf und umarmte Jana. »Komm bald wieder!«

»Aber so was von sicher. Simon hat ja deine Nummer.«

Annika nickte. »Sag rechtzeitig Bescheid, die Saison geht los. Tschüss ihr, gute Rückfahrt.« Sie schlappte ins Haus.

»Ganz schön verrückt.« Jana sprach mit der Nordsee.

»Was meinst du?«

Ihr plötzlicher Blick raubte ihm unvorbereitet die Luft.

»Dass wir uns hier treffen.«

»Allerdings.« Zwischen ihnen gähnte Annikas Hocker. Wieso rutschte er nicht rüber zu ihr?

»Wie geht's dir, Jana?« Seine Frage klang wie Small Talk mit einer Fremden.

»Danke, gut.« Jana beobachtete die Flut. Ihr schlanker Körper bewegte sich die ganze Zeit, verschmolz mit dem Rhythmus der Beats. Sie schien es nicht einmal zu bemerken.

Hek spürte, wie sein Blick haften blieb. Er wehrte sich nicht. »Das freut mich.« Er wartete, doch je länger Jana die Wellen fixierte, desto überzeugter wurde er, dass sie bewusst vermied, ihn anzusehen.

»Mum?«

Jana fuhr herum. Ihre Tochter stand hinter ihnen, ein Buch in der Hand, auf dessen Cover verschnörkelte Drachen Feuer spien. »Ach, hallo Hek, hi!« Ava schenkte ihm das Strahlen, auf das er gerade vergeblich gewartet hatte.

»Moin Ava.« Er mochte dieses Mädchen, das alles dafür tat, von seinem Topmodelaussehen abzulenken. »Wo kommst du denn her?«

Sie nickte in Richtung Eingang. »Von drinnen. War mir zu voll hier.« Sie kniff die Augenbrauen zusammen und zog die Ärmel ihres T-Shirts über die Hände. »Wann fahren wir, Mum?«

»Ein Bier noch, okay? Dann ist die Sonne auch weg.«

Mit der selbstbewussten Körperhaltung eines mit sich und seinem Tag zufriedenen Kiters platzierte Simon drei *Becks* auf der Holzbalustrade. »Hey Ava, alles gut? Möchtest du auch was trinken? Ich hol dir gerne was.«

»Nee, danke. Wann fahr'n wir?«

Simon drehte sich mit fragendem Blick zu Jana. Es gefiel Hek nicht, wie vertraut er seine Hand auf ihrem nackten Rücken platzierte, genau zwischen dem zerzausten Haarbüschel und ihrem Top. Er war ihr Chef!

»Das entscheidet deine Mutter.«

Ärgerlich beobachtete Hek, dass Simons Hand blieb, wo sie war.

»Ich hab Hunger«, nörgelte Ava.

Jana rollte mit den Augen.

»Magst du Chips?«

»Klar.«

Simon zückte einen Schein. »Gibt's drinnen.«

»Cool, danke.« Ava verschwand hüpfend.

»Danke.« Jana ließ den Kopf auf Simons Schulter sinken. »Sie frisst dir aus der Hand.« Sie rutschte ein Stück zur Seite, um Simon aus leuchtenden Augen anzuhimmeln.

Die Flasche am Mund drehte Hektor sich in Richtung Meer.

Er legte den Kopf in den Nacken. Das Bier war zu warm. Er ließ trotzdem genug davon die Kehle hinunterlaufen. Heftiger als gewollt knallte er die Flasche auf die Balustrade.

»Ich bin weg, Leute. Danke fürs Bier, Simon.« Er sprang auf und hob die Hand. »Viel Spaß noch!«

Er lud sein Material in den Bus und zog die Jogginghose über die Shorts. Am Auto lehnend rief er Suzanna an. Sie war nicht erreichbar. Er schrieb ihr.

Bin um 10 zu Hause, freu mich auf dich.

Der Strandhafer wiegte sich im dunkelroten Licht des Abends. Hek klappte den Rückspiegel nach unten. Er wischte erneut über das Handy auf dem Beifahrersitz. Graue Haken, keine Nachricht.

KAPITEL 12

Jana

Während sie das kochende Wasser in den Kaffeefilter goss, krabbelte eine Gänsehaut über ihren Arm. Jana stellte den Kessel ab und lauschte den Gitarrenakkorden, die aus Avas Zimmer durch die Mansarde klangen. Es war erst kurz nach neun. Ava hatte diesen Tick, sie nahm ihre Gitarre mit ins Bett und spielte, kaum dass sie die Augen öffnete. Seit sie in Hamburg eingetroffen war, hatte sie ihr Instrument allerdings noch nicht angerührt, bis heute. Jana wischte sich eine Träne aus dem Auge.

Sie waren gestern beide früh ins Bett gefallen. Ava ungewöhnlich ausgeglichen durch den Tag am Meer, Jana das genaue Gegenteil. Sie hatte sich anstrengen müssen, um die Verwirrung zu überspielen, die Heks plötzliches Auftauchen und sein noch plötzlicheres Verschwinden in ihr ausgelöst hatten. Was für ein Idiot! Selbst Simon war irritiert gewesen, *trinkt der nicht mal sein Bier aus?* Er hatte es auf Heks schlechten Kitetag geschoben, aber ernsthaft, verzichtete man deshalb auf den Sonnenuntergang? Als sie ihrem Ärger Luft machte, hatte Simon verwundert gefragt, ob sie nicht gut auf ihren Vermieter zu sprechen wäre. *Wieso? Doch. Puh!*

Heilfroh war sie gewesen, dass Ava und Simon sich so gut verstanden und, kaum dass sie im Auto saßen, das nächste Fachgespräch über Musik führten. So fiel es nicht weiter auf, dass Jana in ihren Gedanken versank.

Eine melancholische Stimme breitete sich in der Mansarde aus wie dunkler Honig. Jana tappte dem Gesang entgegen. Vor Avas geschlossener Zimmertür blieb sie stehen, von Gefühlen überrannt. Ava hatte die Stimme ihres Vaters geerbt, mit weiblichem Twist. Jana hatte Mick instinktiv gebremst, als er das Talent seiner schüchternen Tochter fördern wollte. Sie hatte nicht zugelassen, dass ihre Tochter mit gerade mal zwölf auf Bühnen gezerrt wurde. Irgendwann würde sie es selbst wollen, oder eben nicht.

Sie ließ sich vor der geschlossenen Zimmertür auf den Boden sinken. Wenn Ava sang, hörte sie immer auch Mick. Erinnerungen tauchten auf, an gute Zeiten und an die vielen schlechten. Sie kratzten an der dünnen Kruste der Heilung.

Sie lauschte, bis der Gesang abrupt stoppte, gefolgt vom dumpfen Geräusch der Gitarre, die auf den Boden gestellt wurde. Schnell sprang sie auf und schlich auf Zehenspitzen ins Wohnzimmer.

»Lauschst du?«

Ertappt drehte sich Jana um. »Morgen, mein Schatz! Ich hab dir zugehört. Das war wunderschön.«

Ava verdrehte die Augen. »Gibt's Frühstück?« Sie tappte barfuß zum Kühlschrank.

»Es gibt Toast. Oder hast du Lust, zum Bäcker zu laufen?«

Ava sah aus dem Fenster. Es regnete Bindfäden. »Nö.« Sie riss das Cellophan von der Verpackung und schob zwei Scheiben in den Toaster. Während sie wartete, summte sie leise vor sich hin und trommelte mit dem Kaffeemesslöffel auf die Arbeitsplatte.

Suzannas Gekreische drang durch die Decke. Ava sah Jana entsetzt an. Der Toast sprang aus den Schlitzen.

»Und was machen wir heute?«, fragte Jana zur Ablenkung.

Ava zuckte mit den Schultern, während sie Butter und Marmelade aus dem Kühlschrank nahm.

»Wir könnten meinen Schrank aufbauen.«

»Äh – nein.« Ava verzog das Gesicht und versenkte zwei weitere Scheiben Brot. »Was ist eigentlich mit Anne? Wohnt die sehr weit weg?«

Avas Frage versetzte Jana einen kleinen Adrenalinschub. Das schlechte Gewissen. Langsam schüttelte sie den Kopf.

Ava schob sich auf einen Stuhl, zog die Füße hoch und biss genüsslich in ihren Toast. »Also nicht weit weg?«

»Ziemlich genau da, wo wir gestern waren.« Jana sprang auf und holte ihren Becher.

»Wollen wir sie besuchen?«

Jana verschluckte sich am Kaffee. Hustend drehte sie sich um. »Ich weiß nicht, ob wir da willkommen sind.«

»Wieso eigentlich?«

Jana zuckte mit den Schultern. Sie war überrascht über Avas Interesse. Eher hätte sie angenommen, ihre Tochter überreden zu müssen, wenn sie ihr irgendwann einmal ihre Tante vorstellen wollte, die sie noch nie gesehen hatte. Und so, wie es beim letzten Mal zwischen ihnen gelaufen war, hatte Jana keine Eile damit.

»Wieso wollen die uns nicht sehen?«, insistierte Ava. »Ich meine, das ist doch voll komisch, wenn ich meine Cousins nicht kennenlerne, wo wir jetzt so in der Nähe wohnen.«

Jana nickte. »Du hast recht.«

»Ruf doch mal an.« Ava nahm Janas Handy von der Arbeitsfläche und hielt es ihr auffordernd hin.

Jana lachte über den ungewohnten Aktionismus ihrer Tochter. Sie griff nach dem Telefon und suchte Annes Kontakt. Immer noch zögerte sie. »Ich weiß nicht.«

»Los, Mama!«

»Also gut.« Jana tippte auf Annes Nummer.

Es tutet einmal, zweimal, nichts. Erleichtert nahm Jana das Handy vom Ohr und schüttelte den Kopf. »Niemand da.«

»Hallo? Hallo!«

Jana zuckte zusammen. »Anne?« Sie nahm das Telefon zurück ans Ohr.

»Jana? Bist du das? Wieso sagst du nichts?« Anne plärrte wie ein Feldwebel.

»Tut mir leid, ich dachte, du wärst nicht da.« Sie entschuldigte sich schon wieder.

»Doch.«

Jana schluckte. Ava formte mit den Lippen ein stummes »Los!«

»Wir frühstücken gerade, Ava und ich.«

»Ah.«

»Und Ava meinte, sie würde – euch gerne kennenlernen.«

Es herrschte Stille.

»Wird ja auch Zeit«, sagte Anne nach einer gefühlten Ewigkeit mit viel weicherer Stimme.

»Ja, tut mir leid. Der Umzug, der neue Job …« *Hör auf, dich zu entschuldigen.* »Wir könnten heute – ich meine, wenn es euch passt so spontan. Wir haben nichts vor. Und Ava, wie gesagt –«

»Okay. Kommt vorbei.«

»Wirklich?«

»Mach keinen Film draus. Kommt einfach.« Es klang ehrlich.

»Okay. Dann sind wir so um zwölf da.«

»Alles klar.« Anne legte auf.

∗

Wie beim ersten Mal gackerten Hühner um die Ecke. Janas Beine fühlten sich an wie Blei. Sie öffnete die Beifahrertür. »Wir sind da.«

Ava, die ein Nickerchen gemacht hatte, schlug die Augen auf. Sie stierte durch die Scheibe. »Die haben Hühner!«

Jana nickte.

»Okay …« Avas Begeisterung schien kurzfristig die Biege gemacht zu haben.

»Also los!« Jana lief zum Eingang und drückte auf die Klingel.

Gebell ertönte. Die Tür wurde aufgerissen. Ein Mann mit dem Gesicht eines Jungen stand vor ihr. »Moin.«

»Oh, hallo.« Jana lächelte überrascht. »Bist du – Johan?«

Der Junge verzog das Gesicht zu einem Grinsen. Nur zögernd legte er seine Hand in ihre. Sein schlaffer Händedruck bildete einen amüsanten Gegensatz zu seinem breiten Kreuz. Lasses Halbbruder musste etwa sechzehn sein. Als Jana ihn an sich ziehen wollte, versteifte er sich. Puh. Hatten denn alle in dieser Familie einen Stock im Arsch? Sie klopfte ihm an den Oberarm. »Schön, dich wiederzusehen, Johan!«

Er trug ausgeleierte Shorts und ein verwaschenes T-Shirt mit Spongebob-Aufdruck. Trotzdem war Johan ein Hingucker. Mit seiner Größe, den braunen Locken und melancholischen dunkelblauen Augen sah er wie eine jüngere Version seines Vaters aus, den Jana ziemlich attraktiv in Erinnerung hatte. Als Sören und Anne beschlossen hatten zu heiraten, hatte Anne sogar in New York angerufen – allerdings nur, um Jana mitzuteilen, dass man im engsten Kreis zu feiern plante, und sie sich nicht bemühen müsse. Jana hatte Sören erst auf der Beerdigung ihres Vaters kennengelernt. Sie hatte ihn sofort gemocht und sich gefragt, wie ein so humorvoller Mann sich eine Frau aussuchen konnte, die zum Lachen in den Keller ging. Nun waren die beiden also auch getrennt, und es tat ihr aufrichtig leid. Immerhin lebten sie anscheinend eine Wir-bleiben-Freunde-Lösung in ihrem geteilten Hof. Respekt.

Boie kam kläffend aus dem Haus und sprang aufgeregt um Jana herum.

»Sei still, Boie!«, rief Johan streng und bemühte sich, das riesige Fellpaket zurückzuhalten. »Tschuldigung.«

»Kein Problem.« Zärtlich verwurschtelte Jana Boies Fell und ließ sich von ihm die Hand ablecken. »Du siehst deinem Vater echt verdammt ähnlich«, sagte sie, als sie sich aufrichtete. »Das ist übrigens Ava.« Sie drehte sich um.

Ava lehnte an der Motorhaube, ihre Mantelkapuze tief im Gesicht. Ungeduldig winkte Jana. »Komm schon her!«

Ava sah skeptisch herüber. Als sie sich langsam in Bewegung setzte, suchte ihr Blick die Sicherheit ihres Handydisplays. Dem kläffenden Boie gelang es schließlich, ihr ein Lächeln zu entlocken.

»Johan, Ava. Ava, Johan«, sagte Jana grinsend.

»Moin.«

»Hi.«

Die beiden standen voreinander wie zwei schlecht gebriefte Statisten, und wenn Jana gehofft hatte, dass der gut aussehende Johan Ava mit einer Charmeoffensive aus der Reserve locken würde, dann hatte sie danebengelegen. Johans zusammengekniffener Mund konkurrierte mit Avas Stirnfalte und zwei Paar Schultern hingen identisch schlaff nach vorn.

»Nicht gleich knutschen«, murmelte Jana, woraufhin Johan fleckige Wangen bekam und Avas Stirnfalte Grand-Canyon-Ausmaße annahm. »Dürfen wir denn reinkommen?«

»Sicher.« Johan drehte sich um. »Anne!«, rief er nach hinten und verschwand einfach. Boie folgte ihm.

»Na, das kann ja ein gemütlicher Tag werden«, murmelte Jana und schob Ava vor sich ins Haus.

Beißender Kohlgeruch hing in der Luft.

»Es reicht!« Anne stand am Herd über einen Topf gebeugt. Am Holztisch vor ihr saß Lasse inmitten einer Ansammlung von Papier, Heften und Büchern. Seinem ange-spanntem Gesicht nach zu urteilen, hatte der Kommentar ihm gegolten.

»Hallo!«, warf Jana betont gut gelaunt in den Raum.

Anne hob Kopf. »Ah. Da seid ihr ja. Hallo!« Sie nahm den Löffel aus dem Topf, schlürfte daran und legte den Deckel auf. Mit ausgestreckter Hand kam sie ihnen entgegen.

»Hallo Ava«, sagte sie förmlich, »ich bin deine Tante Anne. Wir hatten noch nicht die Gelegenheit, uns kennen-zulernen. Es freut mich sehr.«

Ava zog die Stirn zusammen. Sie hasste es, wenn man ihren Namen deutsch aussprach. »Hallo!«

»Wir sind hier leider noch beschäftigt.« Anne trat zurück an den Herd und ließ im Unklaren, ob sie ihren Sohn, sich selbst oder beide meinte.

»Hey Lasse«, Jana umarmte ihren Neffen.

»Hallo Tante Jana! Mama, ich kann doch später weiter-machen.« Lasse schob seinen Stuhl nach hinten.

Annes strenger Blick genügte, damit Lasse sich zurück über sein Heft beugte.

»Hallo.« Johan war zurück und mit ihm Boie. Der inten-sive Geruch seines Fells mischte sich mit dem Kohl. »Wann gibt's Essen?« Johan trug ein Kopfhörerkabel um den Hals. Ava und er ähnelten sich in ihrer spannungslosen Körper-haltung und dem genervten Gesichtsausdruck so sehr, dass Jana sich ein Grinsen nicht verkneifen konnte. Boie lief zu Ava, die sich zu ihm kniete, ihn kraulte und die Nase in sei-nem Fell versenkte. Johan fummelte an seinem Handy.

»Essen dauert noch. Habt ihr euch schon –?« Anne sah von einem zum anderen.

Ava und Johan nickten eifrig, ohne aufzusehen.

»Was hältst du davon, wenn ihr noch eine Runde mit dem Hund geht?« Anne lächelte Ava aufmunternd zu. Jana war sprachlos. Nie hätte sie geglaubt, dass gerade Ava, die in dieser Küche wirkte wie Billie Eilisch in der Dorfdisco, Anne freundlich menschliche Regungen entlocken würde.

»Wieso, der kann doch allein –?« Johan hatte eine erstaunlich tiefe Stimme. Dafür nahm sein Gesicht in diesem Moment den Ausdruck eines trotzigen Kindes an.

Anne verdrehte die Augen. »Zeig deiner Cousine einfach mal den Hof! Und lass das Handy in der Tasche!«

»Okay.« Johan streckte den Rücken. Ganz offensichtlich stand er trotz der Trennung streng unter Annes Regiment. »Ähm, Ava, kommst du?« Seine Wangen färbten sich rötlich, doch er hatte den Namen richtig ausgesprochen und Ava damit sofort ein Lächeln entlockt.

»Yep.« Sie stapfte ihm nach, ohne sich umzusehen.

»In einer halben Stunde gibt's Essen. Seid pünktlich«, brüllte Anne den beiden unnötig laut hinterher, dann sah sie Lasse über die Schulter. »Und wie weit sind wir hier?« Sie zog ihrem jüngeren Sohn das Heft unter den Fingern weg.

»Ich bin fertig«, sagte er. Quietschend rutschte der Stuhl nach hinten.

»Gut.« Anne schob ihre Hand auf Lasses Schulter und das Heft unter seine Nase. »Dann machst du noch die Nummer zehn.«

»Oh nee«, Lasse boxte mit der Faust auf den Tisch. »Das ist ungerecht. Du hast sieben bis neun gesagt.«

Anne zuckte mit ihren kräftigen Schultern. »*Gesagt* habe ich Rechnen bis zum Mittag. Also los! Vielleicht schaffst du auch noch die Elf.«

»Du bist so gemein!«

Anne reagierte nicht. Mit größtem Erstaunen beobachtete Jana, wie Lasse sich schmollend, aber ohne weiteres Gejammer in sein Mathebuch vertiefte.

Anne füllte einen Steinkrug mit Wasser und nahm zwei Gläser aus dem Regal. »Wollen wir?« Sie war schon in Richtung Sofa unterwegs. Wasser schwappte aus dem Krug, als sie energisch durch den Raum schritt. Jana folgte ihr. Anne platzierte Krug und Gläser auf dem grau gebeizten Wohnzimmertisch. Sie setzten sich einander gegenüber. Ein Moment unangenehmen Schweigens entstand.

»Bist ja ganz schön streng mit den Jungs«, sagte Jana schließlich.

»Was heißt das?« Annes Lippen glichen zwei mit dem Lineal gezogenen Strichen.

»Ach, weil doch Sonntag ist.« Jana lächelte versöhnlich.

»Kommst du ernsthaft nach zwanzig Jahren und willst mir sagen, wie ich meine Kinder erziehen soll?«

»Anne. Bitte. Ich hab nur gescherzt.«

»Deine Art Humor habe ich noch nie verstanden.«

Jana griff nach dem Krug, schenkte Wasser in beide Gläser und reichte Anne eins davon. Dann ließ sie sich zurück in den Korbsessel fallen. »Jetzt sag doch mal, wie geht's euch?«

»Siehst du doch. Lasse ist anstrengend, Johan in der Pubertät und meine Ehe im Eimer.« Anne stellte ihr Glas unberührt zurück auf den Tisch. Ihr rundes Gesicht glänzte rot vom Kochen. Sie zog den Gummi aus den Haaren, die ihr schwer auf die Schultern fielen. Für einen Moment wirkte Anne weicher – bis sie die Haare mit strengem Zug erneut nach hinten bändigte. Jana ertappte sich beim Drang, das Gleiche zu tun, und sie fragte sich, ob sie noch andere Angewohnheiten mit ihrer Schwester teilte.

»Wie läuft es mit Sören?«

Annes Augen verengten sich. »Wieso?« Auch dieses Thema schien ihr nicht zu gefallen.

Jana bereute bereits, überhaupt hergekommen zu sein. Sie holte Luft. »Wir sind gut angekommen.«

»Schön.« Anne nahm einen Schluck Wasser. Konsequent vermied sie Janas Blick. »Habt ihr eine Wohnung gefunden?«

»Ja.« *Was denkst du denn? Dass wir im Hotel residieren?* Jana zwang sich zu lächeln. »Ein Dachgeschoss, na ja, Mansarde trifft es besser, bei einem, äh, Bekannten meines Chefs.« Sie verfluchte das Herzklopfen, das die bloße Erwähnung ihres Vermieters ihr bescherte.

Anne gab ihr keine Gelegenheit, die Gedanken schweifen zu lassen. »Es schadet nie, sich im Leben mit weniger zufriedenzugeben.«

Jana atmete aus. »Ja, sicher.« Sie verfluchte inzwischen ernsthaft, ihren Sonntag geopfert zu haben, für den Besuch bei einer Schwester, die nichts als Vorwürfe für sie übrig hatte.

Es klopfte laut. Fast gleichzeitig wurde eine Tür in dem hölzernen Raumteiler aufgerissen, die Jana bisher entgangen war. Jemand bückte sich unterm Türstock hindurch.

»Moin. Moin. Jana, mien Deern. Meine unbekannte Lieblingsschwägerin!« Mit ausgebreiteten Armen kam Sören, Annes Mann – oder war es bereits ihr Ex-Mann? –, auf sie zugelaufen. Als Jana aufstand, umarmte er sie mit so viel Enthusiasmus, als müsste er für den Rest der Familie nachlegen.

Jana grinste. »Sören. Wie schön, dich wiederzusehen!«

»Aber hallo, die Freude ist ganz auf meiner Seite. Was für eine schöne Überraschung.« Er zeigte auf seine Jogginghose. »Wenn deine Schwester es für nötig gehalten hätte, mich zu informieren, hätte ich mich auch etwas angemessener gekleidet.«

Anne hob ruckartig den Kopf. »Sie besuchen nicht dich.« Ihr Ton war schneidend.

Sören ignorierte sie und lächelte Jana nur noch herzlicher an. »Gut siehst du aus. Wie geht's euch denn?« Er legte seine Hand auf ihre Schulter. »Wie ich höre, seid ihr zurück nach Hamburg gezogen? Was für ein Schritt!«

Jana nickte. »Das kannst du laut sagen.«

»Und, alles gut?«

Sie hob lachend die Hände. »Na ja, wir kommen zurecht.«

»Schön.« Sören lief zum Kühlschrank, nahm eine Flasche heraus und ließ sich das Wasser in die Kehle laufen. Im Vorbeigehen strich er Lasse über den Kopf. »Hallo, du Fleißiger, hast du Johan gesehen?«

Lasse hob den Kopf. »Der durfte raus. Mit Boie und Ava.«

»Ava ist deine Tochter, oder?« Sören war zurück bei ihnen.

»Ja. Sie ist fünfzehn. Sie gewöhnt sich gerade an ihr neues Leben.«

»Wow. Das ist bestimmt nicht einfach für sie. Vielleicht kann Johan sie ein bisschen unterstützen.« Erstmals wandte sich Sören an Anne. »Wo ist er überhaupt?«

Sie warf ihm einen eisigen Blick zu. »Hast doch gehört, er ist raus.«

»Wann kommt er?«

»Was weiß ich.«

»Er soll rüberkommen, bitte. Wir wollen in die Werkstatt fahren.«

»Er isst noch mit uns.«

»Ach so.« Sören zuckte mit den Schultern. »Dann halt nach dem Essen.«

»Und wir haben Besuch.«

»Von dem ich nichts wusste.«

Jana schaltete sich ein. »Ist wirklich kein Problem, wenn Johan weg muss.«

Sören wandte sich zurück in ihre Richtung. »Tut mir leid.« Er hob die Hände. »Wir müssen dringend ein paar Regalbretter zuschneiden. Bei uns drüben ist noch viel zu tun …«

»Mach dir keinen Kopf. Wir sind ja nicht das letzte Mal da. Vielleicht zeigst du uns demnächst mal deine Werkstatt?«

Anne erhob sich. »Ich stör euch nur ungern«, sie sah Sören auffordernd an, »aber wärst du so freundlich, mal nach den Jugendlichen zu gucken, damit wir essen können.«

»Ich mach das!« Jana eilte zur Tür, dankbar, dem Gespräch zu entkommen. Es lagerte weiß Gott schon genug emotionales Gerümpel zwischen Anne und ihr. Sie brauchte nicht auch noch eine Ladung zwischenehelicher Befindlichkeiten. Und Sörens wohltuende Freundlichkeit ihr gegenüber schien Anne nur noch mehr zu provozieren. Was war das zwischen den beiden? Auf jeden Fall nicht die harmonische Patchworkkonstruktion, die Anne ihr vorspielte. Wie auch immer, sie wollte nichts damit zu tun haben. Sie sah auf die Uhr. Es war noch nicht zu spät, um endlich den Schrank aufzubauen. Vielleicht sollte sie einfach ihre Tochter schnappen und das Weite suchen.

Sie trat vor die Tür. Der Wind blies ihr den Regen direkt ins Gesicht. Es würde noch dauern, bis Jana sich daran gewöhnte, dass sich jedes Gefühl frühlingshafter Wärme hier oben in Bruchteilen von Sekunden in Luft und Wasser auflösen konnte. Mit verschränkten Armen lief sie ein Stück die Hauswand entlang.

»Ava!« Sie kam sich blöd vor. Wahrscheinlich waren die beiden irgendwo auf den Feldern unterwegs.

»Tante Jana?« Das war Johans Stimme.

Jana bog um die Hausecke. Dort saßen sie, nebeneinander auf einer Bierbank, an die Hauswand gelehnt und vom vorstehenden Dach vor dem Regen geschützt. Ava hatte die Beine hochgezogen und ihre Hand in Boies Fell vergraben, der mit geschlossenen Augen auf der Seite lag. Johan streckte seine nackten Waden in den Regen. Es schien ihn nicht zu stören. Die beiden teilten sich Johans Kopfhörer und zum ersten Mal heute durchströmte Jana ein warmes Gefühl. Vielleicht war ihr Besuch doch kein Fehler gewesen.

»Hallo ihr!«

Johan rutschte hoch und nahm den Kopfhörer aus dem Ohr. Ava hob kaum den Blick. »Hey Mum.«

»Es gibt Essen.«

»Na, ihr macht es richtig!« Sören trat aus einer Tür an dieser Seite des Hauses, offensichtlich ein zweiter Eingang. Er lehnte sich an die Hauswand und folgte Janas Blick über den vermoosten braunen Rasen. »Die Männerseite«, sagte er grinsend. Jana fragte sich erneut, was Anne und ihn wohl verbunden hatte oder noch verband. Immerhin, sie lebten hier weiter unter einem Dach, womöglich der Jungs wegen …

»Was soll das hier sein?« Annes Ton verscheuchte das Mitgefühl, das Jana für einen Moment empfunden hatte.

»Lasse und ich warten drinnen mit der Suppe – aber wenn ihr lieber weiterquatschen wollt, soll es mir auch recht sein.« Sie drehte auf dem Absatz um und stapfte davon.

»Anne!« Jana sprang auf. »Los, komm«, sie ruckelte an Avas Schulter.

Sören schubste sich von der Wand. »Hat mich echt gefreut, Jana.« Er drückte sie kurz an sich. »Lass dich nicht ärgern! Bis bald, hoffentlich.«

Anne und Lasse saßen mit dem großen Suppentopf zwischen sich, die Teller bereits gefüllt. Der Tisch war für fünf gedeckt. Jana ließ sich auf den Stuhl gegenüber Anne fallen. »Guten Appetit!«

»Danke.« Anne löffelte ihre Suppe. Als Ava an den Tisch kam, sah sie auf. »Komm, setz dich, wir beißen nicht. Wo ist Johan?«

»Sie sind schon in die Werkstatt gefahren.«

»Ach ja. Bestimmt wieder irgendein Regal für Sportklamotten. Möchtest du?« Sie schöpfte Ava Suppe in den Teller und anschließend Jana.

»Danke.«

Das Geklapper der Löffel verstärkte Janas Anspannung. Nicht einmal Lasse sagte etwas. »Ist gar nicht so einfach, oder?«, fragte sie, als sie die Stille nicht länger aushielt.

»Was meinst du?« Anne blickte ihr starr über den Rand ihres Suppenlöffels in die Augen.

Jana holte Luft. »Na, mit Sören und dir hier, zusammen im selben Haus!«

Es spritzte, als Anne ihren Löffel in die Suppe sinken ließ. »Ich wüsste nicht, was dich das angeht!«

Stumm sah Jana ihrer Schwester in die Augen. *Du weißt doch, was ich meine. Und wir haben endlich etwas gemeinsam.*

Anne senkte den Blick. »Noch Suppe?«

»Ich!« Lasse hielt seiner Mutter den Teller unter die Nase. »Ava?«

»Nein! Nein, danke.«

Jana unterdrückte ein Schmunzeln. »Für mich sehr gerne noch etwas, bitte.« Sie nickte, als Anne ihren Teller füllte, dann holte sie Luft. »Ich hatte übrigens eine Idee.« Annes neugieriger Blick ermutigte sie. »Was hältst du davon, wenn ihr uns bald in Hamburg besucht und wir gemeinsam zum Friedhof gehen?« Der Gedanke war Jana gekommen, als sie mit Ava am Grab ihrer Eltern gewesen war. Vielleicht würde so ein Besuch ein wenig Nähe zwischen Anne und ihr schaffen.

»Und was soll ich da mit dir?«

Der Funken Hoffnung löste sich im Nichts auf.

»Es war nur eine Idee.«

»Eine schlechte.« Annes Tonfall war zurück unter null. »Das Grab unserer Eltern ist keine verdammte Sehenswürdigkeit, die wir gemeinsam besichtigen.«

Jana hatte endgültig genug. »Was ist eigentlich dein Problem, Anne?«

Ava stierte in ihre Suppe, als gäbe es dort seltene Korallen zu beobachten.

»Was mein Problem ist?«, blaffte Anne. »Dass du hier plötzlich auftauchst und so tust, als sei nichts gewesen.«

Lasse formte Bällchen aus dem Inneren seines Weißbrots.

»Tut mir echt leid, dass ich dachte, wir könnten – neu anfangen. Aber ich hab jetzt verstanden, ich bin hier nicht willkommen. Und weißt du was? Ich kann meine Zeit auch schöner verbringen. Merkst du eigentlich, dass du nichts als schlechte Stimmung verbreitest? Kein Wunder, dass Sören –« Sie schluckte den Rest des Satzes hinunter.

Anne war bleich geworden. »Es ist besser, ihr geht.«

»Schon dabei. Ava, los komm!« Jana zerrte ihre entsetzte Tochter am Arm. Dann umarmte sie Lasse von hinten. »Mach's gut, Süßer.« Er reagierte kaum.

Als Jana die Tür hinter ihnen schloss, verdrängte das schlechte Gewissen ihre Wut. Doch es war zu spät. Sie konnte nicht mehr zurück. Stumm stiegen sie ins Auto, und sie startete den Motor.

KAPITEL 13

Hek

Tobi tippelte vor dem Haus auf der Stelle. Hek kannte niemanden, der schwarze Frotteestirnbänder trug und darin so gut aussah wie sein Freund Tobi.

»Moin!« Sie umarmten sich kurz.

»Alles klar?«

»Frag nicht!«

Tobi zog die Augenbrauen hoch. Er war kein Mann der Worte und zwischen ihnen bedurfte es auch nicht vieler. Seine Mimik bedeutete »Was ist los, Alter?« und reichte aus, um Heks Bedürfnis, sein Herz auszuschütten, aus der Unterdrückung zu wecken. Doch er winkte ab und begann zu laufen. »Lass uns los!«

Wie immer waren die ersten Schritte die reinste Folter. Hek würde sich nie daran gewöhnen. Er war nun mal kein Läufer, musste seinen Körper überreden, sich mit Sandwegen oder gar Asphalt abzugeben. Sein Element war das Wasser. Doch der Vorteil vom Laufen lag auf der Hand: keine Anfahrt. Und Hek brauchte dieser Tage dringend etwas, das ihn regelmäßig an seine körperlichen Grenzen brachte, ihm den Kopf leerte, wenn es darin eng wurde. Außerdem brauchte er seinen Freund. Für ihn war Tobi der Dalai Lama, inkarniert in den Körper eines Kiezjungen. Seine Gelassenheit war unerschütterlich und garantiert ansteckend. Und weil Tobi joggte, joggte Hek mit. Es war auf jeden Fall gesünder, als sich zu ihm an die Hotelbar zu hängen.

Immerhin zweimal die Woche schafften sie es zusammen, an den anderen Tagen quälte sich Hek allein, in hoffnungsvoller Erwartung, dass sich irgendwann ein Ergebnis seiner Bemühungen zeigen würde. Bisher schmerzten seine Beine täglich schlimmer, und seine Lungen weigerten sich heute wie an jedem anderen Tag zunächst mal, mitzuspielen.

»Hast du eigentlich so was wie eine Wette laufen?«, hatte Suzanna gefragt. Sie hatte wirklich allen Grund, sich zu beschweren, zog er doch seit Wochen das Joggen dem gemeinsamen Frühstück vor. Dass sie Teil der Ursache war, kam ihr nicht in den Sinn. »Mit diesem Tobi?«

»*Dieser* Tobi ist mein bester Freund«, antwortete Hek, »und wenn du dich nicht so kategorisch weigern würdest, Zeit mit meinen Freunden zu verbringen, würdest du ihn schon lange besser kennen.« Kurz vor acht, und schon die nächste Diskussion! Kein Wunder, dass er auf der Flucht war.

Tobi bestimmte das Tempo. Sein ärmelloses NBA-Shirt schwappte locker um seinen muskelbepackten Körper. An seinen beiden freien Vormittagen kam er von der Sternschanze zu Heks Haus gelaufen. Gemeinsam drehten sie dann ihre Zehn-Kilometer Runde quer durch Eimsbüttel bis zum Tierpark und zurück. Anschließend, wenn Hek auf allen vieren unter die Dusche kroch, lief Tobi noch alleine weiter, *ganz entspannt.* Er war ein Tier. Doch auch er hatte Gründe zu laufen wie ein Verrückter. Seine Firma war pleite, komplett an die Wand gefahren, mit all seinem Ersparten, wenn, dann richtig. Die Banken hatten bereits zugesagte Leistungen verweigert, die Partner ihn fallen gelassen wie eine heiße Kartoffel. Ein Mehrwegsystem für Kaffeebecher, zentral gesteuert, sodass der einzelne Coffeeshop keinen Stress damit hatte. Eine geniale Idee, die jetzt, nur zwei Jahre später, überall durch die Decke ging. Zu spät für Tobi, den Pionier, der alles verloren hatte und seitdem wieder kellnerte wie im Studium. Er tat es leidenschaftlich, als hätte er nie etwas anderes gewollt, denn alles, was Tobi anpackte, machte er zu hundertfünfzig Prozent.

Schon seit sie sich kannten, fühlte Hek sich neben seinem Freund manchmal so bequem und unoriginell wie die Adidas-Laufschuhe, in denen er gerade wieder keuchend versuchte, mit Tobi Schritt zu halten. Schon immer war Tobi derjenige von ihnen gewesen, der sofort in die Tat umsetzte, was er sich vornahm. Hek wünschte sich manchmal etwas von der fast schon naiven Entschlussfreudigkeit seines Freundes, der mit seinen geballten hundert Kilo durchs Leben schwebte, so wie in diesem Moment über den matschigen Sandboden am Isebekkanal, sein Signature-Lächeln stets auf den Lippen. Hek bewunderte Tobis Zuversicht. Ohne Sicherheitsnetz hatte er mutig alles investiert, was er sich hart erarbeitet hatte – und alles verloren. Doch statt sich in Selbstzweifeln zu suhlen, arbeitete er in der wenigen Zeit, die ihm neben dem Knochenjob im *Atlantic* blieb, schon auf Hochtouren an einer neuen Idee.

»Wann stellst du mir endlich das neue Konzept vor?«, fragte Hek und stellte erleichtert fest, dass er endlich sprechen konnte, ohne sich gleich wegen Seitenstechen zu krümmen.

»Es ist noch nicht so weit.«

»Komm schon, lass es raus!«

Tobi schüttelte den Kopf. »Alter, erst, wenn es spruchreif ist, diesmal ist es zu wichtig. Aber vertrau mir, es wird gut.« Er grinste noch breiter.

Hek erhöhte das Tempo, überholte Tobi und drehte sich um. Japsend tippelte er rückwärts vor seinem Freund her. »Ich weiß das. Und deshalb will ich, dass du in die *B-Innovative* kommst.« Er hob die Hände zum Himmel. »Wenn es sie jemals geben wird.«

Tobi nickte. »Ich weiß das zu schätzen, Mann. Gib mir noch ein paar Wochen.«

»Klar. Es ist ja leider auch nicht so, dass wir schon so weit wären …«, sagte Hek.

Seit sie sich kannten, hatten sie davon geträumt, irgendwann zusammenzuarbeiten, der Selfmademan mit den verrückten Ideen und der studierte Betriebswirtschaftler mit dem Umwelttick. Dank dem Investmentfonds aus dem *Bekensen*-Inkubator würden sie endlich die Mittel haben, gemeinsam an ihren Weltverbessererträumen zu arbeiten. Beim derzeitigen Konflikt mit seinem Vater stand allerdings in den Sternen, ob es je dazu kommen würde. Hek wechselte das Thema.

»Wie geht's Neela?«

Tobis Gesicht wurde weich. »Sie ist toll.«

»Ach, echt!« Hek grinste. »Big Love, hm?«

Tobi nickte. Eine Weile liefen sie stumm nebeneinander her. »Ich will sie fragen.«

»Was?« Hek bremste abrupt. »Du meinst –? Und das sagst du mir jetzt? Alter, das ist ja großartig, gratuliere, ich freu mich für euch!« Er warf die Arme um seinen Freund. Lachend befreite sich Tobi.

»Danke, danke, aber noch hat sie nicht Ja gesagt.«

»Stimmt.« Hek nickte mit bedröppeltem Gesicht. »Daran wird es scheitern.«

Tobi boxte ihn in die Seite. »Ey, das ist nicht lustig. Ich bin nervös.«

»Ist schon klar. Ich würde mir auch gut überlegen, ob ich *Big T* heirate. Aber Neela scheint ja verblendet genug zu sein.« Hek genoss es, seinen Freund ein bisschen zu ärgern. Jahrelang hatte er miterlebt, wie Tobi mit einer eindeutigen Priorität durchs Leben gelaufen war: Sex, in eindrucksvoller Frequenz mit so vielen Frauen wie möglich. Dann kam Neela, und aus dem stadtbekannten *Big T*, der nichts anbrennen ließ, wurde – im wahrsten Sinne über Nacht – der verliebte Tobi, der seinen Freund mit nie gekannter Unsicherheit auf Trab hielt und so Fragen wie, ob eine Frau genervt war, wenn man sie mehr als dreimal am Tag anrief.

»Hör auf. Ich frage mich wirklich, ob es der richtige Zeitpunkt ist. Ich kann ihr nicht viel bieten – außer gutem Sex.« Tobi grinste, doch Hek hörte seine Unsicherheit. Er schüttelte ihn an den Oberarmen.

»Hey, wo ist mein alter Freund geblieben? Der überlegt nämlich nie zweimal, wenn er eine gute Idee hat. Das wird toll, bestimmt!«

Sie setzten sich wieder in Bewegung. Hek kam nicht in den Tritt. Das holprige Pflaster Eimsbüttels nervte ihn heute. Die Luft schien zu stehen, und er vermisste den Wind. Er hörte Tobis müheloses Atmen neben sich und das fast geräuschlose Traben seiner Füße. Die Pläne seines Freundes führten ihm schmerzlich seine eigene Planlosigkeit vor Augen. Er hatte alles und fühlte sich, als wollte er nichts davon. Er legte noch einen Zahn zu. Die Vögel lärmten, als würden sie dafür bezahlt, die Stille unausgesprochener Gedanken zu füllen. Tobi fragte nie nach. Doch Hek sehnte sich nach seiner Meinung.

»Sie ist eingezogen«, sagte er schließlich.

»Wer?«

»Jana.«

Tobi verzog keine Miene, lief einen weiten Bogen über die Straße, um zwei alten Damen auszuweichen. »Und das heißt?«, fragte er nach einer Ewigkeit.

Hek schnaubte. »Keine Ahnung.«

»Ach so, na dann …« Tobi zeigte keine Regung.

Manchmal ging Hek die neuerdings sogar berufsbedingte Diskretion seines Freundes ganz schön auf die Nerven. »Oh sorry!« Fast wäre er mit einem querstehenden Kinderfahrrad kollidiert.

»War da eigentlich was?« So viel zum Taktgefühl.

»Was meinst du?«

»Das, was ich sage: Ob da was war mit ihr.«

»Nicht wirklich.«

Tobi schwieg.

»Okay. Ein Kuss.« Hek wartete wieder. »Verdammt, sagst du mal was?«

»Was soll ich sagen, Hek? Ich hab keinen Schimmer, was bei dir abgeht. Du rennst mit mir, dass es an Selbstgeißelung grenzt. Du besäufst dich allein an meiner Hotelbar. Und wenn ich dich frage, was ist, kriegst du die Zähne nicht auseinander. Ich dachte, das Problem ist dein Vater, aber langsam hab ich den Eindruck, ich liege komplett daneben.«

Tobi war während seines Monologs schneller geworden. Jetzt sah er zur Seite, schüttelte den Kopf. Er schien richtig wütend zu sein. »Also?«

»Könnten wir etwas langsamer …?«, japste Hek.

Tobi grinste und drosselte das Tempo.

Hek atmete aus. »Tut mir leid. Ehrlich. Ich dachte, wenn ich nicht drüber rede, geht es vorbei. Aber seit sie bei uns eingezogen ist … Es ist nicht gut. Sie macht alles noch komplizierter.«

»Was denn genau?«

»Suzanna und ich – wir haben Probleme.«

»Wusste ich nicht.«

»Ich will dich nicht mit meinen Luxussorgen belasten. Du hast echt größere Themen.«

»Was für ein Bullshit!«

Es war nicht nur das. Hek wusste, dass Tobi kein Fan von Suzanna war, schon allein deshalb vermied er es, überhaupt mit ihm über sie zu sprechen. »Du konntest das mit Suzanna nie verstehen«, sagte er.

»Das stimmt so nicht. Ich hab mich nur – gewundert. Ihr seid sehr verschieden.«

»Das liebe ich an ihr.«

»Ist doch gut.«

»Aber es ist kompliziert geworden.«

»Was denn genau?«

Es war die Frage, die Hek selbst nicht beantworten konnte. »Wenn ich das wüsste. Wir streiten nur noch. Manchmal sehe ich nichts mehr, das uns verbindet.«

»Das war mal anders, oder?«

»Hm. Seit wir in das Haus gezogen sind, hat sich was verändert. Und seit ich den neuen Job übernommen habe. Wahrscheinlich liegt es an mir. Ich – bin nicht mehr ich seitdem.« Er atmete aus.

Das blaue Haus kam in Sicht. Sie stoppten unter der Linde und Hek stemmte ein Bein an ihren Stamm, um die Sehnen zu dehnen.

»Wollt ihr mal zum Essen kommen?«, fragte Tobi, der wieder auf der Stelle tippelte. »Ich meine, Suzanna und du?« Er grinste über seinen schlechten Witz. »Wir würden uns freuen.« Es war eine glatte Lüge.

»Gerne.« Hek wusste die Geste zu schätzen. »Danke, Mann«, sagte er, obwohl ihm bereits vor diesem Abend graute.

KAPITEL 14

Jana

»Guck, das ist die berühmte *Rote Flora,* in der ist Hamburgs linke Szene seit Jahren aktiv.«

»Weiß ich, Mum«, knurrte Ava auf dem Fahrrad neben ihr. Ihrem Ton nach verdrehte sie die Augen.

»Ja, ja, sorry.« Jana spielte immer noch Fremdenführer, obwohl Ava sich in Eimsbüttel und der Schanze inzwischen besser auskannte als sie selbst.

Ava bremste. »Da drüben ist es!«

Sie überquerten das Schulterblatt und parkten ihre Fahrräder vor dem Eckcafé, aus dem vor Kurzem ein Currywurstimbiss geworden war. Die Schlange reichte bis hinaus auf die Straße, das Durchschnittsalter lag unter zwanzig.

»Echt jetzt? Anstehen für 'ne Currywurst?«

»Ist die beste, Mum.«

»Ah. Hast du sie schon probiert?«

»Nee, aber das sagen alle.«

Seit wann legte Ava Wert darauf, was *alle* sagten? »Na dann, los geht's!« Jana reihte sich ein.

Ava zog ihr Handy aus dem Rucksack und wischte über das Display. Sie lächelte und tippte etwas. Jana konnte sich einen Blick nicht verkneifen.

»Johan?«, fragte sie. »Ihr seid in Kontakt?«

Ava nickte und schrieb weiter.

Jana freute sich.

Sie hatten kein Wort über ihren Ausflug verloren. Nicht auf der Rückfahrt und auch später nicht. Jana wollte nicht darüber reden. Sie hatte es verbockt. Ja. Nichts anderes würde auch Ava ihr sagen. Ein paar Mal hatte sie das Handy schon in der Hand gehabt, Annes Kontakt bereits geöffnet. Aber sie war zu feige, und außerdem: Was sollte sie sagen? Dass sie es nicht so gemeint hatte? Als würde das etwas ändern. Wie sehr hatte sie sich vorgenommen, sich zukünftig mehr Mühe zu geben, sich auf ihre Schwester einzulassen. Keine halbe Stunde hatten ihre Vorsätze gehalten. Und damit nicht genug, sie hatte sich auch noch auf die Seite ihres Schwagers geschlagen. Eine wirklich große Leistung. Nein, das mit Anne war gründlich in die Hose gegangen.

Die Jungs hinter der Theke machten einen super Job, ruckzuck standen Jana und Ava im Imbiss, in dem es kein bisschen nach Fett roch, eher angenehm nach frischem Sperrholz. An der langen Theke lehnten Hamburger Hipster mit Bart oder dem, was einer werden sollte, und Mädchen, deren Mum-Jeans-Look sich so deutlich von Avas unterschied, dass Jana schon wieder einen kleinen Sorgenstich verdrängen musste. Ava neben ihr hielt den Blick konsequent am Handy. Darin glich sie allerdings den meisten hier drin. Jana streichelte ihr gut gelaunt über den Arm. »Was essen wir denn, Currywurst classic oder willst du eine vom Wildschwein?« Angeekelt verzog sie das Gesicht. Ava blickte hoch zur Karte über der Theke, dann zur Kasse. Plötzlich drehte sie sich in Richtung Ausgang, fuhr sich fahrig durch die Haare, gleich mehrmals. »Mum, ich hab eigentlich doch keinen Hunger, können wir gehen, bitte?«

»Wie jetzt? Nach zehn Minuten Anstehen?«

»Ja, sorry.«

Neugierig sah Jana in die Richtung, in die Ava geguckt hatte. An der Kasse bezahlten gerade zwei Jungs, älter als

Ava, ziemlich cool. Ihr Bart ließ noch auf sich warten, dafür wallten die Haare umso mehr, zumindest bei dem Hübscheren von beiden, der Männerdutt trug. Waren sie der Grund für Avas abrupten Stimmungsumschwung? Ava zerrte an ihrer Jacke. »Bitte, Mum!«

Während Jana, die sich wirklich auf die Currywurst gefreut hatte, noch zögerte, deutete der Typ mit Dutt auf Ava. Schon war er auf dem Weg zu ihnen, die Wurstpappe in der Hand.

»Hey Ava«, rief er und lächelte hinreißend. »Was geht?«

Er stopfte die Pommesgabel in die Wurststücke, wischte die Hand an der Jeans ab und reichte sie Jana. »Hallo, ich bin Tom. Ich bin auf Avas Schule.«

»Hallo Tom.« Jana war hingerissen. Wer war dieser gut erzogene Junge, vor dem Ava flüchtete? Jana ertappte sich bei einem peinlich engagierten Muttergrinsen. Ava hatte sich ruckartig zurückgedreht.

»Beste Currywurst«, sagte Tom, pikte ein Stück auf und hielt es Ava unter die Nase. »Willst du?«

»Danke«, sagte Ava und biss ihm die Wurst von der Gabel. Ihre Wangen strahlten, als sie sich unauffällig zurück in die Reihe schob.

Der andere Junge stellte sich als Bob vor. Ava schien ihn nicht zu kennen. Ihre Augen flackerten von Tom auf den Holzboden und wieder zurück. Jana atmete ein bisschen tiefer, um ihre Tochter zu beruhigen.

»Wow, coole Kopfhörer. Sind das die ersten?«, fragte Tom und griff Ava an den Hals.

»Danke.« Sie strahlte gleich noch mehr und reichte ihm die *Beats,* die mit ihrem Namen graviert waren. Ein Spezialmodell, das sie von Dr. Dre persönlich bekommen hatte beziehungsweise von Mick, der den Rapper kannte.

Tom begutachtete sie mit anerkennendem Nicken, dann legte er sie zurück um Avas Hals, und sie errötete.

»Ganz schön heiß hier«, murmelte Jana und biss sich auf die Zunge. Warum konnte sie nicht einfach die Klappe halten?

Doch Tom schien es nicht gehört zu haben.

»Hey Ava«, sagte er, während seine Finger erneut über den Kopfhörer strichen, »hab gehört, du singst. Stimmt das?«

Ava riss die Augen auf. »Ähm, wieso, woher denn, also – ja«, stotterte sie.

»Meli hat erzählt, dass sie dich im Chor gehört hat. Sie sagt, du singst wie Amy Winehouse.«

»Quatsch!« Ava schüttelte vehement den Kopf. »Hat sie nicht gesagt, oder?«

»Scherz!« Er lächelte. »Aber sie *hat* gesagt, dass du zu unserer Band passen würdest. Wir suchen nämlich dringend eine Sängerin.«

Er lächelte so offen und herzlich, dass Jana Ava am liebsten angestupst hätte. *Los, sag was!* Aber Ava starrte ihn nur ungläubig an.

»Hast du Lust, mal vorbeizukommen?«

Mach schon! Bevor er es sich anders überlegt.

Ava drehte den Kopf zu ihrer Mutter. Jana wusste um ihr Honigkuchenpferdgrinsen. Doch es gelang ihr, nonchalant mit den Schultern zu zucken.

Ava hob die Hände. »Ja, okay, warum nicht.« Sie rückte die Kapuze ihres Hoodies zurecht, und ihre Worte versackten im Stoff.

Bitte zeig doch ein bisschen mehr Interesse! Jana presste die Lippen zusammen, um ja nicht in Versuchung zu kommen, für ihre Tochter zu antworten.

»Cool.«

Wenn einer hier cool war, dann Tom. »Was ist das für eine Band, Tom?« Jana konnte sich nicht länger zurückhalten.

»Eine Schulband – zumindest proben wir in der Schule.« Er verzog das Gesicht zu einem echten Bandleaderlächeln. »Was Besseres haben wir noch nicht. Aber wir arbeiten dran!« Er sah zurück zu Ava. »Also morgen Abend? Ich könnte Ava abholen und wieder nach Hause bringen.«

Jana nickte eifrig »Ja klar, gerne.«

»Gut. Dann bis morgen.« Er streckte Ava seine Faust entgegen.

In Zeitlupe schob sie ihre dagegen. »Okay. Bis morgen.«

»Wir wohnen bei der Hoheluftbrücke«, sagte Jana.

»Weiß ich. Tschüss, Frau Paulsen, hat mich gefreut.« Er nickte Bob zu, lächelte Ava ein letztes Mal an und war schon aus dem Laden.

»Tschüss, Tom«, sagten Ava und Jana gleichzeitig und sie grinsten um die Wette.

KAPITEL 15

Hek

Auf dem Weg nahm er ihre Hand. Es war lange her, dass sie irgendwo hingelaufen waren. Für gewöhnlich wünschte sich Suzanna ein Taxi von Haustür zu Haustür. Den Camper verabscheute sie, ein Fahrrad besaß sie gar nicht erst, es passte nicht zu ihrem Schuhgeschmack. Heute hatte Suzanna ohne den geringsten Widerstand zugestimmt, als Hek vorgeschlagen hatte, den lauen Abend für einen Spaziergang zu nutzen. *Schöne Idee,* hatte sie erwidert, sogar mit einem liebevollen Lächeln. Er deutete es als gutes Zeichen, vielleicht war sie auch zu der Erkenntnis gekommen, dass sich etwas ändern musste. Und das zumindest hatte sich nicht verändert: Suzanna war immer für eine Überraschung gut. Seit zwanzig Minuten hielten sie nun schon Händchen wie frisch verliebt. Hek geleitete Suzanna in ihren heute nicht ganz so hohen Sandalen über besonders wacklige Pflastersteine, und sie trennten sich nur, um abgestellten Fahrrädern auszuweichen. Suzannas kühle Hand, versenkt in seiner warmen, weckte echte Hoffnung in ihm. Weder hatte Suzanna über die *abgefuckte Schanze* gemeckert noch über den geplant gemütlichen Abend, wo doch in ihren Augen *gemütlich* die kleine Schwester von langweilig war. Sie hatte nicht über Neela genörgelt, mit der sie *rein gar nichts zu reden* hatte, und auch nicht über Tobi, der *nur Sport im Kopf* hatte. Selbst das übliche Gejammer, dass *nichts zum Anziehen im Schrank* wäre, war ausgeblieben. Hek hoffte, dass sie womöglich gleichzeitig den Ernst der Lage erkannt hatten. Vielleicht wollten sie tatsächlich beide zurück auf Los.

Als sie die *Rote Flora* passierten, versteifte sich Suzanna an seiner Seite, ihre Schritte wurden länger und energischer.

»Alles okay?«

Suzanna verdrehte die Augen. »Wie kann man hier wohnen!«

Hek schluckte. Sagte nichts. Lächelte. Lief weiter.

»Gefällt es dir etwa?«

»Ja.« Er zuckte mit den Schultern. »Aber darüber müssen wir uns Gott sei Dank keine Gedanken machen.« Er zog sie zu sich, setzte an, sie zu küssen.

Sie drehte den Kopf. »Und? Wo ist es?«

»Noch ein kleines Stück.« Hek stopfte die Hände in die Hosentaschen. Stumm liefen sie nebeneinander übers Schulterblatt und in die Susannenstraße, vorbei an Gemüsetürken, Asialäden und marokkanischen Teestuben. Hek vermied es, zu ihr hinüberzusehen, er brauchte es auch nicht, um ihre schlagartig veränderte Stimmung zu spüren. Als er es doch tat, machte Suzanna prompt ein Gesicht, als würden sie gerade die Bronx durchqueren. Er beruhigte sich selbst, sie konnte nichts für ihre versnobten Ansichten. Sie waren das Ergebnis ihrer Kindheit als Einzelkind einer exaltierten Mutter, die durch Scheidung zu Geld gekommen war. Sie hatte Suzanna von klein auf ihre ganz persönliche Einschätzung der Welt eingeimpft, ebenso wie ihre Überzeugung, dass eine schöne Frau selbst schuld war, wenn sie im Leben nicht bekam, was ihr zustand. Hek hatte nur einmal das zweifelhafte Vergnügen mit Marianna gehabt, damals hatte sie ihm ihre Tochter angepriesen wie ein Rassepferd. Er war froh, dass sie inzwischen wieder in Polen lebte und Suzanna es vorzog, ihre Mutter allein zu besuchen.

*

Tobi und Neela wohnten im Hochparterre über einer spanischen Tapasbar, gegenüber dem Backsteinkomplex der *Ratsherrn Brauerei*. Die Haustür ließ sich aufdrücken. Hek sprang die Stufen hinauf und drückte auf die altmodische Klingel. Er warf Suzanna einen aufmunternden Blick zu. »Du siehst toll aus!«

Sie lächelte, strich sich die Haare glatt und drapierte ihre neue Handtasche vor dem Bauch.

Neela öffnete die Tür und warf ihre mit Holzperlen behängten Arme an Suzanna vorbei um seinen Hals. Hektor löste sich schnell aus ihrer Umarmung, um nicht zu riskieren, dass Suzanna sich übergangen fühlte.

»Dass du dich endlich mal wieder blicken lässt!« Neela griff nach seinen Händen und wandte sich endlich seiner Freundin zu. »Schön, dass du ihn überreden konntest.«

Suzanna, die fast einen Kopf größer war als die zierliche Gastgeberin, hielt Neela ein Stück auf Abstand und verwandelte deren versuchte Umarmung in zwei affektierte Küsschen. Dann löste sie geschäftig die Tüte, die an ihrem Unterarm baumelte, und übergab sie mit begeistertem Lächeln. »Ein kleiner Gruß von uns.«

»Ach, danke. Kommt erst mal rein!« Mit versteinertem Gesicht verfolgte Suzanna, wie Neela sich ihrer Tüte gleich wieder entledigte.

»Sollen wir?« Hek deutete auf seine Schuhe.

Neela lächelte ihn dankbar an, dann wanderte ihr Blick zu Suzannas in goldene Lederbänder verschnürten Füßen. »Ist schon okay!« Sie tänzelte voraus. »Tobi holt noch schnell Baguette. Macht es euch gemütlich! Ich seh nur eben nach dem Curry.«

»Willst du nicht dein Geschenk auspacken?« Suzanna

schnappte sich die Tüte vom Tisch und hielt sie Neela mit ausgestrecktem Arm unter die Nase.

»Ach ja, klar!« Neela lachte und griff in den Berg rosa Seidenpapier. Ein kantiges Kerzenglas kam zum Vorschein und verbreitete sofort einen intensiv süßlichen Duft.

Suzanna machte ein so erwartungsvolles Gesicht, dass Hek lächeln musste. »Ist sie nicht schön?« Sie zog neckisch eine Schulter hoch und klimperte mit den Wimpern.

»Oh ja«, Neela ließ sich erneut links und rechts küssen. »Vielen Dank, eine tolle Idee.« Sie lief mit der stinkenden Kerze in der Hand voraus und platzierte sie, ohne zu zögern, neben dem tanzenden Buddha und der überdimensionalen Klangschale auf dem Sofatisch. »Wunderschön!«, log sie. »Hek, machst du mal den Wein auf? Ich muss dringend zu meinem Curry.« Ihr weißer Flatterrock schleifte über den Boden, als sie in Richtung Küche hinausschwebte.

Suzanna blieb mitten im Raum stehen und spielte mit ihren Locken, ein eingefrorenes Lächeln auf den Lippen. Hek trat zu ihr. »Alles klar?«

»Meinst du, die Kerze gefällt ihr nicht?« Sie reagierte nicht, als er ihr die Hand in die Taille legte. »Sie hat fünfzig Euro gekostet.«

»Doch, ganz bestimmt.« Hek küsste sie auf die Schläfe.

»Ja, Moin, wer knutscht denn da?«

Suzanna zuckte zusammen.

Mit zwei Baguettestangen unterm Arm tänzelte Tobi auf sie zu wie auf einen Basketballkorb. Er bremste und streckte die Arme aus. »Wow, Hek, deine Freundin wird immer schöner.«

»Hallo Tobi«, erwiderte Suzanna hölzern, während sie die cremefarbene Bluse tiefer in den hohen Bund ihrer Jeans schob.

»Tobi, Moin.« Als Hek seinem Kumpel auf die Schulter

klopfte, beschlich ihn das Gefühl, dass dies erst der Anfang eines verdammt anstrengenden Abends war.

*

Anderthalb Stunden später hatte sich Heks Ahnung mehr als bestätigt. Suzannas Zurückhaltung war bereits während des Essens einem ununterbrochenen Redeschwall gewichen, mit dem sie ihre neue Freundin beplätscherte. Sie schien Neela zu mögen, denn sie teilte alles mit ihr, was sie dieser Tage bewegte: Restaurants, in denen einfach kein Platz zu kriegen war. Hotels, die ihrem Freund zu teuer waren. *(Er ist so verdammt bescheiden.)* Ihre Abneigung gegen Alkohol, bis auf ein Gläschen Champagner hier und da. Pausen legte sie – wenn überhaupt – nur ein, um nach der langen Schnur zu angeln, an der ihr Telefon neuerdings hing, und Neela kichernd irgendeinen *superwitzigen* Post zu zeigen. Als sie begann, akribisch jedes Detail der Einrichtung *ihres* neuen Hauses zu beschreiben, ließ Hek sich das fünfte Glas Rotwein nachschenken. Er vermied es, seinem Freund in die Augen zu sehen, dem er nur mit einem Ohr zuhörte. Dabei sorgte er sich weniger um die Rückmeldung, die ihn dort womöglich erwarten würde, als um das, was Tobi unmissverständlich in seinen Augen hätte lesen können.

»... Wenn du dich mal richtig entspannen willst, dann gönn dir die Massage bei Thomas. Sag Bescheid, ich krieg als Stammkundin zwanzig Prozent bei ihm ...«
Neela saß die Beine zum Schneidersitz hochgezogen, das Kinn auf beide Hände gestützt und tat zumindest ehrlich interessiert an Suzannas Bullshit. Tobi echauffierte sich über das Versagen der Lakers in den Play-offs. War Hek der Einzige, der im falschen Film saß? Womöglich bereits seit zwei Jahren?

Eine kurze Gesprächspause entstand und Tobi sprang plötzlich auf. »Wollen wir?« Er warf Neela einen liebevollen Blick zu, den sie mit einem überschwänglichen Luftkuss und heftigem Nicken erwiderte. Tobi verschwand in der Küche. Kurz darauf kehrte er mit einer Flasche Champagner zurück. Suzanna warf die Hände vors Gesicht. »Oh nein, aber doch nicht meinetwegen, das ist wirklich nicht nötig!«

»Suza, bitte!« Hek rollte mit den Augen in Tobis Richtung, doch der lächelte nur glücklich.

»Was ist, Darling? Ich liebe nun mal Champagner – auch wenn ich ihn gar nicht vertrage, hihi!«

Tobi lachte mit, während er hinter seine Freundin trat. Er legte das Kinn auf ihre Schulter und schmiegte seinen rasierten Kopf an sie. »Ihr seid die Ersten, die es erfahren. Diese wunderbare Frau«, er küsste Neela auf die Wange, »hat versprochen, mich zu heiraten.« Neela drehte den Kopf und die beiden versanken in einem innigen Kuss.

Hek begann zu klatschen. »Das ist Wahnsinn, herzlichen Glückwunsch!« Begeistert sah er hinüber zu Suzanna.

Sie starrte regungslos auf Neela und Tobi, die sich nur langsam voneinander lösten.

»Sorry«, Tobi grinste frech, »war kurz abgelenkt. Aber jetzt!« Mit professionellen Griffen befreite er die Flasche von der Folie. Das stumpfe Ploppen des Korkens ertönte in der plötzlichen Stille, gefolgt vom Gluckern des Champagners. Hek suchte Suzannas Augen. Demonstrativ drehte sie den Kopf zur Seite.

*

Sie heulte die ganze Fahrt über. Genau genommen hatte sie schon am Tisch damit begonnen. Neela und Tobi vermuteten tatsächlich, dass Suzanna Freudentränen vergoss. Das wiederum fand Neela so rührend, dass sie gleich mitweinte. Hek, der die Situation außer Kontrolle geraten sah, kippte den Champagner hinunter und verabschiedete sich eilig. Er umarmte seine Freunde, wünschte ihnen von Herzen das Beste und sah zu, dass er ein Taxi bekam. Er wusste genau, was Sache war. Suzannas Reaktion ließ daran keinen Zweifel. *Warum die, warum nicht wir?*

Jetzt hatte er also noch ein Problem mehr am Hals, oder vielleicht auch nur eine neue Eskalationsstufe des bereits bestehenden. Kaum hatten sie die Wohnung verlassen, ging sie auch schon auf ihn los, volle Pulle. Die geöffneten Fenster waren ihr egal, war klar.

»Es ist so erniedrigend, hast du gesehen, wie mitleidig sie mich angesehen hat?« Suzanna weinte so herzzerreißend, dass sie Hek kurzzeitig wirklich leidtat. Im Taxi versuchte er, sie zu beruhigen. Sie wollte nicht. Sie liebte das Drama. Und plötzlich wusste Hek, dass Suzannas ganzes Leben ein einziges, episches Schauspiel war. Dass jetzt vor ihrer Nase geheiratet wurde, dass Heks es zuließ, dass sein bester Freund ihm zuvorkam, wo er doch wusste, dass sie sich nichts sehnlicher wünschte, das war eine echte Tragödie. Schluchzend saß sie neben ihm und machte ihm Vorwürfe, auf Suzanna-typische Art, die alles vermuten ließ, nur nicht, dass sie den Mann, dem sie diese Schimpfworte an den Kopf warf, heiraten wollte. Hek streichelte ihr mechanisch über den Seidenblusenarm. Der Taxifahrer warf immer wieder Blicke in den Rückspiegel, erst irritiert, dann zunehmend solidarisch. Hek wich seinem Blick aus. Er starrte hinaus ins dunkle Eimsbüttel und fragte sich, wie in aller Welt Suzanna eigentlich auf die Idee kam, dass sie zum Ehepaar taugten.

KAPITEL 16

Jana

»Dann bis Montag um drei.«

»Danke, Jana. Und – toll, dass du da bist.« Karla drückte ihr fest die Hand.

»Nichts zu danken. Ich freu mich, dass du es dir überlegen wirst. Schönes Wochenende!« Sie wartete, bis Karla, die Finanzchefin von *HoliWays,* die Etage in Richtung Fahrstuhl verlassen hatte, dann stürmte Jana in Simons Büro. Sie klopfte an den Türrahmen und stand vor seinem Schreibtisch, bevor er den Kopf heben konnte.

»Sie bleibt!«

Simon lächelte breit. »Du bist genial.«

»Ich mach nur meinen Job. Aber ganz ehrlich –« Jana lief zurück zur Tür und schloss sie sorgfältig. Dann ließ sie sich in einen der beiden orangefarbenen Schwingsessel vor Simons Schreibtisch fallen und sah ihn kopfschüttelnd an.

»Was?« Er versteckte sich hinter seinem überdimensionalen Bildschirm, die Hand betont entspannt auf der Maus. Simon hatte wunderschöne Hände, feingliedrig wie ein Klavierspieler. Über seinem Kopf schwebte die kupferne Designerleuchte wie ein Heiligenschein. Nur ihr Licht auf seinen Stirnfalten verriet seine Anspannung.

»Du musst echt an dir arbeiten.« Jana nahm sich vor, ihn nicht zu schonen.

»Wieso? Ich hab doch jetzt dich.« Er lachte kehlig.

»Tss. Ganz falscher Ansatz!«

Jana blieb stumm, während er die Tastatur bearbeitete. Schließlich rollte er zur Seite und sah ihr in die Augen. »Los geht's, was hat sie gesagt über mich?«

»Sag du es mir.« Jana genoss es, ihn ein bisschen zappeln zu lassen. »Warum wollte Karla gehen?«

»Sie hat ein besseres Angebot.« Simons Handy vibrierte. Er ignorierte es.

Jana schüttelte den Kopf. »Das ist es nicht, Geld motiviert sie nicht.«

Das Handy blieb hartnäckig. »Quatsch, Geld motiviert jeden. Kaffee?« Simon sprang auf.

»Nein, danke. Ich hab nicht viel Zeit.«

Er setzte sich wieder.

»Ehrlich, Simon, genau das ist das Problem!«

»Was denn? Sie will nicht mehr verdienen?«

»Doch.«

»Na also.« Er warf einen flüchtigen Blick auf sein Handy, dann krempelte er seine Hemdsärmel neu. »Du hast ihr doch hoffentlich nicht mehr Geld angeboten? Wir können ihr nicht mehr bezahlen, bis die Finanzierungsrunde durch ist, das sollte sie selbst am besten wissen.«

Für einen Moment noch hielt Jana sich zurück. Sie genoss das wohlige Kribbeln in ihrem Bauch. Lange hatte sie es nicht mehr so deutlich gespürt. Das Gespräch heute hatte ihr wieder einmal gezeigt, wie gern sie Menschen darin unterstützte, selbst zu erkennen, was ihnen wirklich wichtig war, und es auch zu artikulieren. Sie war genau richtig in diesem Job. Eine warme Welle der Dankbarkeit durchfloss sie, als sie sich aufrichtete und Simon anlächelte. »Wie ich schon sagte, darum geht es ihr auch nicht.«

»Oh bitte, Jana«, ungeduldig nahm er die Hände zum Gebet zusammen, »mach nicht auf *du musst es selbst herausfinden,* okay? Rede einfach Klartext mit mir!« Er beugte sich nach vorne und sah ihr von unten in die Augen. »Also?«

Jana grinste. »Schon gut. Ihr fehlt deine Anerkennung. Das höhere Gehalt ist nur sinnbildlich dafür.«

Er sah ehrlich überrascht aus. »Aber sie weiß doch, dass sie gut ist.«

»Sie will es aber hören. Und zwar von dir.«

Simon verdrehte die Augen. »Kann nicht sein. Meine taffe Finanzchefin fühlt sich nicht genügend auf die Schulter geklopft?«

»Hör auf, dich lustig zu machen!«

»Sorry.« Er verzog so übertrieben beschämt das Gesicht, dass Jana lachen musste.

»Im Ernst, du bist super darin, ein Team zu motivieren. *Wir von HoliWays, alles für HoliWays, gemeinsam können wir alles erreichen …* Aber ehrlich, Team hin oder her, wenn man nächtelang alleine Zahlen schrubbt, will man den Erfolg vielleicht auch mal für sich beanspruchen.«

Simon runzelte die Stirn. »Egoplayer brauchen wir hier nicht.«

»Stellst du dich gerade stur?«

Sie fixierten sich, doch es dauerte keine Sekunde, da lachten sie beide. Das war der Grund, warum sie so gut miteinander arbeiteten. Die totale Offenheit, jeder kannte den anderen im wahrsten Sinne *by heart.*

»Okay. Ich spreche mit ihr.«

Jana hob den Daumen und stand auf. In der Tür drehte sie sich um.

Simon spielte den Genervten. »Was?«

Jana sah aus dem Fenster hinter ihm. »Gehen wir irgendwann mal in die Elbphilharmonie?«

Er sah sie überrascht an. »Ja, klar. Wenn Karla bleibt, lade ich dich ein.« Er zwinkerte.

»Dann besorg schon mal die Tickets!« Jana legte den Kopf schief. »Ich hab ihr übrigens gesagt, eine kleine Gehaltserhöhung sei vielleicht doch gleich drin.«

»Raus hier!«

Sie drehte sich lachend um.

»Jana?«

»Ja?«

Simon sprang auf. Diesmal lief er um seinen Schreibtisch herum zu ihr. »Geht's dir gut?« Sein Gesicht war plötzlich ernst, als er ihre Hand nahm. »Es ist mir wichtig.«

Jana lachte und boxte ihn sanft an den Oberarm. Er fühlte sich fester an als erwartet. »Hey, warum so besorgt plötzlich? Ja, alles okay.«

»Gut.« Er hielt immer noch ihre Hand. Seine warmen Augen ruhten auf ihr. Sanft löste sie sich und richtete ihr Haargummi. Etwas pulsierte in ihrem Magen, tiefer als das Karla-Kribbeln.

»Fahren wir am Wochenende zum Kiten?«

Jana schluckte. »Oh gerne. Nervt es dich denn nicht, die Anfängerin mitzunehmen?«

»Jetzt stellst du dich blöd, oder?«

Sie lachten wieder, und der Moment war vorüber.

»Okay. Ertappt. Aber ich muss erst Ava fragen, was sie vorhat. Stell dir vor, sie singt neuerdings in einer Band.«

»Was? Das ist doch super.«

»Ja, oder? Und ich glaube, sie ist verknallt in den Bandleader.« Jana legt die Hand auf den Mund. »Ups, das hätte ich nicht sagen sollen. Vergiss es bitte schnell wieder. Ich will nicht so eine Mutter sein, die alles weiterplappert – du weißt schon.«

»Alles klar.« Simon lachte. »Keine Sorge, bist du nicht. Also, sagst du mir Bescheid?«

»Mach ich.«

Jana sah auf ihre Uhr. »Ich muss, mein nächster Termin wartet bestimmt schon. Mal sehen, was der auf dem Herzen hat.« Sie grinste ihn provozierend an und lief aus der Tür.

»Geht es schon wieder um mich?«, rief Simon ihr hinterher.

Im Gehen hob Jana die Hand. »Bis später!«

»Keine Chance, ich bin ausgebucht heute.«

Schmunzelnd stürmte Jana quer durch die ganze Etage zu dem winzigen Glaskubus, der für persönliche Gespräche eingerichtet worden war. Sie hielt ihn dauerbelegt, seit sie den Job angetreten hatte. Ben, der Leiter des Social-Media-Teams, saß schon drin. Als sie eintrat, erhob er sich.

»Hi Ben, bitte bleib sitzen! Tut mir leid, dass ich zu spät bin.« Sie schloss die Tür und sah ihm in die Augen. »Wie geht's dir?«

»Danke gut und dir?«

»Gut«, sagte Jana, während sie sich bereits zum zweiten Mal heute freute, dass diese Antwort seit Langem wieder der Wahrheit entsprach.

* * *

»Es tut mir so leid!«, ein Hustenanfall übertönte Simons Bedauern.

»Ach was, du tust mir leid. Soll ich kommen und dir Hühnerbrühe kochen?« Jana wurde plötzlich bewusst, wie selbstverständlich sie davon ausging, dass da niemand anderes war, der Simon mit Suppe versorgte.

»Bloß nicht. Du steckst dich nur an. Du solltest lieber an die See fahren.« Er klang erbärmlich.

»Alleine? Quatsch! Wir wollten zusammen kiten.«

»Jana, nichts gegen dein Talent, aber bis wir *zusammen* kiten, dauert es noch ein bisschen.«

»Hey, dafür, dass du krank bist, wirst du ganz schön frech.«

Er lachte und musste gleich wieder so heftig husten, dass Jana das Handy vom Ohr hielt. »Instant Karma«, sagte sie trocken.

Der Husten ebbte ab. »Außerdem wäre es unfair Annika gegenüber, wenn du nicht fährst. Sie hat dich eingeplant.«

»Okay —« Die Aussicht, allein nach Sankt Peter zu fahren, erschien Jana wenig verlockend. Sie dachte an Ava, aber die Chance, sie zu überreden, tendierte gegen null. Sie lag noch im Bett und hatte am gestrigen Abend bereits klargemacht, dass sie verabredet war. So wie an fast all den letzten Wochenenden würde sie den Tag mit *Pepper* verbringen. *Pepper* war die Band. Toms Band.

Seit dem kurzen Zusammentreffen im Currywurstimbiss war er überpräsent in Avas Leben und irgendwie auch in Janas. Allein das Aussprechen seines Namens schaltete ein Licht in Ava an. Und ungewöhnlich redselig war sie neuerdings. Manchmal hatte Jana das Gefühl, sie wüsste inzwischen mehr über den hübschen Bandleader als über ihre Tochter. Tom war siebzehn und bereits in der Oberstufe. Er mochte Nachos, Wellen und die Foo Fighters. Wie Ava sang er, seit er drei war, obwohl seine Familie nichts mit Musik zu tun hatte – *ein Wahnsinn, Mum, es muss einfach aus ihm raus.* Tom spielte Schlagzeug und E-Gitarre und Klavier. Und singen konnte er auch. Kein Wunder, dass Ava kein anderes Thema mehr kannte. Seit sie bei *Pepper* sang, trug sie ihre verwaschenen Bandshirts mit einem neuen Hauch von Selbstbewusstsein. Sie ließ die Schultern weniger hängen, und ihre Stirnfalte zeigte sich viel seltener. Eigentlich sollte Jana sich freuen, dass Ava so schnell Freunde gefunden hatte, auch noch solche, die ihre größte Leidenschaft teilten. Sie sollte begeistert sein, dass ihre Tochter weniger am Handy und mehr an der Gitarre hing. Und vielleicht auch, dass Ava offensichtlich zum ersten Mal verliebt war. Und sie bemühte sich wirklich. Nur versetzte Avas Wolke-Sieben-Zustand ihr Mutterherz gleichzeitig in Alarmbereitschaft. Es lag nicht an *Pepper*, der Schulband vom Humboldt-Gymnasium, sondern einzig und allein an deren Gitarristen. Tom war allem Anschein nach ein netter Junge – doch wenn der Schein trog? Janas Drang, ihre

Tochter vor diesen strahlenden Augen, den dunklen Locken, dem charmanten Lächeln zu bewahren, war übermächtig. Bei näherem Hinsehen war Tom ihr eindeutig zu viel Mann und zu wenig Junge. Und, verdammt, er war Musiker, jemand, der jede haben konnte. Also sollte er gefälligst ihre Ava in Ruhe lassen, die womöglich noch nicht einmal ihren ersten Kuss bekommen hatte!

»Jana, bist du noch da?«

»Entschuldige!« Sie seufzte und schob vehement die helikopternden Katastrophenszenarien zur Seite.

»Du könntest meinen Wagen nehmen.«

»Ist das wirklich okay für dich?«

»Ist es. Und das Wetter ist perfekt.«

Es klang verlockend. Jana schmunzelte, angesichts des sehnsüchtigen Kribbelns, das der Gedanke an die See inzwischen in ihr auslöste. In ihr steckte anscheinend mehr Hamburg, als sie angenommen hatte. »Okay. Dann komm ich in einer halben Stunde und hol ihn mir.«

»Sehr gut. Ich huste in die Armbeuge.«

*

Ob sich dieser erste Blick jemals abnutzen würde? Für einen Moment stand Jana einfach still, streckte die Nase in den zerrupften Himmel und atmete, so tief sie konnte. Der Wind blies geradezu zärtlich heute, trotzdem tummelten sich die Kiter im, wie es Jana erschien, deutlich wilderen Wasser. Der inzwischen vertraute Anblick der wimmelnden Drachen verwandelte ihre Aufregung in Sekunden in Vorfreude. Plötzlich konnte sie gar nicht schnell genug an den Strand kommen. Sie lief los, über den von Reifenspuren gemusterten Sand der Parkzone in Richtung Wasser, vorbei an den Wohnmobilen, den tropfenden Neoprens und Campingstühlen und den ausnahmslos glücklichen Gesichtern ihrer Besitzer. Schon passierte sie joggend die erste Autoreihe. Die Heckscheibe eines schwarzen VW-Campers, die vor lauter Aufklebern ihren Zweck verfehlte, fiel ihr ins Auge. Ihr Herz begann wie verrückt zu klopfen. Jana kannte diesen Wagen – und fast jeden der Sticker auf dem Fenster, denn im Gegensatz zu seinem Eigentümer sah sie ihn fast täglich, wenn sie mit dem Fahrrad zur Arbeit fuhr. Meist stand er eine ganze Woche am gleichen Fleck, er wurde offensichtlich nur am Wochenende bewegt. Hek dagegen hatte sie nicht mehr gesehen, seit sie sich hier begegnet waren. Nicht, dass es ihr unrecht war, nur ihn *nicht* zu treffen, machte ihn zu treffen immer noch zu einem Ereignis. Wenn sie ihn öfter sehen würde, könnte sich ihr Herz einfach an seinen Anblick gewöhnen und müsste nicht jedes Mal so einen Zirkus veranstalten wie in diesem Moment. Die Sonne kam hinter den Wolken hervor und kitzelte Jana in der Nase. Entschlossen setzte sie zum Endspurt an.

*

Annika war ein Segen. Allein mit ihrer Anwesenheit verwandelte sie Janas Nervosität, die sich doch noch eingestellt hatte, zurück in Glückseligkeit, kaum dass sie ihr den Übungsdrachen in die Hand drückte. Und viel schneller als erwartet war sie so zufrieden mit ihrer Schülerin, dass sie den *Kinderkram* abbrach und einen echten Kite aufpumpte. Jana half ihr beim Starten. Es blieb keine Zeit für Angst vor dem royalblauen Riesen, denn schon löste Annika die Kite-Leine von ihrem Trapez, hakte sie an Janas und befestigte die Sicherheitsleash. Augenblicklich spürte Jana einen Ruck. Sie stolperte ein Stück nach vorne, dem ungeduldigen Kite hinterher.

»Bauchmuskeln anspannen, Kite auf zwölf Uhr kontrollieren, atmen, Jana!«

Der Drachen beruhigte sich.

»Langsam auf ein Uhr, gut so, zurück auf zwölf. Und jetzt fahr kleine Achten, so wie wir es geübt haben. Halte den Blick auf dem Kite!«

Annika blieb dicht neben ihr. Mit ruhiger Stimme gab sie Anweisungen, die Jana befolgte, ohne nachzudenken. Das Magengrummeln verschwand. Jana tauchte in ihre Konzentration wie in tiefes Wasser. Weit weg hörte sie die hungrigen Möwen kreischen, schmeckte das Salz im flirrenden Wind. Kein einziger Gedanke passte zwischen sie und den Drachen am Himmel, nichts als unbändige Freude.

»Okay. Zeit für eine Pause«, sagte Annika nach einer Weile, die Jana vorkam wie ein paar Minuten.

»Schon?«, fragte sie enttäuscht.

Annika lachte. »Du starrst seit vierzig Minuten in den Himmel. Dein Nacken wird es dir danken.« Sie lief ein Stück den Strand entlang und wartete, bis Jana den Kite langsam in Richtung Boden senkte. Über dem Kopf nahm sie ihn an und sicherte ihn mit kleinen Sandsäcken auf dem Strand. Jana löste ihre Leine. Mit einem Zischen entwich die Luft aus dem Kite, als Annika die Stöpsel zog. »Fürs Bodydraggen holen wir dir einen kleineren.« Sie lachte, als sie Janas fragendes Gesicht sah. »Später gehen wir zusammen aufs Wasser. Ohne Board. Wir lassen uns gemeinsam vom Kite ziehen. Das wird dir gefallen.«

Wie berauscht lief Jana neben Annika zurück zur Station, den zusammengefalteten Kite im Arm. Jetzt erst spürte sie ihren steifen Nacken und die trockene Kehle.

»Bringst du ihn zurück und lässt dir einen Achter geben, ich bin gleich zurück«, sagte Annika und verschwand in Richtung Büro.

Verwundert über ihre Erschöpfung, betrat Jana den Materialraum. Er stand an der Theke und unterhielt sich mit

Leon. Im Surfshirt wirkte er muskulöser als sonst. Sie holte Luft. »Hallo Hek!«

Die Luftpumpen draußen zischten zu laut. Er rührte sich nicht. Jana schluckte.

»Hey, kann ich dir helfen?« Leon lehnte sich in ihre Richtung.

Hek drehte sich um. »Jana!« Seine Stimme knatterte ungewohnt. Er strich sich ein paar Mal durch die salzverkrusteten Haare. Amüsiert nahm Jana zur Kenntnis, dass er offensichtlich der Verwirrtere von ihnen beiden war. Sie trat zu ihm, legte ihm die Hand auf die Schulter und küsste ihn links und rechts. Instinktiv hielt sie die Luft an – sie wusste um die Wirkung seines Dufts auf ihre Knie. »Wie geht's?«, sagte sie gut gelaunt. »Warst du erfolgreicher heute?«

»Wieso – ach so!« Er lachte. »Ja, heute ist ein guter Tag.« Er schien sich gefangen zu haben, denn das Blitzen war zurück in seinen Augen. »Und bei dir?« Er deutete auf das Paket in ihren Armen. »Schon fertig für heute?«

»Ach so, nein.« Jana platzierte den Kite auf der Theke »Wir gehen gleich *Bodydraggen* – was immer das ist. Leon, könntest du mir den Kite tauschen, bitte. Annika sagt, ich brauche einen Achter fürs Wasser.«

»Klar, kein Problem.« Leon verschwand zwischen den Holzregalen.

»Klingst echt professionell.«

»Ich liebe es.«

Er erwiderte ihr Strahlen mit seinem warmen Lächeln.

»Bist du mit Simon hier?«

Jana schüttelte den Kopf, ohne wegzusehen. »Der ist krank. Ich bin allein gekommen.« Es gefiel ihr, das zu sagen.

»Hey Hek!« Annika kam herbeigeeilt. Hek und sie umarmten sich.

»Und? Wie macht sich die neue Schülerin?«, fragte er und

warf Jana von der Seite erneut ein salzverklebtes Lächeln zu, für das sie ihn verfluchte.

»Super. Sie ist ein Naturtalent.« Annika lachte.

Jana verdrehte die Augen.

»Es gibt nur leider ein Problem. Ich habe eine Doppelbuchung. Ich muss heute Nachmittag den Kurs von einem kranken Kollegen übernehmen, das hatte ich nicht auf dem Schirm. Tut mir total leid, aber ich komm da nicht raus.«

»Oh nein! Das heißt doch kein Wasser heute?« Jana konnte ihre Enttäuschung nicht verbergen.

»Ich fürchte nicht. Tut mir echt leid!« Annika legte ihr den Arm auf die Schulter. »Es sei denn –«, sie drehte sich zur Seite, »Hek geht mit dir?« Sie warf ihm einen fragenden Blick zu. Jana entging nicht, wie er die Augenbrauen zusammenzog. Dann lächelte er, ohne ihr in die Augen zu sehen. »Die Frage ist, ob Jana das will.«

Jana schüttelte vehement den Kopf. »Ich komme nächste Woche wieder.«

»Na los, Hek!«, insistierte Annika. »Sie traut sich nicht, zuzugeben, wie enttäuscht sie ist.«

Hek nickte langsam. »Ich sehe es.«

»Also würdest du?«

Er nickte immer noch.

Jana war froh, dass ihre Schwimmweste das Hämmern ihres Herzens verbarg. »Du musst das nicht machen«, murmelte sie in Heks Richtung.

»Doch, doch, du nimmst das Angebot an! Einen besseren Lehrer wirst du hier nicht finden.« Annika bemerkte nicht, dass sie die Einzige war, die von ihrer Idee begeistert war. »Okay, ich muss, leider.« Sie umarmte Jana. »Erzähl mir dann, wie es war. Sorry noch mal, hast was gut bei mir. Wir texten wegen eines neuen Termins!« Sie eilte davon.

Hek sah sie fragend an. Ein kleines Lächeln umspielte seine Lippen, und er hob kaum wahrnehmbar die Schultern.

Ich will doch einfach nur kiten.

»Der Achter!«

Jana zuckte zusammen, als Leon den Kite auf die Theke klatschte.

Hek schnappte ihn sich. »Komm schon«, sagte er leise.

»Ich will deine Zeit nicht stehlen«, sagte Jana mit fester Stimme.

Er lachte laut auf. »Tust du nicht. Ganz sicher nicht.«

»Wenn du plötzlich abhaust, wäre es blöd.« *Sie hatte das nicht wirklich gesagt, oder?*

Hek riss die Augen auf, dann ließ er den Kopf nach unten sacken. Schließlich hob er nur den Blick. »Tut mir leid. Nein, werde ich nicht, versprochen.«

»Ich war noch nie im Wasser.«

»Ich weiß.« Er sammelte die losen Leinen, stopfte sich das Kite-Paket unter den Arm und lief an Jana vorbei durch die offene Tür. »Bis später, Leon.«

Fassungslos sah Jana ihm nach und rührte sich nicht. Auf der Holzrampe drehte er sich um. Die Sonne strahlte ihm direkt auf den Kopf und ließ seine Haare funkeln.

»Kommst du?«

*

Das Wasser sickerte langsam in den Neoprenanzug. Es war wärmer als erwartet. Janas Füße versanken im schlickigen Sand, während die Gischt ihr ins Gesicht spritzte. Sie hielt die Augen unbeirrbar auf dem Kite direkt vor der Sonne über ihr, folgte einfach Heks Anweisungen, die sie sicher ins Wasser geleiteten. Sie spürte ihn in ihrem Rücken, wusste, dass seine Hand ihr Trapez hielt, egal wie wild die Brandung daran rüttelte, egal wie sehr der Kite an ihr zerrte, er war da.

»Langsam, knie dich hin. Linke Hand in die Mitte der Bar. Leg dich auf die Seite und streck den rechten Arm nach vorne, als würdest du dich gemütlich drauflegen. Den Kite auf ein Uhr, gut so. Es wird gleich ein bisschen heftig, weil wir direkt durch die Wellen müssen.«

Das Wasser klatschte ihr mit voller Wucht ins Gesicht.

»Bleib ganz entspannt, lass dich einfach treiben, gleich wird es ruhiger.«

Sie vertraute sich seiner Stimme an, dachte nicht nach, während die Wellen über ihrem Kopf brachen. Plötzlich spürte Jana die Kraft des Kites in ihrer Mitte. Sie glitt durchs Wasser, schwerelos, am liebsten hätte sie gequietscht vor Glück. Nach und nach verlor sie die Orientierung, dafür wurde sie sicherer, wusste instinktiv, was sie tun musste, noch bevor Hek es ihr zurief. Als er für eine Weile still blieb, befürchtete sie, sie hätte ihn verloren.

»Gut machst du das.« Da war er wieder, in ihrem wasserumspülten Ohr. Und sie schwebte weiter wie durch Wolken, raumlos, zeitlos, glücklich.

»Okay, den Kite auf zwölf. Du kannst jetzt aufstehen.«

Der Sand unter den Füßen holte sie zurück. Sie stolperte, weil sie den Grund nicht so nah erwartet hatte. Hek hielt sie immer noch. »Hoppla.«

Jemand am Strand winkte. Hek hob den Daumen. »Er hilft dir. Lass den Kite langsam bei ihm runter.« Sie tat, was er sagte. Sanft landete der Drachen in der Hand ihres Helfers. Er nickte. Sie lächelte zum Dank, immer noch wie in Trance. Dann stand Hek vor ihr, schon griffen seine Hände an ihren Bauch. *Was –?* Er löste die Leine des Kites von ihrem Trapez. »Und?«

Ihre Beine zitterten. »Das Schönste, was ich je erlebt habe!«

Seine Augen leuchteten, als er nickte. Gab es grüne Sterne? Sie sollte wegsehen. Sie konnte nicht. Sie schmeckte das Salz, als ihre Lippen sich berührten, sie seinen Kuss erwiderte. Sie fühlte sich, als würde sie noch schweben, nur dass sie ihn jetzt spürte. Er zog sie fest an seinen Körper und küsste sie, als gäbe es keine anderen Kiter, keine Wassersportstation, nur die See, den Wind und sie beide.

Dann ließ er sie los, abrupt. Sie öffnete die Augen, sah ihn laufen, ein paar Schritte weg von ihr.

Wieso? Sie war zu verwirrt, um sich zu bewegen, hörte sich selbst beim Atmen zu, starrte wie eingefroren aufs Wasser, wo die bunten Kites auf- und absausten, als wäre nichts gewesen. Die Zeit lief weiter.

Er kam zurück. Stellte sich zwischen sie und das Meer, mit Sicherheitsabstand. »Du bist ein Naturtalent.« Er strich sich die Haare aus dem Gesicht. »Richtig gut war das.«

Was jetzt genau?

»Du hast ein super Gespür für den Wind. Bleib unbedingt dran!« Sein anderes Lächeln, freundlich, charmant, distanziert.

»Ach ja?« Mehr brachte Jana nicht heraus. Ihre gute Stimmung stürzte ab wie der Kite eines Anfängers, volle Kanne, mit Materialschaden. Sie begann, die Leinen zu sortieren und aufzuwickeln, sorgfältig, den Blick stur auf dem Nylon. »Danke für deine Zeit«, sagte sie, ohne aufzusehen. »Ich schaff das hier allein.«

»Keine zweite Runde?«

In seiner Frage klang so viel falsche Höflichkeit, dass Jana vor Wut in den Sand schnaubte. »Nein. Danke.«

»Okay.« Er kam zu ihr, sie sah seine nackten Füße. Sie zuckte, als seine Hand ihre Schulter berührte.

»Es ist kompliziert. Tut mir leid.« Seine Worte waren kaum zu hören im Pfeifen des Windes.

»Ach, wirklich?« Sie erhob sich, legte alle Verachtung, die sie aufbringen konnte, in den einen Blick, dann konzentrierte sie sich auf einen pinkfarbenen Kite und die rasanten Sprünge seines Lenkers.

»Jana, ich –«

»Lass es einfach! Ich glaube, du solltest lieber aufs Wasser – oder was immer du eigentlich vorhattest.« Sie drehte ihm den Rücken zu. »Bis dann, Hektor.« Sie ließ ihn stehen und lief zu ihrem Drachen. Der Wind war abgekühlt, und der kalte Sand unter ihren Füßen ließ sie frösteln.

KAPITEL 17

Hek

Die Tide stand hoch. Der Wind hatte gedreht. Er blies inzwischen ablandig, glättete die Wellen und hatte noch ein paar Knoten zugelegt. Ideale Bedingungen fürs Foilkiten, eigentlich. Heks Board schwebte einen halben Meter über dem Wasser, und die Sonne schien ihm ins Gesicht wie sonst nur mitten im Sommer. Doch das Hochgefühl des Fliegens wollte heute nicht aufkommen. Schon wieder eine unachtsame Bewegung. Anstatt wie auf einem fliegenden Teppich dahinzugleiten, fühlte er sich wie ein Rodeoreiter. Ununterbrochen war er damit beschäftigt, sein nervöses Board zu besänftigen, das ihm seine eigene Unruhe gnadenlos zurückspielte. Er war nicht bei der Sache. Viel zu oft warf er einen Blick an den Strand zurück, riskierte Sekunden der Ablenkung, um nach Jana Ausschau zu halten. Völlig absurd, nur gefährlich, niemanden konnte man von hier aus erkennen. Außerdem war sie wahrscheinlich längst auf dem Heimweg.

Hektor zog die Bar noch mehr an, intuitiv glich er den Druck des Kites mit Füßen und Körper aus. Längst hatte er das Schulrevier hinter sich gelassen, wo es bei diesen Bedingungen zuging wie am Strand von Rimini in der Hochsaison. Selbst hier draußen war er nicht wie sonst allein. Man konnte nur hoffen, dass Annika und ihr Team ein waches Auge auf die Anfänger hatten, die sich vom spiegelglatten Wasser täuschen und gefährlich weit vom Land wegblasen ließen.

Der Wind röhrte. Der Kite forderte seine ganze Aufmerksamkeit. Hek legte noch weiter an Geschwindigkeit zu, obwohl er bereits übers Wasser jagte. Er war auf der Flucht. Immer tiefer ritt er sich in sein Chaos.

Er hätte Annikas Vorschlag ablehnen müssen, reichte es nicht, wie Jana seine Fantasie durchwirbelte? Er erkannte sie an ihren Schritten – das leise Tapsen, als berührte sie kaum den Boden, als tanzte sie durch die Mansarde mit ihrer ansteckenden Leichtigkeit. Ein leises Knarzen der alten Dielen über ihm genügte, um ihn zu ihr zu beamen. Manchmal zog er Kopfhörer auf, um nicht zu lauschen, ob er etwas vom Singsang ihrer Stimme erhaschen konnte. Wenn er in der Küche Kaffee kochte, stierte er auf sein Handy. Bloß nicht aus dem Fenster gucken, auf den Gehweg, dorthin, wo die Fahrräder parkten. Die Situation war ihm über den Kopf gewachsen. Jana über ihm, Suzanna neben ihm, sein Verstand im Keller, sein Herz unterm Dach. Scheiße, er verlor die Kontrolle. Und sie wieder zu küssen, war echt das Dümmste gewesen – verdammt! Das Meer hatte sich in ihren Augen gespiegelt und die Leidenschaft für den Wind, die er so gut kannte. Als sie vor ihm durchs Wasser geschwebt war, juchzend vor Begeisterung, hatte er an nichts anderes denken können als an ihren schlanken Körper, musste all seine Kontrolle aufbringen, diesen verdammt kläglichen Rest, um sie nicht, kaum dass der Kite sicher gelandet war, an sich zu reißen, und irgendwo hinzubringen, wo es nur sie beide gab, keine Familie und keine Zukunftspläne mit Suzanna. Dieser Kuss –

Er hätte den anderen sehen können, zumindest aus dem Augenwinkel. Das machte den guten Kiter aus, dass er intuitiv alles um sich herum wahrnahm. Der andere war ungeübt, fuhr zu schnell und zu weit draußen. Hektor erfasste ihn erst, als es zu spät war. Er war mit dem Blick wieder am

Strand, nur für einen winzigen Augenblick hatte er Ausschau gehalten nach der strohblonden Mähne. Normalerweise kein Problem, seinen Kite kontrollierte er blind. Nur nicht das Wasser. Das Ausweichmanöver kam zu spät, zu abrupt. Er riss an der Lenkstange. In seinem Sprunggelenk schnalzte etwas, als das Board unter ihm wegknickte. Der messerscharfe Mast des Foils erschien in seinem Blickfeld. Hek griff mit der Hand in die Leinen, zog sie herum, dann verlor er die Kontrolle. Jetzt flog er wirklich, weit, hoch, schlug auf das Wasser aus Beton und das Dunkel verschluckte ihn. Ein schneidender Schmerz in seinem Bein riss ihn aus der Ohnmacht. Er griff in sein Trapez, tastete nach dem kleinen Messer, das er stets bei sich trug, um verknotete Leinen zu cutten, im Fall der Fälle. Doch er konnte frei nach oben schwimmen, Glück gehabt. Er schnappte nach Luft, hustete das Salz aus den Lungen, bemühte sich um Orientierung. Er war allein. Der andere war einfach weitergefahren. Er atmete tief, ein, aus, *Konzentration,* nur nicht ablenken lassen von der Wade, die brannte, als hielte er sie auf heißes Eisen. Er paddelte auf dem Rücken, und sein Atem beruhigte sich, dank der Weste und seiner Erfahrung. Er hob das Bein, sah die Wunde. Das Foil hatte die Haut zerschnitten wie ein Skalpell. Er blies den Atem aus, *ruhig bleiben.* Der Wind trieb ihn weiter aufs offene Meer. Prüfend zog Hek an den Leinen, der Kite rührte sich sofort, er schien intakt. Sanft fügte sich das grüne Segel der unmerklichen Kontrolle seiner Finger. Als sei nichts gewesen, wanderte der Drache über ihn. Hek scannte das Wasser, entdeckte das Board mit dem in die Luft ragenden Mast gut zwanzig Meter entfernt. Er musste sich beeilen. Das Salzwasser durchzog seine Wunde wie tausend Nadeln, als er den Kite manövrierte und sein Körper Fahrt aufnahm. Endlich, er schnappte sich das Brett.

Schon der Versuch, in die Fußschlaufen zu schlüpfen,

misslang. Das kaputte Bein wollte nicht so wie er. Wieder checkte er die Umgebung, niemand zu sehen, so weit draußen. Ein Rettungsboot würde sich nicht um ihn scheren, warum auch, sein Kite flog über ihm, normalerweise ein untrügliches Zeichen dafür, dass alles in Ordnung war. Er musste eine Entscheidung treffen. Ein letzter Versuch zu starten misslang. Es fühlte sich seltsam an, das Board gehen zu lassen, selbst wenn die Sicherheit, die das kleine Stück Holz vermittelte, trügerisch war. Er verließ sich jetzt auf den Kite. Er würde ihn zum Ufer bringen. Er musste nur dafür sorgen, dass der Schmerz ihn nicht ohnmächtig werden ließ.

*

»Das muss genäht werden.« Annika deutete auf sein Bein. »Und der Knöchel sieht auch nicht gut aus.« Sie ließ den Blick sorgsam übers Wasser schweifen. Hek war dankbar für den nüchternen Ton ihrer Stimme. Es fiel ihm schwer, seine Wut zu verbergen. Seine geradezu sentimentale Erleichterung, Annika im Motorboot der Wasserstation zu sehen, war verschwunden, kaum dass sie ihn über die Reling gehievt und den Kite verstaut hatte. Jetzt war er so wütend auf sich selbst, dass er brüllen wollte.

»Was ist los mit dir?«, fragte Annika, nachdem sie sich vergewissert hatte, dass niemand sonst im Revier gerade ihre Hilfe brauchte. Sie warf ihm einen kurzen, aber besorgten Blick zu.

»Schlechter Tag.« Er stierte auf den Schnitt an seiner Wade, aus dem langsam Blut tropfte und sich mit dem Salzwasser auf dem weißen Plastikboden vermischte.

»Nicht der erste, oder?«

»Hm.«

»Kannst du Autofahren?«

»Keine Ahnung!« Er wünschte sich, sie würde ihn einfach am Strand absetzen, sich um die Anfänger kümmern und ihn in Ruhe lassen.

»Vielleicht kann Jana dich mitnehmen. Sie fährt doch auch nach Hamburg. Wohnt sie nicht sogar bei dir? Wieso fahrt ihr beiden eigentlich nicht mit einem Wagen? Ich meine, Umweltschutz und so …?« Sie schien zu bemerken, dass der Zeitpunkt für dieses Gespräch nicht der beste war. »Anyway, vor 'ner Stunde hab ich sie noch gesehen.«

»Es wird schon gehen«, brummte Hek. Lieber würde er auf allen vieren nach Hamburg kriechen, als mit Jana zwei Stunden in einem Auto zu verbringen.

Er bemühte sich, das Pochen in seiner Wade zu ignorieren, und auch die üble Gewissheit, die sich langsam, aber unaufhaltsam in seinem Körper ausbreitete, wie die Kälte in seinem Neoprenshirt: Er konnte nicht länger abhauen. Er musste endlich eine Entscheidung treffen.

KAPITEL 18

Jana

Der Teilnehmer ist vorübergehend nicht zu erreichen. Ärgerlich warf Jana das Handy auf den Beifahrersitz. Halb acht. Und Avas Handy auf Flugmodus. Was für ein Mist!

Jana hatte die Zeit vergessen, war, statt ins Auto zu springen, den Strand entlanggelaufen, weg vom Kitespot einfach mitten in die Dünen. Während das Meer anstieg und das Licht sanfter wurde, hatte sie versucht, ihre Gefühle zu sortieren. Es war ihr nicht gelungen. Erst, als sie zum ersten Mal stehen blieb, um bewusst die Stille zu genießen, den würzigen Duft der blühenden Gräser und das dramatische Spiel sich auftürmender Wolken, hatte sie bemerkt, wie kalt es geworden war. Die Sweatshirt-Kapuze schützte den nass-verwirrten Kopf nur noch schwer gegen den anziehenden Wind, und die Sonne spendete keine Wärme mehr. Der Rückweg hatte viel zu lang gedauert.

Jana drehte die Lüftung warm und die Sitzheizung auf drei. Die Autobahn füllte sich zusehends. War ganz Hamburg heute an die See gefahren? Janas Arme lagen schlaff auf dem Lenkrad. Sie ließ ihren Nacken kreisen. Was sich im Wasser so schwerelos anfühlte, würde ihrem Körper morgen einen saftigen Muskelkater bescheren. Sie schaltete das Radio ein. Dieser Sänger mit der näselnden Stimme – sie hatte keine Ahnung mehr, wie der hieß – träumte an seinem melancholischen Klavier davon, seine verlorene Liebe noch einmal zu küssen. Herrje. Sie ließ den Song laufen, ebenso wie die Gedanken. Was sollte dieser Kuss? *Das zweite Mal.* So ganz anders. Kein flirtiger, angetrunkener, leicht zu vergessener Kuss war das gewesen. Nein. *Mit Haut und Haaren, mit Leib und Seele, ohne Sinn und Verstand …* Sie zwang sich, die drängelnden Vergleiche zu unterbrechen, wünschte sich, der Wind hätte den Nachhall einfach verblasen. Doch der Nachmittag steckte ihr noch in allen Knochen. Jana fror, obwohl es mittlerweile fünfundzwanzig Grad im Wagen hatte. Philip Poisel. So hieß der Typ. Sie drehte das Radio aus.

Ava war weiterhin nicht zu erreichen. Wahrscheinlich war der Akku leer. Sie hätte doch ein Festnetz bestellen sollen. Jana trat aufs Gas. Der Himmel im Rückspiegel färbte sich dunkelrot. Wo war Ava? Vor Jana tauchten plötzlich blinkende Rücklichter auf. Sie trat in die Bremsen, kam Sekunden später zum Stehen und schaltete ihrerseits die Warnblinker an. Ein Stau, aus heiterem Himmel, totaler Stillstand.

Jana tippte eine Nachricht.

Stehe im Stau. Es wird leider spät.
Wo bist du?

*

Der Wagen war langsam ausgekühlt. Wie ihre Autonachbarn war Jana mehrmals aus- und wieder eingestiegen, hatte nichts gesehen, das Unglück musste Kilometer vor ihnen passiert sein. Mehrere Polizei- und Krankenwagen, deren Geheul nur erahnen ließ, wie schlimm es dort vorne stand, waren vorbeigejagt, dann lange nichts mehr, außer Warten, viel zu viel Zeit, um nachzudenken im frostigen Dunkeln. Erst eine ganze Stunde später war es endlich weitergegangen.

Hundemüde und inzwischen schlotternd vor Kälte parkte Jana den Audi in ihrer Straße. Sie war heilfroh, dass sie mit Simon verabredet hatte, ihn erst morgen im Büro zu übergeben. Erleichtert sah sie Avas Fahrrad vor der Tür. Im Erdgeschoss brannte Licht. Jana hustete und warf die Tür extra laut ins Schloss – das würde ihre Vermieter hoffentlich davon abhalten, genau in diesem Moment den Wochenendmüll rauszubringen.

Der Esstisch war ein Stillleben. Verkrustete Müslischale, rosa Crunchy-Krümel im zerrissenen Zellophanpapier, Bio-Apfelsaft im Tetra Pak ohne Deckel. Ava selbst fehlte. Janas schlechtes Gewissen schlug schlagartig in Sorge um. Sie goss sich vom Saft ein, gedankenverloren, er schmeckte schal. Sie beschwor sich, Ruhe zu bewahren. *Wir sind in Eimsbüttel.* Sie machte sich trotzdem Vorwürfe. Sie ließ Ava zu viel allein. *Wir proben mit der Band.* Wer war das überhaupt? Tom – den sie genau einmal gesehen hatte. Vielleicht noch dieser andere Junge – dessen Namen hatte sie vergessen. Und sonst? Und wo? Die Schule war doch am Wochenende geschlossen. Vor lauter Begeisterung über Avas neue Sozialaktivitäten hatte Jana sich nicht für die Details interessiert. Kurz vor zehn. Sie hatten keine Regel, wann Ava zu Hause sein musste. Es hatte keine gebraucht bisher. Mist.

Jana startete noch einen Versuch, der wie all die anderen auf der Mailbox landete. Dann lief sie ins Bad, zog die Klamotten aus und stieg in die Dusche. Das heiße Wasser wärmte nur dort, wo es den Körper traf. Es klingelte. Jana sprang aus der Dusche, lief tropfnass über den Dielenboden. Eine fremde Nummer.

»Ja?«

»Mama?«

Jana atmete aus. »Wo bist du?«

»Wir sind bei Tom.«

»Wer ist *wir*? Ava, ich hab mir Sorgen gemacht.«

»Wieso, wir haben geprobt, hab ich dir doch gesagt. Und du bist weg.«

»Ich bin jetzt da und du nicht erreichbar, Ava, das geht nicht.«

»Ja, sorry, der Akku ist kaputt. Ich rufe von Toms Handy an.«

Jana seufzte. »Hättest du das nicht früher machen können?«

»Ich dachte, du bist beim Kiten.«

»Ja, aber – egal. Dein Fahrrad steht hier.«

»Jonas hat mich mit dem Auto abgeholt.«

»Jonas. Hmm. Der ist also achtzehn?«

»Ja. Du, wir wollen noch einen Film schauen.«

»Jetzt? Ava, morgen ist Schule.«

»Ja, und?«

»Nein. Ich hol dich ab.«

»Nein, auf keinen Fall. Kann ich nicht noch bleiben? Bitte!«

»Nope. Sag mir die Adresse.«

»Mum, bitte, ich komm mit der U-Bahn, ich kenn mich aus.«

»Keine Diskussion, du fährst nachts nicht allein U-Bahn.«

»Oh Mann, Mama, wir sind nicht in Brooklyn.«

*

Mit verschränkten Armen und einem Gesicht, als hätte Jana sie zu früh vom Kindergeburtstag abgeholt, kam Ava über die Straße gelaufen. Grußlos knallte sie die Gitarre zwischen ihre Beine und schmetterte die Tür zu.

»Hallo mein Schatz.«

Ava stierte zum Fenster hinaus, ihre Finger klopften einen schnellen Rhythmus auf dem Holz der Gitarre, ein süßlicher Duft hing in der Luft.

»Sag mal, ist das Marihuana?«

Ava zuckte mit den Schultern, klopfte weiter.

»Hey. Ich rede mit dir. Habt ihr gekifft?«

»Fahr doch einfach, Mum!«

Demonstrativ stellte Jana den Motor aus und fixierte ihre Tochter.

»Was?« Das Klopfen hörte auf.

»Hast du einen Joint geraucht?«

»Nein.« Ava stierte aus dem Fenster. »Können wir los?«

»Was ist mit den anderen, haben die? Ich riech es doch.«

Ava riss den Kopf herum. »Ja, okay, Weltuntergang. Mach bloß keine Welle. Lieber 'n Jonnie als Zigaretten.«

Jana fühlte sich plötzlich unendlich müde. Viel zu kraftlos, um ein Grundsatzgespräch zu führen. In Momenten wie diesem war der Wunsch nach einem Vater an ihrer Seite übermächtig. Sie seufzte. »Okay. Ab und zu, ausnahmsweise kann das Rauchen eines Joints okay sein.« Sie legte ihre Hand auf Avas Schulter. »Aber Marihuana ist nicht harmlos. Außerdem bist du fünfzehn. Es gibt Studien darüber, dass es das Gehirnwachstum von Teenagern beeinträchtigen kann.«

»Mum. Lass gut sein. Ich kiffe nicht. Okay?« Avas sah sie mit müden, aber klaren Augen an.

»Okay.«

»Können wir jetzt bitte fahren!«

Jana nickte und startete den Motor des Leihwagens.

* * *

»Tut mir echt leid, dass ich dir den Mist weitergegeben habe.« Simon klang ehrlich zerknirscht.

»Du kannst doch nichts dafür.« Jana hustete und schlang die Decke enger um sich. Das Gespräch, so lieb es gemeint war, strengte sie an. »Es war bestimmt der kalte Wind, nasse

Haare und so«, krächzte sie, bevor der nächste Hustenanfall sie überrollte.

»Oh Mann, Jana! War es denn gut mit Annika?«

»Klar.«

»Das klingt nicht so begeistert.«

»Doch, Simon«, sie hustete erneut. »Doch, es war super.« Ein Schweißausbruch schickte ihr Hitze durch den Körper, während sie gleichzeitig zitterte.

»Warst du im Wasser?«

Sie wollte dieses Gespräch nicht führen. »Ja. Es war toll«, erwiderte sie so enthusiastisch wie möglich.

Simon schien zufrieden. »Ich hätte es so gern miterlebt. Dein erstes Mal!«

Ja, Mann, wärst du bloß dabei gewesen!

»Fahren wir zusammen hin, wenn wir beide wieder fit sind?«

»Aber sicher.«

Jana nahm einen Schluck Tee. Sie hätte ihm erzählen sollen, dass sie Hek getroffen hatte. Was, wenn er es von Annika erfuhr? Doch sie hatte die Gelegenheit verpasst. Es nachzuschieben, gäbe der Sache Bedeutung. Und wenn sie eins nicht wollte, dann das. Ihr Hals brannte wie Feuer. Der nächste Hustenanfall. »Oh Mann, Simon, ich glaube, ich muss aufhören zu reden.«

»Das glaube ich auch. Wir machen Schluss.«

»Ich hab Jenny Bescheid gegeben. Sie sagt meine Termine ab. Vielleicht kann ich später von hier ein bisschen telefonieren, wenn es mir besser geht.«

»Einen Teufel wirst du. Hast doch gerade selbst gesagt, dass du nicht reden solltest.«

Eine warme Welle der Dankbarkeit für diesen Freund und Chef in einer Person durchströmte sie. »Okay. Danke, Simon.«

»Wofür? Fürs Anstecken? Also: Klappe halten. Und

schreib ’ne Nachricht, wenn du was brauchst, ja? Gute Besserung, Liebes.«

»Danke, Simon.«

Jana schleppte sich in die Küche und setzte den Kessel auf. Bloß nicht den Minztee ausgehen lassen, diesmal in der Version mit geschnipseltem Ingwer. Sie nippte an der letzten Tasse Tee. Das lauwarme Wasser brannte auf ihren Lippen, die noch spröde waren vom Salz. Sie fragte sich zum wohl hundertsten Mal, ob jemand sie beobachtet hatte. Wie lange hatten Hek und sie dort gestanden, sichtbar für die ganze Welt? Jedes Mal, wenn sie versuchte, sich zu erinnern, sauste Übelkeit in ihren Magen wie Nordseewind mit Orkanböen.

Der Kessel pfiff. Als sie den Ingwer übergoss, verbrühte ihr der heiße Dampf die Finger. Mist, verdammter. Sie würde einen Wasserkocher bestellen, jetzt gleich. Sie knallte den Kessel in die Spüle, hielt die Finger unters Wasser. Oh Mann, in dieser Bude wurde nicht mal das Wasser kalt.

Der heiße Tee brachte den Schweiß erneut zum Fließen. Sie tappte zurück zum Sofa, rollte sich unter der Decke zusammen. Wann hatte sie sich das letzte Mal so jämmerlich gefühlt? Die Brust so schmerzhaft beim Atmen, die Glieder so schwer, der Kopf so pochend, so wenig bereit zu denken. Ingwertee war gut, vielleicht inhalieren, später …

Sie erwachte vom Glockenläuten. Es dauerte einen Moment, bis sie das dörfliche Geräusch der Kirche nebenan zuordnen konnte. Ihr T-Shirt war nassgeschwitzt, der Nacken schmerzte noch, doch immerhin, der Kopf dröhnte etwas weniger. Zwölf Uhr. Sie hatte zwei Stunden tief geschlafen. Der Tee in ihrer Tasse war kalt geworden. Ihr Magen meldete sich. Diesmal nicht nervös, sondern eindeutig hungrig. Als sie ins Bad schlurfte, verstummten die Glocken. Sie spritzte sich Wasser ins Gesicht. Plötzlich erstarrte sie. Da war ein Geräusch. Unten. Nicht irgendein gewohntes. Jana unterdrückte einen Hustenanfall. Da, wieder. Ein Seufzen, eindeutig. Konnte es sein, dass …? Sie lauschte, bemühte sich, ihren Atem zu beruhigen. Das Seufzen wurde lauter. Jana wollte nicht wahrhaben, was sie da hörte. Nein, bitte. Doch von Sekunde zu Sekunde schwanden ihre Zweifel, während ihr Entsetzen wuchs. Entweder lief dort unten ein Porno auf Kinolautstärke, oder jemand hatte Sex. Wilden, zügellosen Sex. Am helllichten Tag.

Ohhh, ohhhhh, Baby, Baby, aaaah. Das war sie. Suzanna. Wer sonst. Sie gab alles. Unüberhörbar. Jana lief in die Küche, öffnete mit Schwung die Spülmaschine und begann, sie auszuräumen. Sie klapperte mit den Tellern, summte dazu, hustete extra laut, stellte schließlich das Radio an. Es half nichts. Die unmissverständlichen Töne drangen gnadenlos durch die dünne Altbaudecke, direkt in ihre Ohren und ihren ganzen Körper. Verzweifelt wehrte sich Jana gegen den Film, den das Gehörte in ihren Kopf malte. Wäre sie nicht so schlapp, sie würde einfach abhauen, raus aus der Wohnung. Wäre sie nicht so schlapp, sie wäre gar nicht hier. War das womöglich die Erklärung? Ahnten die beiden nicht, dass sie nicht allein waren?

Inzwischen wurde Suzanna begleitet von einem Grunzen. Animalisch – Stier, Wildschwein, Löwe. Das war *Er.* Er johlte, feuerte sie an. Jedes einzelne Wort konnte Jana hören – jedoch nicht verstehen. Krachend fiel ein Teller zu Boden. Es gab keinen Zweifel: Der Mann, der es dort mit Suzanna trieb, war kein Deutscher.

Ein neuer Hustenanfall zerriss ihr die Brust und holte sie aus ihrer Erstarrung. Nach Luft schnappend hängte sie sich direkt unter den Wasserhahn und trank, als würde sie verdursten. Immer wieder erschütterten Wellen ihre schmerzende Brust. Als es vorbei war, war es auch unten still geworden. So still, dass Jana für einen Moment hoffte, sie habe sich das alles nur eingebildet.

* * *

Die Klingel schrillte. Jana schreckte hoch. Sie war wieder eingenickt, trotz des Schocks oder gerade deshalb. Mit voller Wucht kam die Erinnerung zurück, Bilder formten sich aus dem Gehörten, Suzannas lasziver Körper in Aktion mit – ja, mit wem? Es klingelte wieder. Das altmodisch grelle Geräusch jagte ihr Schweiß auf die Stirn. Jana lief zum Fenster und kletterte auf die Küchenarbeitsfläche, um einen Blick auf den Eingang zu werfen. Eine Welle der Erleichterung breitete sich in ihr aus.

»Hab ich dich etwa geweckt?« Simon nahm je zwei Stufen gleichzeitig, dann stand er schon vor ihr, zwei Pappschachteln in den Händen. Er beugte sich nach vorne, um sie auf die Wange zu küssen.

»Vorsicht. Was machst du denn?« Jana lachte.

»Keine Sorge, ich hatte es zuerst. Schon vergessen?« Zur Bestätigung hustete er kurz.

»Du bist verrückt!« Sie ließ den Kopf an seine Schulter sinken und atmete aus. Er ahnte nicht, wie froh sie war, ihn zu sehen.

Für einen Augenblick lehnte er seinen Kopf gegen ihren. »Arme Patientin!« Dann hob er die Schachteln. »Aber es gibt Reis, Baby! Hühnercurry, das ist gut für dich.« Er stapfte an ihr vorbei. Seit ihrem Einzug war er noch nicht wieder hier gewesen. Jana ließ den Blick mit seinen Augen schweifen, über den Haufen kreuz und quer stehender Schuhe, den Jackenstapel, der den Siebzigerjahre-Garderobenständer unter sich begrub, das Sofa, von dem die karierte Wolldecke auf den Boden gerutscht war, die letzten Umzugskisten, deren Inhalt noch immer keinen Platz gefunden hatte.

Simon platzierte das Essen auf dem Tisch, dann drehte er sich zu ihr.

»Es ist noch nicht fertig …«, murmelte Jana.

»Es erinnert mich an Little Italy.« Er spielte auf ihre erste Unterkunft in New York an, ein winziges Zimmer in einer chaotischen WG. Es war ihre beste Zeit gewesen.

»Ich hoffe, ich werde bald mal zum Essen eingeladen.«

Jana nickte hustend. »Oh Mann. Ja klar, in besserer Verfassung.« Sie strich sich die verschwitzten Haare aus dem Gesicht und sah an sich hinunter. »Sorry für mein Outfit.«

Er sah sie nur an, schüttelte den Kopf. Dann drehte er sich zur Küchenzeile. »Hast du eine Mikrowelle?«

»Nee, tut es auch der Ofen?«

»Bestimmt. Ich habe auch für Ava was mitgebracht.«

»Du bist der Beste! Danke.« Sie bückte sich, um nach einem passenden Topf zu suchen. Als sie sich aufrichtete, drehte sich alles. Hilfesuchend griff sie an die Küchenfront.

Simon nahm ihr den Topf aus der Hand. »So. Du legst dich sofort wieder hin. Dein Essen bring ich dir gleich.«

»Simon, das musst du nicht. Ich kann das selbst.« Ihr Versuch war nicht sehr überzeugend. Die Knie wackelten unkontrolliert.

Simon zeigte mit dem Finger zum Sofa. »Los jetzt! Sonst bleibe ich den ganzen Nachmittag.«

Sie tappte hinüber, kuschelte sich in ihre Decke und schloss die Augen. Während Jana versuchte, sich zu entspannen, kehrten die imaginierten Bilder vom Erdgeschoss zurück. In der Küche klapperte es, als würde Simon den halben Schrank ausräumen. Es lenkte sie angenehm ab.

Ein Klopfen weckte sie. Simon lehnte mit breitem Grinsen am Dachbalken, ein Tablett mit dem dampfenden Curry und einer Tasse Tee in den Händen. Er sah aus wie James Bond beim Kaffeekränzchen. In ihrer WG damals hatte er sich besser ins Bild gefügt. Doch sein Lächeln war noch das Gleiche. Er zog den Kopf ein, platzierte das Tablett auf ihrem Schoß und sich selbst daneben.

»Sorry für die Enge«, sagte Jana. »Und ich hoffe, die Viren wissen wirklich, dass sie bei dir nicht mehr landen können.« Sie grinsten sich an.

»Ich muss wieder. Kann ich dich allein lassen?«

Sie nickte. »Klar. Es geht mir schon viel besser.« Sie schnupperte am Curry. »Herrlich!«

Sein Blick blieb ernst, als er langsam seine Hand ausstreckte und ihr eine Strähne aus dem Gesicht strich. »Ruh dich aus, okay?«

Der Raum fühlte sich plötzlich enger an, als er war. Dann spürte Jana das Kitzeln im Hals. »Achtung«, röchelte sie, bevor der nächste Hustenanfall ihr Zwerchfell fast in Stücke riss.

»Es ist wirklich besser, wenn du gehst«, sagte sie, als die Welle abgeebbt war. Sie begann, das Curry zu löffeln. Die milde Schärfe der asiatischen Gewürze besänftigte den gereizten Hals. »Hmm. Danke.«

»Gern geschehen.«

»Wenn ich zurück bin, müssen wir über Ben reden. Er braucht dringend Unterstützung!«

Simon sprang auf und verdrehte die Augen. »Ich bin dann mal weg.« Er zwinkerte. »Erhol dich gut, Jana! Und melde dich, wenn du was brauchst.« Er hob die Hand und eilte hinaus. Jana hörte ihn die Treppe hinunterspurten, dann fiel die Tür ins Schloss.

KAPITEL 19

Hek

Er war schon da. Sobald er morgens das Büro betrat, spürte Hek, ob sein Vater anwesend war. Die Mitarbeiter guckten anders, liefen anders, wahrscheinlich atmeten sie sogar anders, wenn der Seniorchef, der eigentlich keiner mehr war, sich die Ehre gab. Leider tat er es noch viel zu oft. Denn mit Golfspielen und der Beobachtung der Aktienkurse allein war das Leben des Fritz Bekensen eben doch etwas eintönig. Unverändert residierte er in dem riesigen Eckbüro, dem einzigen im dritten Stock. Seit jeher war es für den Geschäftsführer von *Bekensen Verpackungen* vorgesehen. Fünfzig perserteppichbelegte Quadratmeter voll schwerer Antiquitäten, trotz der breiten Fensterfront mit Blick auf die Elbe so düster und angestaubt, dass Hektor nicht das geringste Bedürfnis verspürte, was dies anging, auf sein Anrecht zu pochen.

Als er sich dem Büro näherte, musste er den vertrauten Widerstand überwinden, wie vor jedem längeren Gespräch mit seinem Vater. Dabei war er es gewesen, der um den Termin gebeten hatte, der ihn so früh in das verwaiste Stockwerk führte. Neben dem Büro seines Vaters waren hier lediglich das Vorzimmer seiner Assistentin sowie ein riesiger Besprechungsraum mit angrenzender Küche untergebracht. Nur widerwillig hatte sein Vater bei seinem Ausscheiden auch das ehemalige Hausmeisterehepaar in Rente geschickt, dessen Frau hier jahrelang jeden Tag ein Mittagsmenü serviert hatte, ob es nun Kundenbesuch gab oder nicht. Hektor plante, diese Etage umzubauen. Ihm schwebte vor, hier die Start-ups der *B-Innovative GmbH* unterzubringen. Ein paar versetzte Wände, ein neuer Anstrich, neue Möbel – aus dem muffigen Obergeschoss würde ein lichter Ort des Austauschs entstehen.

Hek wartete einen Augenblick vor der geschlossenen Eichentür. Kraft schöpfen vor dem Betreten der Höhle des Löwen. Der Schnitt in der Wade, mit zehn Stichen genäht, fing an zu pochen. Das Band am linken Sprunggelenk war nur gedehnt. Er hatte Glück gehabt. Trotzdem hallte sein Sturz nach, und das nicht nur, weil er ein paar Wochen Ruhe geben musste. In über zehn Jahren Kitesurfen hatte er sich noch nie verletzt. Ausschließlich sein verwirrter Zustand war verantwortlich für das, was passiert war. Immerhin, der Sturz hatte dazu geführt, dass er nicht länger damit warten würde, ein paar Dinge in seinem Leben zu klären.

Er hatte seinen Vater um das Treffen heute gebeten. Vielleicht war ja was dran an den Vermutungen seiner Mutter, die beteuerte, Fritz wolle nur einbezogen werden. Zumindest war ihre Empfehlung einen Versuch wert. Er würde Fritz seine Pläne noch einmal vorstellen, ihm dieses Mal jedes Detail anhand von leicht verständlichen Darstellungen erklären, die er bis in die Nacht vorbereitet hatte. Geradezu beflügelt war er von der Aussicht, seinen Vater endlich ins Boot zu holen. Er würde ihm das Gefühl geben, dass seine Meinung erwünscht war – vielleicht war er seinen Ansichten gegenüber bisher wirklich zu verschlossen gewesen.

Geschäftsführung, Anmeldung bitte im Sekretariat
Hek klopfte neben dem Messingschild an die Eichentür, die sein Vater penibel geschlossen hielt.

Nichts geschah.

Er klopfte erneut, atmete zweimal durch, dann drückte er die Klinke hinunter.

Der Sessel vor dem schweren Mahagonischreibtisch mit den gedrechselten Beinen drehte dieser Tür den Rücken zu. Besucher sollten durch das Sekretariat eintreten. Außerdem überblickte Fritz auf diese Weise den gesamten Hafen und durch das andere Fenster den *Bekensen*-Fuhrpark.

Als Hek das Büro quasi durch die Hintertür betrat, sah er als Erstes auf das üppige, in einen für seine Ausmaße zu kurz geratenen Rock gequetschte Hinterteil der Assistentin seines Vaters. Helga lehnte über Fritz' Stuhllehne und starrte ihm zwischen die Beine. Ein Kanon aus wieherndem Kichern und polterndem Lachen erfüllte den Raum.

Hek hätte am liebsten unbemerkt den Rückzug angetreten. Stattdessen räusperte er sich. Keiner der beiden schien ihn zu bemerken. »Moin«, sagte er extra laut und machte zwei Schritte auf den Hintern zu.

Endlich, Helga reagierte, erhob sich lächelnd, ohne Anzeichen von Verunsicherung.

»Ach, Hektor, guten Morgen!«, sang sie in hoher Oktave. »Kaffee?«

»Bitte«, sagte er kühl. Es gab keinen Grund, sich irritieren zu lassen – wenn man von der üblichen Energie dieses Raumes absah, in dem der Narzissmus seines Vaters hing wie eins von Suzannas Raumsprays, das augenblicklich Kopfweh bescherte.

»Also zwei Mal.« Helga zeigte ihm ihr schneeweißes Gebiss, schob ihren Rock zurecht und stakste aus dem Zimmer.

Sie war in etwa Heks Alter, eine propere Um-die-Vierzigjährige, ganz nach Fritz' Gusto, dessen Frauengeschmack mit seinen sechsundsiebzig immer noch so klar definiert war wie der von Boris Becker. Große, lieber sehr große Brüste, runder Hintern über dürren Beinen, rehbraune

Augen. Helga hatte erst vor ein paar Monaten Angelika ersetzt, die während der letzten dreißig Jahre die Macken seines Vaters ertragen hatte. Es hieß, Angelika wollte dringend in Rente, doch Hek befürchtete, dass ihr plötzliches Verschwinden womöglich mit ihrer Entscheidung zu tun hatte, ihre grauen Haare nicht mehr zu färben.

»Sohn. Dich schickt der Himmel – wenn auch durch die falsche Tür. Aber komm nur rein. Ich bin am Verzweifeln.« Fritz beförderte zutage, was sich gerade noch zwischen seinen Beinen befunden hatte: ein nagelneues iPhone. Erst jetzt stachen Hek die typische Schachtel und die weißen Kabel ins Auge. Neben dem silbernen Brieföffner mit dem Familienwappen und dem riesigen schwarzen Ledernotizbuch seines Vaters wirkten sie wie aus einem Science-Fiction-Film.

»Moin Vaddern. Du hast ein iPhone?«

»Wonach sieht es denn sonst aus?« Fritz fixierte ihn mit seinen wasserblauen Augen.

»Wie gut.« Hek besänftigte das wütende Tier, das sich in seiner Brust regte.

»Nix gut. Ich bin am Durchdrehen. Helga hat ja auch keine Ahnung.« Fritz winkte ungeduldig. »Komm schon her.«

Hek zog einen der unbequemen Holzstühle näher und sah seinem Vater herausfordernd in die Augen. »Wir wollten über den Inkubator sprechen. Wir haben einen Termin.« Er sah auf seine Uhr. Demonstrativ platzierte er das Laptop und öffnete den Bildschirm in Fritz' Richtung.

»Termin?« Sein Vater hob die Augenbrauen und schüttelte den Kopf. »Nicht jetzt.« Er versenkte sich zurück in das Display in seiner Hand.

»In Ordnung.« *Sachlich bleiben.* »Wann denkst du, wirst du Zeit finden heute? Ich bin flexibel.«

»Du siehst doch, dass ich beschäftigt bin!«

Hek sprang auf, schnappte sich sein Laptop und eilte zur Tür.

»Wo willst du hin?«

»Arbeiten.«

»Das muss warten. Ich brauche deine Unterstützung.«

Hek legte die Hand auf die Klinke.

»Komm schon, spiel nicht die beleidigte Leberwurst.«

Hek atmete aus. Langsam drehte er sich um und zwang sich, das syltgebräunte Lächeln zu erwidern.

»Hilf deinem alten Vater dabei, sich nicht wie ein Idiot zu fühlen.« Fritz breitete seine Arme aus, als empfange er den verlorenen Sohn.

*

Ein Knipsgeräusch kündigte Fritz' erstes gelungenes Selfie an, der Hek dafür neben sich zitiert hatte.

»Ha!« Er grinste stolz wie ein kleines Kind über seinem vollendeten Puzzle.

Hek lächelte. Seine Mundwinkel schmerzten schon von zwei Stunden Dauerlächeln. Geduldig hatte er seinem Vater all seine Fragen beantwortet, dessen Verständnis fürs Digitale sich seinem jung-dynamischen Äußeren zum Trotz leider als durchaus altersgemäß entpuppt hatte.

Er lächelte gegen die Wut an, die wie ein Buschbrand aus seinem Magen in seinen ganzen Körper loderte, angesichts dieser erneuten Niederlage. Ob mit sechs, sechzehn oder sechsunddreißig, es würde sich nichts ändern. Fritz interessierte sich ausschließlich für Fritz. Und weder Heks guter Wille noch nächtelange Vorbereitung konnten daran etwas ändern.

Doch dieses Mal würde Hek nicht aufgeben. Und wenn er zehn iPhones installieren müsste. Er würde wiederkommen und seine Präsentation halten. Es war zu wichtig. Er schnappte sich das Laptop.

Fritz sah vom Handydisplay auf. »Ich schulde dir einen Termin.«

Heks Gedanken machten eine Vollbremsung. Er musste sich verhört haben.

Tatsächlich blätterte sein Vater durch sein schwarzes Notizbuch. »Ich bin ein bisschen beschäftigt in den nächsten Tagen. Was hältst du von nächster Woche, gleicher Tag, gleiche Zeit?«

»Ja. Sicher.« Hek versteckte seine freudige Verwunderung hinter einem professionellen Blick in seinen Handykalender.

Fritz stand auf und klopfte ihm auf die Schulter. »Wir sehen uns beim Empfang vom Wein- und Sektkontor?«

Hek sah ihn überrascht an. Schon vor Wochen hatte er klargestellt, dass er entweder allein oder gar nicht auf dieses Event gehen würde. Auf einen weiteren Auftritt als Sohn konnte er verzichten. Er hielt dem stechenden Blick seines Vaters stand. »In Ordnung«, sagte er schließlich.

»Schön.« Abrupt drehte sich Fritz um und drückte auf die Freisprechtaste seines Telefons.

»Herr Bekensen?«

»Wir können jetzt die Post machen, Helga.«

KAPITEL 20

Jana

Ava rannte voraus, um sich den Platz an einem der winzigen Fenster zu sichern, durch die man in den zwanzig Meter tiefen Schacht sehen konnte. Jana liebte diese seltenen Momente, in denen ihre Tochter ihre strengen Maßstäbe für *cool* und *uncool* vergaß. Aufgeregt winkte sie Jana zu. »Hier, Mama!«

Als die schwere Holztür des Personenfahrstuhls geschlossen wurde, der sie in den alten Elbtunnel hinabbefördern würde, strahlte Ava. Eigentlich kreiste ihre Tochter dieser Tage teenagertypisch um sich selbst, verbrachte die Zeit mit der Band oder in ihrem Zimmer, das sie nur zu den Mahlzeiten verließ. Und auch sonst ließ sie keinen Zweifel daran, dass Mütter bestenfalls zur Versorgung taugten. Immerhin, sie hatte Jana während ihrer Erkältung hier und da Tee gekocht und sogar auch mal Pasta.

Jana hatte alles nur keine Begeisterung erwartet, als sie vorsichtig anfragte, ob Ava Lust hätte auf einen Spaziergang durch den alten Elbtunnel, den sie sich schon lange vorgenommen hatte.

»Unter der Elbe durchlaufen? Meinetwegen. Soll ganz okay sein, sagt Tom.«

Na dann! Jana hatte sich immer noch nicht durchgerungen, zu fragen, wie genau Ava und Tom nun eigentlich zueinanderstanden. Einstweilen beschränkte sie sich aufs Beobachten. An den Tagen der Bandproben war Ava schon morgens hibbelig und verbrachte ungewöhnlich viel Zeit im Bad. Jana hatte auch entdeckt, dass sie heimlich ihr Make-up benutzte. Wenn sie dann abends zurückkehrte, strahlte Ava von innen und außen, und Jana platzte fast vor Neugier. Doch nein, sie stellte keine Fragen. Zumindest nicht diese. Über das Singen, über die Band, aber nie über deren Kopf. Vielleicht wollte sie auch lieber gar nicht wissen, was da lief zwischen ihrer Tochter und Super-Tom, wie sie ihn insgeheim nur noch nannte.

Die Türen wurden wieder geöffnet und der Besucherstrom ergoss sich in die feucht modrige Luft. Jana starrte in den Tunnel, der Hamburg seit 1911 mit dem gegenüberliegenden Elbufer verband. Vor Jahren hatte sie genau hier mit ihrem Vater gestanden. Wie bei ihrem ersten Besuch reflektierten die hellen Kacheln milchig das Licht der Jugendstil-lampen und versetzten die Röhrenwanderer augenblicklich in schummrige Unterweltsstimmung. Sie hatte diesen Platz damals bewusst gewählt, für das, was sie ihrem Vater erzählen wollte. Ein ablenkungsfreier Spaziergang durch vierhundertsechsundzwanzig Meter Monotonie, wie prädestiniert für ein intensives Zwiegespräch.

»Ich werde nach New York gehen, Papa.«

»Ach so?«

Seine Reaktion war typisch für ihn. Neugierig, interessiert, ohne den geringsten Hauch von Bewertung.

»Ich muss mal weg.«

»Ich weiß, Janni.«

»Ich will mir einen Job suchen, vielleicht in einer Werbe-agentur. Mal sehen.«

»Werbung. Aha. Spannend.«

»Ja.«

»Nach New York also.« Er sagte Näf Jork.

»Kommst du mich besuchen?«

»Ja, klar.«

Der Plan, nach New York zu gehen, war über Nacht gekommen, während sie fürs Abi lernte. Während ihre Freunde sich über die Frage *Lehre oder Studium* den Kopf zerbrachen, plante Jana ihre Auswanderung. Sie musste weg von der Traurigkeit, die über ihrem Zuhause hing wie eine zu schwere Wolldecke. Sie erdrückte sie. Jana war auch traurig. Sie würde es für immer sein. Doch es war Zeit, jemand anderes zu werden als eins der beiden Mädchen, deren Mutter binnen drei Monaten an Krebs gestorben war. Sie wusste, dass ihre Mutter das auch so sehen würde. New York, die Stadt ihrer Träume, die ihr nach an die zweihundert Folgen *NYPD Blue* fast so vertraut erschien wie Hamburg, war genau der richtige Platz, um neu anzufangen.

Ihr Vater unterstützte nicht nur ihren Plan, er löste einen Bausparvertrag auf, damit sie ein Ticket kaufen und ein paar Wochen überleben konnte, bis sie einen Job gefunden hatte. Als Anne davon erfuhr, war der Flug bereits gebucht. Verbittert hatte sie ihr den Abschied verweigert.

»Kommst du, Mum?« Ava lief einfach los.

»Ja, klar.«

Von Zweisamkeit war die Atmosphäre im Tunnel heute weit entfernt. Der Menschenpulk aus dem Fahrstuhl drängte sich in die Röhre, die links und rechts von schmalen Gehwegen gesäumt wurde. Ava folgte den in Reih und Glied hintereinanderlaufenden Besuchern, während Jana versuchte, auf der in der Mitte verlaufenden Fahrradspur mit ihr Schritt zu halten.

»Habt ihr heute Abend Probe?«, fragte sie, fest entschlossen, sich selbst unter erschwerten Bedingungen die Gelegenheit, mit ihrer Tochter zu plaudern, nicht entgehen zu lassen.

»Klar, wie immer.«

»Ich freu mich, dass du so viel Spaß hast.« Sie holte Luft. »Du musst deinem Vater davon erzählen. Er findet es bestimmt auch toll.«

»Hab ich schon.«

»Ah. Gut.« Ein Fahrrad klingelte, als ginge es um Leben und Tod. Quiekend sprang Jana zur Seite.

»Pass doch auf, Tussi!«, fluchte die Fahrerin.

»Selber.« Genervt reihte sich Jana auf dem Gehweg ein.

Sie stapften hintereinander weiter. Nicht gerade die beste Position, um das Gespräch in Richtung Tom zu lenken.

»Es gibt einen Auftritt«, sagte Ava plötzlich in ihrem Rücken.

Jana wirbelte herum. »Was?«

»Es. Gibt. Einen. Auftritt.« Ava überholte sie stoisch.

»Wie jetzt? Warte doch mal!« Jana rannte ihr hinterher. »Was denn für einen Auftritt?«

Genervt blieb Ava stehen. »In der Schule. Zur Eröffnung des neuen Schuljahrs.«

»Wow!«

Von hinten drängelten sich murrend die Leute an ihnen vorbei. Ava lief weiter. Jana sprang zurück auf die Fahrradspur. Von der Seite sah sie die Falte zwischen Avas Augenbrauen. »Oder nicht?«, fragte sie.

Ava zuckte mit den Schultern. »Weiß nicht.«

»Du musst ja nicht. Niemand zwingt dich.«

»Ich will ja.«

»Okay. Dann ist es doch super.« Sie nahm Avas Hand. »Dein erster Auftritt!«

»Die ganze Schule wird kommen.«

»Ja?«

»Was, wenn mich alle schlecht finden?«

»Warum sollten sie?«

»Der Auftritt war schon ausgemacht, bevor ich in die Band gekommen bin.«

»Ohne Sänger?«

Ava verdrehte die Augen. »Natürlich nicht. Da hat *Valerie* noch gesungen.« Ihre Augenbrauen zogen sich noch weiter zusammen.

Jana blieb dicht neben ihr. Sie ließen sich von der Menge vorantreiben. Es hätte wirklich bessere Plätze geben können, um dieses Gespräch zu führen – und auch wieder nicht.

»Okay. *Valerie.* Und warum ist sie weg?«

»Sie waren zusammen.«

»Wer? Valerie und – Tom?« Jana war stolz auf ihre hellseherischen Fähigkeiten.

Ava nickte.

»Und weil sie sich getrennt haben, hat sie die Band verlassen?« Sie gab wirklich alles, um aus Avas Minimalinformationen eine Geschichte zu basteln.

»Er hat Schluss gemacht.«

Aha. Volltreffer. Jetzt musste sie noch sensibler vorgehen.

»Und du machst dir Sorgen, dass du nicht so gut singst wie sie?«

Ava nickte mehrmals. »Sie ist der Hammer.«

»Das bist du auch.«

»Sie ist in der Oberstufe.« Es klang verzweifelt.

Janas Herz zog sich zusammen. Sie erinnerte sich gut an diesen furchtbaren Schwebezustand zwischen Mädchen und Frau, unsicher wer oder was man war, schutzlos den ersten Herzschmerzen ausgesetzt. Sie würde Ava so gern davor bewahren. Der Versuch, ihren Arm um Avas Hüfte zu legen, misslang. »Vergleich dich nicht.«

Ava schüttelte sie ab. »Aber sie ist *richtig* gut. Sie will Musicalgesang studieren.«

»Du bist auch richtig gut.«

Ava zuckte mit den Schultern.

»Und Tom?« Jana ließ es belanglos klingen. Aus dem

Augenwinkel beobachtete sie Avas Wangen, die im Licht des Tunnels sanft rot zu schimmern begannen.

»Er sagt, wir sind so gut wie noch nie«, sagte sie leise und grinste.

»Na also!«

Das Ende des Tunnels lag plötzlich vor ihnen. Auf den Stufen ins Freie nieselte ihnen der Sprühregen ins Gesicht. Jana zog die Kapuze ihrer Windjacke über den Kopf. Ob sie in diesem Jahr irgendwann ohne sie aus dem Haus gehen würde? Am unzuverlässigen Hamburger Wetter jedenfalls lag es nicht, dass ihr neues Leben ihr so gut gefiel.

Sie liefen zur Elbe. Der Platz hier war ziemlich heruntergekommen und doch war es den ungewöhnlichen Blick wert. Nebeneinander lehnten sie sich an die mit Graffitis beschmierte Betonbalustrade und sahen hinab in das wilde Grau des Wassers und hinüber zu den Landungsbrücken. Jana bestand auf ein paar Selfies mit der Elbphilharmonie und kreischenden Möwenschwärmen im Hintergrund.

»Hast du Hunger?«, fragte sie dann. Immerhin, der hell erleuchtete Imbisswagen sah einladend aus.

Ava nickte.

»Holst du uns zwei Brötchen? Ich such mal die Toiletten.«

»Okay. Was willst du?«

Sie traten unter das ausgestellte Dach des Wagens und stierten in die Auslage. Beim Anblick der sauber aufgereihten Fischbrötchen grinste Jana. »Für mich wird's einfach!«

Ava rollte verzweifelt mit den Augen. An Matjes hatte sie sich noch nicht gewöhnt. »Ich frag, ob es Käse gibt.« Sie seufzte und stellte sich in die Schlange.

»Bestimmt.« Jana steckte ihrer Tochter Geld zu und machte sich auf die Suche nach den Toiletten.

Der düster graue Himmel hing schwer über den vom Feinstaub verdreckten Mauern, die sich mit verrosteten Absperrgittern abwechselten. Zu Füßen von drei Dixi-Klos sammelte sich Müll zwischen spärlichen Grashalmen – die Umgebung entsprach nicht ganz der Vorstellung einer Touristenattraktion. Während Jana überlegte, ob das hier wirklich nötig war, fiel ihr Blick auf ein Pärchen, das sich abseits der Menschenmenge unter einer Plakatwand der Schiffsbauer *Blohm + Voss* ausgiebig küsste. Selbst aus der Entfernung berührte Jana die Hingabe, mit der sich die beiden ungeachtet des inzwischen strömenden Regens in den Armen lagen. Der Mann trug eine blaue Arbeiterlatzhose, sie dagegen eleganten Mantel und hohe Pumps. Das Ganze glich einer Filmszene, und man erwartete jeden Moment das »Und Cut!« des Regisseurs. Magisch angezogen, verfolgte Jana die Bewegungen der sich leidenschaftlich verschlingenden Münder, unfähig wegzusehen.

Dann lösten sich die beiden voneinander. Die Frau drehte sich in ihre Richtung und sah ihr direkt ins Gesicht. Jana wurde übel. Mit zwei Schritten erreichte sie das erste Dixi-Klo. Sie riss die Tür auf und rettete sich in die Plastikkabine. Der Gestank schlug ihr entgegen. Mit einem dumpfen Knall zog sie die Tür hinter sich zu und schob den Riegel vor. Ihr Herz klopfte bis zum Hals. Hatte Suzanna sie erkannt? Sie bemühte sich, flach durch den Mund zu atmen, und kämpfte gegen die Übelkeit. Was sollte sie tun? Sie wartete ein paar ewige Minuten, während ihr Herz nur immer wilder Alarm schlug, je länger sie über das Gesehene nachdachte. Schließlich löste sie entschlossen den Riegel. Sie musste zurück zu Ava. Die wacklige Tür flog auf. Jana atmete tief in die Elbluft, dann drehte sie sich nach rechts. Die Stelle unter der Plakatwand war leer.

* * *

Jana schälte sich aus dem Mantel, das Handy zwischen Wange und Schulter eingeklemmt. »Ich fand ihn nicht gut genug. Zu satt, zu wenig Feuer. Wir suchen weiter.«

»Wenn du meinst«, sagte Simon wenig überzeugt am anderen Ende.

Sie warf den Mantel über einen Stuhl, schlüpfte aus den Sneakers und ließ sich auf die Couch fallen. »Ja, meine ich. Du willst doch keine Durchschnittsleute bei *HoliWays*.«

Im Handy seufzte es. »Nein, natürlich nicht. Aber du bist ganz schön anspruchsvoll.«

»Dafür hast du mich eingestellt, oder?« Jana grinste in den Hörer.

»Habe ich. Hast du Lust, heute Abend essen zu gehen? Es gibt einen neuen Vietnamesen in St. Georg. Ich könnte dich in einer Stunde abholen.«

»Lieb von dir. Aber ich habe Ava versprochen zu kochen. Sie hat Bandprobe. Und unter uns –«, sie senkte ihre Stimme, »ich glaube, da läuft tatsächlich was mit dem Gitarristen, aber ich bin noch dabei herauszufinden was.«

»Wow. Aber wolltest du darüber nicht eigentlich die Klappe halten?« Simon lachte.

Es klingelte.

»Hast ja recht. Es ist nur …«

»Was denn?« Simon klang nun doch interessiert.

»Ich mache mir Sorgen. Warum muss es ausgerechnet ein Musiker sein?« Sie lief zum Fenster. Vor dem Eingang war niemand zu sehen. »Du, ich muss an die Tür.«

»Alles klar. Vielleicht am Wochenende? Ava kann ja mitkommen.«

»Ich frag sie, okay?«

Es klopfte. Jana lief zur Wohnungstür.

»Wir sehen uns morgen«, sagte sie, während sie die Tür einen Spalt weit öffnete. Suzanna stand zwei Stufen unter ihr und betrachtete ihre Nägel.

Jana starrte sie an.

»Bis morgen«, sagte das Handy, das sie bereits vom Ohr genommen hatte.

»Hallo Jana!« Suzanna schob eine widerspenstige Locke hinters Ohr, während sie heraufgesprungen kam. »Darf ich reinkommen?« Ihre perfekten Zähne blitzten mit den Diamantohrringen um die Wette.

Zögernd erwiderte Jana das Lächeln. »Klar.« Sie trat zur Seite.

Mit langen Schritten lief Suzanna bis in die Mitte des Zimmers. Ihre Absätze klackerten grell auf dem Holz. Ohne ein Wort ließ sie ihren Blick durch den Raum schweifen, das künstliche Lächeln weiter auf den Lippen. Als Jana neben sie trat, berührte sie freundschaftlich ihren Arm. »Es ist wahnsinnig gemütlich.« Sie setzte sich wieder in Bewegung, und Jana beobachtete sprachlos, wie sie in Richtung von Avas Zimmer stakste. Ihre langen Finger griffen nach dem Totenkopf-Schild, drehten es hin und her. Schon lag ihre Hand auf der Türklinke. »Darf ich? Ich bin furchtbar neugierig!« Sie kicherte affektiert.

Endlich fand Jana ihre Sprache wieder. »Nein.«

Suzanna zuckte zurück, das Lächeln erstarb. Sie sah sich erstaunt um. »Wieso?«

»Ich denke nicht, dass es meiner Tochter recht ist.« Jana blieb, wo sie war, und sah ihrer Nachbarin freundlich, aber bestimmt in die Augen.

»Huuh!« Suzanna ließ die Klinke los, als hätte sie sich verbrannt. »Aber sie ist doch gar nicht hier.«

»Trotzdem.«

Suzanna zuckte mit den Schultern und kam zurück. Vor Micks Bild blieb sie stehen und musterte es eingehend. »Avas Vater?«

»Ja.«

»Ihr seid getrennt?« Sie machte eine elegante Vierteldrehung auf ihren Absätzen und tippelte zum Bücherbord, auf dem Ava zuliebe weitere Fotos aus den letzten Jahren standen. Gedankenverloren streichelten ihre Finger über die Holzrahmen. »Ist er berühmt?«

»Musiker«, sagte Jana. Sie fragte sich, was Suzanna hier wollte, und was sie davon abhielt, es herauszufinden.

»Aah. Heiß.« Demonstrativ biss Suzanna sich auf die Lippe. »Aber schwierig, oder?«

Jana zwang sich zu einem Lächeln und nickte gedankenverloren.

Suzanna nahm ein Bild vom Regal, auf dem Mick die zweijährige Ava an der Hand hielt und mit seinem weit offenen Jeanshemd aussah wie der junge Brad Pitt in *Legenden der Leidenschaft*.

»Offensichtlich war er es wert!« Sie warf die Haare auf die andere Schulter.

Jana atmete aus. »Suzanna, ich bin gerade erst nach Hause gekommen.« Zum Beweis schmiss sie ihren Mantel über die Garderobe. »Gibt es einen Grund für deinen Besuch?«

Ihre Frage wurde ignoriert. »Bekomme ich etwas zu trinken?« Das Lächeln war zuckersüß.

Jana schluckte. »Ja, sicher.« Sie drehte sich zum Fenster, öffnete es und atmete ein. Dann lief sie weiter zum Kühlschrank. »Weißwein?«

Suzanna winkte übertrieben ab. »Nein, ich trinke nicht. Wasser bitte. Mit Kohlensäure.« Sie schob ihren runden Hintern, der heute in hautengen Jeans steckte, auf einen der Stühle und schlug lasziv die Beine übereinander. »Ihr hattet Probleme?«

Jana füllte Wasser in ein Glas. »Ja.« Sie gab sich einen Ruck, drehte sich um und sah Suzanna scharf in die Augen. *Was willst du?*

Suzanna bohrte ihren Zeigefinger in eins der Astlöcher in der Tischplatte. »Bezahlt er für das Kind? Ich meine, aus Amerika?«

Jana wich ihrem Blick nicht aus. »Wieso interessiert dich das?«

»Ach, nur so. Wie ich schon sagte, ich bin ein bisschen neugierig.« Sie lachte schrill.

»Mach dir keine Gedanken!« Jana platzierte das Glas auf dem Tisch, dann lehnte sie sich an die Küchenfront. »Wir kommen gut zurecht.« Ihre Stimme war so lieblich wie ihr Lächeln. Sie würde sich bestimmt nicht provozieren lassen.

»Wie schön, dass ihr euch wohlfühlt.« Suzanna spielte mit ihren Locken. »In *unserem* Haus.« Sie legte den Kopf schief, klimperte mit ihren falschen Wimpern. »Das neulich war übrigens ein alter Freund, weißt du. Janusch. Wir kennen uns schon jahrelang, aus Warschau.« Sie wartete auf eine Reaktion. Als Jana nichts sagte, fuhr sie fort. »Er ist neu in der Stadt. Ich helfe ihm ein bisschen, sich zurechtzufinden.«

Janas Auge zuckte. »Wie nett von dir.« Der spöttische Ton war nicht zu überhören.

Suzanna kniff die Augen zusammen. »Hektor weiß nichts davon«, sagte sie, »und es wäre gut, wenn das so bleibt.« Lächelnd schüttelte sie den Kopf. »Er ist sehr eifersüchtig, verstehst du. Er würde sich Sorgen machen. Völlig unnötig.« Ihre Locken flogen um den Kopf, während ihr tiefes Lachen durch die Küche rasselte.

In Janas Schläfen begann es zu pochen. Sie dachte an die lusterfüllten Schreie von unten, dann an Hektor, den Kuss – die beiden Küsse. Ihr wurde übel. »Ja, sicher«, sagte sie steif. »Es geht mich nichts an.«

»Genau.« Suzanna lächelte wieder, doch ihre Augen sprachen eine andere Sprache. »Ihr habt euch hier doch so gut eingerichtet.«

Drohte sie ihr? Jana hielt dem Blick stand. Nur das Brummen der Spülmaschine war zu hören. »Ihr solltet etwas leiser sein.« Die Worte murmelten einfach aus ihrem Mund. Zu spät, sie zurückzuholen. Suzanna entglitt ihr Lächeln. Jana richtete sich auf, machte einen Schritt in ihre Richtung und holte Luft. »Vielleicht ist es besser, wenn du jetzt gehst.«

Die Stuhlbeine kratzten über die Bohlen, als Suzanna sich ruckartig erhob. Sie war fast einen Kopf kleiner als Jana, aber das schien sie nicht zu stören. Sie kam viel zu nah an sie heran, sagte ein paar Worte auf Polnisch, knallhart, eiskalt. Dann hob sie das Kinn und wandte sich ab. An der Tür drehte sie sich noch einmal um. »Wenn du es ihm sagst, wirst du es bereuen.«

Die Tür fiel ins Schloss. Janas Auge zuckte wieder. Absätze hämmerten die Treppe hinunter, dann flog eine weitere Tür. Suzanna hatte das Haus verlassen.

KAPITEL 21

Hek

Hek wartete seit zehn Minuten im Flur auf Suzanna. Lustlos scrollte er durch ein paar Nachrichtenseiten, während seine Gedanken ins Schlafzimmer wanderten, wo Suzanna sich für den Empfang des Kontors *aufstylte*. Sie hatte für diesen Event sogar die geplante Reise zu ihrer Mutter verschoben, während sich in Hek alles dagegen sträubte, einmal mehr das Traumpaar zu spielen, das sie nicht mehr waren. Seit seinem Kiteunfall wusste er, was zu tun war. Was er fühlte und was nicht mehr. Er wusste, dass er reinen Tisch machen wollte – ihm fehlte lediglich der passende Moment. Doch worauf wartete er eigentlich? Gab es sie überhaupt, die Situation, in der die Botschaft weniger hart daherkommen würde, als sie nun einmal war? Tatsächlich hatte Hek in den letzten Tagen unzählige Momente als *unpassend* verstreichen lassen – womöglich nur deshalb, weil er zu feige war, sie zu ergreifen.

Suzanna rauschte in den Flur, als hätte sie *Hamburger Privatiersgattin* gegoogelt. Hochgeschlossen, kleine Perlen in den Ohren. Noch ungeschminkt und barfuß tippelte sie ins Badezimmer. Seinen Blick erwiderte sie mit einem zickigen »Was guckst du so? Stress mich nicht!«, dabei hatte er nur gelächelt, weil sie ohne ihre Absätze so ungewohnt winzig wirkte.

Weitere zehn Minuten später war sie in einen Nebel aus Parfüm gehüllt zurück, die Sandalen bereits an den Füßen.

»Du siehst so gut aus!«, hauchte sie ihm aus dunkelrot lächelnden Lippen entgegen.

Als sie aus dem Taxi stiegen, nahm Suzanna seine Hand. Gekonnt schlenderte sie über den roten Teppich, der ins Innere des Backsteinbaus in der Speicherstadt führte, trotz der beachtlichen Höhe ihrer Lacksandalen, die definitiv aus dem konservativen Rahmen fielen. Begierig sichtete sie andere ankommende Gäste, lächelte engagiert, wenn sie Blickkontakt erhaschte, warf dann wieder Hek demonstrativ verliebte Seitenblicke zu. Hek erwiderte sie hohl.

Wann genau war ihre Beziehung zu dieser Farce verkommen? Einer Inszenierung, in der Suzanna die Regie führte, mal Hollywoodromanze, mal Psychodrama, je nach Laune. Warum hatte er es nicht bemerkt? Schlimmer, wie hatte er es aufregend finden können? Er hatte sich eingeredet, dass er genau diese Art von Kick brauchte, genau so eine Frau, wild und unangepasst. Nur hatte er dabei übersehen, dass sich hinter Suzannas exzentrischer Fassade eine der angepasstesten Frauen verbarg, die er je kennengelernt hatte.

Sie machte ihn auf das Tablett mit den Begrüßungsdrinks aufmerksam. Als er zögerte, weil er wusste, wie sie auf Champagner reagierte, zischte sie »Was?« in sein Ohr. Schulterzuckend organisierte er zwei Gläser. Sie strahlte, hakte ihn unter, grüßte weiter fremde Menschen. Social Events wirkten auf Suzanna auch ohne Champagner belebend. Hek sah sich suchend nach den Geschäftspartnern um, derentwegen er hier war. Seine Eltern schienen sich zu verspäten, er sollte die Zeit nutzen, solange er seinen Vater noch nicht im Nacken hatte. Vorsichtig versuchte er, seinen Arm von Suzannas zu lösen. »Ich sehe mal nach hinten, ich muss ein paar Leute begrüßen.«

»Oh, gut. Dann kannst du mich vorstellen.« Sie hing an ihm wie angewachsen.

»Ich befürchte, das wird dich furchtbar langweilen.«

»Ja, das wird es. Aber das lässt sich wohl nicht ändern.« Sie strahlte ihn vergnügt an.

Wenn er es nicht besser gewusst hätte, er hätte sich glatt über ihre Unterstützung gefreut. Sein Handy brummte in der Hosentasche. »Sekunde! Hallo?«

»Hektor?«

»Mama. Wo seid ihr?«

»Fritz geht es nicht besonders. Ich glaube, er hat sich den Magen verdorben. Wir werden wohl nicht kommen.«

»Ach je, sag ihm gute Besserung.«

Suzanna zog die Augenbrauen hoch. Hek schüttelte den Kopf und formte mit den Lippen stumm *mein Vater.*

Im Hintergrund gab Fritz Anweisungen.

»Warte«, sagte Alma, »er will dich kurz sprechen.«

»Hektor?« Die knarrende Stimme seines Vaters dröhnte in seinem Ohr.

Hek stellte die Lautstärke runter. »Ja.«

»Ich habe den Dünnpfiff. Du musst unbedingt persönlich mit Herrn Hansemann sprechen. Er ist der Gastgeber. Richte Grüße aus, dann weiß er dich einzuordnen.«

»Danke für den Tipp, aber ich kenne Jan. Wir telefonieren fast jede Woche. Er hat mich eingeladen.«

»Trotzdem. Er wird sich wundern, warum ich nicht komme.«

Bei zweihundert Gästen wird ihm das nicht weiter auffallen.

»Ich wollte dich auch dem alten Eckhard vorstellen. Das wäre wichtig gewesen. Na ja, nicht zu ändern.«

Auch mit dem Chef der *Unilever Produktion* hatte Hek sich schon mehrmals getroffen. »Ist doch kein Problem«, sagte er. »Du, ich kann dich kaum verstehen. Ich melde mich morgen. Suzanna schickt dir gute Besserung.« Er legte auf.

»Sie werden nicht kommen.« Viel besser gelaunt hielt er Suzanna seinen Arm hin. »Wollen wir?«

Der Abend zog sich auch ohne die Anwesenheit von Fritz und Alma wie Kaugummi. Es war zu erwarten gewesen, dass inspirierende Begegnungen sich bei diesem traditionellen Event in Grenzen halten würden. Normalerweise wäre Hek der Empfehlung seines Vaters gefolgt und hätte die Veranstaltung zumindest genutzt, um sein Standing bei dessen Kontakten zu festigen. Normalerweise quatschte er sich egal wem ins Gedächtnis. Doch heute machte Suzanna an seinem Arm all das unmöglich. Kaum dass sie sich zu einer Gruppe gesellt und die obligatorischen ersten Höflichkeiten hinter sich gebracht hatten, übernahm sie mit einer ihrer Geschichten die Führung und erstickte damit jedes Businessgespräch bereits im Keim. Was Hek früher als erfrischend empfunden hatte, verursachte ihm heute Magenschmerzen. Schon nach dem zweiten Glas Champagner hatte Suzanna die Rolle der geistreichen Ehefrau ad acta gelegt. Sie begann ihre Gesprächspartner zu duzen, betatschte die männlichen und lachte selbst am lautesten über zunehmend ordinäre Geschichten.

»Stell dir das vor, da hat sich der rote Tanga im Reißverschluss meines Golfbags verfangen. Alle haben geguckt«, sie zwinkerte ihrem aktuellen Opfer, dem weißhaarigen Chef einer Hamburger Drogeriemarktkette, zu wie einem geheimen Verbündeten. »Wirklich alle. Und meinst du, irgendjemand hätte was gesagt? Nada. Niente. Hätte Alma – also meine Schwiegermutter in spe – mich nicht irgendwann gerettet, ich wäre die ganzen achtzehn Loch mit Schlüpfer am Gepäck gelaufen. Haha.« Suzanna lachte kehlig, leckte sich die Lippen und zeigte auf ihr Glas. »Schon leer.« Als niemand reagierte, löste sie sich schwankend von Heks Arm. »Dann muss ich wohl selbst für Nachschub sorgen.

Sonst noch jemand? Nein? Bin gleich zurück!« Sie tänzelte in Richtung Bar.

Das Ehepaar nutzte die Gelegenheit, um das Weite zu suchen. Hek hätte gerne das Gleiche getan. Wenn es so weiterging, würde er tatsächlich einen denkbar schlechten Moment wählen, um seine Beziehung zu beenden. Er musste an die frische Luft. Durch eine der geöffneten Flügeltüren trat er auf den schmalen Holzbalkon, der kaum einen Meter über dem Kanalwasser schwebte.

»Moin!« Vor dem nächsten Fenster stand ein Typ und rauchte.

»Moin!« Hektor atmete tief ein und ließ den Blick übers Wasser schweifen. Um die Ecke sammelten sich Gäste für eine abendliche Barkassenfahrt durch die Speicherstadt. Vielleicht sollte er einfach auf dieses Boot steigen. Er drehte sich zurück zu seinem Fensternachbarn. »Darf ich eine Zigarette schnorren?«

»Klar.« Der Typ klopfte auf die Schachtel und reichte ihm sein Feuerzeug über die Balustrade.

Hektor inhalierte tief und blies den Rauch in den schwarzen Nachthimmel. »Danke! Hektor Bekensen übrigens.«

»Ach, komm. Was für ein Zufall! Nach dir suche ich den ganzen Abend. Torben Jahnke, *Hamburg-Kartons.* Ich hoffe, das *Du* ist okay. Du planst einen Start-up-Inkubator für ökologische Verpackungsentwicklung, oder? Tolle Sache. Suchst du Partner oder wird das ein Exklusivprojekt für *Bekensen Verpackungen?*«

Hektor horchte auf. Vielleicht entwickelte sich dieser Abend doch noch in die richtige Richtung. »Wärt ihr an einer Kooperation interessiert?«

»Ja. Dringend.«

Jemand stolperte über die Holzstufe. »Hier bist du! Rauchst du etwa?«

Torben sah verwundert zu Suzanna, die mit wütendem

Gesicht auf den Balkon gestakst kam. Als sie Hek erreichte, hängte sie sich an seinen Arm und wandte sich augenklimpernd an seinen Gesprächspartner. »Und wen haben wir hier?« Sie schob ihre Brüste nach vorne und legte den Kopf schief. »Einen bösen Jungen, der meinen Mann zum Rauchen verführt.«

Hektor erstarrte. »Suzanna!«

Torben lächelte irritiert. »Das war nicht meine Absicht.« Er drückte seine Zigarette aus. »Einen schönen Abend noch! Hat mich gefreut, Hektor.«

Hektor kramte in seinem Jackett und fand eine Visitenkarte. »Ruf mich gerne an. Ich würde mich wirklich freuen, wenn wir mal *in Ruhe* sprechen.« Mehr konnte er nicht tun.

»Klar, mach ich.« Torben flüchtete nach drinnen.

»Was war das für'n Spießer?« Suzanna lachte laut.

»Das war Torben von der *Hamburg-Kartons AG*. Herzlichen Dank auch.«

»Klar doch. Wofür genau?«

»Dass du den einzig interessanten Kontakt heute Abend verjagst. Wirklich große Klasse von dir.«

Sie schnappte nach Luft. »Arschloch.«

»Okay. Lass uns gehen.«

Sie stand ihm im Weg und funkelte ihn an. »Ich amüsiere mich aber.«

Hek zog noch einmal provokativ an der Zigarette, dann drückte er sie aus. »Gut. Mach, was du willst, ich hau ab.« Er schob sich an ihr vorbei und sprang nach drinnen. Wütend lief er in Richtung Ausgang, vielleicht konnte er Torben noch erwischen. Hinter ihm hämmerte es in Stakkato. »Warte gefälligst!«

Er eilte weiter über den leeren roten Teppich und raus ans Kanalufer. An der Straßenecke winkte er einem der Taxis, die hier warteten. Schnaufend erreichte ihn Suzanna. »Sag mal, tickst du noch richtig, du Arsch?«

Er nickte dem Taxifahrer zu und hielt ihr wortlos die Tür auf.

»Du bist echt total daneben«, zischte sie und schob sich auf den Rücksitz. Hek knallte die Tür zu. Dann lief er um das Taxi herum, holte Luft und stieg ein. »Nach Eimsbüttel bitte.«

Sie hatte sich demonstrativ zum Fenster gedreht, die Arme vor der Brust verschränkt. »Ich habe meinen Mantel nicht.«

Er seufzte. »Ich hole ihn morgen.«

»Fuck you!«, murmelte sie und zückte ihr Handy.

»Suzanna?«

Sie wischte auf ihrem Display herum, eifrig bemüht, diesen beschissenen Abend mit den richtigen Filtern in eine denkwürdige Partynacht zu verwandeln.

Er hätte ihr gern in die Augen gesehen, in nüchterne Augen. Doch er konnte nicht länger. Keine Sekunde ließ sich mehr aufschieben, was zu sagen war. »Ich – wir«, sein Mund war plötzlich staubtrocken, seine Birne wie leer gefegt. »Ich kann nicht mehr!«, sagte er schließlich. Zu leise, oder zumindest nicht laut genug, um das Gelaber des *Radio-Hamburg*-Moderators zu übertönen. Vielleicht war Suzanna zu beschäftigt damit, den richtigen Hashtag zu setzen, oder sie stellte sich taub.

»Suzanna!« Er fasste sie am Arm. Endlich, sie hob den Kopf. Die dicke Schicht Schminke um ihre Augen setzte sich in den wenigen Falten ab, die ihre Botoxbehandlungen zurückgelassen hatten. Sie sah ihn an und an ihm vorbei. *Es ist der falsche Zeitpunkt, warte bis morgen, bis ihr beide nüchtern seid. Männer und Frauen streiten sich ...* Er hatte das Gefühl, Alma säße plötzlich neben ihnen, tätschelte seine Schulter mit beruhigendem Lächeln. Er holte Luft.

»Suzanna. Ich kann nicht mehr.«

Verwunderung machte sich in ihren flackernden Augen breit.

»Wir streiten nur noch, ich will das nicht mehr, ich brauche eine Pause ...« Er hatte sich Worte zurechtgelegt, immer wieder hatte er diesen Moment in Gedanken durchgespielt. Endlich würde er Tacheles reden, glasklar, unmissverständlich. Während er sich jetzt stammeln hörte, fand er nichts davon wieder. Sie lauschte ihm mit neugierigem Lächeln, als erzähle er ihr eine nette Gute-Nacht-Geschichte. Verzweifelt suchte er weiter nach den richtigen Worten. Statt sie zu finden, lächelte er zurück. Er dachte an verdammte Spiegelneuronen, und wie sie uns zwingen, das Gegenüber zu imitieren, ob wir nun wollen oder nicht. »Also, was ich sagen will –«

Suzanna legte ihm sanft ihren weichen Zeigefinger auf den Mund. »Morgen, Darling, okay?« Sie gähnte, klappte die Augen zu und ihr Kopf sackte auf seine Schulter.

*

Er erwachte mit Kopfschmerzen auf der Couch. Sieben Uhr zweiundvierzig. Im Bad plätscherte die Dusche. Hek horchte auf. Was tat Suzanna dort so früh?

Ohne ein Wort hatte er sie vom Taxi bis ins Schlafzimmer begleitet, sein Bettzeug gepackt und war ins Wohnzimmer verschwunden. Kaum dass er sich auf dem Sofa eingerichtet hatte, kam sie barfuß im durchsichtigen Negligé herübergetappt. Der Gute-Nacht-Kuss, den er nicht abwehren konnte, hatte seine Befürchtungen bestätigt: Er hatte sich nicht klar genug ausgedrückt. Wie auch immer, er war zu müde gewesen. Umso besser, wenn sie schon wach war, dann konnte er die Sache zu Ende bringen, jetzt gleich, noch bevor er ins Büro fuhr. Er wollte nicht länger warten.

Sein Kopf juckte vom Samtbezug der Sofakissen, als er aufsprang. Jeder verdammte Muskel tat ihm weh. Vielleicht doch erst joggen? Und Kaffee, definitiv Kaffee, schließlich wollte er diesmal gerade Sätze heraus- und seine Botschaft rüberbringen.

Die Schlafzimmertür stand offen. Auf dem Bett lag Suzannas halb gepackter Schalenkoffer, darüber verstreute Klamotten. Ach ja, die Reise nach Polen. In der Küche brannte Licht. Ein leeres Glas stand im Spülbecken, auf dem Tisch lag das aufgerissene Papier zweier Aspirintabletten. Hek füllte den Behälter der Kaffeemaschine mit frischem Wasser, legte eine Kapsel ein und drückte auf den leuchtenden Knopf. Der Duft beruhigte ihn etwas. Gedankenverloren starrte er auf die Tür.

»Na razie, Mama!« Suzanna kam auf High Heels hereingetippelt, das Handy am Ohr, den Leomantel über dem Arm. »Guten Morgen«, säuselte sie und kam näher, während sie das Telefon in einer überdimensionalen Handtasche verschwinden ließ. »Mama lässt dich herzlich grüßen.«

»Danke.« Hek griff nach dem Kaffeebecher. »Du bist früh auf.« Er machte zwei Schritte rückwärts und kam sich idiotisch dabei vor.

Suzanna nahm beide Hände an die Stirn. »Ich habe diesen Arzttermin, dann muss ich noch packen.« Sie stöhnte. »Und mein Kopf –«, sie trat wieder dicht an ihn heran und sah ihm mit einer Mischung aus Leiden Christi und Vorwurf von unten in die Augen. »Du hättest mir nicht so viel Champagner geben dürfen, Darling.« Neckisch bohrte sie ihm ihren Zeigefinger in die Brust.

Hek stand wie gelähmt. Hatte sie vergessen, was passiert war, oder tat sie nur so? Schon setzte sie an, ihn zu küssen. Er wich zurück. »Suzanna. Was ich gestern gesagt habe, ist mir ernst. Wann können wir reden?«

Sie tat, als hörte sie ihn nicht, kramte in ihrer Handtasche und warf schließlich einen Blick auf ihr Handy.

»Oh my God, ich bin viel zu spät dran!« Die Locken flogen über die Schulter.

»Suzanna!«

Sie drehte den Kopf, klimperte mit den Wimpern und sah wieder weg. »Wenn ich zurück bin, Darling.« Und schon war sie aus der Wohnung.

KAPITEL 22

Jana

Jana zog an den Pappkartons, die seit ihrem Einzug unter Avas Bett lagerten. Nur mit Simons Hilfe hatte sie die überhaupt hier hoch bekommen. Seinen Vorschlag, beim Schrankaufbau zu helfen, dagegen hatte sie empört abgelehnt. Das fehlte noch, dass sie sich von einer Ikea-Bauanleitung einschüchtern ließ. Jetzt schleifte sie ein Paket nach dem anderen ins Wohnzimmer und schnitt die Kartons mit dem Obstmesser auf. Das Leben aus dem Koffer musste endlich ein Ende haben, und heute war der ideale Tag dafür. In aller Frühe hatte sie Ava mit einem riesigen Rucksack vor dem Bauch und ihrer Gitarre auf dem Rücken am Bahnhof abgesetzt. Sie fuhr ins Musiklager. Die alljährliche Veranstaltung ihrer Schule stand Schülern und Schülerinnen klassenübergreifend offen – zu Avas großer Begeisterung. Jana freute sich mit ihr, auch wenn auf den letzten Metern im Auto ihr Mutterherz plötzlich in Panik geraten war. Hätte sie ihrer Tochter neben den Sandwiches noch ein paar aufklärende Worte, gute Ratschläge oder einfach eine Packung Kondome mit ins Gepäck geben müssen? Ava war mit leuchtenden Wangen aus dem Wagen gesprungen und hatte Jana mit ihren unausgesprochenen Sorgen zurückgelassen. Ein Grund mehr, sich mit handwerklicher Betätigung abzulenken.

Es war kein Faltblatt, es war ein ganzes Schulheft voller Skizzen, das Jana aus den Pappen in die Hände fiel, neben dem prall mit Schrauben gefüllten Plastiksack, der sofort die Sorge weckte, dass ihr ambitioniertes Unterfangen scheitern konnte, sollte nur eine einzige fehlen. Mit viel gutem Willen schlug Jana die erste Seite der Bauanleitung auf. Ran an die Sache! Immerhin hieß das gute Stück *Pax,* Frieden, das war doch ein gutes Omen.

Eine Stunde später lagen die Bretter immer noch am Boden, Janas Laune auch, allerdings weniger friedlich. Wütend klopfte sie mit der Sohle eines Turnschuhs auf eine der langen Verbindungsschrauben, für die die Löcher viel zu eng gebohrt waren. Ikea brauchte kein Werkzeug? Wer das behauptete, hatte es noch nicht mit *Pax* zu tun! Entschlossen ließ Jana die Schraube fallen und sprang auf. Es gab diesen kleinen Eisenwarenladen an der Hoheluftchaussee – und ein Hammer im Haus konnte grundsätzlich nicht schaden. Jana schlüpfte in die Schuhe, schnappte sich ihr Portemonnaie und lief los.

Mit einem nagelneuen Werkzeugkasten und deutlich besserer Laune nach dem Abstecher in das kleine französische Café auf dem Weg, stieg Jana nach einer Stunde die Eingangsstufen hinauf. Sie griff in die Hosentasche. Da war nichts. Auch nicht in der anderen. Und dann fiel es ihr ein, sie brauchte nicht weiter zu suchen: Der Schlüssel lag oben zwischen Brettern und Schrauben und Zetteln. Als Ersatzbohrer hatte sie ihn verwendet. Blitzschnell überlegte Jana ihre Optionen.

A: Den Schlüsseldienst anrufen, eine Stunde warten, Kosten mindestens hundert Euro.

B: Unten klingeln und um den Ersatzschlüssel bitten. Fünf Minuten Zeitaufwand, kostenlos, aber mit unvorhersehbaren Nebenwirkungen.

Also A. Dann fiel ihr ein, dass auch das Handy oben lag, auf der Bauanleitung, um auf YouTube nach Unterstützung zu suchen.

Die Klingel klang noch schriller als sonst. Sie wappnete sich mit tiefem Atmen. Als er öffnete, vergaß sie es.

Hek trug nichts als ein Handtuch um die Hüften. Er war überrascht, überfordert, so überfordert, dass er sie ansah, als trüge er noch weniger als dieses weiße Stück Frottee. »Jana!«

Jana bemühte sich, die Situation mit extra lässigem Lächeln zu ent*schärfen,* mit direktem Blick in die Augen und ausschließlich dorthin. »Hi, tut mir leid, wenn ich störe, ich Idiot hab meinen Schlüssel oben liegen lassen, weil ich endlich diesen Ikea-Schrank aufbauen wollte und kein Werkzeug habe, das heißt jetzt schon –«, sie hielt ihm den Werkzeugkasten vor die Nase, »nur eben den Schlüssel nicht, tut mir echt leid!« Sie holte Luft. »Also, hättest du den Ersatzschlüssel für mich?«

Sein Gesicht hellte sich auf, er lächelte sogar. Jana atmete aus.

»Du baust einen Schrank auf?«

»Ja, Zeit wird's!« Sie nickte heftig und riskierte doch einen Blick. Nur ganz kurz. Runter zum Sixpack und bis knapp über das verdammt tief sitzende Handtuch. Oh nein, er hatte was bemerkt, bestimmt, so wie er plötzlich grinste, viel zu frech. Und ihre Wangen begannen auch noch zu glühen. Oh. No. »Ich hab dich gestört. Tut mir echt leid, wenn du mir nur schnell den Schlüssel geben könntest, bin ich gleich wieder weg und du kannst weitermachen – keine Ahnung, womit du gerade beschäftigt warst, geht mich ja auch nichts an …« *Halt verdammt einfach die Klappe.*

»Ich habe mir gerade Kaffee gekocht. Möchtest du auch einen?«

»Jetzt?«

Er lachte. »Nee, heute Abend! Klar, jetzt. Komm rein.« Er lief einfach los, ließ sie quasi stehen und forderte damit schon wieder heraus, dass sie glotzte – diesmal auf gebräunten Rücken und den schmalen …

»Aber der Schrank …«, rief sie ihm hinterher. *Und Suzanna.*

»Auf zehn Minuten wird es ja wohl nicht ankommen. Ich zieh mir nur kurz was an.« Er verschwand einfach.

Jana machte zwei Schritte in den Eingang, nicht weiter. Durch zwei geöffnete Flügeltüren klang Musik herüber, irgendwas Elektronisches. Kaffeeduft mischte sich mit dem Geruch frischer Farbe. An der Garderobe hing ein Trenchcoat, der Haken daneben war leer.

Heks nasser Haarschopf erschien in der Tür, hinter der er gerade verschwunden war. Er trug Trainingshose und T-Shirt. Hinter ihm drängte sich das ungemachte Doppelbett in Janas Blickfeld. Sie sollte nicht hier sein.

»Was ist jetzt, kommst du?«

»Ich –«, sie schüttelte den Kopf, »würde lieber den Schrank aufbauen.«

Verwunderung flog über sein Gesicht. »Okay. Soll ich dir helfen?«

Jana dachte an die schweren Bretter. Sie hatte noch nicht einmal versucht, sie aufzurichten. »Ich weiß nicht.«

»Komm schon, ich habe nichts vor. Und ich liebe Ikea-Schränke.« Er verdrehte die Augen.

Jana atmete aus. Sie wollte endlich einen Schrank. »Okay. Gerne. Ich könnte wirklich Hilfe gebrauchen.«

Zu zweit ging die Sache deutlich besser – wenn auch weit entfernt von gut. Heks Hände sahen geschickter aus, als sie waren, und sein ratloses Gesicht über der Anleitung war vor allem unterhaltsam. Doch nach einigen Lachanfällen, diversen ein- und wieder ausgebauten Teilen und einer freundschaftlichen Kaffeepause ganz ohne zweideutige Blicke war schließlich der letzte Nagel der Sperrholzrückwand eingeschlagen. *Pax* bekam seinen Platz zwischen Wohn- und Badezimmer an der einzigen zweimeterfünfzighohen Wand der Mansarde. Während Hek, von plötzlichem Perfektionismus gepackt, die letzten Schrauben nachzog, überprüfte Jana, was der Kühlschrank hergab. Nicht viel, an diesem Wochenende ohne Ava, außer einer Flasche gut gekühltem Grauburgunder. Beflügelt von ihrem grandiosen Ergebnis und ebenso von der entspannten Stimmung zwischen Hek und ihr griff Jana zu. »Schluck Weißwein?«

Hek lächelte aus dem Schrank. »Eine sehr gute Idee!«

Sie lehnten nebeneinander an der Küchenfront.

»Danke. Das hätte ich niemals alleine geschafft.«

»Gerne.« Seine Augen leuchteten durch die Schlieren des Weißweins.

Sie sah schnell weg, lief ein paar Schritte in den Raum, reckte sich, um ein Dachfenster zu öffnen, und ließ sich schließlich auf den Esstisch sinken. Draußen lärmten die Kinder vor der Eisdiele. Die Schnüre der Jalousie klapperten im Wind.

»Schön ist es hier geworden.«

»Danke.« Sie schluckte. »Wir sind wirklich gerne hier«, sagte sie leise.

Irgendetwas hatte sich verändert, seit sie das Werkzeug aus der Hand gelegt hatten. Es wäre besser, wenn er jetzt gehen würde. Jana räumte die Flasche zurück in den Kühlschrank. Er beobachtete sie. Es klirrte leise, als sein Glas in der Spüle an ihres stieß.

»Ich sollte mal.« Er machte einen Schritt und blieb gleich wieder stehen.

»Ja, genau. Ich muss auch noch …« Jana überholte ihn und lief zur Tür. Sie hörte seine Schritte hinter sich. Gut.

An der Garderobe zeigte er auf ihre Sportschuhe. »Joggst du eigentlich?«

»Ich habe mir vorgenommen, wieder anzufangen. In Brooklyn bin ich regelmäßig am Fluss gelaufen.«

»Hast du Lust, morgen früh?«

»Ich weiß nicht ... ich bin zu langsam für dich ... Meine Kondition ist auch nicht vorhanden.«

»Ich laufe nicht schnell – schon wegen meiner Verletzung.«

»Verletzung?«

Er winkte ab. »Hab mir beim Kiten in die Wade geschnitten.«

Jana riss die Augen auf. »Wie geht das denn?«

»Ein bescheuerter Sturz mit dem Foil.«

»Wow. Das klingt – gefährlich.«

Er schüttelte den Kopf. »Ich hab mich nur blöd angestellt. Aber es ist schon wieder verheilt. Ich muss nur noch ein bisschen langsam machen, weil das Band auch gedehnt war.« Er grinste über ihr entsetztes Gesicht. »Also?«

»Ich will ausschlafen.«

»Ich auch.«

»Du lässt nicht locker, oder?«

Er schüttelte den Kopf. »Um zehn?«

»Okay.« Sie nickte langsam. »Überredet. Aber sag nicht, ich hätte dich nicht gewarnt.«

Er hob den Daumen.

»Danke noch mal für deine Hilfe, Hek.« Sie lächelte.

»War mir eine Freude.« Er sprang die Treppe hinunter. »Wir sehen uns morgen!«

Während er den Schlüssel ins Schloss schob, erwiderte er ihr Lächeln über die Schulter. Mit wackligen Knien warf Jana die Tür zu.

*

Es klingelte in Janas Traum, lang und gnadenlos. Sie brauchte einen Moment, dann erinnerte sie sich schlagartig, kroch die Leiter hinunter und kletterte auf die Arbeitsfläche, um nach draußen zu spähen. Da stand er, Hek, strahlte mit der Sonne um die Wette und winkte ihr zu.

Sie riss das Fenster auf. »Ich hab verschlafen, sorry.«

Enttäuscht hob er die Hände. »Nicht dein Ernst. Okay, beeil dich.« Er ließ sich auf die oberste Stufe fallen und streckte die nackten Beine von sich.

Jana warf das Fenster zu und rannte ins Bad. Faltige Ringe unter den Augen und ein Armabdruck quer überm Gesicht. Na toll. Kein Wunder, die ganze Nacht hatte Hek sie auf Trab gehalten, zumindest ihren Kopf. Waren sie jetzt Freunde? Irgendwas in diese Richtung? Wo zum Teufel war eigentlich Suzanna? Schon seit Tagen hatte sie ihre Stimme nicht mehr kreischen hören. Sollte sie Hek erzählen, was sie am Elbtunnel gesehen hatte? Musste sie? Andererseits war das, was sie beobachtet hatte, nun wirklich nicht ihr Business, ganz und gar nicht. Und das mit Hek sollte doch auch nicht gleich wieder kompliziert werden. Kompliziert war es schon genug.

Er empfing sie mit einer Umarmung und dem Duft nach frischer Wäsche auf warmer Männerhaut. Kaum aus der Tür begann er zu laufen. Er joggte langsam, super langsam, super rücksichtsvoll, er hätte auch gleich gehen können. Und sie? Kam trotzdem nicht in den Tritt. Sie schnaufte sexy wie ein Walross, während er zu fliegen schien. Die Bürgersteige waren schon viel zu voll bei dem Wetter, ständig wurde sie vom Fahrradweg gebimmelt. Nach zehn Minuten sammelten sich die Schweißtropfen an ihrer Stirn zu kleinen Rinnsalen und begannen sich einen Weg durch die Schlaffalten zu bahnen, ganz großartig.

»Wie lange läufst du normalerweise so?«, japste sie. Sprechen ging gar nicht.

Schon wieder dieses freche Grinsen. »'Ne Stunde.«

»Was?« Vor lauter Schreck blieb Jana stehen. »Nee, ohne mich.«

Hek trabte auf der Stelle, die Arme in die Hüften gestemmt, dass der Bizeps spannte. Das Bild seines nackten Oberkörpers von gestern drängelte in ihrem Gedächtnis wie ein Kleinkind, das nach Aufmerksamkeit verlangte.

Er lachte, »Du schaffst das«, wich einem Pärchen aus und lief einfach weiter.

»Hey, warte wenigstens.« Hechelnd holte sie ihn ein.

»Geht doch!«

»Halt die Klappe«, knurrte sie. »Kein Wort mehr, sonst sterbe ich an Erstickung.«

Stumm liefen sie weiter. Er mit souveränem Grinsen, sie mit garantiert hochroter Birne. Als sie zum Isebekkanal einbogen, über die kleine Holzbrücke das Ufer wechselten, gab ihr Zwerchfell den Kampf auf und entspannte sich. Plötzlich schwebten ihre Beine wie von selbst über den sandigen Boden, als gehörte das monotone Traben der Füße gar nicht zu ihr. Zu ihrer Rechten spiegelten sich die herrschaftlichen Jugendstilhäuser im tiefgrünen Kanalwasser, dessen ehrwürdige Ruhe nur von einigen Haubentauchern aufgewühlt wurde. Lange hatte Jana sich nicht mehr so voller Energie gefühlt, so gedankenlos wohl. Hek in ihrem Augenwinkel registrierte offensichtlich, dass sie im Übermut ein wenig an Tempo zulegte und belohnte sie mit seinem Killerlächeln.

Er musste einen Rundweg gewählt haben, denn als plötzlich das blaue Eckhaus auf der anderen Straßenseite auftauchte, war Jana fast enttäuscht. »Wir sind schon zurück?«

Gemeinsam stretchten sie die Beine auf dem grauen Mäuerchen, lachend, immer noch in müheloser Stille. Er lief vor ihr zum Haus, sprang die Stufen hoch, hielt ihr die Tür auf. In seinem verschwitzten Gesicht spiegelte sich ihre eigene Empfindung. *Schade.*

Etwas Schwarzes klebte in der Vertiefung unter seiner Kehle. Er zuckte unter ihrer Berührung. Als sie sich zurückzog, schnappte er nach ihrem Handgelenk und sie stolperte in seine Arme. Schon waren seine Lippen auf ihren, schneller, als sie Luft holen konnte. Mit dem Fuß trat er die Tür zu, dann schob er sie sanft, bis sie die kalte Wand in ihrem heißen Rücken fühlte. Sein Kuss erlaubte keine Zweifel, kein Denken. Unvermittelt hielt er inne, sein Blick brannte schlimmer als der abgebrochene Kuss. *Willst du?*

Nein, sollte sie sagen. *Diesmal nicht. Nein. Nein. Nein.* Sie schloss die Augen. Sie wollte. Großer Gott und wie sie ihn wollte. Ihr Mund fand seine Lippen. Und dann küsste er sie und hörte nicht mehr auf. Jana versank in seiner Wärme und verschmolz mit dem pulsierenden Körper. Fordernd glitten seine warmen Hände unter ihr verschwitztes Shirt, während sie an seiner Shorts fingerte. Als er sie auf seine Hüften hob, schlang sie die Beine um ihn. Sie taten es gleich hier auf der Stelle, und ihr hitziges Atmen erfüllte einstimmig das Treppenhaus.

Als es vorbei war, blitzten seine Augen frecher denn je.

Weg hier. Energisch schob sie die Gymnastikhose hoch und ihn zur Seite. »Ich muss«, murmelte sie und drängte sich an ihm vorbei.

Er verstellt ihr in den Weg. »Jana?«

»Nach oben.« *Weg, jetzt gleich.* Sie vermied seinen Blick, hob das Haargummi vom Boden, verzwirbelte die Haare. Sie blieb hängen, zerrte, gab auf.

»Warum denn?« Zärtlich streichelte er über ihre Wange.

»Duschen.« Sie konnte nicht atmen.

»Darf ich mitkommen?«, flüsterte er.

Sie verstand nicht. Sie war sich sicher, er würde abhauen, so schnell wie möglich.

»Ja?« Er küsste sie unendlich sanft, spielerisch neckte seine Zunge ihre angespannten Lippen.

Gar nichts verstand sie mehr und drehte sich weg.

»Was ist?« Seine Hände griffen von hinten in ihre Haare. Sein Atem brannte in ihrem Nacken, viel zu nah.

»*Was ist?*« Sie fuhr herum. »Suzanna!« Sie schmetterte ihm den Namen in die kanalgrünen Augen, dann stolpert sie an ihm vorbei die Treppe hinauf, brachte endlich Sicherheitsabstand zwischen sich und seine Unwiderstehlichkeit.

»Wir trennen uns.«

Die Nachricht füllte das ganze Treppenhaus. Abrupt blieb Jana stehen, drehte sich langsam um.

Das verführerische Lächeln war verschwunden, und seine eben noch sanfte Stimme hallte sachlich von den grauen Wänden wider. »Es war überfällig. Wir haben viel zu lange gewartet. Ich dachte, wir müssten unsere Beziehung irgendwie retten. Aber es ist vorbei.« Er machte einen Schritt in ihre Richtung. »Tut mir leid, ich hätte es dir sagen sollen, bevor …« Er hob die Hände, lächelte, nahm noch eine Stufe.

Es war zu viel. Viel zu viel. Sie flüchtete bis zur Mansardentür. *Untersteh dich!,* sagte ihr Blick.

Und er verstand. »Okay«, sagte er, »was hältst du davon: Wir duschen. Und dann hole ich Frühstück bei *Pierre,* und wir reden in Ruhe.«

Sie spürte ihn noch in sich, und sein Lächeln drängte süßer denn je, doch es gelang ihr, den Kopf zu schütteln. »Ich dusche. Dann gehen wir meinetwegen frühstücken. Und wenn du mir dabei was erklären möchtest – bitte.«

»Yes, Ma'am.« Er nahm die Hand an die Stirn, grinste zufrieden. »Bis gleich, du Schöne!« und verschwand hinter seiner Tür.

*

Es gelang ihr nicht, das Kribbeln aus ihrem Körper zu duschen. Sie atmete so flach, ein Wunder, dass sie nicht schon ohnmächtig geworden war vor lauter Sauerstoffmangel. Sie schlüpfte in das erstbeste Kleid, blumig, weich und lang. Warum genau dieses? Sie wunderte sich.

Barfuß tappte sie zurück, wie von selbst wanderten ihre Füße zur Tür und ihr Ohr ans Holz. Als sie unten das leise Klacken der ins Schloss fallenden Tür erhorchte, fiel ihr auf, dass sie weder die Haare gebürstet noch die Wimpern getuscht hatte. Zu spät.

Es klopfte. Sie holte ein paar Mal Luft, extra tief. War es nur ihr Atem, den sie hörte, oder auch seiner auf der anderen Seite der Tür?

Er hatte die Hände tief in den Hosentaschen seiner gekrempelten Chino vergraben. Seine Augen leuchteten verstörender denn je, anthrazit plötzlich, wie sein verwaschenes T-Shirt. Überwältigend gut sah er aus. *Ach, wirklich!*

Unter dem mehr plätschernden als strömenden Strahl der Dusche hatte Jana nachgedacht, versucht, einen Plan zu entwerfen. Die Motten flatterten in ihrem Bauch, als wären ihnen bunte Flügel gewachsen, und ihr Selbstbewusstsein flog seit ewigen Zeiten mal wieder über Sichthöhe. Sie hatte Sex gehabt. Gott, sie hatte fast vergessen, wie gut sich Sex anfühlte. Selbst schneller Sex in Treppenhäusern, viel zu verdammt lang her. Inzwischen hatte sie glatt vergessen, dass Sex Lust auf mehr Sex machte. Auf viel mehr Sex, auf pausenlosen Sex. Sie konnte das Wort gar nicht oft genug denken. Sex. Sex. Sex.

Es würde ein sehr spaßiger Sonntag werden, und sie hatte vor, ihn einfach nur zu genießen. Sie mochte ungekämmt und ungeschminkt sein – doch sie trug die schönste Wäsche, die sie noch zu bieten hatte. Prioritäten musste man setzen.

Als Hek einen Schritt auf sie zu tat, während sie geblendet von der Intensität seiner Augen schon wieder in Sprachlosigkeit verfiel, ahnte sie, dass es schwer werden würde, ihr Herz von dieser Story zu überzeugen.

»Wollen wir?«

Sie nickte, *gleich,* legte die Hand in seinen Nacken, fuhr in die feuchte Haarmenge und holte ihn zu sich. Als er sie küsste, verstummten alle Gedanken bis auf einen. So war es schon an der Alster gewesen. Und in Sankt Peter. Und vorhin, kurz bevor … *Hör nie mehr auf!*

»Du willst doch, oder?«

»Was jetzt genau?«

Er lächelte. Und dann begann sein Mund, kleine Küsse zu platzieren, einen neben dem anderen, von Janas Ohr ihren Hals hinab und entlang am Ausschnitt ihres Kleides. Zu dumm, dass plötzlich Stoff im Weg war. Jana nahm ihn an beiden Händen und zog ihn zum Sofa. Hek folgte ihr willig, entdeckte die Knöpfe und machte weiter, wo er aufgehört hatte. Jana schmunzelte zufrieden, als er die schwarze Spitze ihres BHs mit einem Seufzer zur Kenntnis nahm, auch wenn es ihn einen Moment ablenkte.

Irgendetwas murmelte er. »… hungrig?«

Oh ja, sie war sehr hungrig.

Er wiederholte es, und sein Atem kitzelte in ihrem Nabel. Wie sollte sie ihn verstehen, gerade jetzt, da die feuchte Wärme seiner Lippen das zweite Stück Spitze erreichte?

Es wurde kühl plötzlich. Jana öffnete die Augen.

Sein strubbliger Haarschopf erschien neben ihrem. »Hast du keinen Hunger?«

Sie sparte sich den Witz, knabberte an seinen Lippen, versuchte ihn mit wenig schüchternen Küssen zu motivieren, die richtigen Prioritäten in seine Bedürfnisse zu bringen. Dann hielt sie inne. »Du schon, oder?« Sie lachte. »Sorry!«

»Ich laufe kurz zu *Pierre,* okay?«

»Hmm.«

»Ich beeil mich.«

»Gut.«

»Croissant?«

Jana nickte. Er ahnte nicht, wie egal es ihr war, was es zu essen gab.

*

Er brauchte zu lange. Er hatte doch das Fahrrad genommen. Er hätte schon zweimal zurück sein können. Sie hatte Teller auf dem Tisch platziert, Butter, Marmelade und die Tulpen in der Farbe der Rosentapete. Der Brötchenkorb stand bereit und die Stühle über Eck. Nur das Wasser für den Kaffee kühlte schon wieder ab. Es brummte neben der Haustür. Sie stolperte über ihr Kleid, als sie zum Handy hechtete, fegte mit ihrem gierigen Griff gleich die Post vom Regal.

Simon.

»Hey Simon!« Ihre Stimme quietschte in der leeren Wohnung.

»Hallo my Dear! Sag mal, hast du Lust auf Kajakfahren in den Alsterkanälen?«

»Ähm, boah, tolle Idee …«

»Perfekt. Ich hol dich ab. In einer Stunde?«

»Simon, tut mir echt leid, ich hab so viel zu tun, stecke mittendrin sozusagen, in einem ganzen Berg, der weggearbeitet werden will, du kennst das doch, der ganze Kram, der liegen bleibt bei all den Meetings. Und heute ist Ava noch unterwegs.«

»Bei dem Wetter?« Er ließ ihre Lüge nicht gelten. »Hey, ich bin dein Chef, ich geb dir frei!«

»Super.« Sie versuchte, ihr Lachen echt klingen zu lassen. »Nein, im Ernst, ein anderes Mal, okay?«

»Ich kann dich wirklich nicht überreden?« Er klang furchtbar enttäuscht.

»Wieso bist du eigentlich nicht beim Kiten?«

»Keine Ahnung, zu wenig Wind?«

Jana war nervös im Raum herumgelaufen. Jetzt hängte sie

sich über die Spüle, sah aus dem Fenster und da – stand Hek auf dem Gehweg, genau wie sie mit dem Handy am Ohr.

Sie atmete in das Loch in ihrem Bauch. »Okay, Simon, hab einen tollen Tag. Wir holen das nach.«

»Alles klar. Bis morgen, du Fleißige!«

Die Papiertüte schwang hin und her, während Hek in das Handy gestikulierte. Er drehte sich um und die Sonne schien ihm durch die Zweige der Linde ins Gesicht. Die überschwängliche Stimmung von vorhin war ihm auf dem Weg abhandengekommen. Finster stierte er auf den Boden und traktierte mit einem Fuß das graue Mäuerchen. Jana wandte sich ab. Ihre Gefühle liefen Amok. Sie malte sich aus, wer diese Anspannung auslöste, ihn vergessen ließ, dass sie hier oben wie eine nervöse Idiotin seit nun bald fünf-undvierzig Minuten auf ihn wartete. Als es klopfte, bereute sie plötzlich, dass sie nicht einfach mit Simon zum Kajaken gefahren war.

Er streifte die Sneakers von den Füßen, wedelte mit der Brötchentüte und machte ein paar Schritte an ihr vorbei. Sein Lächeln war so aufgesetzt, dass Jana ihn am liebsten gleich wieder die Treppe hinuntergejagt hätte.

»Frühstück?« Er kam zurück, drückte ihr einen flüchtigen Kuss auf die Stirn. Dann wandte er sich um, ließ den Blick schweifen, über ihren liebevoll gedeckten Tisch, zu ihr, dann ins Nichts. »Schön«, sagte er abwesend, ohne sich von der Stelle zu rühren.

Jana lief an ihm vorbei, drehte die Herdplatte an und löffelte Kaffee in den Filter.

»Wow, Filterkaffee, toll!« Sie spürte ihn hinter sich, dann seine Hände an ihren Hüften. Er blies ihr sanft in den Na-cken. Jana unterdrückte den Reflex, ihn abzuschütteln.

Als er sie küssen wollte, befreite sie sich. »Essen wir!«

Sie trank ihren Kaffee hastig und hoffte, das Koffein und Pierres buttriges Croissant würden ihre Nerven beruhigen. Er hatte telefoniert. So what!

Er legte die Hand auf ihr Knie, schob den Stoff wie einen Vorhang zur Seite und ließ seine Finger sanft über die nackte Haut ihres Oberschenkels wandern.

Sie atmete aus, dann zog sie ihr Kleid zurecht.

»Was ist los?«

»Nichts.«

Er legte das Messer aus der Hand, verrückte seinen Stuhl, drehte sanft ihre Knie zur Seite und nahm sie zwischen seine. Eine Gänsehaut krabbelte ihren Arm hinauf, als er ihre Fingerspitzen küsste.

»Glaub ich dir nicht«, sagte er, ohne sie anzusehen. »Was ist mit dir?«

»Keine Ahnung. Du warst lange weg.«

Er tat überrascht. »Ich hab die Brötchen geholt.«

Sie drehte sich zum Tisch, schmierte Marmelade auf ein Pain au Chocolat.

»Ich musste noch telefonieren.«

Sie nickte schnell.

Er nahm einen Finger unter ihr Kinn und hob es sanft an. »Mit meinem Vater.«

Der Knoten in ihrer Brust löste sich.

»Was dachtest du?«

Sie schüttelte den Kopf. »Ist nicht wichtig.«

Hek lächelte gequält.

Eine Welle der Zärtlichkeit schwappte in ihre Brust. »Du wirkst angespannt.«

Er nickte. »Tut mir leid.«

Sie strich über seine Hand. »Erzählst du mir von deiner Familie?«

Ihre Blicke wichen sich nicht länger aus, und sie sah all die Verletzlichkeit, nur einen Wimpernschlag hinter seinem strahlenden Charme. Als sie die Hände an seine Wangen legte und ihn leidenschaftlich küsste, seufzte er.

»Ja, mach ich«, flüsterte er. »Später.«

Mit dumpfem Poltern kippte ihr Stuhl auf die Holzdielen, als sie auf seinen Schoß kletterte.

KAPITEL 23

Hek

Hek parkte den Wagen im Dreck der Birkenblüten und fragte sich, warum er sich zu diesem sonntäglichen Pflichtbesuch hatte überreden lassen. Es lag wohl daran, dass Jana zwischen seinen Beinen gesessen hatte, als seine Mutter anrief. Wie üblich hatte Alma versucht, zurechtzubiegen, was sein Vater verbockt hatte. *Bitte Hektor … er ist, wie er ist … er versteht gar nicht, was er schon wieder Falsches gesagt haben soll – und ich ehrlich gesagt auch nicht …*

Während Alma ihn am Handy weichkochte, massierte er Jana den Nacken, der von den Montagearbeiten verspannt war. Doch plötzlich änderte Jana ihre Meinung. Offensichtlich hatte sie beim Mithören des Telefonats das Gefühl bekommen, Hek sei derjenige von ihnen beiden, der dringender ein bisschen relaxen sollte. Eine ziemlich gute Idee – so gut, dass er augenblicklich *In Ordnung, Mama, wir sehen uns dann später!* ins Handy gesäuselt hatte, wie ein gezähmter Löwe, der sich daran erinnerte, dass es Besseres zu tun gab, als mit seinen Eltern zu kämpfen.

Jetzt stand er also hier, mit Janas Duft in den Haaren und an seinem T-Shirt, das sie den ganzen Nachmittag getragen hatte – wenn sie etwas getragen hatte. Er wollte zurück zu ihr. Er hätte gar nicht erst gehen, sich nicht aus dem Haus treiben lassen sollen, aus ihrem Bett direkt unter dem Himmel, aus ihren Armen. Noch konnte er umdrehen. Einfach zurückfahren, -laufen, -rennen. Unvernünftig sein. Mit ihr. Er grinste bei der Vorstellung, einen Termin mit seinen Eltern einfach zu vervögeln.

Sie klang überrascht. »Hi, wo bist du?«

»Bei meinen Eltern – vor dem Haus.«

»Ach so?« Sie lachte.

Dieses Lachen. So unbeschwert, so ansteckend. Die volle Dröhnung guter Laune, beflügelnd, besser als ein Highspeed-Ritt auf dem Foil.

»Und du? Was machst du?«

»Ich räume auf. Wir waren nicht besonders ordentlich.«

»Brauchst du Hilfe?«

»Ist schon okay.«

»Ich könnte umdrehen.«

»Quatsch!«

»Warum nicht? Hast du genug von mir?«

»Nein.« Ihre Stimme veränderte sich. »Noch lange nicht.«

»Gut«, sagte er mit trockener Kehle.

Schon lachte sie wieder. »Deine Mutter hat bestimmt besser gekocht als ich.«

»Kann nicht sein.«

Sie lachten gemeinsam. Das Verlangen, sie zu berühren, wurde größer. Er dachte an ihre zarten Hände, wie sie seinen Körper unter Starkstrom setzten. An ihre langen Beine, um ihn geschlungen, erstaunlich kraftvoll.

»Jetzt ist es passiert.«

»Was?«

»So kann ich unmöglich reingehen.«

»Sag nicht –?« Sie gluckste.

»Was machst du nur mit mir?« Er wollte zurück, jetzt gleich.

»Ach, ich bin schuld?«

»Wer denn sonst?«

Er hörte sie lächeln.

»Jana?«

»Ja?«

Er schluckte. Schluckte runter, was ihm auf die Lippen geflogen war, räusperte sich. »Besser, wir machen jetzt Schluss.«

»Genau.«

Er lächelte. »Bis später.«

»Ciao.« Sie küsste ihn durchs Telefon und beendete das Gespräch.

Sein Herz pochte durch seinen ganzen Körper. Er genoss das Gefühl für einen letzten Moment, dann griff er energisch neben sich und wickelte die weißen Gladiolen aus dem giftgrünen Papier. Das zweite, kleinere Paket legte er in den Fußraum. Wilde Rosen, er hoffte, sie würden ihm die paar Stunden auf dem Trockenen nicht allzu übel nehmen. Während er mit langen Schritten über den Kies eilte, zückte er ein letztes Mal das Handy und schickte ihr sein Herz. Dann legte er den Finger auf die Klingel.

Alma schloss ihn in die Arme, als hätten sie sich Wochen nicht gesehen. »Mein Junge!«

»Hallo Mama!«

»Oh, sind die für mich? Du machst mich so glücklich.« Ihre Augen begannen zu glitzern, als er ihr die Blumen in den Arm legte.

»Übertreib mal nicht, Mama!« Er küsste sie auf die Schläfe, dann lief er an ihr vorbei ins Wohnzimmer. Die weißen Flügeltüren standen weit offen, und von der Terrasse wehte Grillgeruch herein. Er trat hinaus. Almas Garten war ein einziger blühender Rhododendron. Fritz stand in weißen Armanijeans an seinem nagelneuen *Elektroweber,* der auf den vermoosten Natursteinplatten wirkte wie gephotoshopt. Er pamperte die Rinderfilets. Später würde er ihm minutiös erklären, wie er per Stoppuhr und Thermometer dem Fleisch zur perfekten Kruste mit dem für Heks Geschmack zu roten Inneren verhalf.

Der Tisch war für vier Personen gedeckt.

»Moin. Erwarten wir noch jemanden? Ich hatte Mama gesagt, dass Suzanna bei ihrer Mutter ist.«

»Sohn!« Fritz legte die Grillzange beiseite, warf schwungvoll die Arme um ihn und drückte fest zu.

Und dann sah er sie. Während sein Vater ihm auf die Schulter klopfte und Hektor sich über die ungewohnt innige Begrüßung wunderte, schritt sie durch die Terrassentür. Ihr weißes Sommerkleid schnurrte um ihren gebräunten Körper. Lang und voll rahmten die Locken ein siegesgewisses Lächeln ein, das Heks ganzes System in Alarmbereitschaft versetzte. Während sie ihm über die dunklen Steine entgegenschwebte, erinnerte sie Hek an Nemesis, die griechische Rachegöttin, deren Bild im Schlafzimmer seiner Mutter hing.

Einen Meter vor ihm blieb sie stehen und sah ihn mit großen Augen an. »Hallo Hektor«, sagte sie leise und senkte ihre langen Wimpern.

»Suzanna. Warum –? Du bist in Polen!«

Statt zu antworten wandte sie sich mit hilfesuchendem Blick in Fritz' Richtung.

Sein Vater war schon an ihrer Seite und legte den Arm um ihre Taille. »Ist die Überraschung gelungen?«

Hek fühlte sich, als hätte der Regisseur verpasst, ihm mitzuteilen, welche Rolle er in dem Film spielte, der gerade vor seinen Augen ablief.

Er packte Suzanna am Arm. Ihre Haut war weich und warm. »Was machst du hier? Zum Teufel!« Abrupt ließ er sie los und vergrub die Hände in den Hosentaschen, ohne sie aus den Augen zu lassen.

»Wir haben sie eingeladen.« Sein Vater genoss es, Herr der Situation zu sein. »Es ist nicht der richtige Zeitpunkt, um nach Polen zu fahren.« Er fletschte seine gebleachten Zähne, jederzeit bereit zuzubeißen.

Hek verstand nicht.

Suzanna streckte die Hand nach ihm aus. »Wir müssen reden, Darling.«

Hek machte einen Schritt rückwärts. Er verschränkte die Arme vor der Brust. »Wir haben geredet, Suzanna. Wir haben etwas entschieden!«

Suzanna tupfte mit dem Mittelfinger an ihrem Auge herum und drehte sich weg.

Erneut ergriff Fritz das Wort. »Herzchen, warum siehst du nicht in der Küche nach, ob Alma deine Hilfe braucht.«

»Ja sicher, Fritz!« Ohne Hek eines weiteren Blickes zu würdigen, stakste Suzanna die Steinstufen hinauf.

Sein Vater widmete sich dem Grillgut.

»Was soll das? Warum mischt ihr euch ein?«

Fritz schnappte sich eins der Filets mit der Zange. »Perfekt!« Er hielt es Hek unter die Nase. »Alma?«, brüllte er nach drinnen. »Wo bleibst du?«

In Heks Kopf raste alles wild durcheinander. Suzanna hatte sehr wohl verstanden, dass er sich trennen wollte. Und sie hatte es seinen Eltern erzählt. Seiner Mutter wahrscheinlich. Noch vor ihrer eigenen. Vielleicht war der Besuch bei Alma und Fritz ein spontaner Last-Minute-Schachzug. Das musste es sein. Suzanna würde nicht aufgeben, ohne die Alma-Karte zu ziehen. Wohlweislich setzte sie darauf, dass Alma all ihren Einfluss auf ihren Sohn geltend machen würde, um dessen Beziehung – seine vermeintlich kurz vor der ersehnten Hochzeit stehende Beziehung – zu retten. Wahrscheinlich war es Alma gewesen, die Suzanna zu sich geholt hatte, ihr geraten hatte, ihren Flug nach Polen nochmals zu verschieben. Deshalb war es ihr so wichtig gewesen, dass er heute nicht absagte. *Ich habe mich so auf diesen Abend gefreut, Hektor, gib deinem Herz einen Ruck!* Es war Suzanna, um die es ging, nicht sein Vater. Alma würde es richten. Suzanna musste nichts weiter tun, als sich in ihre Hände zu begeben und abzuwarten.

Als die beiden Frauen wie aus einem Expressionistengemälde in fröhlicher Unterhaltung auf die Terrasse traten, die eine mit einer Schüssel Kartoffelsalat im Arm, die andere mit einem Silbertablett, auf dem sie selbstgerührte Soßen balancierte, nahm Hek sich vor, dass er sich nicht verbiegen würde. Um keinen Zentimeter.

Vorerst schien niemand es für nötig zu halten, das Thema zu klären. Fritz hielt wie erwartet seinen Filet-Vortrag, Alma teilte unentwegt ihr Entzücken über den Rhododendron, der wie jedes Jahr so intensiv blühte *wie noch nie,* Suzanna lobte beides mit überzeugender Begeisterung, und Hek widmete sich stumm dem viel zu blutigen Tier auf seinem Teller. Er war hier nicht derjenige, der etwas zu erklären hatte. Er würde gehen, gleich nach dem Dessert. Wenn Suzanna Zeit mit seinen Eltern verbringen wollte, bitte gerne. Er musste hier nur noch die Crème brûlée überstehen. Selbst ihren lauernden Pantherblick, der ihm jedes Mal, wenn er den Kopf hob, mitten ins Gesicht sprang, ließ er gelassen an sich abprallen.

»Entschuldigt mich kurz.« Auf dem Weg ins Haus atmete er durch. Er ahnte, dass das Tischgespräch wechseln würde, sobald er außer Hörweite war. Sollte es doch!

Als er zurückkehrte, hatte Fritz den Grill ausgestellt. Ein paar letzte Bio-Würstchen vertrockneten auf der Porzellanplatte. Alma und Suzanna lächelten um die Wette, als würden sie einen Preis dafür bekommen. Auf seinem Platz, direkt vor dem blutigen Teller, lag ein Stück Papier, das Suzannas Finger vor den Windböen schützten. Es war nicht der unscheinbare, mit der bedruckten Seite zur Tischdecke gedrehte Zettel, der Hek sofort beunruhigte, sondern

Suzannas Gesichtsausdruck. Er kannte diesen Blick, Suzannas Mundwinkel, die unkontrolliert nach oben zuckten, immer dann, wenn etwas genau so lief, wie seine Ex-Freundin es sich vorstellte. Kaum dass er sich hingesetzt hatte, hob sie das Stück Papier, drehte es um und hielt es sich vor die Brust. Ihr Lächeln war ein einziger Triumph. Hek vergaß zu atmen. Er kannte sich nicht aus mit diesen Dingen, doch das musste er nicht. Im Bruchteil einer Sekunde erkannte er, was der Kreisausschnitt in grobkörnigem Schwarz-Weiß mit dem deutlichen schwarzen Fleck in der Mitte zeigte.

Wie in Zeitlupe sah er seinen Vater aufspringen, spürte dessen kräftige Hand auf seinen Rücken klopfen. »Gut gemacht. Sohn!« Er konnte sich nicht erinnern, diese Worte je zuvor aus Fritz' Mund gehört zu haben. »Ich hol den Whiskey.«

Almas Hände legten sich von rechts um seinen Hals, und er spürte ihre kühlen Lippen auf seiner Wange. »Ihr macht mich sehr, sehr glücklich«, flüsterte sie in sein Ohr. Suzanna rührte sich nicht. Ihre langen Wimpern bedeckten ihre Augen, die sie starr auf ihren Teller gerichtet hielt.

KAPITEL 24

Jana

»Hallo«, flötete Jana in die Menschengruppe, die sich am Anfang von Gleis 24 gebildet hatte. »Seid ihr die Musikeltern? Ich bin Jana, die Mama von Ava.«

»Hallo Jana! Philip.« Ein Typ, der ein Baby vor der Brust trug, hob die Hand. »Ihr seid die New Yorker, oder?« Er wippte in den Knien.

»Ja«, Jana nickte eifrig. »Brooklyn genau genommen.«

»Luise hat von Ava erzählt.« Philip strich dem Baby über den Glatzkopf. »Seitdem müssen wir über ein Tauben-Tattoo diskutieren.«

Jana hob die Hände vors Gesicht. »Ach je. Viel Erfolg«, stotterte sie.

Als Philip freundlich lachte, stimmte sie erleichtert ein. »Keine Sorge, Luise wollte sich schon mit zwölf Ed Sheeran auf den Unterarm stechen lassen.«

Jana mimte weiter Bestlaune. Sie nippte an ihrem Kaffee und erkundigte sich überambitioniert nach den Namen der anderen Eltern. Sie wollte die Gelegenheit nutzen, um sich bekannt zu machen und etwas über Avas Schulalltag zu erfahren. Sie hörte von anderen Müttern, dass Ava schon bei ihnen gewesen war, freute sich, dass Ava Freundinnen gefunden hatte, und nahm sich vor, sich ab sofort mehr ins Leben ihrer Tochter zu involvieren. Die Ablenkung tat gut. Und es schien, als könnte sie ihren desolaten Zustand mit Fragen und Anekdoten vertuschen. Doch die brennend müden Augen zogen ihre Aufmerksamkeit hartnäckig zurück in den im Hintergrund weiterlaufenden Gedankenkreisel.

Bis in die Morgenstunden hatte sie wach gelegen und auf die Haustür gehorcht. Sie hatte sich eingeredet, dass es an seinem Vater lag, der ihn so stresste, dass er darüber alles andere vergaß, Jana vergaß, ihren Nachmittag vergessen hatte. Irgendwann war sie eingeschlafen, hatte überhört, ob er zurückgekommen war, zu spät, um ihr zu schreiben, zu erschöpft, um an sie zu denken, um sich auch nur im Entferntesten auszumalen, wie sehr sein Schweigen sie beunruhigte.

An Gleis 24 fährt ein der Regionalexpress aus Lüneburg …
Quietschend kamen die Wagen zum Stehen und in Sekunden füllte sich der Bahnsteig.

»Da kommen sie«, rief eine Mutter und eilte los den Zug entlang. Andere folgten ihr. Jana blieb, wo sie war, und reckte den Hals. Ava war nicht zu sehen. Doch da, sie erkannte Tom. Er trug die Locken heute offen und warf alle paar Sekunden den Kopf zur Seite, um sie aus dem Gesicht zu schleudern. Seine Jeans hing tief in der Hüfte, eine große Sporttasche ragte über seinen Kopf hinaus, vor der Brust baumelte die Gitarre. Lachend unterhielt er sich mit zwei Typen und einem auffällig hübschen Mädchen, das die Jungs um ein paar Zentimeter überragte. Die vier nahmen die ganze Breite des Bahnsteigs ein und kamen angeschlendert wie einem Musikmagazin entsprungen. Wo zum Teufel war Ava?

»Hallo Frau Paulsen!« Tom kam zu ihr hinüber und reichte ihr formvollendet die Hand.

»Hallo Tom.« Jana erwiderte sein strahlendes Lächeln nur halbherzig, während sie weiter die Menschenmenge scannte. »Hast du Ava gesehen?«

»Nee, leider nicht.« Er hob die Hände. »Sie saß auf dem Rückweg nicht bei uns. Soll ich sie suchen?«

»Nein, danke, sie kommt bestimmt gleich.«

»Kommst du, Tom?« Das Mädchen war stehen geblieben. Ihre langen roten Haare fielen in wilden Wellen auf eine abgewetzte Samtjacke, die sie zur engen schwarzen Jeans trug. Selbst im schmutzigen Licht der Bahnhofshalle leuchteten ihre Augen katzengrün. Jana fühlte einen Stich in der Brust. Wenn das Valerie war, konnte sie Avas Sorge verstehen.

»Gleich, Val! Okay, dann einen schönen Tag, Frau Paulsen.« Tom machte eine winzige Verbeugung, bevor er sich zurück zu seinen Freunden gesellte.

»Mach's gut, Tom!«

Die Menschenmenge lichtete sich. Endlich tauchte Avas rosafarbenes Haarnest auf. Sie trottete mit hängenden Schultern, ihr Blick klebte am Boden. Jana machte einen Sprung in ihre Richtung, besann sich dann und wartete. Während sie ihre Tochter trotz deren Augenrollen umarmte, dachte sie an die überglückliche Ava, die sie Samstagmorgen verabschiedet hatte. Was war passiert?

»Können wir gehen?«, blaffte Ava und lief an ihr vorbei auf die Rolltreppe zu. Oben angekommen begann sie trotz ihres Gepäcks in Richtung Ausgang zu rennen, und Jana hatte Schwierigkeiten, sie nicht aus den Augen zu verlieren.

Am Stand der Bäckerei Kamps stoppte Jana. »Hey Ava«, rief sie, »lass uns noch Brötchen kaufen.« Ava hetzte weiter.

»Ava!«

»Was?« Avas Gesichtsausdruck war so finster wie ihr schwarzes T-Shirt-Kleid.

»Brötchen?«

»Keinen Hunger.«

»Aber ich.«

Genervt schlurfte Ava zurück und lehnte sich ein paar Meter von Jana entfernt an die Wand. Ihr Körper hing so schlaff unter den Werbesprüchen, als würde er jeden Moment in sich zusammensacken.

Während der Heimfahrt saßen sie stumm nebeneinander in der U-Bahn. Mit jeder Minute, die das Schweigen länger andauerte, fühlte Jana sich schlechter. Doch sie wusste, dass nichts so anstrengend war wie die drängelnden Fragen einer besorgten Mutter, wenn man eigentlich allein sein wollte mit seinem Teenagerkummer. Also hielt sie den Mund, während sie innerlich fast explodierte vor Sorge.

Als sie die Wohnungstür aufschloss, rannte Ava an ihr vorbei in ihr Zimmer und schlug die Tür zu. Jana wartete zehn endlose Minuten, dann hielt sie es nicht mehr aus. Sie legte die Hände an die geschlossene Tür. »Ava?«

Es blieb still.

»Ava, darf ich reinkommen?«

Keine Reaktion.

Jana drückte die Klinke hinunter und trat langsam ins Zimmer.

Ava lag auf dem Rücken und starrte zur Decke. Ihre Boots ragten Jana entgegen. Sie setzte sich auf die Bettkante und streichelte sanft Avas Hand. »Hey. Willst du reden?«

Ava drehte den Kopf zur Wand.

»Hm?«

Statt einer Antwort griff Ava nach einem der Kissen neben sich, die immer noch nach Plastikfolie rochen, und vergrub ihr Gesicht darunter.

Jana atmete ein paar Mal tief durch. »Ist es wegen Tom?«, fragte sie schließlich.

Das Kissen nickte.

Jana wartete.

»Sie sind wieder zusammen.«

Sie hatte es geahnt. »Du meinst Tom und Valerie?«

Ava pfefferte das Kissen auf den Boden. Langsam schob

sie sich hoch und sah Jana mit großen verletzten Bambi-Augen an.

Jana schlang ihre Arme um sie. »Es tut weh, ich weiß.«

»Sie ist so schön«, schluchzte Ava in ihre Schulter.

Jana schüttelte den Kopf. Sie weinte jetzt mit. »Das bist du auch«, flüsterte sie. »Sie ist einfach nur älter.« Sie hasste diesen Tom, sie hatte es geahnt. Es war so verdammt schlimm, fünfzehn zu sein. So jung, so unerfahren, und so verdammt verletzlich. Aber wurde es je besser?

Jana erinnerte sich wieder an das Glitzern in Avas Augen in den letzten Wochen, und sie sah Tom vor sich, heute auf dem Bahnsteig. Ava hatte wahrscheinlich nie eine Chance gehabt. Wenn sie ehrlich war, war sie auch ein bisschen erleichtert. Sie räusperte sich. »Und singt Valerie auch wieder in der Band?«

Ava schüttelte den Kopf. »Aber ich auch nicht mehr.«

»Hast du Tom das gesagt?«

Mehr Kopfschütteln.

»Schlaf erst mal drüber. Du kannst doch die Band nicht einfach im Stich lassen.«

»Ist mir egal.«

Jana seufzte. »Und euer Auftritt?«

Ava zuckte mit den Schultern und presste die Lippen zusammen.

Ein Gedanke bahnte sich seinen Weg in Janas Kopf. Sie sah auf die Uhr. Es gab ein gewisses Risiko, aber ihr Bauch sagte ihr, dass es einen Versuch wert war.

»Wollen wir deinen Dad anrufen?«

Ava starrte sie ungläubig an. Es war wahrscheinlich das erste Mal, dass Jana diesen Vorschlag machte.

»Es ist mitten in der Nacht in New York«, murmelte Ava.

Jana zuckte mit den Schultern. »Und? Umso besser ist er zu erreichen.«

Ava lachte unter ihren Tränen. »Okay.«

»Ich hol das Handy.« Jana lief ins Wohnzimmer. Noch vor Ort öffnete sie die Skype-App und tippte auf Micks Kontakt. Das Glucksen des Verbindungsaufbaus ertönte, es dauerte eine ganze Weile, doch plötzlich erschien Micks verschlafenes Gesicht auf dem Display.

»Jana?«

»Hey Mick, sorry, dass ich dich störe.«

»What the hell? It's the middle of the night.«

»Sag nicht, du hast geschlafen? I don't believe you.«

»Yes, I did.« Er klang tatsächlich müde. Müde, aber nüchtern.

Sie blieb stehen. »Listen, ich bräuchte deine Hilfe, Ava braucht sie. Bist du in einem Zustand, in dem du mit ihr reden kannst?« Sie wollte sichergehen.

»What the –? Sure, what do you mean?«

»Du weißt genau, was ich meine. Bist du *okay?*«

»Yes, of course, what's up?« Er setzte sich auf. Dabei fiel die Decke zur Seite und entblößte seinen splitternackten Körper.

»Ey Mick, could you please!«

»Huh?«

»Die Decke, Mick!«

»Oh.« Er grinste sein altes Verführerlächeln. »Sorry. Nothing you don't know.« Er bedeckte zumindest das Nötigste.

»Also …«, sie senkte ihre Stimme und erzählte in wenigen Worten, was passiert war. »Ich glaube, es ist total wichtig für Ava, weiter in der Band zu singen. Vielleicht kannst du sie überzeugen. Ich gebe dich weiter, okay?« Sie lief mit dem Handy vor dem Gesicht zurück in Avas Zimmer.

»Okay. Jana?«

»Ja?«

»You look gorgeous.«

»No, I don't.«

Er lachte. »And you got a fucking cool piece of wallpaper there. I would love to visit you one day. Take care, babe.«

»Bye Mick.«

Mit einem Lächeln übergab sie das Handy an Ava und ließ die beiden allein. Sie lächelte immer noch, als sie in der Küche Wasser aufsetzte. Es war passiert, einfach so. Sie war nicht mehr wütend auf Mick. All ihre Bitterkeit ihm gegenüber hatte sich in Luft aufgelöst.

* * *

Das Herz klopfte immer noch. Jedes Mal, wenn Jana das Handy in die Hand nahm, dachte sie daran, wie es dort drinnen pulsierte, knallrot, romantisch, trügerisch – ob sie es nun anstarrte oder nicht. Sie erwartete keine Nachricht mehr von Hek.

Sex. Ein Nachmittag im Bett. Nichts als Spaß, 'ne Menge Spaß, ganz wie erwartet. Selbst schuld, wenn sie sich trotzdem bis unter die Haarspitzen in mögliche Szenarien verstrickt hatte. Nur weil er sich kurz zuvor von seiner Freundin getrennt hatte. Angeblich. Und jetzt waren beide seit Tagen verschwunden, was gut war, denn zwischendurch war sie so wütend gewesen, dass sie garantiert die paar Stufen genommen und ihm die Tür eingerannt hätte. Doch da unten herrschte tote Hose, so viel war sicher.

Wie von selbst öffneten ihre Finger den Chat. Das Herz war noch da. Und es pochte und pochte und pochte.

»Morgen.« Ava tappte in die Küche.

Jana drückte das Display schwarz. »Morgen, Schatz. Wie geht's dir?« Die Frage war überflüssig. Avas grimmiger Gesichtsausdruck hätte Tiger verjagt. Jana wusste nur zu gut, was darunter lauerte, der erste echte Liebeskummer.

Sie kochte Früchtetee für Ava und Kaffee für sich. Dann

beschmierte sie dicke Scheiben Holzofenbrot mit Butter und Honig, das konnten sie beide gebrauchen.

Stumm saßen sie am Tisch und lauschten dem leisen Tröpfeln auf den Dachfenstern.

»Ich will nicht in die Schule«, brach Ava das Schweigen.

»Ich weiß.«

»Kann ich nicht hierbleiben? Bitte.«

Jana streichelte ihre Hand. »Wir hatten das doch schon. Ich kann dich so gut verstehen. Aber es wird dadurch nicht besser.«

Eine Träne tropfte auf Avas Honigbrot.

Jana legte die Hände an ihre Wangen. »Er ist ein Arsch«, flüsterte sie.

Ava schubste sie weg, schüttelte vehement den Kopf.

»Nein?«

»Er weiß es noch nicht mal.«

»Oh.« Jana schluckte. Tom müsste blind und taub sein, um nicht bemerkt zu haben, dass Ava in ihn verliebt war.

Ruckartig schob Ava ihren Stuhl zurück. »Okay. Ich geh dann.« Sie lief zur Tür und schlüpfte barfuß in ihre Boots, ohne die Schnürsenkel zu binden. Als Jana aufstand, um ihr den Rucksack zu bringen, begann es so heftig auf die Dachfenster zu prasseln, dass man meinte, sie würden jeden Moment zerbersten.

»Soll ich nachsehen, ob es ein Auto gibt?«

»Nee, passt schon.« Ava schnappte sich ihre gelbe Regenjacke vom Haken. Sie schob ihre dünnen Arme hinein und hängte sich den Rucksack über die Schulter. »Ciao Mum.«

Sie klang besser, doch als Jana ihr in die Augen sah, verschlug ihr die Traurigkeit darin wieder fast die Sprache. Sie zwang sich zu lächeln. »Du bist cool«, sagte sie heiser. »Morgen ist die Woche geschafft. Feiern wir mit Sushi?«

270

Ava rollte die Augen, aber sie nickte. Sie zog sich die Kapuze über den Kopf und stapfte langsam die Treppe hinunter.

Irgendwo brummte es. Jana warf die Tür zu und rannte zurück. Ihr Blick irrte durch den Raum. Sie checkte das Sofa, tastete sich durch die vielen Kissen und zwischen die Polster. Ihr Herz hämmerte, sie konnte es nicht verhindern. Neben den Herdplatten bewegte sich das dunkle Gerät wie ein auf den Rücken gefallener Käfer. Als sie es erreichte, war es verstummt. Eine Nachricht traf ein.

Es geht los, drück die Daumen!

Simon. Die Enttäuschung vermischte sich mit schlechtem Gewissen. Sie hatte es vergessen. Heute war der Notartermin. Wenn alles gut lief, hatte *HoliWays* in ein paar Stunden neue Investoren an Bord, die aus dem Start-up ein ernst zu nehmendes, international agierendes Unternehmen machten. Jana schickte Kleeblätter, Bizeps und einen Kussmund.

★

Die Glastür flog auf. »Sie sind im Anflug.« Jenny, Simons Assistentin, stand in der Tür. »Los komm, wir wollen sie unten überraschen.«

»Danke, Jenny, ich bin gleich da.«

»Beeil dich, sie kommen jeden Moment.« Jenny rannte davon.

Jana klappte das MacBook zu und verließ ihr Büro. Das Stockwerk gähnte leer, ein seltsames Bild, weil es sonst mit teilweise doppelt besetzten Schreibtischen aus allen Nähten platzte. Während sie langsam die Steinstufen hinunterlief, dem Stimmengewirr entgegen, bemühte sie sich, das kleine

Freudenfünkchen in ihrem Bauch zu einem großen Feuer zu entfachen. Simon hatte ihre uneingeschränkte Begeisterung verdient, alles, was sie an Partystimmung zu bieten hatte. Und weder Herzensbrecher-Tom noch Hektor-fucking-Bekensen würden sie daran hindern, sie ihm genau jetzt zu schenken!

Im Erdgeschoss hatte man die Schreibtische zur Seite geschoben. In mehreren riesigen mit Eis gefüllten Silberschalen lagerten *Ratsherrn*- und Champagnerflaschen. Clubreife Beats hämmerten aus einer Boombox und ein paar Leute tanzten bereits, ungeachtet der Uhrzeit.

Hey Jana! Da bist du ja endlich. Man begrüßte sie von allen Seiten, drückte ihr etwas zu trinken in die Hand, machte ihr Komplimente für ihr griechisch angehauchtes Flatterkleid. Jana ließ sich auf die Tanzfläche ziehen und mit dem ersten Wippen begann ein wohliges Blubbern die flaue Leere aus ihrem Magen zu verdrängen. Sie hatte nicht nur ihren Traumjob gefunden, sie gehörte dazu. Keine drei Monate nach ihrer Ankunft war sie nicht mehr die Neue, sondern Teil eines wunderbaren Teams. Es lag an ihr, sich auch so zu fühlen, einfach nur pudelwohl, an diesem Ort, mit diesen Leuten, in diesem Moment und bei dem, was vor ihr lag. Sie würde sich ihr Glücksgefühl nicht verderben lassen von irgendeinem Typen, mit dem sie einen Sonntag verbracht hatte.

Yeeeeeiiiih! Ein Raunen ging durch die tanzende Menge, als Simon und Mark das Büro betraten. Beide grinsten bis hinter die Ohren, und während Simon anlassgemäß aussah wie für ein Covershooting der *GQ*, erinnerte sein Partner Mark Jana selbst heute eher an Elias M'Barek in *Fack ju Göhte.* Im Nu wurden beide umringt, Jenny begann zu klatschen, und der ganze Raum stimmte ein. Auch Jana johlte, pfiff und hüpfte. Schließlich hob Simon die Hände. Jemand reichte ihm ein Mikro.

»Hallo?« Es quietschte ohrenbetäubend, und alle lachten.

»Okay. Test. Besser?«

Allgemeines Nicken.

»Es sieht so aus, als hätten wir Grund zu feiern.« Seine nächsten Worte gingen im Getöse des Jubels unter. Simon wartete kurz, dann begann er erneut. »Das ist euer Erfolg. Ihr seid der Wahnsinn. Danke!« Wieder wurde er von wildem Klatschen unterbrochen. Diesmal wartete er geduldig, bis auch der letzte Pfiff verstummte. Dann füllte der volle Klang seiner Stimme den Raum, in dem noch nicht einmal mehr gehustet wurde. Simon sprach ausschließlich über das Team. Über die Menschen, die *HoliWays* dahin geführt hatten, wo sie heute standen. Gebannt hingen die Mitarbeiter an seinen Lippen, nickten immer wieder oder hoben anerkennend den Daumen. In einigen Augen spiegelte sich verdächtig das Deckenlicht. Simon sprach von den Aufgaben, die vor ihnen lagen, von der Expansion nach ganz Europa und dem Testmarkt in Asien. »Lasst es uns einfach tun«, beendete er seine Rede. »Ab morgen. Denn heute«, rief er, »wird gefeiert!«

Die Musik wurde hochgedreht, Simon schnappte sich eine der Champagnerflaschen und ließ den Korken knallen. Mark hielt Gläser darunter. »Auf euch, ihr seid die Besten!«

Von allen Seiten wurde angestoßen. Und dann sah Jana, wie Simon sich durch die Menge drängte, direkt auf sie zu. Er verdrehte die Augen, weil er nicht vorwärtskam, unzähligen überschwappenden Gläsern ausweichen musste. Jana lachte. »Herzlichen Glückwunsch«, rief sie ihm entgegen.

»Dir auch«, las sie auf seinen Lippen. Sie spürte seine Hand in ihrer Taille. Mit Schwung zog er sie an sich. Und während sein Glas gegen ihres scheppterte, küsste er sie auf den Mund.

KAPITEL 25

Hek

Inmitten des überdrehten Geschnatters, der Umarmungen, Tränen und Küsse, der ersten Namensvorschläge und Geschichten von Baby-Hektor hatte Heks panisches Gehirn angefangen zu rechnen. Das letzte Mal war ewig her. Konnte es wirklich sein, dass …? Es machte keinen Sinn, sein Zeitgefühl ließ ihn im Stich. Sein Wissen über Schwangerschaften lag bei null – und der gedruckte Beweis, dass Suzanna keine Geschichte erfunden hatte, immerhin direkt vor seiner Nase. Als der erste Schock abgeebbt war, als er wieder einigermaßen atmen konnte, war er aufgesprungen. »Ihr entschuldigt uns.« Mit seinem charmantesten Lächeln hatte er den Arm um Suzannas nackte Schultern gelegt und sie sanft zum Aufstehen bewegt. »Suza und ich, wir müssen mal kurz allein sein. Das versteht ihr sicher!« Er nahm ihre Hand und nickte ihr zu. Er spielte seine Rolle perfekt, denn sie war selig lächelnd mit ihm ins Haus getippelt. In der Bibliothek seines Vaters stand die staubige Hitze. Er schloss die Tür hinter Suzanna und riss ein Fenster auf. Dann drehte er sich zu ihr und sah sie an, unfähig, seine Gefühle in Worte zu fassen. Sie setzte einen schuldbewussten Schulmädchenblick auf. Hek biss die Zähne zusammen und erzwang ein Lächeln. »Wie konnte das passieren?«, fragte er schließlich.

Ihre Augen flackerten, während sie mit den Schultern zuckte. »Ich hatte diese Magenverstimmung – was weiß ich. Keine Ahnung. Ehrlich.«

Er prüfte ihren Blick. Er wusste nicht mehr, was er glauben sollte.

»Seit wann weißt du es …?«

»Freitag.«

Natürlich, der Arztbesuch, der Morgen nach ihrer Trennung. Das Schicksal schien nicht viel für ihn übrig zu haben. Er spürte, wie er die Kontrolle verlor. »Und jetzt? Was machen wir jetzt?«

Sein Kiefer verkrampfte sich, als sie zu ihm trat. Schon streichelte sie über sein Kinn, reckte ihm den geschürzten Mund entgegen. »Ich liebe dich, das weißt du.« Kurz drückte sie zur Bestätigung ihre Lippen auf seine, dann zog sie sich zurück.

Er konnte keinen klaren Gedanken fassen.

»Hektor, Darling«, hauchte sie und streichelte schüchtern über seine Hand. »Wir bekommen ein Baby.«

Er schluckte. Er war hier das Arschloch, daran führte kein Weg vorbei. »Es tut mir leid.«

Sie kniff die Augen zusammen. »Wie meinst du das?«

Er realisierte, dass er begonnen hatte, zwischen den Regalen hin- und herzulaufen wie ein nervöses Zootier, und zwang sich, stehen zu bleiben. »Ich werde für dich da sein.« Er schluckte. »Für euch beide. Mit allem, was ihr braucht. Aber –«, er sah ihr fest in die Augen, »es ändert nichts. Das mit uns beiden ist vorbei.« Er dachte, er würde erleichtert sein, wenn er es aussprach. War er nicht. War das wirklich sein Text? Verdammt, wann wachte er aus diesem Blockbuster-Albtraum auf?

Suzanna widmete sich dem Bücherregal. Demonstrativ studierte sie die kaum lesbaren Titel der verstaubten Wälzer. Als sie sich umdrehte, hing ein süffisantes Lächeln in ihrem Gesicht. »Das siehst du falsch, Darling. Mit uns, das fängt gerade erst an.«

Sie wollte es nicht verstehen.

»Nein, Suzanna«, Hek schüttelte den Kopf. »Es tut mir leid, aber ich kann das nicht mehr.«

Ihr Lächeln wurde breiter. »Und wie du das kannst, Hektor.«

Er stutzte.

»Deiner Mutter zuliebe.«

»Ach, Suza!« Er trat zu ihr und legte seine Arme um sie. »Du meinst, weil sie von unserer Hochzeit träumt? Mehr denn je?« Er hielt sie an den Oberarmen von sich. »Sie wird sich daran gewöhnen müssen, wir sind nicht die ersten Menschen, die ein Kind getrennt großziehen.«

Suzanna befreite sich, schüttelte ihre Locken und hob ihr Kinn. »Ich meine, weil sie das Kind nicht sehen wird. Und du auch nicht.«

Hek erstarrte. »Was meinst du …?« Und dann verstand er plötzlich. Er war ein Idiot. Hatte er wirklich angenommen, Suzanna würde so leicht aufgeben, was sie sich am meisten wünschte? Jetzt, wo sie den Trumpf aller Trümpfe im Bauch hatte? »Das würdest du nicht wagen«, sagte er heiser.

»Natürlich nicht, Darling – nicht, wenn wir zusammen sind.« Sie legte ihre Hände an seinen Hals und zog ihn zu sich. »Heirate mich, Hektor!«

Er sah in ihr wunderschönes Gesicht, und für einen Moment wünschte er sich, dass einfach alles gut wäre. Dass er sie wieder so sehen könnte wie früher, als die wilde, ein bisschen verrückte Suzanna, in die er sich verliebt hatte. Dass er sich so über dieses Kind freuen könnte, wie das kleine Etwas es verdient hatte. Stattdessen fragte er sich, ob das, was er für stürmische Verliebtheit gehalten hatte, nicht schon immer nur Faszination gewesen war, potenziert von seinem unermüdlichen Bestreben, seiner Mutter ihre Herzenswünsche zu erfüllen. Jetzt musste er sich unweigerlich der Frage stellen, wie weit er bereit war, dafür zu gehen.

KAPITEL 26

Jana

»Hey Jana, du schon hier?« Ben roch, als käme er direkt vom Fischmarkt.

»Moin Ben!« *Oh no. Warum gerade er?* Jana war froh über ihre Sonnenbrille. *HoliWays* hatte an die hundert Mitarbeiter. Warum musste sie gerade demjenigen als Erstes begegnen, den sie gestern als Letztes gesehen hatte? Social-Media-Ben. Okay. Es gab eine Chance, dass er sie übersehen hatte. Und so, wie er roch, hatte er noch zwei Promille im Blut, mit ein bisschen Glück, konnte er sich womöglich nicht erinnern.

»Ich wusste gar nicht, dass du und der Chef ... Ich meine, sorry für meine Unwissenheit, wahrscheinlich bist du ja deshalb aus New York gekommen ... Ich meine, mir hat es einfach niemand gesagt.«

Jana schmeckte den sauren Restalkohol auf ihrer Zunge. Sie kniff die Augen unter den dunklen Gläsern zusammen, holte tief Luft und zog den verdutzten Ben kurzerhand in ihr Büro. »Hör zu, Ben. Nein, Simon und ich, wir sind *kein* Paar. Und es wäre echt nett, wenn du die Sache – ich meine das, was du gesehen hast, falls du etwas gesehen hast – einfach für dich behalten könntest.« Jana schob die Sonnenbrille in die Haare und warf ihm ein so verschwörerisch wie verführerisches Lächeln zu. Sie hielt den Blick für einige Momente, so gut es eben ging in ihrem Zustand. Sie musste ihn zu ihrem Verbündeten machen und gleichzeitig nonverbal daran erinnern, dass sie diejenige war, die sich für seine anstehende Gehaltserhöhung einsetzen wollte.

»Oh, okay.« Ben nickte eifrig. »Verstehe. Nee, is klar.« Er malte einen imaginären Reißverschluss über seine blassen Lippen. »Ich glaube, ich hab da eh nichts gesehen bei den Fahrrädern, das war bestimmt jemand anderes …«

Jana unterbrach seinen Redeschwall. »Thanx, man!« Mit erhobenem Daumen lief sie um ihren Schreibtisch, warf sich in den Drehstuhl und packte das Laptop aus. Dann sah sie Ben in die Augen, der noch immer grinste, sichtlich begeistert von seiner Rolle als Geheimnisträger.

»Also danke noch mal.« Sie lächelte ermunternd.

»Oh okay … soll ich die Tür zumachen?«

»Das wäre großartig.«

Er stolperte aus ihrem Büro.

Oh. My. God. Was hatte sie sich nur dabei gedacht?

Jana stützte den Kopf auf die Hände und schaltete den Rechner an. Die E-Mails verschwammen vor ihren Augen, während sie versuchte, Ben unauffällig durch die Glastür zu beobachten. Er stand an der Kaffeemaschine und unterhielt sich mit Jenny.

Jana seufzte. Es blieb ihr nichts anderes übrig, als darauf zu vertrauen, dass er dichthielt. Müde checkte sie ihre Nachrichten. Nichts.

Anscheinend verschlug es allen Männern, die sie küsste, die Sprache. Hatte sie Simon überhaupt geküsst? Ging das als Kuss durch? Offensichtlich, wenn schon der einzige Beobachter daraus schloss, dass sie ein Paar waren. *Oh, verdammter Mist.* Wieso hatte sie nicht nachgedacht? Weil sie viel zu betrunken gewesen war, viel zu aufgedreht, viel zu emotional. Sie wollte einfach nur feiern und tanzen und sich gut fühlen. Und Simon schaffte das. Dass sie sich einfach gut fühlte. Als er sie zum Abschied zum zweiten Mal auf den Mund küsste, hatte sie sich verwundert gefragt, ob es Zufall war. Und weil zwischen diesem und dem ersten Mal viele Gläser Champagner gelegen hatten, hatte sie diesmal nicht den Kopf weggedreht. Seine Lippen schmeckten angenehm nach Alkohol. Er roch gut. Sie mochte dieses neue Aftershave an ihm. Seine Bartstoppeln kratzten an ihrem Kinn, sie mochte auch das, und seine Hände in ihrer Taille fühlten sich an, als gehörten sie dorthin. Simon wäre das Beste, was ihr passieren konnte. Also hatte sie seinen Kuss erwidert. Es hatte sich angefühlt, als küsste sie ihren Bruder.

Er flog heute mit den Investoren nach Tel Aviv, um mit dem Rest der dort ansässigen Private-Equity-Firma weiterzufeiern. Ein Segen. Sie hätte nicht gewusst, wie sie ihm vor den Kollegen begegnen sollte. Er hatte sich nicht gemeldet, dann nahm er ihr den überstürzten Abschied wohl übel.

Draußen füllte sich das Stockwerk. Die Nachbesprechung der Party war in vollem Gange. Statt an den Schreibtischen zu sitzen, standen die meisten Mitarbeiter herum und tranken Kaffee. Jana traute sich noch nicht einmal auf die Toilette. Sie fasste einen Entschluss, stopfte ihr Laptop zurück in die Jute-Tasche, klappte die Sonnenbrille auf die Augen und verließ ihr Büro mit gesenktem Kopf. Manchmal musste man schwänzen.

*

Jana nahm den Umweg über die Landungsbrücken. Sie schob das Fahrrad ein Stück die Elbe entlang, aß Matjes gegen den Kater und hielt die Nase in den Wind gegen die Kopfschmerzen. Als sie zurück aufs Fahrrad stieg, ging es ihr kaum besser. Doch inzwischen zog es sie nur noch aufs Sofa.

Der Bus parkte um die Ecke. Sie war sich sicher, dass er heute Morgen noch nicht dort gestanden hatte, so verkatert konnte sie gar nicht sein. Nein, der Wagen mit der bunt verklebten Heckscheibe wäre ihr auch mit drei Promille im Blut ins Auge gestochen. Und dass er hier parkte, konnte nur eins bedeuten: Hek war zurück. Jana bog um die Ecke – und bremste so abrupt, dass sie fast über den Lenker geflogen wäre. Kaum zwanzig Meter vor ihr hielt er Suzanna gerade das Gartentor auf. Jana starrte in die Richtung der beiden und fühlte sich wie ein Paparazzo. *Versöhnung bei den Bekensens?* Die Szene sah tatsächlich aus wie der *Gala* entsprungen: Suzanna hinreißend wie eh und je, in schwarzer Spitze am Nachmittag. Heks Hand an ihrem Rücken, während sie gemeinsam auf ihr Haus zuschritten. Nur sein Outfit passte nicht ganz ins Hochglanzbild. Seine Haare klebten ihm strähnig im Nacken. Leicht verwahrlost wirkte er, doch apropos hinreißend …

Instinktiv sprang Jana aufs Fahrrad und flüchtete zurück in die Bismarckstraße. Dort wartete sie mit zitternden Knien und wusste nicht worauf. So musste es sich anfühlen, wenn einem ein Messer ins Herz gerammt wurde. Ein großes scharfes Fleischermesser.

Nach zehn Minuten in Schockstarre beschloss sie, dass es an der Zeit wäre, der Sache erwachsen ins Auge zu sehen. Sie bewegte sich zurück, nicht zu schnell, nicht zu langsam. *Atmen! Du kannst das.* Sie schritt durch das Gartentor, den Schlüssel in der Hand. Als sie die Haustür leise hinter sich schloss, klingelte das Handy. Sie kramte hektisch, wischte noch in der Tasche über das Display, Hauptsache, dieser Lärm hörte auf.

»Hallo«, flüsterte sie in den Hörer, als könnte das noch etwas ändern.

»Jana?«

»Anne?« Jana blieb an der nächsten Stufe hängen und das Handy flog ihr aus der Hand die Treppe hinauf. Sie hechtete hinterher.

»Anne? Hallo? Bist du noch dran?«

»Ja.«

»Weißt du, ich bin gerade auf der Treppe und total in Eile, verdammt, der Schlüssel klemmt, ich leg dich zur Seite, aber nicht auflegen, okay … Anne?«

»Ja?«

»Ich muss kurz die Tür aufschließen.«

»Habe ich verstanden.«

»Gut.« Jana verfluchte das alte Schloss. Endlich gab es nach und sie stolperte über die Schwelle. Sie warf die Tür hinter sich zu und streifte die Schuhe ab. Dann atmete sie ein paar Mal ein und aus. Was in aller Welt wollte jetzt auch noch ihre Schwester von ihr?

»Okay. Hier bin ich wieder. Hallo Anne.«

»Hallo Jana.« Es klang, als atmete auch Anne tief durch. »Ich, ähm – ich wollte nur mal hören, wie's dir so geht?«

»Ganz okay. Wieso?«, fragte Jana vorsichtig. Annes ungewohnte Freundlichkeit, überhaupt der ganze Anruf nach Wochen der totalen Funkstille irritierten sie.

»Nur so. Hab lang nichts gehört von dir.«

»Und ich nicht von dir. Wie geht's euch?«

»Danke, auch gut.«

Hatte Anne angerufen, um Small Talk zu machen? Jana wurde unruhig. »Du, Anne, ich habe nicht viel Zeit, was kann ich für dich tun?« Sie klang harscher, als sie wollte. Aber das konnte sie nicht auch noch kümmern.

»Ja, klar, entschuldige. Ich habe eine Frage.« Anne räusperte sich.

»Ja?«

»Johan hat erzählt, dass hier am Wochenende dieser Wettbewerb stattfindet …«

»Die *Kitesurf Masters*, ich weiß.« Simon hatte davon gesprochen, vorgeschlagen, dass sie zusammen hinfahren könnten – damals, als noch alles einfach war. *Ich bin eine verdammte Idiotin!*

»Genau. Und wir wollten euch fragen, ob ihr nicht übers Wochenende zu uns kommen wollt?«

Während Jana überlegte, ob sie sich verhört hatte, plapperte Anne schon weiter. »Hast ja ziemlich lang nichts von dir hören lassen –«

Du wiederholst dich. Es ging also doch los.

»Aber na ja, ich hätte mich auch melden können.« Anne lachte seltsam aufgesetzt. Konnte es sein, dass sie nervös war? »Wie gesagt, es war Johans Idee. Er meinte, er würde gerne mit Ava an den Strand fahren. Und ich dachte, du willst vielleicht auch hin. Meins ist das ja gar nicht. Soll aber ziemlich spektakulär sein, was da geboten wird. Wenn ihr wollt, könnt ihr auch bei uns im Gästezimmer übernachten.« Sie holte hörbar Luft. »Gut. Was sagst du?«

Es war der längste Satz, den Anne je von sich gegeben hatte. Jana war sprachlos.

»Wenn ihr natürlich schon was anderes vorhabt –«

»Nein, haben wir nicht.« Jana war zu verwirrt, um zu antworten. »Meinst du das wirklich ernst?«, stieß sie schließlich hervor. Was sie eigentlich sagen wollte, war, dass Anne gar nicht ahnen konnte, wie sehr sie sich über ihre Einladung freute, so sehr, dass ihr Herz, so schnell es auch klopfte, sich plötzlich ganz leicht anfühlte.

»Was denkst du denn?«, blaffte Anne und endlich klang sie so, wie Jana sie kannte. »Dann also bis morgen?«

»Ja, bis morgen.«

»In Ordnung.«

»Anne?«

»Hm?«

Jana holte Luft. »Könnten wir auch heute schon kommen?«

»Wie? Du meinst gleich, heute Abend noch?«

»Ja, genau. Wir können auch unser Bettzeug mitbringen.«

Für einen Moment herrschte Stille. Dann lachte Anne. »Also gut. Warum nicht, kommt einfach.«

Jana lachte auch. »Danke, Anne. Das ist – toll! Ich freu mich.«

»Ja. Ich mich auch.« Es klang, als meinte sie es ehrlich.

Kaum hatte Jana aufgelegt, hörte sie hastige Schritte auf der Treppe. Der Schlüssel knarzte im Schloss und wenig später flog Avas Rucksack herein.

»Hi Ava«, rief Jana ihrer Tochter entgegen, »packst du schnell ein paar Sachen? Wir fahren übers Wochenende an die See.«

KAPITEL 27

Hek

»Du siehst echt scheiße aus«, sagte Selma. »Könntest du nicht auch hier im Büro übernachten?«

Hek sah von der Inkubator-Präsentation auf, an der er wieder einige Details geändert hatte. Er wartete immer noch darauf, sie seinem Vater zeigen zu können.

Er war mit einer Ausrede ins Büro geflüchtet, nachdem er Suzanna zähneknirschend vom Flughafen abgeholt und im Haus abgeliefert hatte. Sie kam schon zurück aus Warschau. Seinen Vorschlag, ihren Aufenthalt bei Marianna, den sie so oft verschoben hatte, zu verlängern, hatte sie empört abgelehnt. *Aber, Darling, es gibt doch so viel zu besprechen …*

Das gab es. Aber er war nicht bereit dafür. Er war verdammt noch nicht bereit. Er hatte noch nicht einmal die vertrockneten Rosen entsorgt, nur samt Papier in eine seiner Surf-Taschen gestopft. Und die Vorstellung, heute mit Suzanna unter einem Dach zu übernachten, während oben … Er war überfordert.

Müde sah er seine Assistentin an. »Ja, klar«, sagte er, »aber ich bevorzuge meinen Bus.«

Selma guckte, als würde sie am liebsten den Psychiater rufen. »Und wo genau parkt das Ding?«

»Mal hier, mal da.« Er grinste über ihr ungläubiges Gesicht.

»Aber keine Sorge, bald hat die Sache ein Ende.« Er räusperte sich. »Die Malerarbeiten sind beendet.«

»Na, Gott sei Dank. Ich war kurz davor, dir Hemden zu kaufen.« Sie zog eine Grimasse.

Er fühlte sich schlecht, weil er Selma eine Story erzählt hatte. Gerade ihr gegenüber wäre er gerne ehrlich gewesen. Aber was hätte er ihr sagen sollen? Dass er nicht in seinem eigenen Haus übernachten wollte? Nur weil er zu feige war, der Frau zu begegnen, die ihm auch so den Schlaf raubte? Dass sein Bus der einzige Ort war, in dem er es dieser Tage aushielt, ohne verrückt zu werden? Nein. Er hatte etwas von aufwendigen Nachbesserungen mit viel Staub gefaselt. Wusste der Himmel, ob sie ihm glaubte. Auf jeden Fall spielte sie das Spiel mit, und Hek war ihr dankbar dafür.

»Was tust du eigentlich noch hier? Du solltest ins Wochenende abhauen.«

Selma rührte sich nicht vom Fleck, während sie die Zeitschrift in ihren Händen auf- und wieder zusammenrollte.

»Ist irgendwas?«

»Ich weiß nicht.« Sie traktierte weiter das Magazin.

Er bekam ein ungutes Gefühl. Ihre Nervosität war ansteckend. »Selma? Rede mit mir!«

Sie räusperte sich. »Ich hab vorhin was gehört. Zufällig. Weil ich neben dem Fahrstuhl stand.« Sie platzierte die Zeitschrift vor Hektor auf dem Tisch.

Er sah sie fragend an.

»Dein Vater kam mit Doktor Henkmann aus dem Lift und sagte etwas von einem Interview, das heute in der *Verpackungswirtschaft* erscheint.« Sie holte Luft. »Ich war neugierig – also hab ich mir das Heft vom Empfang geschnappt.«

Regungslos lauschte Hek ihren Worten.

»Und dann hab ich mich gefragt, ob du davon weißt …«

Als er den Kopf schüttelte, griff sie nach dem Magazin und blätterte darin. Sie fand, was sie suchte, fuhr über den Falz und schob ihm das aufgeklappte Heft rüber.

Hamburgs Verpackungskönig
– ein Interview mit Fritz Bekensen, Gründer und Seniorchef
des gleichnamigen Mittelständlers, übers Älterwerden, die Zu-
kunft und seine Pläne für das Unternehmen.

Ein Foto füllte die komplette erste Seite des Artikels. Es war in Fritz' Büro aufgenommen worden. Mit dem selbstzufriedenen Grinsen, das Hektor allzu gut kannte, lehnte sein Vater an seinem Schreibtisch, die Arme dynamisch vor der Brust verschränkt. Der Journalist musste ihn ermuntert haben, auf *leger* zu machen, denn Fritz trug Hemd ohne Krawatte. Über dem zweiten geöffneten Knopf quollen die weißen Brusthaare heraus. Mehr als für seinen Vater interessierte sich Hek jedoch für die andere Person auf dem Bild, die er trotz der Hintergrundunschärfe der Porträtaufnahme sofort erkannte: Alma. Sie wirkte noch winziger als sonst, während sie Fritz mit der ihr eigenen steifen, aber unverhohlenen Bewunderung anlächelte. Hek blätterte um.

Das Interview ging über drei Seiten. Je weiter er in den Text eintauchte, desto stärker wurde sein kindlicher Drang, die Zeitung einfach in den Müll zu pfeffern. Er konnte nicht glauben, was er da las, während er gleichzeitig so schmerzhaft verstand, dass es ihm den Atem verschlug. Er war Teil eines ausgeklügelten Plans geworden.

»Danke«, sagte er und klappte die Zeitschrift zu. Er konnte Selma nicht ansehen. Wie betäubt erhob er sich. »Wir sollten jetzt gehen. Alle beide. Ich melde mich bei dir.«

* * *

Er parkte den Wagen an der gleichen Stelle. Die Sonne blitzte durch das zarte Geäst der Birken und wärmte seine kühlen Arme. Er hatte sie, die Füße im Sand, hinter den Kränen an der Elbe aufgehen sehen, bevor er zurück in den

Bus gesprungen und hierher gefahren war, entschlossen, es hinter sich zu bringen. Doch jetzt zögerte er. War er wirklich bereit?

Die ganze Nacht hatte er gegrübelt. Es war ihm egal, dass Suzanna ihm wieder gedroht hatte. *Hektor Bekensen, wenn du nicht nach Hause kommst, sind wir vielleicht morgen nicht mehr da.* Sie sprach nur noch in Wir-Form. Er konnte ihre Verzweiflung fast verstehen. Er hatte sich sogar bemüht, ihr zu erklären, dass es diesmal nichts mit ihr zu tun hatte, dass er einfach nachdenken musste, und dazu musste er allein sein.

Wieder und wieder hatte er den Artikel durchforstet, gehofft, dass er etwas falsch verstanden hatte, überlegt, ob es nur um eine PR-Geschichte ging. Ob das, was er las, die Lüge war oder das, was sein Vater ihm vorgespielt hatte. Aber wie er es auch drehte, alles passte zusammen, erschien ihm glasklar plötzlich, als hätte er den Scheinwerfer endlich richtig justiert. Endlich wusste er, was Sache war. Und auch, was er zu tun hatte. Ja, er war bereit, so was von.

Er sprang aus dem Wagen und klingelte Sturm.

Alma stand stets in aller Frühe auf. Wahrscheinlich würde er sie aus ihrem Garten holen, wo sie jeden Morgen ihren Rundgang machte, bevor sie das Frühstück zubereitete. Die Tür wurde geöffnet, und da stand sie, in grünen Gummistiefeln und dunkelblauer Strickjacke, die Haare schon um diese Uhrzeit perfekt um das schmale Gesicht geföhnt.

»Hektor! Was ist passiert?«

»Nichts, Mama, keine Sorge. Ich will nur mit dir reden.«

»Um diese Zeit? Du weckst das ganze Haus.«

»Du meinst Vaddern? Umso besser.«

Sie legte den Kopf schief. »Bist du wütend, Hektor? Was ist denn los? Komm erst einmal rein, ich koch dir einen Kaffee.«

»Nein, danke. Ich würde das lieber gleich hier besprechen.«

Er zückte die *Verpackungswirtschaft.*

Alma tat erstaunt. »Was ist das?«

Hek blätterte, fand das Foto und hielt es ihr unter die Nase. »Wusstest du von dem Artikel?«

Sie sah nicht hin. »Hektor, was soll das alles?«

Er seufzte, vielleicht verdächtigte er sie doch zu Unrecht? »Du bist auf diesem Foto, Mama. Kennst du den Artikel?«

Ein Blick in ihre Augen offenbarte ihm die befürchtete Wahrheit. Sie wusste alles.

»Du warst bei dem Interview dabei.«

Sie schüttelte den Kopf. »Ich habe kaum zugehört.«

»Also ja.«

»Komm doch endlich rein!«

Er folgte ihr in den Salon. Im Garten zwitscherten die Vögel. Alma schloss die Flügeltüren. Dann setzte sie sich neben ihn und strich ihm über die Wange. »Ist mit Suzanna alles in Ordnung. Ist sie gut zurück?«

Er reagierte nicht auf ihre Frage. Ungeduldig überflog er den Artikel, bis er die Stelle fand, die er suchte. Seine Stimme bebte, als er ihr vorlas:

»In Zeiten wie diesen erwarten unsere Kunden, dass wir ihre Kosten im Blick haben … Ich freue mich, dass wir uns mit einem zweistelligen Millionenbetrag an einer Fabrik in Asien beteiligen werden, die uns erlaubt, unsere eigenen hochwertigen Plastikverpackungen zu einem besonders günstigen Preis anzubieten. Sie werden bald die Details dieser außergewöhnlichen Partnerschaft erfahren.«

»Er hat in eine Fabrik investiert? Eine Plastikfabrik? Mit dem Geld für den Inkubator? Wann genau wollte er seinem Geschäftsführer davon erzählen?« Hek musste sich bemühen, seine Wut in Zaum zu halten.

»Das musst du schon deinen Vater fragen.« Alma setzte einen strengen Blick auf.

»Wusstest du es die ganze Zeit?«

Sie richtete sich auf, legte ihre Hände aufeinander, deren Farbe sich kaum von der des Marmortischs unterschied. »Ich wusste, dass du diese Ideen hast. Wir dachten, wenn du erst einmal im Unternehmen bist, würdest du einsehen, dass sie verrückt sind.«

Hek war plötzlich furchtbar müde. Jeder einzelne Knochen seines Körpers schmerzte vor Enttäuschung.

»Denkst du eigentlich das Gleiche über meine Beziehung?«, fragte er resigniert. »Dass ich mich schon daran gewöhnen werde, wenn wir erst mal verheiratet sind?«

»Hektor, mein Schatz!« Sie freute sich, dass er endlich das Thema wechselte. »Suzanna ist eine tolle Frau. Ihr seid ein wunderbares Paar. Ihr werdet mein Enkelkind bekommen. Alles wird gut.«

»Du glaubst das wirklich.« Er küsste sie auf die Wange.

Dann sprang er auf. »Mach's gut, Mama!«

Sie war zu überrascht, um ihn zurückzuhalten.

Er stieg in den Bus und wendete. Als er am Bekensen-Grundstück vorbeifuhr, stand Alma mit erhobener Hand in der Haustür. Er ließ das Fenster herunter. »Und sag Vaddern schöne Grüße«, rief er über den Kies. »Ich werde kündigen.«

KAPITEL 28

Jana

Jemand ruckelte an ihrem Arm. »Mama!«

Jana tastete nach der Bettdecke, um sich auf die andere Seite zu rollen. Sie griff ins Leere. Enttäuscht schlug sie die Augen auf. Das Erste, was sie sah, waren Avas lange Beine, die bereits in Shorts steckten, denen mit zu viel Bein und zu wenig Stoff. Seit Ava sie erstanden hatte, diskutierten sie über diese Hose, die ihren Namen nicht verdiente.

»Mama? Wach endlich auf!«

Das Gackern durchs offene Fenster brachte Jana zurück in die Realität. *Hühner – Anne.*

»Wow, Morgen!«, murmelte sie und setzte sich auf. Die hellblau bezogene Decke mit den Ankern drauf lag auf dem Boden. »Hab ich was verpasst? Wieso bist du wach? Vor mir?«

Ava, die mit dem Sonnenlicht um die Wette strahlte, verdrehte die Augen und hob theatralisch die Hände. War das Glitzerpuder auf ihren Wangen? »Mann, Mama. Wir wollen doch zum Strand. Johan sagt, wenn wir nicht vor zehn da sind, gibt es keinen Parkplatz mehr. Jetzt komm!« Sie zog schon wieder an ihr.

Jana gähnte. »Gib mir mal 'ne Sekunde, okay?«

»Nein. Simon hat auch schon geschrieben. Er holt uns um halb zehn ab.«

»Was?« Plötzlich war sie hellwach. »Wieso schreibt Simon dir?«

»Er hat dich nicht erreicht.« Es klang so selbstverständlich, als stünden Simon und Ava in ständigem Kontakt. »Dein Handy lag noch unten.«

»Wann will er es denn probiert haben?«

»Gestern Abend schon!«

»Okay ...« Widerwillig erhob sich Jana aus dem Bett. »Und wieso hat mir das keiner gesagt?«

»Wollten wir ja. Hab ihn dir am Handy hochgebracht. Aber du nur so ...« Ava legte den Kopf schief, faltete die Hände zu einem imaginären Kissen und machte Schnarchgeräusche.

Es stimmte. Kaum eine Stunde nach ihrer Ankunft und einem wunderbar friedlichen Abendessen mit Anne und den Kindern hatte ihre Schwester ihr in ungewohnt fürsorglicher Art das Gästezimmer gezeigt. Das große Holzbett hatte so einladend ausgesehen, dass Jana sich für ein halbes Stündchen entschuldigt hatte. Sie war dann wohl für länger weggenickt. Der fade Geschmack in ihrem Mund bestätigte ihr, dass es nicht einmal mehr fürs Zähneputzen gereicht hatte. Und jetzt erst fiel ihr auf, dass das, was sie für einen Schlafanzug gehalten hatte, der schwarze Jumpsuit war, in dem sie gestern gekommen war.

»Puh, hättest du mich nicht wecken können?«

»Hab ich versucht, Mama. Du hast gepennt wie ein Stein.«

»Ehrlich?«

»Ja, und geschnarcht.«

»Hey, du bist schon ganz schön frech am Morgen. Ich schnarche nicht.« *Außer nach Partys mit zu viel Alkohol.*

Ava zuckte mit den Schultern. »Soll ich dich mal aufnehmen?«

»Okay, das reicht. Raus hier!« Jana lachte. »Ich komm gleich runter.«

»Aber beeil dich, ist eh schon voll peinlich ...«

»Raus!«

Ava hüpfte aus dem Zimmer.

»Mach die Tür zu«, rief Jana ihr ohne große Hoffnung hinterher. Ihre Uhr zeigte drei Minuten nach neun. Unglaublich. Keine Ahnung, wann sie das letzte Mal so lange und tief geschlafen hatte. Nicht einmal an einen Traum konnte sie sich erinnern. Sie kniete sich neben ihre Reisetasche und kramte nach dem Waschbeutel.

Kaum zehn Minuten später tappte Jana noch leicht benommen vom vielen Schlaf die Treppen hinunter, während die Gefühle, die heute Nacht so wundersam geruht hatten, schon wieder auf Hochtouren ackerten. Die nächtliche Erholung wich Ärger über sich selbst. Statt ihrer Schwester ihre Freude über deren spontane Einladung zu zeigen, mimte sie hier den Hotelgast, verschlief den Abend und wahrscheinlich das Frühstück noch dazu. Und Simon? Wieso kam der einfach vorbei, nachdem er doch eigentlich auf stumm geschaltet hatte? Wie konnte er ahnen, ob sie ihn überhaupt sehen wollte? Wo sie selbst nicht mal sicher war!

»Ach, guck an, die Langschläferin!« Anne stand am Herd und schwenkte eine gusseiserne Pfanne. »Rührei?«

»Morgen. Tut mir echt leid, keine Ahnung, was mit mir los war.« Jana blieb unschlüssig mitten im Raum stehen. Auf dem Tisch lagerten die Reste eines ausgiebigen Jugend-Frühstücks: eine aufgerissene Packung Choco Crispies, ein leer gekratztes Glas Nutella, eine unberührte Schale mit geschnipseltem Obst. Die Haustür stand offen und ließ die warme Sommerluft herein.

»Setz dich doch.« Anne verteilte die dampfenden Eier auf zwei Tellern. »Siehst schon besser aus als gestern Abend. Komm, iss mal was.« Sie schob die Essensreste zur Seite und platzierte die beiden Teller einander gegenüber.

»Danke.« Jana atmete durch. Sie schob sich auf einen Stuhl. »Wo sind denn die Kids?«

Anne zuckte mit den Schultern. »Ich glaube, Johan wollte Ava das Motorrad zeigen, und Lasse lässt sich wahrscheinlich nicht abwimmeln.« Sie grinste. »Verstehen sich anscheinend ziemlich gut, die beiden.«

Das kurze Gefühl der Entspannung verschwand. »Johan hat ein Motorrad?«

»Klar. Eine nagelneue Yamaha.« Anne stapelte die dreckigen Teller. »Von Sören zum Sechzehnten bekommen.«

»Ah.« Der Muttertraum von Ava und dem soliden Johan verflüchtigte sich.

»Die beiden wollen gleich losdüsen, bevor es zu voll wird.« Anne setzte sich ihr gegenüber. »Ach so«, sie grinste, »das hast du ja gestern nicht mitbekommen.«

»Nein, hab ich nicht.« Jana schüttelte heftig den Kopf. »Und ich erlaube es auch nicht.« Sie sprang auf. »Wo sind sie? Ich muss das klären.«

»Hee«, Anne lachte und lehnte sich zurück, »mal ruhig, Brauner. Wusste gar nicht, dass du so 'ne Glucke bist!« Sie schien sich köstlich zu amüsieren.

Jana stützte ihre Hände auf den Tisch. »Bin ich nicht. Aber Ava steigt mir nicht auf irgendein Motorrad.«

»Ist ja nicht *irgendeins*. Der Johan fährt, seit er klein ist. Sein Vater ist Motorradfan.«

»Das kann ja sein. Aber Ava fährt jedenfalls mit mir.«

»Gut. Deine Sache.« Anne schob sich Rührei in den Mund.

»Genau. Meine Sache.« Da war er wieder, der Zickenton. Sie wollte doch etwas verändern. Sie seufzte und setzte sich. »Dein Rührei ist übrigens Bombe. Danke, Anne.«

Anne nickte und hob eine Kanne. »Kaffee?«

»Ja, gerne. Was macht Sören?«

Diesmal war es Anne, die sich schlagartig so verspannte, dass der Kaffee über den Rand schwappte. »Was weiß ich.«

Hastig wischte sie mit der Serviette nach und reichte den Becher über den Tisch.

Jana nahm einen großen Schluck. »Lebt ihr denn wirklich getrennt?«, fragte sie. »Ich meine zusammen, aber getrennt?«

»Wir versuchen es.« Anne ließ den Löffel durch ihren Becher wirbeln.

»Stell ich mir nicht gerade einfach vor.«

»Nö.«

»Also«, Jana wählte ihre Worte mit Bedacht, »wenn du reden willst ... Ich bin zwar nicht gerade Expertin, was den richtigen Umgang mit Männern angeht –«, sie studierte Annes Gesichtsausdruck, »aber zuhören kann ich ganz gut.«

»Alles klar. Weiß ich Bescheid.« Für einen kurzen Moment sah Anne so aus, als würde sie am liebsten sofort loslegen.

Draußen wurde eine Autotür zugeschmissen. Kurz darauf klopfte es in Janas Rücken.

Anne sah erstaunt auf. »Jana?«

»Hallo, guten Morgen. Tut mir leid, wenn ich hier einfach so reinplatze.«

Jana wirbelte herum. »Simon!« Sie sprang auf und lief ihm entgegen. Als sie vor ihm stand, verließ sie der Mut, ihn zu umarmen.

»Hallo«, sagte er leise, als er sie an sich zog. Seine Wange kratzte an ihrer. Er trug wieder das neue Aftershave. Das Blut rauschte in Janas Kopf, als sie sich voneinander lösten.

»Das ist Simon«, sie räusperte sich. »Anne, meine Schwester.«

Mit dynamischen Schritten lief Simon auf Anne zu, die auf seine regenbogengestreiften Boardshorts starrte.

»Hallo Anne. Freut mich sehr. Hab schon viel von dir gehört.« Er nahm auch sie in den Arm.

»Ach ja?«, japste sie und guckte wie der Smiley auf Simons quietschgelbem T-Shirt. »Möchten Sie, äh du, eine Tasse Kaffee?«

»Sehr gerne, wenn es keine Umstände macht.« Simon ließ den Blick schweifen. »Wow. Das ist wunderschön hier.«

Er war großartig. Er sah Anne zum ersten Mal, die er nur aus Janas nicht gerade schmeichelhaften Erzählungen kannte. Doch er strahlte sie an, als freute er sich seit Jahren auf diese Begegnung, und Anne goss ihm nicht nur den Kaffeebecher randvoll, sondern servierte ihm glatt ein Stück Kuchen aus dem Kühlschrank.

»Ich hol kurz meine Sachen«, rief Jana und überließ die beiden gerne einander. Im Gästezimmer schloss sie die Tür und atmete aus. *Es ist nur Simon, der Simon, mit dem du schon die Wehen weggeatmet hast.* Sie schnappte sich die kleine Sporttasche. Ihr Handy lag noch neben dem Bett. Schon aus der Entfernung sah sie das grüne Symbol einer neuen Mitteilung und die drei Buchstaben ihres Absenders. Ihre Finger zögerten einen Moment, bevor sie das Display entsperrte.

Es tut mir leid. Können wir reden, bitte.
BITTE.

Jana warf das Handy mit Schwung in die Tasche. Es schepperte auf dem leeren Boden. Sie stopfte alles, was ihr in die Finger kam, darüber. Sweatshirt, Regenjacke, Badetuch. Dann besann sie sich, kramte nach dem Smartphone, löschte die Nachricht und vergrub es erneut unter ihren Sachen. Schließlich schwang sie den Tragegurt quer über die Schultern und rannte los. »Okay. Ich bin so weit!«, rief sie noch von der Treppe durchs Haus.

★

Ava stapfte in Richtung der Beats, die vom Strand zu den Parkplätzen herüberwummerten, ohne sie eines Blickes zu würdigen.

»Lass das Handy an, damit du erreichbar bist!« Janas Worte verhallten im Wind.

»Ich erinnere sie dran. Bis später!« Johan lächelte verlegen. Er vergrub die Hände so tief in den Taschen seiner Armyshorts, dass sie ihm über den nicht vorhandenen Po zu rutschen drohte, drehte sich um und lief mit schlaksigen Schritten hinter Ava her. Nach ein paar Metern rief er etwas, das Jana nicht verstehen konnte. Ava blieb sofort stehen und drehte sich zu ihm. Der Wind wühlte in ihren Haaren, und sie griff mit beiden Händen hinein, um sie aus dem Gesicht zu halten. Vor ein paar Tagen hatte sie sich beim türkischen Friseur auf der Hoheluftchaussee einen kantigen Bob schneiden lassen – natürlich ohne dass Jana davon wusste. Ihr Gesicht glitzerte in der Sonne, und sie lächelte Johan so glücklich an, dass Jana warm ums Herz war, als sie sich Simon zuwandte. »War ich zu streng?«

Sie hatte die Fahrt mit den beiden Jugendlichen genossen, auch wenn Ava stinksauer auf sie war, weil sie nicht Yamaha reiten durfte. Jetzt, da sie zum ersten Mal allein mit Simon war, schlich sich die flaue Unsicherheit zurück in ihren Magen.

Er öffnete den Kofferraum. »Ja, warst du.«

»Hey, so geht das nicht.« Jana boxte ihm in die Seite, und das seltsame Gefühl verflüchtigte sich. Gut so. Sie waren Freunde. Seit Jahren. Und bestimmt nicht Harry und Sally. Sie würde die komischen fünf Minuten einfach aus ihrem Gedächtnis streichen. »Du musst auf *meiner* Seite sein«, nörgelte sie.

»Das bin ich immer.«

»Ich will einfach nicht, dass sie Motorrad fährt.«

Simon schüttelte den Kopf, während er sich tief in den Kofferraum beugte.

»Hey, ich seh das.«

Er kam wieder zum Vorschein, warf ein Paar Schlappen vor sich auf den Sandboden und schlüpfte aus seinen Sneakers.

»Jetzt sag schon, was du denkst!«

»Jana, das ist echt deine Sache.« Er seufzte.

»Aber?«

»Aber ich musste daran denken, wie du mir früher von deinem überbesorgten Vater erzählt hast, der dich dreimal die Woche in New York angerufen hat.«

»Das kann man doch nicht vergleichen. Hier geht es ums Motorradfahren. Außerdem war ich zwanzig.«

»Ist klar.«

»Und ich mochte seine Anrufe.«

»Ach ja?«

»Mann!« Jana stemmte die Hände in die Seite. »Du darfst nicht so streng mit mir sein. Es ist echt nicht so einfach.«

»Das glaub ich dir.« Er schulterte seine Tasche und warf den Kofferraum zu. »Können wir jetzt einfach den Tag genießen?« Seine Hand lag plötzlich auf ihren Schultern.

»Genau!« Jana hüpfte davon. »Wir sind schon viel zu spät.«

Der Strand war gerammelt voll. Überall wehten Fahnen von Kitesurf-Brands, die an unzähligen Ständen ihre Neuigkeiten ausstellten. Auf dem Wasser lieferten sich die Pros einen spektakulären Wettbewerb nach dem anderen. Jana war dankbar für die Fülle der Aktivitäten, die laute Musik, die vielen Menschen. Der Wind blies kräftig, während sie mit Simon zwischen den Verkaufs- und Ausstellungsständen umherbummelte. Er begrüßte jede Menge Leute, besorgte Getränke, checkte das Material, während Jana gegen ihre Befangenheit anquatschte. Sie kommentierte halsbrecherische Manöver ebenso unfachmännisch wie Foilboards und Sprunghöhenmesser und brachte damit nicht nur Simon zum Lachen. Es hätte wirklich ein lockerer Nachmittag werden können, wären da nicht seine Blicke gewesen, prüfend, fragend, von denen Jana sich regelrecht verfolgt fühlte.

»Geht's dir gut?«, fragte er irgendwann.

»Ich hab ein bisschen Kopfschmerzen, keine Ahnung wieso.«

Sofort zog er seinen Fischerhut vom Kopf. »Hier, die Sonne knallt ganz schön heute, nimm den mal!« Er setzte ihr den Hut auf den Kopf, strich die herausquellenden Haare zurück. Wieder dieser Blick.

Er kramte Zinkcreme aus seiner Tasche. »Vielleicht sollten wir dir auch die Nase einschmieren.« Schon drehte er den Deckel auf.

Jana nahm ihm die Tube aus der Hand. »Danke dir!«

»Wir können auch ein Stück laufen, mal weg aus dem Trubel. Tut mir leid, dich interessiert der ganze Kram wahrscheinlich nicht besonders …?« Sein liebevolles Lächeln rieb an ihren Nerven. *Nein bitte nicht, bloß nicht.* Sie reagierte nicht.

»Kommst du?« Er lief einfach los.

»Simon.«

»Ja?«

»Ich würde lieber hier bleiben.« Sie musste es klären, sofort.

»Okay, klar –« Er sah ihr in die Augen, blieb hängen, eine ganze Weile. Schließlich veränderte sich sein Ausdruck. Er hatte verstanden.

Sie sparte sich die Worte. Was sollte sie auch sagen.

»Ist es okay für dich, wenn ich ein Stück alleine laufe?«, fragte er.

Sie nickte einfach.

*

Das Bier hatte sie in eine gackernde Stimmung versetzt, eine, die sie sich übergezogen hatte wie das Surfshirt gegen den Sonnenbrand. Fast bereute sie, den Joint, den einer von Annikas Kollegen ihr hingehalten hatte, abgelehnt zu haben, danach hätte sie sich vielleicht wirklich entspannen können. Simon war nicht zu sehen. Ganz schön lange war er schon *laufen*. Jana fragte sich, ob er noch mal zurückkommen würde. Vielleicht war er einfach abgefahren.

Doch schließlich kam er. Er grüßte locker in die Runde und setzte sich neben sie. Jana traute sich nicht zu fragen, ob alles in Ordnung war.

Wuooooouuh! Ein Raunen ging durch die Menge, als der Favorit mit den blonden Rasterlocken den ersten Sprung perfekt stand. Mehr zufällig sah Jana nach rechts, und da war Simons Lächeln, so warm wie immer. Nur seine Augen sahen trauriger aus als sonst. Aber vielleicht interpretierte sie auch zu viel, vielleicht waren sie bloß gereizt von Wind und Sonne. Er nickte unmerklich auf ihre wortlose Frage. Und da traute sie sich endlich, zurückzulächeln, vorsichtig, aber unendlich erleichtert. Seine Hand wanderte auf ihre Schulter, und wie automatisch sackte ihre Stirn samt dem Fischerhut nach unten. Mit einem Ruck zog er sie an sich. Jana schlang ihre Arme um seine Brust, drückte, so fest sie konnte, und genoss die Kraft seiner Wärme.

»Hey, wie geht's.«

Wie ein Pfeil sauste die Stimme in die Blase aus Musik, Lachen und Simons Herzschlag.

Jana schoss hoch. Er stand vor dem Biertisch, und sein Gruß hatte der Gruppe gegolten, nicht etwa ihr. Doch dann drehte er den Kopf mit den dunklen Haaren, die sich noch dichter anfühlten, als sie aussahen, in ihre Richtung, und die paar Zentimeter reichten, um Janas Herz ins Stolpern zu bringen. In ihren Ohren begannen Zikaden zu fiepen wie in den Hamptons im Hochsommer.

»Hallo Jana. Hey Simon.« Er starrte auf Simons Hand, die auf ihrer Schulter liegen geblieben war, dann direkt in ihre Augen.

Unwillkürlich kuschelte sich Jana enger an Simon, während sie Heks Blick provozierend erwiderte.

»Hi Hek.« Simon schien erfreut. »Setz dich zu uns!« Er rutschte zur Seite und zog dabei Jana noch näher zu sich.

»Nee, danke«, sagte Hek langsam. »Ich wollte das Rennen am Südstrand sehen.« Abrupt drehte er sich weg.

Noch ein Pfeil schoss in Janas Herz. Simons Arm fühlte sich plötzlich so schwer an wie ein Sandsack vom Deich. Sie griff nach ihrer Bierflasche.

»Echt, du fährst rüber?« Annika war aufgesprungen. »Nimmst du mich mit?« Sie hängte sich lässig an Heks Arm.

Hek grinste sie an. »Klar.«

»Bis später!«, rief Annika.

Während die beiden plaudernd davonschlenderten, begann Janas Herz vor Neid zu brennen, auf Annika, die seine Haut spüren, ihn riechen, sein Augenblitzen im Gegenlicht genießen durfte.

Sie stand auf. »Ich geh Ava suchen.«

Simon legte den Feldstecher zur Seite, mit dem er das Spektakel auf dem Wasser beobachtet hatte.

»Ich muss Ava und Johan finden«, wiederholte sie hölzern.

Simon erhob sich ebenfalls. »Du hast recht. Wollen wir sie anrufen?«

Während Jana darauf wartete, dass Ava abhob, spähte sie in Richtung Parkplatz, dorthin, wo die Camper standen. Doch in der Menschenmenge konnte sie niemanden erkennen.

KAPITEL 29

Jana

Baby, I need you right now!, jaulte Mick aus den scheppernden Boxen ihres Mietwagens. Die tief stehende Sonne blendete trotz dunkler Sonnenbrillen und brannte auf der glühenden Haut. Sie fuhren mit offenen Fenstern, die Lautstärke des Radios auf Anschlag, sodass die schräge Musik mit dem Wind um die Wette dröhnte. Jana sah hinüber zu Ava, die neben ihr im Schneidersitz auf dem Beifahrersitz lümmelte. In ihren Blicken begegnete sich Entsetzen, und sie begannen gleichzeitig zu lachen.

»Oh Gott, das ist so schlecht«, gluckste Jana. »Ich hatte wirklich verdrängt, wie schlecht das ist.«

»Und diese Stimme –!« Ava brach in den nächsten Lachanfall aus. »Oh Baby …« Sie imitierte Micks zu hohe Tonlage. Dann sprang sie zum nächsten Song, der kaum besser begann.

Im letzten Jahr hatte Jana sich verboten, Micks Musik zu hören. Zu viele schmerzhafte Erinnerungen weckten seine Songs in ihr. Die Songs, die Ava gerade aus den Tiefen ihres Smartphones hervorgezaubert hatte, mussten allerdings fünfundzwanzig Jahre alt sein, aus der Zeit, die er selbst euphemistisch als *Findungsphase* bezeichnete. Deren gefloppte Alben hielt er allerdings streng unter Verschluss. Kein Wunder, der Versuch, seiner souligen Stimme unterlegt von Clave-Rhythmen einen jammernden Latinotouch zu verleihen, war total in die Hose gegangen. Er klang wie eine depressive Mischung aus Tom Jones und Enrique Iglesias.

Umso besser passte die Musik zur Stimmung im Auto, die durch Micks leidvolles Geheule nur noch überdrehter wurde. Nichts war mehr übrig von den gestrigen Verstimmungen.

Der Sonntagvormittag hatte mit einem ausgiebigen – diesmal gemeinsamen – Frühstück begonnen, bei dem ausnahmsweise alle am Tisch gute Laune verbreiteten. Jana hätte zu gern gewusst, ob in Sankt Peter etwas zwischen Johan und Ava passiert war oder ob schon wieder ihre Wunschvorstellung ihre Wahrnehmung beeinflusste. Jedenfalls war Ava wie ausgewechselt. Ihre alberne Kicherlaune hielt den ganzen Tag an und war mit Janas zittrigem Nervenzustand und Annes trockenem Humor zu einer ausgelassenen Mädelsstimmung verschmolzen, bei der die beiden Jungs zu staunenden Statisten wurden.

Anne hatte Ava angeboten, die Ferien bei ihnen zu verbringen, und man konnte nicht sagen, wer von diesem Vorschlag begeisterter war, Ava oder Jana. Jana hatte sich vorgenommen, die Zeit zu nutzen, um eine neue Wohnung zu finden. Sie hatte noch nicht mit Ava darüber gesprochen, sie wusste auch nicht, wie sie ihren plötzlichen Entschluss, aus der Mansarde auszuziehen, erklären sollte. Aber sie würde sich etwas einfallen lassen, denn eins war ihr übers Wochenende klar geworden: Es würde sie womöglich weniger Anstrengung kosten, eine neue Wohnung zu finden, als die notwendige Immunität gegen den Charme ihres Vermieters aufzubauen.

*

Sie parkten, luden die Taschen aus und versperrten den Wagen mit der App. Vom Asphalt strahlte die Wärme an ihre nackten Beine, die immer noch herrlich müde waren vom Laufen am Strand. Der Himmel glühte in rotorangenen Neonfarben. Vor dem Eiscafé an der Ecke standen die Schlangen bis auf die Straße. Jeder Tisch war besetzt, auch die Bänke und Mäuerchen der gegenüberliegenden Straßenseite. Es war schön hier, Jana würde das Viertel vermissen.

Sie sah ihn erst auf den Stufen sitzen, versteckt hinter dem satten Grün des Magnolienbuschs, als sie durch das Gartentor traten. Die Ferienstimmung wich aus ihr wie die Luft aus einem Plastikflamingo. Er trug noch das verwaschene T-Shirt, die verbeulten Jeans und die schwarzen Schlappen von gestern. Seine Nase leuchtete rot verbrannt zwischen dunklen Gläsern. Als er die Brille in die Haare schob, bemerkte Jana die tiefen Schatten, die seine Augen noch dunkelgrüner wirken ließen als sonst.

Sie blieb stehen, unfähig wegzusehen, während Ava vergnügt weiterlief. »Hey Hek!« Sie klatschte in seine offene Hand. »Wo bist du denn die ganze Zeit?«

»Hallo Ava«, sagte er und sprang auf. »Hast ganz schön Farbe bekommen. Steht dir gut! Wie war's eigentlich im Musiklager? Und an der See?«

Ava runzelte die Stirn. »Scheiße.« Dann lachte sie wieder. »Und super!«

Hek lachte. »Na dann.« Er warf einen kurzen Blick zu Jana, die immer noch wie angewurzelt ein paar Meter entfernt stand. »Hey!«

Sie schluckte und setzte sich in Bewegung. »Hallo.«

Er kam die Stufen hinunter. Frontal vor ihr blieb er stehen.

»Entschuldige.« Sie versuchte zu signalisieren, dass sie vorbei wollte, ohne ihm dabei in die Augen zu sehen.

Er trat zur Seite, doch sein Blick ließ nicht locker, während sie erfolglos in ihrer Sporttasche kramte.

»Hättest du eine Minute, Jana?«

Sie fand den Schlüssel.

»Bitte.«

Ava sah sie neugierig von der Seite an.

»Ich komm gleich nach, Schatz«, sagte Jana schnell.

»Okay.« Ava schnappte sich den Schlüssel. »Tschüss, Hektor. Du hast Sonnenbrand!« Sie stieg die Stufen hoch.

Er lachte. »Ciao Ava.«

Sie standen voreinander. Jana beobachtete die tanzenden Hummeln in den knochigen Lavendelbüschen an der Hauswand.

»Zigarette?« Er hielt ihr ein Päckchen hin.

Verwundert sah sie auf. »Ich rauche nicht.« *Und ich dachte, du auch nicht!*

»Auch nicht in Ausnahmefällen?«

Sie ahnte, dass seine Augen blitzten.

»Setzen wir uns kurz?«

Die Stufen waren kühl trotz der Hitze. Jana rieb sich über die Oberschenkel, um die Gänsehaut zu vertreiben.

»Soll ich dir einen Pulli holen?«

»Nein, danke! Keinen Pullover«, schnaubte sie. Was wollte er, sie quälen? Wütend sah sie ihm in die Augen und schnell wieder weg. Was sie dort sah, irritierte sie nur noch mehr.

Er fingert eine Zigarette aus der Schachtel, ließ sie durch seine Finger wandern, ohne sie anzustecken.

Jana stierte auf ihren großen Zeh und wartete. Der Nagellack hatte unter dem Sand gelitten. Fahrradfahrer klingelten, jemand hupte. Sie schob ihre Hände unter den Po.

»Du und Simon, seid ihr –?«

Es hat funktioniert. Er denkt es wirklich. Da war dieser Kloß in ihrem Hals, der ihr die Luft abschnürte. »Warum interessiert dich das?«, presste sie hervor.

Er schnaubte aus, sagte nichts.

Sie hob den Blick, während ihr Herz bis zum Hals klopfte. »Es geht dich nichts an.«

Er nickte, nur einmal, abrupt.

»Sonst noch was?«, fragte sie und sah ihm provozierend in die Augen, während sie sich langsam erhob und die Hände rieb. Reden wollte er? Warum tat er es dann nicht?

Er hielt ihren Blick, während er ebenfalls aufstand. Fieberhaft rüttelte sie am Schlüssel, den Ava stecken gelassen hatte. Sie hörte ihn atmen, und sein Duft weckte die Erinnerung in ihrem Körper.

»Jana …!« Das Flüstern streichelte ihren Nacken.

Die Tür flog auf, und Jana flüchtete auf die Treppe.

»Bitte Jana, warte mal!«

Sie stoppte.

»Ich wollte mich melden. Aber an dem Abend bei meinen Eltern … Suzanna ist schwanger.«

Jana fuhr herum.

Er stand am Fuße der Treppe, eine Hand am Geländer. Wie konnte man so derangiert und gleichzeitig so umwerfend aussehen? »Ich habe mich trotzdem getrennt.«

Jana tastete nach dem Geländer. *Lass dich nicht einwickeln.* Sie nickte nur, drehte sich weg und tappte wie blind die letzten Stufen hinauf. Kurz vor der Tür holte sie tief Luft, wandte sich noch einmal um. »Wir werden ausziehen.« Sie spürte, wie ihre Worte ihr Klarheit verschafften.

Er zog die Augenbrauen zusammen. »Habt ihr was Neues?«

»Ich finde schon was.«

Seine Augen blickten ins Leere.

Sie riss sich los. »Mach's gut, Hek!«

Ihr Körper fühlte sich taub an, als sie die Tür vorsichtig zudrückte. »Ava?« Sie ließ die Tasche fallen.

Im Bad plätscherte das Wasser. Durch die Dachfenster glühte der Himmel und gewann im Kitsch-Wettbewerb gegen die Rosentapete. Wie ferngesteuert lief Jana kreuz und quer durchs Zimmer, das Herz schwer wie Blei. Was war passiert? Sie hatte richtig reagiert, sie musste weg, raus aus seinem Haus, raus aus der Geschichte mit ihm, die ihr die Luft raubte. Warum nur fühlte sich trotzdem alles falsch an? Sie wünschte, Ava würde aus dem Bad kommen, und sie könnten wieder Musik hören, gackern und einfach weitermachen, wo sie unterbrochen worden waren.

Das dumpfe Geräusch der Klingel im Erdgeschoss ließ sie zusammenzucken. Da waren Männerstimmen im Treppenhaus. Laut, sehr laut, aber nicht zu verstehen. Es ging sie auch nichts mehr an. Nichts von dem, was in diesem Haus passierte, hatte mehr mit ihr zu tun. Jemand brüllte, ein Poltern folgte. Sie lief jetzt doch zurück zum Eingang, legte das Ohr an die Tür. Es war still. Sie gab sich einen Ruck, drückte die Klinke hinunter und lugte durch einen Spalt.

Er saß auf der untersten Stufe, den Kopf in die Hände gestützt.

»Hek?«

Aus seiner Nase tropfte Blut. Die rechte Wange in Schattierungen von Violett drückte das Auge zu.

»Hek!« Jana stürzte aus der Tür. »Was ist passiert?«

Sein Versuch zu lächeln, mündete in einer schrecklichen Grimasse. »Geht schon!«, sagte er, stand auf und verschwand in seiner Wohnung.

KAPITEL 30

Hek

Simon hatte den Platz an der Bar gewählt. Direkt an der Tür, da, wo man nur auf ein, zwei Bier verweilte. Wahrscheinlich war er überrascht gewesen, als er Heks Nachricht erhalten hatte. *Man müsste auch in Hamburg mal auf ein Bier gehen.* Sagte man so, tat man dann doch nicht. Weil es zwar nett wäre, aber nicht wichtig genug. Jetzt war es Hek wichtig.

»Hast du dich geprügelt?« Simon streckte ihm die Hand entgegen. Er lehnte an einem Barhocker, das weiße Hemd bis zu den Ellenbogen gekrempelt, den Arm lässig auf die speckige Theke gestützt. Vor ihm stand eine Flasche *Ratsherrn,* und er las in einem aufgebogenen Taschenbuch. Er war ein verdammt gut aussehender Mann, sympathisch, sportlich, erfolgreich. Bücher las er also auch. Nur in Begleitung hatte Hek ihn noch nie gesehen – zumindest bis vor Kurzem. Es stach in seiner Brust, als das Bild von Jana in Simons Armen zurückkam. Er schlug die Hand ein und gab dem Barkeeper ein Zeichen. »Leider nicht.«

»Wie meinst du das?«

»Der andere war zu schnell weg.«

Simon lachte laut. »Klingt nach einer guten Story.«

Hek zuckte mit den Schultern. »Der Jugendfreund meiner Ex-Freundin hat mir einen Besuch abgestattet.«

Simon reagierte so schockiert wie alle anderen. »Er stand vor deiner Tür?«

»Hm.«

»Und wieso hast du ihn reingelassen?«

»Als ich gecheckt habe, dass es nicht der DHL-Bote ist, hatte ich die Faust schon im Gesicht.«

»Und die beiden hatten …? Ich meine …«

»Ein Verhältnis? Ja. Offensichtlich. Frag nicht nach Details, bitte.«

»Autsch. Und deine Freundin …?«

»Ex-Freundin.«

»Oh, ja klar. Tut mir echt leid, Mann.«

»Muss es nicht. Es war schon vorher vorbei. Dieser Typ war quasi nur der finale Paukenschlag – im wahrsten Sinne.«

Hek berichtete noch ein bisschen von seiner Beziehung, und wie desolat sie bereits gewesen war. Er wollte Simon wissen lassen, dass er sich schon eine ganze Weile emotional zurückgezogen hatte. Nur die Schwangerschaft ließ er unerwähnt – wohlweislich. »Ich bin einfach nur froh, dass es vorbei ist«, schloss er wahrheitsgemäß. »Dieser Typ, der *Jugendfreund* Janusch, kommt mir vor wie ein Statist, der seinen Auftritt verpasst hat. Verstehst du? Kommt auf die Bühne gestolpert, als das Stück bereits vorbei ist.«

Simon war ein guter Zuhörer, natürlich. »Du wirkst – erleichtert«, sagte er und traf damit ins Schwarze. Zu seiner eigenen Überraschung war Hek tatsächlich weder wütend noch schockiert, nicht einmal verletzten Stolz empfand er, sondern nichts als pure Erleichterung. Er musste sich nicht mehr verbiegen, nicht für Alma und nicht für Suzanna, die ihn beide hintergangen hatten – jede auf ihre Weise. Und was das Baby anging – nach dem Test würde er klarer sehen. Ziemlich unwahrscheinlich, dass er der Vater war. Doch selbst wenn – wie er damit umging, würde er nur noch mit seinem Gewissen ausmachen.

Sie stießen ihre Flaschen aneinander. Zeit für die nächste Wahrheit.

»Es gibt etwas anderes, das ich mit dir besprechen wollte«, sagte Hek.

Simon grinste. »So sachlich plötzlich? Gehen wir zum geschäftlichen Teil über? Ich bin, ehrlich gesagt, völlig unvorbereitet für ein Business-Meeting. Will *Bekensen* sich bei uns beteiligen? Ist doch gar nicht eure Branche, aber hey, wir sind für alles offen.« Lachend leerte er sein Bier und strich über seine Wange, als überprüfte er den Fortschritt seines Hipster-Barts.

Hek fuhr mit dem Daumen über den Flaschenrand. »Ich arbeite nicht mehr für *Bekensen*«, murmelte er.

Simon sah überrascht auf. »Ach echt – hattest du die Geschäftsführung nicht erst vor Kurzem übernommen? Hatte ich das falsch im Kopf?«

Hek nahm einen Schluck. »Nee, war schon richtig. Aber ich habe wieder gekündigt. Zu viele Familienverstrickungen …«

Warum erzählte er Simon davon? War er zu feige, das eigentliche Thema anzusprechen? Er holte Luft. »Läuft da was zwischen dir und Jana?«

Der Sonnyboy verabschiedete sich aus Simons Gesicht. »Nichts für ungut, Hek«, sagte er langsam, »aber ich glaube nicht, dass dich das etwas angeht.«

»Ich wüsste es einfach gerne.«

»Und wieso genau …?« Simon sah ihm unangenehm offen in die Augen.

»Weil ich sie … Wir haben –« Hek unterbrach sich. Was wollte er eigentlich? Simon um Erlaubnis bitten? Ihn abschrecken? Ihm erzählen, was zwischen Jana und ihm passiert war? Damit er dann erfuhr, was zwischen Simon und ihr gerade *passierte*? Plötzlich erschien ihm dieses Gespräch absurd. Er sollte gehen.

»Was *wir*?« Unter Simons schneeweißem Hemd hob und senkte sich die Brust. Ganz so souverän, wie er tat, war er wohl doch nicht. »Ich schätze, wenn du einen Grund hättest, von einem *Wir* zu sprechen, wüsste ich davon.« Er knallte seine Flasche auf die Bar und machte einen Schritt auf Hek zu, der starr in seiner Position verharrte. Sie waren exakt gleich groß. Für einen Moment befürchtete Hek, dass Simon ihm einen Stirnhieb verpassen wollte. Das war's dann mit der *an*gebrochenen Nase. Doch Simon fixierte ihn nur mit verächtlichem Blick. »Ich weiß nicht genau, was du mir sagen willst, Hek. Aber eins weiß ich sicher: Jana bedeutet mir sehr viel. Und sie hat lange genug unter Männern gelitten, die sich nicht entscheiden können. Also lass sie einfach in Ruhe!«

Die Worte surrten durch Heks Kopf wie lästige Fliegen, während er versuchte, seinen Atem schneller unter Kontrolle zu bringen als Simon, der immer noch dicht neben ihm stand.

»Noch zwei Bier?« Der Barkeeper riss sie beide aus der Erstarrung. Während Simon nickte und sich dann seinem Handy widmete, kramte Hek in seiner Hosentasche. Er fand den Zehneuroschein und platzierte ihn neben den beiden leeren Flaschen. »Nein, danke.«

Im Gehen berührte er Simon an der Schulter als Zeichen der Zustimmung. »Wahrscheinlich hast du recht, Mann.« Mit langen Schritten verließ er die Bar.

KAPITEL 31

Jana

Ava kam aus dem Bad. Die Haare schwangen feucht über den Schultern, neuerdings in Petrol, passend zur Farbe der Kerzen, die sie besorgt hatte. Ihr gerüschtes Oberteil endete über dem Bauchnabel, und die kurze Jeans betonte für Janas Geschmack ein bisschen zu sehr ihren runder werdenden Po. Barfuß tigerte sie durch den Raum. »Sie müssten doch schon hier sein, oder?«

Jana nickte aus der Küche und würzte zum fünften Mal die Bolognese nach. Warum schmeckte sie gerade heute fader als sonst?

Ava rückte die Stoffservietten auf dem Tisch zurecht und zündete die Kerzen an. Sie wollten beide, dass es ihren ersten und wahrscheinlich auch letzten Gästen in der Mansarde gefiel. Jana durchfuhr ein warmes Gefühl. Sie war stolz auf ihre Tochter, blaue Haare hin oder her. Sie würde nach den Ferien in die zehnte Klasse versetzt werden, sie sprach Deutsch mit nordischem Einschlag, als wäre sie hier aufgewachsen – und sie sang wieder in der Band. Zu ihrem Geburtstag wünschte sie sich sogar professionellen Gesangsunterricht und von ihrem Dad eine E-Gitarre. Der Name Tom tauchte nur noch selten in ihren Gesprächen auf. Vielleicht gehörte Avas Teenagerherz inzwischen jemand anderem? Jana fragte nicht nach. Für einen Verwandtschaftsbesuch hatte sich ihre Tochter zumindest auffällig herausgeputzt. Und irgendwann hatte sie sich auch beiläufig bestätigen lassen, dass Johan doch *rein technisch gesehen* nicht ihr Cousin sei. Nichtsdestotrotz schien sie nicht halb so nervös zu sein wie ihre Mutter. Energisch kurbelte Jana an der Pfeffermühle.

Es war Annes Vorschlag gewesen, Ava für die Ferien abzuholen und dies mit ihrem ersten Besuch in Hamburg zu verbinden. *Wenn du uns nicht einlädst, muss ich das wohl selbst machen.* Jana hatte darauf verzichtet, Anne daran zu erinnern, dass sie es gewesen war, die ihre Einladung vor einiger Zeit empört abgelehnt hatte. Sie hatte gelernt, dass sich hinter der spröden Art ihrer Schwester oft ein durchaus nett gemeinter Vorschlag verbarg. Also sagte sie begeistert zu.

Es klingelte. Ava war schneller und öffnete die Tür. Jemand im weiß-blauen Trikot rannte die Treppe hinauf und schoss mit hochroten Wangen an ihnen beiden vorbei.

»Hey Lasse, herzlich willkommen!«, rief Jana.

Er drehte sich um sich selbst. »Bei euch ist ja auch die Küche im Wohnzimmer.«

Jana lachte. »Nur dass es bei euch ein bisschen großzügiger ist.«

»Es riecht gut.« Er stapfte zum Herd. »Was gibt's denn?«

»Spaghetti Bolognese.«

»Ui, lecker.«

»Ey Lasse, zieh erst mal die Schuhe aus.« Johan war in der Tür stehen geblieben, hinter ihm erschien jetzt auch Annes rundes Gesicht.

Jana eilte zu ihr. Ihr Herz klopfte, als sie die ausgestreckte Hand nahm und Anne sanft an sich zog. Ihre Umarmung wurde mit festem Druck erwidert.

»Danke, dass ihr kommt.«

Anne nickte. »Ist ja ein ordentlicher Weg.«

Für einen Moment standen sie stumm voreinander. Dann sprachen sie beide gleichzeitig.

»Kommt doch rein!«

»Nett hier.«

Annes geradezu aufdringliches Lächeln ließ Jana vermuten, dass ihre Schwester ähnlich nervös war wie sie. Das entspannte sie ein bisschen. Sie begrüßte Johan, der sofort von Ava in ihr Zimmer gezogen wurde.

Anne machte zwei Schritte, dann blieb sie breitbeinig stehen, legte die Hände vor dem Bauch zusammen. Irgendwie erschien sie Jana heute jünger. Sie schob es darauf, dass sie ihre Schwester zum ersten Mal mit Lippenstift und offenen Haaren sah, in einem kornblumenblauen Kleid exakt in der Farbe ihrer Augen.

»Möchtest du Prosecco?«, fragte sie.

»Ich muss doch fahren.« Annes üblich strenger Ton wurde von einem verschmitzten Lächeln begleitet, das Jana so nicht kannte. »Aber ein Gläschen kann nicht schaden, oder?«

»Auf keinen Fall.« Erleichtert öffnete Jana die Flasche. Während sie einschenkte, zupfte Lasse sie am Ärmel. »Tante Jana, wo ist denn euer Fernseher?«

Jana legte den Arm um ihn und lachte. »Wir haben keinen, Lasse.«

Er riss die Augen auf und sah sich suchend nach seiner Mutter um. »Aber Mama, du hast gesagt, ich darf einen Film gucken!«

Anne zuckte ungerührt die Schultern.

»Du könntest auf dem Laptop schauen«, beeilte sich Jana, die Stimmung zu retten.

Lasse sah wieder zu seiner Mutter. »Darf ich?«

Anne nickte, und Jana wischte sich virtuellen Schweiß von der Stirn. »Puh, das war knapp! Wollen wir dann essen?«

*

»Ihr könnt wirklich bleiben«, sagte Jana zwei Stunden später, während sie Rotwein in beiden Gläsern nachschenkte.

»Ach, das wird doch viel zu eng.« Anne grinste eindeutig angeschickert und nahm einen Schluck. »Der schmeckt leider zu gut.«

»Wir bringen euch schon unter. Bitte bleibt doch!« Jana meinte es ernst, nicht nur, weil sie sich um Annes Fahrtüchtigkeit sorgte. Der Abend, vor dem sie solchen Bammel gehabt hatte, hatte sich zu einem der nettesten der letzten Zeit entwickelt. Zum schönsten mit ihrer Schwester jemals – ob es nun am Rotwein lag oder daran, dass beide Schwestern sich vom ersten Moment an größte Mühe gegeben hatten.

Das Essen war noch etwas zäh verlaufen, Annes Einsilbigkeit und Janas ambitionierter Small Talk mussten sich erst eingrooven. Selbst Ava und Johan – so vertraut sie miteinander schienen – hatte plötzlich die pubertäre Sprachlosigkeit überfallen. Umso besser für Lasse. Er redete quasi ununterbrochen und machte den vier anderen dankbar den Alleinunterhalter. Jetzt lag er mit seligem Lächeln unter Avas Kopfhörern auf dem Sofa, versunken in *Episode I* auf Janas Laptop.

»Ein gutes Team!«, sagte Anne und warf die Spülmaschine zu. Jana hatte gerade das Gleiche gedacht.

»Wenn Sören und ich gemeinsam in der Küche stehen, gibt es nur Mord und Totschlag.«

Jana horchte auf. »Wie läuft es denn mit euch?«, hakte sie ein und beobachtete Anne von der Seite, um ja nicht deren Reaktion auf ihren Vorstoß ins Persönliche zu verpassen.

Anne versenkte die Nase im Rotweinglas, das sie kaum aus der Hand ließ. »Gut«, murmelte sie.

»Und was heißt das?« Täuschte sie sich oder färbten sich

die properen Wangen ihrer Schwester? »Ist in Ordnung, wenn du nicht drüber reden willst ...«

»Doch, doch.« Anne strich sich die Haare aus dem Gesicht. Sie schwenkte das Glas.

Jana wartete. Schließlich sah Anne auf. Tatsächlich, ihr Gesicht glühte rot wie Tomatenmark.

»Wir nähern uns an.« Sie schnappte sich ihr Glas und lief hinüber zum Tisch.

Jana folgte ihr. »Aber das ist doch gut.«

Anne warf einen Blick auf Lasse. Es war nicht zu befürchten, dass er demnächst aus seiner Yediwelt auftauchen würde. Sie holte tief Luft. »Wir hatten –«, wieder errötete sie heftig.

»Sex?«, fragte Jana trocken.

»Pssst.«

Jana grinste breit. »Das ist mehr als gut.«

Anne schüttelte energisch den Kopf. Dann nahm sie das halb volle Rotweinglas und leerte es.

»Also der Sex war nicht gut?«, fragte Jana.

Annes sah aus, als wenn sie spontan Scharlach bekommen hätte. »Es ist peinlich. Wir sind doch getrennt«, flüsterte sie.

»Aber verheiratet.«

»Noch.«

»Wer weiß. Was ist so schlimm daran?«

Anne verdrehte die Augen. »Alles. Ich bin schwach geworden. Und er erwähnt es nicht einmal.«

»Vielleicht hat er Angst.«

»Wie?«

»Du kannst ziemlich streng sein, Anne. Es gibt Menschen, die das verunsichert. Vielleicht gehört dein Mann auch dazu.«

Anne runzelte die Stirn.

Verdammt. Das war zu deutlich gewesen.

»Meinst du das ernst?«

Unmerklich nickte Jana und wappnete sich.

»Auch noch einen Schluck?« Anne reckte sich über den Tisch nach der Flasche.

»Hm.«

Der Wein gluckerte ins Glas. Jana zuckte zusammen, als Anne die Flasche auf den Tisch knallte.

»Angst vor mir?« Plötzlich begann Anne zu kichern. Sie hielt die Hände vor den Mund, lachte, dass ihre breiten Schultern bebten. »Er hat Angst vor mir!« Sie hob ihr Glas und prostete Jana zu, die etwas ungläubig in das Lachen einstimmte.

»Hast du noch so einen guten Ratschlag auf Lager?«, fragte Anne, als sie sich etwas beruhigt hatte.

Jana wusste nicht recht, wie sie den kleinen Anfall ihrer Schwester deuten sollte. Grinsend schüttelte sie den Kopf. »Ich sagte dir ja schon mal, dass es zum Thema Männer bessere Berater gibt.«

»Ich hab aber nur dich.«

Okay, sie wollte es anscheinend direkt. »Liebst du ihn noch?«

Anne verschluckte sich am Rotwein.

»Und?«

»Hm.«

»Also«, Jana holte Luft. »Ich deute dein Herumgedrucke mal so: Du lebst unter einem Dach mit dem Mann, den du liebst und mit dem du nach einer kleinen Krise wieder guten Sex hattest. Wie wäre es, wenn du ihm zeigst, dass er dir noch was bedeutet? Sei doch mal ein bisschen liebevoll zu ihm, dann wirst du schon erfahren, woran du bist.«

Anne hatte sich während ihres Monologs nach vorne gebeugt, die blauen Augen weit aufgerissen. »Aber was, wenn er mich – nicht will?«

Jana lächelte. »Das Risiko musst du eingehen.«

Nickend wie ein Wackeldackel ließ sich Anne zurück in den Stuhl fallen.

»Kann ich noch einen?« Lasses Stimme ließ beide Frauen zusammenzucken. Sie kicherten wie zwei ertappte Teenager, und Jana sprang auf, um ihm die nächste Episode anzuschalten.

»So. Und bei dir?«, polterte Anne, als Jana zurück an den Tisch kam. »Ist da was mit diesem Simon?«

Jetzt hätte Jana sich beinahe verschluckt. »Wie kommst du da drauf?«

Anne grinste nur.

Jana schüttelte den Kopf. »Wir sind nur Freunde.«

»Aber irgendwas ist doch.« Anne ließ nicht locker. »Rück's schon raus!«

»Es ist kompliziert.«

»Ach ja?«

Jana horchte auf. Allzu sehr blitzte da Annes unverkennbare Überheblichkeit heraus.

»Ich schätze, *du* bist kompliziert.«

Jana explodierte. »Wenn ich eins echt nicht brauche, Anne, dann eine Gouvernante. Wieso kannst du nicht einfach mal 'ne Freundin sein?« Abrupt verstummte sie. Was tat sie da? Sie legte ihre Hand auf Annes Unterarm. »Tut mir leid, ich wollte nicht –. Ich weiß auch nicht, was mit mir los ist.«

Anne sah ehrlich betroffen aus. »Ist schon gut«, murmelte sie. »Du hast recht. Aber ich bin sauer. Weil ich dir alles verklickere und du auf geheimnisvoll machst. Das ist nicht in Ordnung.« Sie seufzte. »Also, willste nicht mal – erzählen? So ganz allgemein? Alles?«

*

Es war halb vier Uhr morgens, als Jana alle Kissen und Decken, die sie finden konnte, mit Bettwäsche bezog. Lasse war irgendwann auf dem Sofa eingeschlafen, für Johan rollten sie die einzige Gästematratze in Avas Zimmer aus. Anne kletterte sturzbetrunken mit einem »*Wow, ist das gemütlich*« die Leiter hoch und kam nicht wieder herunter.

Jetzt lag sie neben ihr und atmete schwer. »Jana?«

»Ja?«

»Nur, dass du's weißt«, lallte sie. »Sören sagt, ich schnarche. Manchmal.«

»Kein Problem.«

»Gut. Und Jana?«

»Ja?«

»Das war ein schöner Abend.«

»Fand ich auch. Schlaf gut, Anne!«

»Du auch.«

Jana drehte sich zur Seite und war froh, dass sie nicht tief fallen würde, sollte sie von der Matratze plumpsen. Sie würde auf ihren fünfzig Zentimetern ohnehin nicht schlafen können, aber für diesen Abend hätte sie auch ganz auf dem Boden übernachtet. Sie stopfte ihren Arm unters Kissen, schloss die Augen und lauschte Annes schwerem Atem. Die Gespräche des Abends rasten durch ihren Kopf. Ihre Annäherung mit Anne, die Offenheit, mit der sie sich plötzlich begegneten – vielleicht zum ersten Mal überhaupt. Und dass sie ihrer Schwester am Ende tatsächlich alles erzählt hatte, im Schnelldurchgang. Von Mick, der endlich Vergangenheit war. Von Simon, von dem sie nicht wusste, ob sie je wieder *einfach Freunde* sein konnten. Und von Hek – vor allem von ihm. Gesagt hatte Anne nicht viel – aber das war womöglich auch besser so.

»Jana?«

Sie schlief also auch noch nicht. »Ja?«

»Der Mond ist ganz schön hell.«

»Hm.«

»Aber schön.«

»Ja.«

Die Matratze tat einen Hüpfer. Anne hatte wohl Arme und Beine gehoben und wieder fallen lassen. »Das geht gar nicht.«

Vorsichtig drehte sich Jana zu ihr. »Was denn?«

»Was die mit dir machen ... Ich meine, da werd ich ja schon ganz tüddelig. Der eine, dein bester Freund, tut so, als sei nix gewesen und macht auf Chef? Dem würd ich was erzählen. Er hat dich doch geküsst, und jetzt ist er beleidigt? Und dieser Hek haut einfach ab? Nur weil du ihm nicht gleich wieder in die Arme fällst? Und wenn ihm dieses Haus gehört, wo is er dann hin? Männer!« Sie setzte sich ruckartig auf. »Auf jeden Fall musst du hier raus, Jana. Such dir bloß 'ne andere Wohnung.«

»Mach ich ja.«

»Und wenn er doch zurückkommt, halt dich fern von ihm, ja? Der kriegt ein Kind mit einer anderen. Das macht dich nur unglücklich.«

Jana seufzte. »Anne?«

»Hm.«

»Eine Freundin, keine Gouvernante.«

»Ja, ja.« Anne rutschte zurück in die Liegeposition. Im fahlen Licht glich ihr Gesicht dem freundlichen Vollmond über dem Dachfenster. »Aber ich bin auch deine große Schwester. Ich muss dich beschützen.«

Jana grinste in ihr Kissen. »Das ist nett von dir«, murmelte sie. Sie wartete eine Weile, doch anscheinend wollte die große Schwester wirklich nichts mehr hinzufügen. Erst als Janas Gedanken endlich mit den ersten Traumgestalten verschmolzen, holte Annes Brabbeln sie erneut zurück.

»Aber, wat für'n Schiet, du bist ganz schön verliebt in ihn.«

KAPITEL 32

Hek

Sie sitzt auf seinem Schoß. Er streicht ihr die Haare aus dem Gesicht, nimmt sie in ihrem Nacken zusammen. Er kann sich nicht sattsehen an ihrem Lächeln. Mit dem Finger zeichnet er ihre weichen Lippen nach bis in die Grübchen, behutsam, langsam, sie haben keine Eile. Er wandert weiter über die zarte Haut ihrer Wangen, küsst sie sanft hinters Ohr, an die geheime verschwitzte Stelle, wo sie duftet wie Mandarinen und schmeckt wie das Meer. Dann lässt er ihre Haare los, und sie fallen schwer über die gebräunten Schultern, wie Weizen auf poliertes Holz. Er beginnt sie zu streicheln, kaum dass er sie berührt. Er spielt, verweilt, kitzelt mit seiner Zunge in ihrem Bauchnabel, und sie bäumt sich ihm ungeduldig entgegen. *Komm!* Er schüttelt den Kopf, dass seine Nase an ihr reibt, richtet sich auf, fängt ihr Lächeln. Mit beiden Händen greift er ihren Hintern, zärtlich, bestimmt. Sie fleht, atmet schwer. *Sachte,* sein Blick hält sie fest. Aber sie will nicht warten, schubst ihn nach hinten, und er lässt sich fallen mit heiserem Lachen. Sie schnappt nach seinen Händen, nimmt sie über den Kopf, *hab dich.* Und wie sie ihn hat! Ihre Augen leuchten wie Sterne. Er seufzt, als sie sich zu ihm beugt, giert nach ihren Lippen, schmeckt ihr Verlangen, während ihre Münder einander Versprechungen machen. Ihre Zähne liebkosen seinen Hals. Er schließt die Augen, wartet. Langsam hebt sie ihre Hüften, und er gleitet in ihre feuchte Wärme. Sie beginnt sich zu bewegen, reitet ihn, lässt ihn frei. Seine Arme umschließen sie. Er zieht sie zu sich, kann sie riechen, hören, spüren, überall. Er schwingt mit ihr, in ihr, schneller, dringlicher, bis sie leise schreit. Da lässt er sich fallen, gibt sich auf im Strom ihrer gemeinsamen Lust und dem Echo seiner Gedanken, *Jana, Jana, Jana.*

Ein lautes Klopfen riss Hek aus seinen Erinnerungen. Verwundert drehte er den Fahrersitz, auf dem er in schlaffer Liegestellung den Blick aufs Meer gerichtet seit Stunden verharrte. An der verregneten Scheibe der Beifahrerseite klebte eine Stirn. Das Gesicht, zu dem sie gehörte, war so eng in einer Kapuze verschnürt, dass Hek es nur an den buschigen Augenbrauen erkannte. Tobi. Wo kam der plötzlich her? Schon hämmerte seine Faust gegen das Fenster, als ginge es um Leben und Tod.

Hek lehnte sich über die Kühlbox, die zwischen den Sitzen am Zigarettenanzünder hing, und öffnete die Tür einen Spalt weit.

»Alter!«

Die Tür flog ihm aus der Hand, und eine johlende Böe trieb Hek den flutartigen Regen direkt ins Gesicht.

»Hier versteckst du dich also.« Tobi machte ein Gesicht, als wäre er nach Sankt Peter gekommen, um ihn zu verprügeln.

Hek musste lachen. »Ich wollte meine Ruhe.«

Tobi verzog keine Miene, während das Wasser in Sturzbächen an seiner Regenjacke hinunterlief und von dort weiter auf seine nackten Beine. »Man könnte ja zumindest Nachrichten beantworten. Oder zurückrufen. Damit sich der beste Freund nicht solche Scheiß-Sorgen machen und bis ans Ende der Welt fahren muss. Könnte man. Echt!«

»Kommst du jetzt rein, oder was?«

Die Scheiben beschlugen in Sekunden, als Tobi sich auf

den Beifahrersitz schmiss. Er pfefferte die Tür hinter sich zu, dass der Bus wackelte.

»Sorry, Mann.« Hek hielt ihm die Faust hin. »Schön, dich zu sehen.« Er verheddertе sich in den Kabeln der Kühlbox, als er versuchte, seinen tropfenden Freund zu umarmen. »Wie hast du mich gefunden?«

Tobi schälte sich aus seiner Jacke, knüllte sie zusammen und stopfte sie unter den Sitz. Er rieb sich mit den Händen über die behaarten Beine, dann über sein nasses Gesicht. »Ich kenne dich schon ein paar Jahre«, knurrte er. »Auch wenn du das vergessen zu haben scheinst.«

Hek versteckte seine Rührung hinter einem Grinsen.

Tobi sah sich im Wagen um. »Gibt's Bier?«

»Klar.« Hek packte zwei Flaschen aus der Kühltasche. Es zischte, als der Kronkorken absprang. »Sogar eiskalt! Cheers.«

Tobi ließ das Bier in seine Kehle laufen. Mit etwas friedlicherem Gesicht hob er seine Baumpfahlbeine, gab seinem Sitz einen Schubs und grinste wie ein kleiner Junge, als er sich ein paar Mal um sich selbst drehte. »Hab vergessen, wie geil das Ding ist. Unsere Männertouren sind verdammt lange her.«

»Kann man wohl sagen.«

Sie schwiegen und tranken Bier, während der Regen aufs Dach hämmerte. Der Hauch eines perfekten Tages.

»Und, wie läuft's?«, fragte Tobi schließlich.

Hek zuckte mit den Schultern. »Scheiße.«

»Was genau?«

»Alles.«

Tobi fummelt am Radio, dann an seinem Handy. Kurz darauf ertönte Oasis' *Wonderwall* in voller Lautstärke.

»Dein Ernst?«

»Passt doch.«

Hek grinste. »Danke, dass du gekommen bist. Und bei dir so?«

»Bestens.« Tobi hob seine riesigen Hände und deutete auf ein schwarzes Freundschaftsband, in das ein silbernes Unendlichzeichen eingeflochten war. »Meine Traumfrau wird mich heiraten.«

Hek lachte und ignorierte den Stich in seiner Brust. »Ja, das ist toll.« Schnell wurde er wieder ernst. »Hör mal, ich muss dir was sagen.« Er holte tief Luft. »Ich bin raus bei *Bekensen*. Es hatte keinen Sinn.« Er setzte die Flasche an, um die aufkommende Bitterkeit hinunterzuspülen. Einen super Job hatte er aufgegeben. Fast ein ganzes Jahr verschwendet. Wofür? Für nichts als Ärger und Demütigungen. »Und das heißt, es wird auch keinen Inkubator geben. Hätte es ohnehin nie. Tut mir echt leid.« Er stierte in die schlammig graue Leere der Ebbe.

Tobi nickte mit dem ganzen Körper. »Schade. Aber hey«, er hob seine Flasche in Heks Richtung, »mach dir mal meinetwegen keine Gedanken. Hab nicht wirklich damit gerechnet. War doch abzusehen, dass es mit dir und deinem Vater schwierig wird.«

»Da warst du wohl schlauer als ich.« Hek schlug mit der flachen Hand gegen die Scheibe. »Ich Idiot! Er hat mich verarscht, von Anfang an. Wollte mich nur von der Konkurrenz fernhalten. Oder seiner vergötterten Suzanna einen Gefallen tun, was weiß ich. Und ich bin voll drauf reingefallen.«

»Komm mal runter, Alter«, brummte Tobi. »War doch den Versuch wert. Ich glaube übrigens nicht, dass er dich bewusst getäuscht hat. Er wollte bestimmt auch, dass es funktioniert. Jetzt wisst ihr wenigstens, dass ihr zu verschieden seid, um zusammenzuarbeiten.«

Hektor lachte bitter. »Oh ja. Das sind wir.«

»Also ist das der Grund, warum du im Sturmtief einen auf Lonesome Kiter machst?« Tobi kramte in der Kühlbox und förderte neues Bier zutage.

»Scheiße, nein«, knurrte Hek. »Und kiten kann ich noch nicht.«

Die Flaschen klirrten. Von der Sommerstimmung dieses Geräuschs war nicht nur das Wetter Lichtjahre entfernt. Plötzlich hatte Hek das dringende Bedürfnis, aus dem Wagen zu kommen, in dem er seit Tagen in seinen düsteren Gedanken schmorte. Er kletterte nach hinten und schnappte sich seine Regenjacke, die von innen an der Heckklappe hing. »Komm, wir laufen ein Stück!«

Tobi hatte für seine Idee nur ein müdes Lächeln übrig. »Nee, ohne mich! Ich fahr zwei Stunden gegen den Sturm, um dich hier aufzustöbern. Geht in Ordnung. Macht man. Aber im Orkan joggen?« Er schüttelte den Kopf.

Sein Körper sah aus wie der von *LeBron*, doch was das Wetter anging, war Tobi ein Weichei. Und mit Wasser hatte er es ohnehin nicht, schon gar nicht von oben. Hek ignorierte seinen Protest, sprang aus dem Wagen und warf die Heckklappen zu. Momente später öffnete sich die Beifahrertür und ein fluchender Tobi stieg aus. »Du bist mir so viel schuldig, wie willst du das je wiedergutmachen!«

Der matschige Sand spritzte hoch bis ins Gesicht. Hek lief langsam, immer noch vorsichtig, doch der Knöchel schien stabil. Er genoss jeden Schritt neben seinem Freund. Sie blieben stumm, als gäbe es nichts zu fragen, im intuitiv perfekten Rhythmus, vertraut gemeinsam schnaufend, kaum hörbar durch die Kapuzen im jaulenden Wind. Düster waberten die Wolken über ihnen und verbreiteten Abendstimmung am Nachmittag. Immerhin war der monsunartige Regen in ein sanftes Nieseln übergegangen. Hek schob die Kapuze vom Kopf und ließ sich den kühlen Nebel aufs dampfende Gesicht sprühen. Es war das erste Mal seit Wochen, dass er lief, ohne wegzulaufen.

Plötzlich riss der Horizont auf und gewährte der gleißenden Sommersonne einen Starauftritt. Ihr Licht brachte augenblicklich Kontur in die graue Suppe. Sand, Priele und die zwanzig Meter entfernten Wellen glitzerten plötzlich so einladend, dass Hek am liebsten sofort den Kite aus dem Bus geholt hätte. Er stoppte abrupt, hielt Tobi am Arm fest. »Gehen wir rein?«

Tobi sah ihn an, als hätte er endgültig den Verstand verloren.

»Komm schon, es ist Sommer. Ich hab Handtücher im Bus. Und später lad ich dich auf einen Chai im *Strandmotel* ein ...«

»Mach zumindest einen Gin Tonic draus!«

»Deal!« Hek war schon dabei, aus der Regenjacke zu schlüpfen, es folgten T-Shirt und Shorts. Er wickelte alles zu einem Bündel und platzierte es auf seinen Sneakers.

Tobi tat das Gleiche. Fluchend rieb er sich die Arme. »Du hast sie doch nicht alle!« Dann rannte er los, und jetzt fluchte Hek, weil er nicht so konnte, wie er wollte. Doch als er sich in die Wellen schmiss, johlte er genauso wie Tobi, und für einen Moment schien sein Herz mit nichts anderem beschäftigt als mit der Freude, endlich wieder Salzwasser zu schlucken.

Später lagen sie nebeneinander auf Heks Matratzenkonstruktion, satt von Spaghetti mit Tomatensoße, die Hek formvollendet auf dem Campingkocher zubereitet hatte. Zum Dessert hatte Tobi einen Joint aus seiner Jackentasche hervorgezaubert, dazu eine Playlist mit dem Titel *Sex-on-the-Beach* – das Leben konnte schlechter sein.

»Krass, du wirst Vater.« Tobi starrte an die Busdecke kaum fünfzig Zentimeter über ihm, an die Hek irgendwann in einer kindischen Stimmung fluoreszierende Leuchtsterne geklebt hatte.

»Vielleicht auch der andere. Sehr wahrscheinlich der andere.«

»Du meinst, weil ihr …?«

»Yep. Von nix kann ja nix kommen, oder?«

»Hm. Wohl wahr. Und Jana?«

Hek stöhnte. Das Salz brannte in seiner Wunde. Und die Frage in seinem Herz. »Was soll mit ihr sein?«, knurrte er. »Ich werde vielleicht Vater.«

»Ach jetzt doch?«

»Nerv nicht. Sie ist nicht nach Hamburg gekommen, um sich solche Probleme aufzuhalsen. Außerdem hat sie sich offensichtlich anderweitig orientiert. Scheiße, das Meer war ein Fehler!«

»Was heißt das? Könntest du ein wenig expliziter werden?«

»Salzwasser. Brennt.«

Tobi rollte mit den Augen.

Hek kippte Mineralwasser über seine Wade. »Irgendwas läuft da mit ihrem Chef«, sagte er so beiläufig wie möglich.

»Ach? Und wieso weißt du davon?«

»Hab sie gefragt.«

»Und?«

»Zumindest hat sie es nicht abgestritten.«

»Autsch!« Tobi hatte sich abrupt aufgesetzt und war mit dem Kopf gegen das Busdach gestoßen. »Alter, was ist eigentlich los mit dir?« Er rieb sich den Kopf. »Seit wann machst du einen auf Loser?«

Hek blieb das Jammern im Hals stecken. »Was meinst du?«

»Verdammt, du bist der coolste Typ, den ich kenne. Zeig mir die Frau, die sich nicht verliebt, sobald Hek Bekensen sie anlächelt – Neela mal ausgenommen, hoffe ich. Was ist mit *Hamburgs begehrtestem Junggesellen*?«

Hek verdrehte die Augen, während er sich hochschob. Tobi konnte es nicht lassen, ihn noch Jahre später an den unsäglichen Artikel in der *Bunten* zu erinnern, den er einer

Society-Journalistin zu verdanken hatte, mit der er kurz liiert gewesen war. Zu kurz. Der Artikel war ihre persönliche Rache gewesen. Schlaff zuckte er mit den Schultern. »Der Typ, mit dem sie zusammen ist, ist ihr Chef, ich kenne ihn vom Kiten. Simon. Er ist ein Guter. Definitiv cool. Und nett, gut aussehend, erfolgreich. Sie kennen sich seit Jahren.«

»Mist.«

»Ja. Und jetzt sag mir noch mal: Soll ich sie wirklich davon abhalten, glücklich zu werden?«

KAPITEL 33

Jana

Acht Wochen später

Wenn man sich die hochgebundenen Kletterseile, die Basketballkörbe und vor allem den latenten Geruch nach dem Schweiß von Generationen von Schülern wegdachte, verbreitete die Turnhalle tatsächlich echte Konzertatmosphäre. Jana war so aufgeregt, als würde sie den *Madison Square Garden* betreten. Über dem Bühnenpodest an der Kopfseite der Halle hing ein ganzes Bataillon professioneller Scheinwerfer. Beim Anblick der einsamen Mikro- und Gitarrenständer vor dem Schlagzeug begann Janas Puls zu rasen, als wäre sie zur Schule gejoggt und nicht von Anne mit dem Auto abgeholt worden. Ava hatte nicht übertrieben. Turnhalle hin oder her, die Konzerte des Humboldt-Gymnasiums waren *fett.* Die Schule zelebrierte ihre Musikkompetenz. An den Wänden hingen Banner mit den Logos beeindruckender Sponsoren, und es gab echte Tickets – hatte es gegeben, denn das *Pepper*-Konzert war komplett ausverkauft, nicht mal Restplätze an der Abendkasse gab es mehr. Jana genoss den Gedanken, dass sie – zumindest was die Wahl von Avas Schule anging – alles richtig gemacht hatte. Sie lief bis zum Lichtpult in der Mitte der Halle und winkte Johan.

Er kam grinsend zu ihr.

»Nicht schlecht, oder? Soll ich mal Bier holen?« Jana sah sich nach den anderen um. Anne und Sören standen noch in der Flügeltür und staunten.

»Kann ich doch machen. Es gibt aber bestimmt nur Cola.«

»Na ja, trotzdem gerne!« Jana lachte, drückte Johan zwanzig Euro in die Hand, und er verschwand in Richtung der Biertische, die als Bar dienten.

Ziemlich leer war es noch, kaum mehr als zehn Leute lungerten herum, sie vier eingeschlossen. Jana sah auf die Uhr. Okay, es war noch früh. Sehr früh. Anne hatte sich kommentarlos ihrer Zeitplanung unterworfen. Pünktlich zwei Stunden vor Konzertbeginn hatte sie mit Sören und Johan vor der Tür gestanden, zum ersten Mal in Jeans und T-Shirt und kaum weniger aufgeregt als Jana. Für ein Bier hatte es trotzdem noch gereicht – auf dem neuen Balkon.

Sie hatten Schwein gehabt. So viel Glück, dass Jana sicher war, das Universum wollte etwas wiedergutmachen. Die erste Wohnung, die sie besichtigt hatte, war nicht nur wunderschön, sondern mit ihrem aufgebesserten Gehalt auch bezahlbar. Renovierter Altbau, drei Zimmer, erster Stock mit Blick auf die kleine Bäckerei gegenüber. Eine Stunde nachdem sie im Immoscout fündig geworden war, unterschrieb Jana den Mietvertrag. *Pax* passte jetzt ins Schlafzimmer und sogar noch ein kleiner Holzschreibtisch, den sie auf der Flohschanze ergattert und türkis lackiert hatte. Aus ihrem Fenster konnte sie den Kindern im Innenhof beim Sandkuchenbacken zugucken. Im renovierten Bad gab es einen Regenduschkopf und auf dem kleinen Balkon hatte ein Tisch Platz, an dem vier Leute sitzen konnten, fünf, wenn man zusammenrutschte. Seit ihrem Einzug letzte Woche hatten sie ihn bereits mehrfach eingeweiht.

Auch die Gegend hatte sie schon erkundet und dabei festgestellt, dass zwischen ihrer neuen und der alten Wohnung nur fünfzehn Minuten Spaziergang durch Eimsbüttel lagen. Aus der Ferne hatte sie ein Schild im Erdgeschossfenster des blauen Hauses erspäht. Verkaufte er es? Sie konnte es nicht erkennen, und sie hatte die Flucht ergriffen, bevor das traurige Gefühl zurückkam. Sie vermisste die Blümchentapete.

Anne und Sören erreichten sie.

»Du guckst, als müsstest du dich gleich übergeben!«, sagte Sören lachend.

»So fühl ich mich auch.«

Johan kam mit Cola in großen Plastikbechern zurück. Als sie anstießen, legte Sören den Arm um seine Frau. Anne ließ es geschehen, auch wenn sie Janas Blick auswich, die sich das Grinsen nicht verkneifen konnte. Ihr Handy brummte.

Seid ihr schon da?

Ja. Wo bist du?

Parkplatz suchen.

Tickets sind hinterlegt.

Danke, bis gleich.

Es folgte ein Emoji-Kuss.

Lächelnd ließ Jana das Handy zurück in der Tasche verschwinden.

Endlich kam mehr Leben in die Halle. Eine Gruppe Mädchen stakste an ihnen vorbei, gestylt, als gingen sie feiern aufm Kiez. Manche nickten ihr zu, und Janas Herz klopfte wieder schneller. Als wäre sie es, die gleich da hoch auf die Bühne und vor ihren Freundinnen singen müsste. Jemand legte ihr von hinten die Hände auf die Schultern. Der Bart, den er neuerdings trug, war zu rau für ihre Wange.

»Hey.« Sie drehte sich um und umarmte ihn. »Gut, dass du da bist. Ich mach mir in die Hose vor Aufregung.«

Simon lachte zu laut. Er war nervös. »Jana, das ist Bella«, sagte er förmlich, während seine Hand nach der der jungen Frau neben sich griff. »Bella, meine alte Freundin Jana.«

Bella also, na gut. Sie sah noch jünger aus, als sie war, Ende zwanzig, wenn Jana sich recht erinnerte. Dunkler Bob, rote Lippen. Freundliche Augen. Ein warmer fester Händedruck. *Okay Bella, du kannst ja nichts für deinen Namen.*

»Hi, freut mich sehr.« Bella schob sich zum dritten Mal die Haare hinters Ohr, aber hey, wer war heute nicht nervös! Aus ihren offenen Augen strahlte eine Mischung aus Neugier und Respekt. Was hatte Simon ihr wohl erzählt?

»Mich auch. Schön, dich endlich kennenzulernen. Und danke, dass ihr kommt.« Jana warf spontan die Arme um Bella.

Simon wirkte erleichtert. »Möchtest du was trinken, Liebes?«, fragte er.

»Gerne«, antworteten Bella und Jana aus einem Munde. Jana hielt die Luft an, doch Bella platzte vor Lachen, und das Eis war gebrochen.

Simon verschwand. Jana sah sich nach den anderen um. Anne und Sören standen ein ganzes Stück entfernt, offensichtlich mit sich selbst beschäftigt. Sie hatten nicht einmal bemerkt, wer inzwischen eingetroffen war. Johan war nicht zu sehen.

»Ganz schön aufregend, oder?« Bella wippte im Takt der Hintergrundmusik und spielte mit ihren Haaren.

»Oh ja. Ich fühl mich, als wäre es mein Auftritt.«

»Kann ich verstehen.« Ihr helles Lachen endete mit einem Glucksen. »Meine Tochter ist erst vier. Aber als sie letzte Weihnachten den Hirten gespielt hat, war ich nervöser als sie.«

Eine Tochter? Sie wurde immer sympathischer.

Bella plapperte munter weiter, und es gelang ihr, Jana ein bisschen abzulenken. Simon kam mit den Getränken und Anne und Sören im Schlepptau zurück. Alle machten sich bekannt. Nur Jana bemerkte Annes unmerkliches Zwinkern in ihre Richtung, nachdem sie Bella begrüßt hatte.

»Wo ist eigentlich Johan?«, fragte sie zur Ablenkung.

»Hinter der Bühne.«

»Ach, der darf das?« Jana hatte immer noch nicht herausgefunden, was genau da lief zwischen Ava und Johan, denn ihre Tochter beantwortete jede Frage nur mit lässigem Schulterzucken. Und selbst Anne, die doch sechs Wochen lang Kronzeugin gewesen war, tat so, als hätte sie keine Ahnung. Ungeduldig sah Jana auf die Hallenuhr, deren Zeiger sich seit dem letzten Mal kaum bewegt hatte. »Mann, die lassen sich Zeit wie echte Künstler. Und ich muss schon wieder. Noch jemand?«

Der Rest schüttelte den Kopf, und Jana lief los in Richtung der Toiletten. Die Turnhalle war inzwischen richtig voll. Jana kämpfte sich durch die Masse stehender und lagernder Jugendlicher, die sich dank des nicht abreißenden Menschenstroms vom Eingang her stetig verdichtete.

Ihr Blick blieb hängen an einem Mann im anthrazitfarbenen T-Shirt mit zerzausten dunklen Haaren und außergewöhnlich grünen Augen. Er war älter als alle um ihn herum, und er sah in ihre Richtung. Instinktiv duckte sie sich hinter eine Gruppe hochgewachsener Jungs. Er schien allein zu sein. Suchend ließ er den Blick durch die Menge schweifen, und dann – hatte er gefunden, was er suchte. Jana sah auf ihre Füße, während ihre Knie nachgaben. Ihr Herz hämmerte bis in den Kopf. Sie begann zu schwitzen, wagte nicht, sich zu bewegen, keinen Millimeter. Schließlich holte sie Luft und hob den Kopf. Er hatte sich nicht von der Stelle gerührt und seine Augen blitzten, als er sie anlächelte. Das Licht ging aus.

Die Menschen begannen zu kreischen. Jana drehte sich zur Bühne, die noch im Dunkeln lag, dann zurück. Zu viele Schatten, sie konnte ihn nicht ausmachen, er war verschwunden. Sie suchte in der Richtung, aus der sie gekommen war, erkannte die Gestalten von Anne und Simon. Blind stolperte sie los. »Hey, pass doch auf«, etwas Klebriges tropfte ihr über die Hand, endlich erreichte sie die anderen.

»Da bist du ja endlich, es geht los!« Anne steckte zwei Finger in den Mund, reckte die andere Hand zur Faust geballt in den Himmel. *Anne?*

»Hek ist da!«, brüllte Jana ihrer Schwester ins Ohr, doch ihre Stimme verlor sich in den Pfiffen.

Mehrere Schatten huschten auf die Bühne. Jana warf einen letzten Blick nach hinten, vergeblich.

Ein Scheinwerfer durchbrach das Dunkel. Und da stand Ava, ganz vorne, allein im Licht, im neuen, sehr britisch kurzen Karokleid, das Mikro mit beiden Händen umschlossen.

»Hey Leute«, sagte sie mit glasklarer Stimme, »schön, dass ihr gekommen seid.«

Die Turnhalle grölte, Jana liefen Tränen über die Wangen.

»Wir sind *Pepper,* und wir starten mit unserer Version eines Klassikers.«

Ein zweiter Spot beleuchtete jetzt Tom, und es wurde still, als die ersten Beats seiner E-Gitarre in die Halle dröhnten. Der Techniker drehte wie verrückt an den Reglern, und es wurde besser … gut … sehr gut. Und dann begann Ava zu singen. Ein Raunen lief durch die Menge. Einzelne Pfiffe, ein *Yeah* von rechts hinten. Simon riss den Mund auf, suchte Janas Blick, schüttelte ungläubig den Kopf. Jana nickte, heulte schon wie ein Schlosshund, während sie lachte. Der Ava-Effekt. Sie konnte sich trotz einiger Jahre Übung nicht daran gewöhnen. Man erwartete ein Elfenstimmchen – da konnte Ava noch so sehr die Brauen zusammenziehen, sich die Haare rasieren, Jungsklamotten tragen. Doch wenn sie loslegte, klang es, als hätte sie schon als Baby *Rothändle* geraucht, Blondie mit blauen Haaren, *Sex on Fire,* Gänsehaut pur. Tom war mit seiner Gitarre neben sie ans Mikro gesprungen, Wange an Wange sangen sie den Refrain, sahen sich an, als hätten sie nie etwas anderes getan. Jana fühlte einen Stich im Herz, nur einen kleinen. Sie kramte das Handy aus der Tasche und begann zu filmen. Mick musste das sehen. Jemand nahm es ihr aus der Hand. »Ich mach das. Guck du lieber live!« Trotz der lauten Musik erkannte sie seine Stimme sofort.

Nach der vierten Zugabe, nach anderthalb Stunden Singen, Heulen, Grölen bedankte sich Ava mit heiserer Stimme bei ihren Fans und wünschte einen schönen Abend. Die Leute klatschten weiter, trampelten, verlangten mehr. Erst, als das Neonlicht flackernd ansprang, ebbte der klatschende Rhythmus langsam ab. Jana stand wie betäubt, durchgeschwitzt bis auf die Knochen. Inmitten der Jugendlichen, die plötzlich alle gleichzeitig gen Ausgang strömten, rührte sie sich nicht vom Fleck. Jemand zog an ihrer Hand, Anne. »Johan sagt, er weiß, wo sie rauskommen!« Sie klang so aufgeregt, als wäre Ava ihre Tochter.

Jana sah nach rechts. Er war da. Hielt ihr Handy in der Hand und lächelte, als hätte er nie aufgehört. »Eine Sekunde, Anne.« Sie sah ihm in die Augen. »Woher wusstest du ...?«

»Es stand in den Eimsbütteler Nachrichten.« Er grinste. »Sie war unglaublich.«

Jana nickte, versank in seinem Strahlen, sie verlor die Kontrolle. Im Augenwinkel sah sie die anderen. Als sie zu ihnen rüberguckte, taten alle, als unterhielten sie sich angeregt. Wie in Trance deutete sie nach vorne. »Ich muss los. Sie kommt gleich. Ich will sie nicht verpassen.«

Er hielt ihr das Handy hin. »Hier. Es müsste alles drauf sein.«

Sie zögerte, ihr Herz klopfte so laut, wie gerade noch die Beats von *Pepper*. »Kommst du mit?«, fragte sie schließlich und hielt die Luft an.

Er nickte.

»Okay.« Schon lief sie los, schnell zu den anderen. Sie spürte ihn dicht hinter sich, wagte nicht, sich umzudrehen, aus Angst ihn zu berühren. »Wir können«, rief sie schon aus der Entfernung. »Das ist übrigens Hek«, sie zeigte nonchalant über ihre Schulter. »Mein – ehemaliger Vermieter. Anne, Bella, Sören. Simon kennst du ja.«

Anne runzelte die Stirn. Die anderen begrüßten Hek freundlich. Und dann stand Ava plötzlich vor ihnen, als hätte sie sich heimlich angeschlichen.

»Hey!« Als Jana die Arme um ihre verschwitzte Tochter warf, kamen gleich wieder Tränen. »Du warst der Wahnsinn!«, flüsterte sie und wollte gar nicht mehr loslassen.

»Mum. Bitte.«

Widerwillig löste sie sich. »Wenn ich dich noch nicht mal jetzt umarmen darf!«

Ava verdrehte die Augen und sah sich um. Ihr Gesicht hellte sich auf, als sie Johan entdeckte, der ein Stück entfernt von der Gruppe der Erwachsenen an der Wand der Turnhalle lehnte. »Hi!« Sie winkte heftig.

»Ava!«

Ava ließ die Hand fallen und fuhr herum. »Oh, Tom!«

Er war von der anderen Seite gekommen. »Hallo Frau Paulsen, schön, Sie wiederzusehen!« Höflich wie eh und je begrüßte er Jana.

»Ihr wart grandios. Richtig toll«, sagte sie.

»Vielen Dank!« Er machte wieder diese kleine Verbeugung. »Wir wollen noch feiern. Ich bringe Ava dann später nach Hause.« Er wartete keine Antwort ab – er hatte schließlich auch keine Frage gestellt. In zwei Schritten lief er zu Ava, die ziemlich genau in der Mitte zwischen ihm und Johan stehen geblieben war. Seine Jeans hing ihm lässig auf der schmalen Hüfte. Als er sich die verschwitzten Locken aus dem Gesicht strich, rutschte das kurze schwarze T-Shirt hoch und legte den Blick auf Pinterest-reife Bauchmuskeln frei. Er warf Ava den gleichen Blick zu wie vorhin auf der Bühne. »Kommst du, Avi? Die anderen warten schon.«

Avi? Jana fragte sich, wo er *Val* gelassen hatte.

Ava nickte begeistert. Dann wirbelte sie herum. »Johan?« Sie eilte zur Wand, schnappte sich Johans Hand und zog ihn hinter sich her. »Okay. Wir sind so weit«, rief sie Tom im Vorbeigehen zu. Man hätte nicht sagen können, wer das verdutztere Gesicht machte, er oder Johan.

Simon schlug vor, noch eine Cola zu trinken und zu warten, bis das größte Gedrängel abgeebbt war. Am Ende waren sie die Letzten, die aus der Turnhalle gefegt wurden, so viel Spaß hatten sie an Softdrinks in Plastikbechern und aneinander gefunden. Jana schien die Einzige zu sein, die froh war, endlich an die frische Luft zu kommen. Ihr Magen spielte verrückt, den ganzen Tag schon, und seit dem Ende des Konzerts noch mehr. Sie musste dringend weg hier. Und wollte auf keinen Fall gehen.

Tief atmete sie in den für Mitte August kühlen Abendwind.

Nachdem geklärt war, dass Johan mit Ava und den anderen feiern und dann in Hamburg übernachten durfte, beschlossen Anne und Sören, den Heimweg anzutreten. »Aber lass ihn auf der Couch schlafen!«, sagte Anne und zwinkerte ihrer Schwester zu. Auch Simon und Bella hatten es plötzlich eilig, sich zu verabschieden. Simon umarmte Jana. »Du kannst wirklich stolz sein. Wir sehen uns Montag!«

»Bella ist super«, flüsterte Jana ihm ins Ohr und drückte ihn zum Abschied.

»Mach keinen Scheiß!«, flüsterte er zurück.

Hek hatte sich während der ganzen Zeit am anderen Ende der Gruppe aufgehalten. So demonstrativ fern hielt er sich von ihr, dass Jana sich fragte, warum er geblieben, ja überhaupt gekommen war. Sie hatte sich mit voller Wucht ihrer überdrehten Stimmung hingegeben, hatte gekichert, gegackert, alte Geschichten erzählt, sogar mit ihrer neuen

Freundin Bella auf die Neunziger-Jahre-Hits getanzt, die die Schüler sich zum Abbau aufgelegt hatten.

Jetzt, da sie plötzlich allein mit Hek war, war nichts mehr zu spüren von ihrem Übermut und sie wünschte sich, sie hätte sich einfach von Anne nach Hause fahren lassen.

»Wie bist du da?«, fragte er.

»Zu Fuß.«

»Darf ich dich begleiten?«

Als er ihr in die Augen sah, kamen die verdrängten Gefühle so unvermittelt zurück, dass ihr schwindlig wurde. *Nein,* dachte sie, *bloß nicht!,* und nickte, weil sie ihn auf keinen Fall gehen lassen wollte.

Sie lief einfach los, schlang die kurze Jeansjacke um ihren verschwitzten Körper, verschränkte die Arme fest vor der Brust. Er hielt mit ihr Schritt.

»Fühlt ihr euch wohl in der neuen Wohnung?«

Sie hatte vergessen, wie tief und sanft seine Stimme in ihrer Brust hallte. »Ja, sehr, wir hatten wirklich Glück.«

»Das freut mich.«

Sie überholten eine Gruppe lachender Jugendlicher in einer süßlichen Marihuanawolke.

»Puh«, Jana fächerte die Hand vor der Nase und lachte. »Verkaufst du das Haus eigentlich?«

Er sah sie überrascht an. Verdammt, was machte sie denn, jetzt wusste er, dass sie herumspioniert hatte.

»Nein, ich vermiete es nur. Es ist einfach zu groß für mich alleine.«

»Ah. Klar.«

»Und dein Job, ich meine mit Simon – versteht ihr euch?« Er sah auf den Boden.

»Ja. Super. Immer besser.«

»Er hat eine Freundin …?«

»Ja. Sie ist echt nett, oder?«

»Ja, stimmt, echt nett …«

»Und du? Hast du schon einen neuen Job?«

»Woher weißt du –?«

»Von Simon.«

Hek runzelte die Stirn. »Ja, ich bin zurück in meiner alten Firma. Ich hätte nie gehen sollen.«

Auch das wusste Jana bereits. Am Tag ihres Umzugs hatte Simon sie mit überraschendem siebten Sinn geradeheraus gefragt, ob da eigentlich was gewesen sei mit ihrem Vermieter, seinem Bekannten, Hektor. Sie hatte ihn nicht anlügen wollen. Das Nötigste erzählt, anscheinend genug. Seitdem hielt er sie über alles auf dem Laufenden, was man am Strand erzählte – ob sie es nun wissen wollte oder nicht.

Jana bemühte sich, langsamer zu werden, sie wollte nicht, dass er ihre Nervosität bemerkte. Sie war cool. Sie wusste nur nicht genau, was das hier sollte. Nur das verunsicherte sie. Er lief dicht neben ihr auf dem breiten Gehweg. Sie spürte seine Wärme und versuchte, flach zu atmen, um der Erinnerung zu entkommen, die sein verschwitzter Duft in ihr weckte. *Gleich geschafft.*

Sie bog scharf nach rechts in die Lutterothstraße, wechselte die Straßenseite ohne Ankündigung. Die letzten Meter.

Hek deutete auf die *Gazelle,* die neben Janas Rad wie gewohnt zwischen den Bäumen vor dem Hauseingang parkte.

»Ist es hier?«, fragte er lächelnd.

Jana zeigte nach oben, wo der Lavendel durch die Eisen-Balustrade wucherte. »Da ist unser Balkon.«

»Sieht schön aus.«

»Ist es.«

Sie standen dicht voreinander. Zum ersten Mal, seit sie die Schule verlassen hatten, wagte Jana, ihm in die Augen zu sehen. Sie hätte es nicht tun sollen.

»Du hast nicht auf meinen Brief geantwortet«, sagte er leise.

Wie eine Welle drängte der Schmerz in ihre Brust. Sie verschränkte die Arme und atmete dagegen an, während sie stumm den Kopf schüttelte. »Ich hab ihn nicht gelesen«, log sie.

Seine Augen ließen sie nicht mehr los. »Das Baby ist nicht meins.«

Jana ignorierte den Hüpfer der Erleichterung in ihrem Herz.

»Der Test war eindeutig.«

Jana schluckte »Gut.« Sie wusste nicht, was sie sagen sollte. »Oder nicht?«

Er nickte. »Ich wollte es dir persönlich sagen.«

»Okay. Danke.« Sie begann, in ihrer Tasche zu graben. Stumm brannte sein Blick auf ihr.

Sie fand den Haustürschlüssel und hob ihn hoch. »Also dann«, sagte sie heiser, »mach's gut, Hek.« Sie wollte sich wegdrehen, doch plötzlich war er überall.

Und dann zog er sie an sich. Die Gefühle schwappten in ihr Herz, schwemmten alles hinein, was sie seit Wochen verzweifelt versuchte, von dort fernzuhalten. Sie ließ zu, dass er sie küsste, und sie konnte nicht anders, als seinen Kuss zu erwidern. Er versenkte seine Hände in ihren Haaren, zog sie noch näher. Seine Leidenschaft machte ihr Angst. Er würde es spüren, den Schmerz, die Traurigkeit und vor allem die Sehnsucht, die sein Brief in ihr geweckt hatte. Denn sie hatte ihn gelesen – nur einmal, bevor sie ihn zurück in den Umschlag gesteckt und in den Müll geworfen hatte, um nicht in Versuchung zu kommen, ihn aufzubewahren.

Er hatte ihr geschrieben, was er ihr damals auf der Treppe hatte sagen wollen, als sie vor ihm geflüchtet war. Wie Suzannas Schwangerschaft ihn kalt erwischt hatte, genau in dem Moment, in dem er Gefühle für jemand anderes entwickelt hatte. Gefühle, die ihm offenbarten, dass das, was er bisher für Liebe gehalten hatte, weit davon entfernt war. Er hatte um ihr Verständnis gebeten, dass er sich zurückziehen wollte, um zu sortieren, was in seinem Kopf durcheinanderstürmte. Dass er in Ruhe abschließen musste, bevor er neu beginnen konnte. *Ich bin ans Meer gefahren, Jana, weil ich einfach nur weglaufen wollte. Und wenn du eins nicht bist für mich, dann die Frau, in deren Arme ich mich flüchte.* Statt mit Worten hatte der Brief mit einer Zeichnung geendet. Ein Typ mit strubbligen Haaren kniete vor einer Frau, die ein Trägertop trug und einen Pullover um die Schultern. In seinen Händen hielt der Mann ein überdimensionales, klopfendes Herz, das er der Frau überreichte.

Wie hätte sie diesen Brief ein zweites Mal lesen können, ohne zu ihm zu rennen und ihn zu küssen, so wie sie es jetzt tat?

Hek schloss seine Arme noch fester um sie, hielt sie, als wollte er sie nie mehr loslassen, setzte ihren Mund in Flammen und ihr Herz. Sie würde sich verbrennen. Wieder.

Seine Hände begannen über ihren Körper zu wandern, sie seufzte, spürte seine Erregung, drängte sich ihm entgegen.

Dann kam die Erinnerung an all die Verletzungen, und mit ihr die Wut, gewaltig, wie eine Explosion.

Sie schubste ihn weg. »Was machst du?« Sie sortierte die Klamotten, sorgte für Abstand zwischen ihnen.

Er verstand nicht.

»Wieso bist du heute wirklich gekommen?«

»Ich wollte dich wiedersehen. Dir sagen, dass –«

»Tatsächlich? Oder war dir mal wieder nach einem guten Fick?« Sie brüllte. Egal, was die neuen Nachbarn dachten.

Er erstarrte. »Jana, bitte. Hör auf. Wie kannst du das denken?«

»Ha. Wie ich das denken kann? Fahr mal an die See und überleg ein bisschen, dann kommst du vielleicht drauf. Und lass mich inzwischen in Frieden!«

Er streckte seine Hand aus, um sie zu berühren, und sie sprang fast in Richtung Tür.

»Es tut mir leid.«

»Ach, echt? Was genau eigentlich? Dass du, kaum ist deine Freundin weg, mit mir das Wochenende durchvögelst, mir was von Liebe ins Ohr flüsterst und dann kommentarlos verschwindest, aus deinem eigenen Haus? Dass du mir erzählst, du hättest dich endgültig getrennt, und gleichzeitig, dass du Vater wirst? Oder dass du am schönsten Abend seit Langem auftauchst und ihn einfach zerstörst?«

»Jana –«

»Hau einfach ab, Hektor. Das kannst du doch am besten!« Sie drehte sich um, schloss die Tür auf, stolperte die Treppen hinauf und weiter in ihre Wohnung.

Als die Tür scheppernd ins Schloss fiel, begann sie zu zittern, so heftig, als gehöre ihr Körper nicht zu ihr. Dann kam das Schluchzen, und dann weinte sie einfach. Sie warf sich auf die Couch, rollte sich zusammen wie eine Katze und ließ den Körper machen, was er wollte. Irgendwann verebbte die Flut, und tiefe Ruhe breitete sich aus. Sie stand auf und wusch sich das Gesicht mit warmem Wasser. In der Küche setzte sie Teewasser auf. Im Innenhof flatterten Reste von Tibetfahnen, matt beleuchtet von den Lichtern der umliegenden Wohnungen. Sie bezog das Bettzeug für Johan und legte es lächelnd auf die Matratze in Avas Zimmer. Mit dem Pfefferminztee, einer Decke über den Schultern und Avas Kopfhörern trat sie schließlich hinaus auf den Balkon. Sie zwängte sich in den neuen hellblauen Liegestuhl, der neben dem Tisch gerade noch Platz gefunden hatte.

Das Video begann mit ihr selbst. Das Lächeln, mit dem sie den Kameramann bedachte, erschreckte sie. Sie hatte nicht gedacht, dass es so offensichtlich war, was sie für ihn empfand. Dann kam Ava mit ihrer Version von *Sex on Fire*. Sie stoppte die Aufnahme und schickte das Video an Mick. *Deine Tochter. So proud.* Eine Nachricht poppte auf. Nicht von Mick.

Bitte, Jana. Ich wollte endlich reden.

*Von deiner Art zu reden,
hab ich endgültig genug!*

Jana wischte über den Bildschirm, startete das Video erneut und schloss die Augen. Sie versuchte, sich auf die Musik zu konzentrieren, auf Avas wunderschöne Stimme. Es funktionierte nicht.

Wütend zog sie den Kopfhörer in den Nacken.

»Jana!«

Sie zuckte zusammen.

»Bitte! Lass mich nicht das ganze Haus aufwecken!«

Es schepperte, als sie mit dem Kopf gegen einen der Eisenblumentöpfe stieß. »Ah, shit!«

Er stand direkt unter ihrem Balkon. Fahl beleuchtete die Straßenlaterne das Gewirr seiner Haare.

»Hau einfach ab. Endlich!«, zischte sie.

Er schüttelt energisch den Kopf. Als er ihn hob, fiel Licht in sein hübsches Gesicht. Sogar im Halbdunkeln haute sein Lächeln sie um.

Er tippte etwas, und in ihrer Hand summte es.

Ich bleibe hier. Ich laufe nicht mehr weg.

»Dein Problem!«, rief sie und warf das Handy achtlos auf den Sisalteppich neben sich. Es blieb mit dem Display nach oben liegen. Hartnäckig leuchtete die Nachricht sie weiter an. Sie lugte durch die Eisenstäbe der Balkonbalustrade und direkt in sein beleuchtetes Lächeln. Ruckartig ließ sie sich zurück in den Liegestuhl fallen. Ihr Herz raste, während sie kaum wagte zu atmen.

Wieder summte es. Sie musste kaum den Kopf drehen, da sah sie es schon auf dem Display pochen. Rot und hartnäckig.

Eine Weile hielt sie es aus, dann spähte sie erneut nach unten. Hek war verschwunden.

Sekunden später klingelte es Sturm.

Epilog

Der Himmel war überzogen von weißen Wolkenfetzen, die sich an manchen Stellen zu wilden Tieren zusammenrauften. Jana pumpte ihren Kite auf und sicherte ihn auf dem Sand. Sie entwirrte die Leinen, legte sie aus und befestigte sie am Drachen. Als sie den Strand zur Surfschule hinunterlief, um Annika zu treffen, sah sie ihn von hinten. Sein Neoprenanzug hing über seinen Hüften, die Haare standen ihm wirr vom Kopf. Ein süßer Adrenalinstoß stürmte in ihre Brust und ließ ihr Herz schneller schlagen. Würde das irgendwann besser werden? Sie begann zu joggen.

»Hey«, rief sie, als sie in Hörweite war.

Hek fuhr herum. Als er sie sah, begannen seine Augen zu blitzen. Er lief ihr durch die Priele entgegen. Das Wasser spritzte gegen die Sonne. Einen Meter vor ihr blieb er stehen. Auf seinen Wangenknochen glitzerte eine dicke Salzkruste. »Hey.«

Von der Wassersportstation wehte der Beat der Loungemusik herüber.

»Du bist schon raus?«

»Hm.« Er schloss den Abstand zwischen ihnen.

»Aber ich bin mit meiner Lehrerin verabredet«, murmelte Jana, als sie seine Hand in ihrer Taille spürte. Die Wärme seines Körpers legte sich wie ein Schutzwall vor sie, während ihr Atem mit dem Jaulen des Windes verschmolz.

»Ich hab dich vermisst«, sagte er und küsste sie.

344

Sie legte den Kopf in den Nacken. »Tatsächlich?«

Er küsste sie wieder. »Es ist ziemlich stürmisch da draußen.« Seine Lippen wanderten zu ihrem Ohr. »Nichts für Anfänger.«

»Ich laufe jetzt unter fortgeschritten.« Jana lachte und fuhr durch seine vom vielen Salz noch dichteren Haare.

Eine Windböe blies ihr Sand in die Augen. Sie zuckte zusammen.

Behutsam nahm Hek ihr Gesicht in seine Hände und fuhr mit der Zungenspitze erst über das eine, dann über das andere Lid. »Siehst du, viel zu windig!«

»Aber Annika …« Sie suchte den Strand ab nach dem knallroten Neopren ihrer Lehrerin.

»… opfert nur dir zuliebe ihre Mittagspause.«

»Nein, oder?«

Er wusste genau, dass sie diesem Lächeln verfallen war. »Glaubst du mir etwa nicht? Außerdem soll der Wind später nachlassen.«

»Hör auf. Und sieh mich nicht so an.« Spielerisch schob Jana sein Kinn zur Seite. »*Später* hat Annika keine Zeit mehr. Und im Ernst. Ich will endlich weiterkommen, sonst werde ich nie *fortgeschritten.*«

»Okay. Ganz *im Ernst!*« Er nahm die Hände von ihr und bemühte sich um einen seriösen Gesichtsausdruck. »Ich könnte dich später begleiten. Annika leiht mir bestimmt das Boot. Außer natürlich, du gehst lieber mit ihr.«

Jana seufzte. »Wie könnte ich. Sogar sie sagt, dass du der Beste bist!« Sie verdrehte übertrieben die Augen.

»Sagt sie das?« Hek grinste. Dann trat er hinter sie und schloss sie in seine Arme. Jana ließ den Kopf an seine Brust sinken. Für einen Moment sahen sie einfach still aufs Meer.

»Es ist so schön«, murmelte sie.

Die nächste heftige Böe erwischte sie, diesmal direkt von vorne. Fröstelnd rieb sich Jana über die Arme.

»Ich weiß einen Platz, wo es wärmer ist«, flüsterte Hek ihr ins Ohr. »Und es gibt dort sogar Pfefferminztee.«

Jana antwortete nicht. Sie löste sich von ihm und stürmte einfach los, quer über den Strand, dorthin, wo die Camper parkten.

Danke!

Wenn du beginnst zu schreiben, wirfst du dich in den Ozean. Es ist wundervoll, sich in den Wellen der Ideen und Worte treiben zu lassen. Und manchmal auch ganz schön beängstigend. Denn sicher ist nur eins: Sie kommen und gehen und kommen und gehen …

Danke an alle, die mir helfen, den Kopf auch im Sturm über Wasser zu halten.

Danke Robi und Tim, euch gehört mein Herz. Danke Mami, für deine unendliche Begeisterung. Danke Ariane, immer und für immer. Danke Tinka, Bettina, Miri, Vera, Sangeeta, Tina - dass ich euch Freundinnen nennen darf. Danke an die ersten Leserinnen, Nicole und Alexa, für eure frühe ehrliche Meinung, die mich so glücklich gemacht hat. Danke liebe Doro, für stundenlange Reflektionen und die herrlichsten Randkommentare. Danke Laura für das wunderschöne Cover, danke Claudia Heinen für's Korrigieren und danke liebste Steffi für ein bezauberndes Innendesign.

Von Herzen danke ich allen meinen Autorenkolleginnen. Obwohl ich viele von euch nur digital kenne, gebt ihr mir das Gefühl, nicht allein zu sein - nicht mit meiner Leidenschaft und nicht mit meiner Verzweiflung. Ein lautes Danke auch an alle Bloggerinnen. Ohne euch wären wir Selfpublisher aufgeschmissen! Danke für euer Engagement, mit dem ihr unsere Babys so liebevoll in die Welt tragt.

Meine tiefste Dankbarkeit aber gilt dir, liebe Leserin. Danke, dass du dich entschieden hast, meine Geschichte zu lesen. Ich hoffe, sie hat dir Spaß gemacht!

Dein Feedback ist wahnsinnig wichtig für mich – so wie für alle Autoren, denn schließlich schreiben wir für euch.

Vielleicht hast du ja Lust, eine Rezension auf Amazon oder einer anderen Buchplattform zu hinterlassen. Selbst wenn sie nur aus einem Satz besteht, unterstützt du mich damit sehr, und hilfst mir, mein Buch auch für andere Leserinnen bekannt zu machen. Hättest du ein paar Minuten Zeit dafür? Danke von Herzen!

Bleiben wir in Kontakt?

Wenn du mehr über meine Bücher und mich erfahren möchtest, findest du mich in den sozialen Netzwerken:

auf Instagram:	@majaover
auf Facebook:	Maja Overbeck Autorin
im Web:	www.majaoverbeck.de

Auf meiner Website kannst du meinen Newsletter abonnieren: majaoverbeck.de/newsletter
Ungefähr einmal im Monat schreibe ich dir darin über das, was mich gerade bewegt: Wo ich mit meiner neuen Geschichte stehe, was ich lese, welche Musik ich höre usw. Außerdem bekommst du kostenlose Leseproben, kannst an Gewinnspielen teilnehmen oder über ein neues Cover abstimmen.

Mehr von mir

Schmetterlinge unerwünscht
Liebe kann warten

»Es war genau in diesem Moment, sie wusste es, dass ihr Herz beschlossen hatte Kopf und Kragen zu riskieren. Ohne zu wissen, wer da hereinspaziert kam, hatte es die Tür sperrangelweit aufgerissen. Und jetzt konnte sie sehen, wie sie ihn da wieder rausbekam.«

Eigentlich will Gina unbedingt ihr perfektes Leben retten – obwohl ihr Mann sie mit ihrer Kundin betrügt. Doch dann trifft sie zufällig ihre Jugendliebe Mads wieder, und das Gefühlschaos beginnt. Bei Hannah ist alles anders – aber nicht besser! Auf der Suche nach Abwechslung verstrickt sie sich prompt in eine Affäre mit ihrem Chef und setzt dabei ihre Ehe und die Freundschaft mit Gina aufs Spiel.

Eine Liebesgeschichte zwischen München und Hamburg über das ewige Streben nach Luftschlössern, über unerwartete Umstände, krisenfeste Freundschaft und die große Liebe – erzählt mit Herz und Biss und viel Wodka Soda.

»Ich konnte das Buch kaum aus der Hand legen, denn es ist ein bewegender und vor allem berührender Liebesroman rund um Katastrophen und Neuanfänge.« *Vielleser18*

Bei Amazon und überall im Buchhandel.

I love Teens

Maja Overbeck

Wie es Spaß macht,
unsere Kinder durch die
Pubertät zu begleiten

»Mit zunehmendem Alter meines Sohns stellen sich bei mir zwei Dinge ein: das Glücksgefühl, wieder ein selbstbestimmter Mensch zu sein, und die Erkenntnis, dass die Zeit mit meinem Kind endlich ist. Es gibt für mich nur eine Möglichkeit, damit umzugehen: Diese Jahre zu feiern, wie mein Sohn sagen würde.«

Dieses Buch ist eine Liebeserklärung an Teenager. Maja Overbeck zeigt, wie faszinierend die Pubertät für Eltern sein kann, ohne dabei die Augen vor den schwierigen Momenten zu verschließen. Sie lädt Eltern ein, die Perspektive zu wechseln, erklärt anhand eigener Erfahrungen, wie man Probleme mit verändertem elterlichen Verhalten umschifft und warum Vertrauen und eine Portion Selbstironie dabei helfen. Ihre Thesen stützt sie auf neueste wissenschaftliche Erkenntnisse, außerdem kommen Teenager selbst zu Wort.

»… wohltuend anders …« GALA
»Ich vergebe volle fünf Sterne und würde noch einen ranhängen …« *Leserin*

Bei Amazon und überall im Buchhandel.